신동엽의 시와 삶

우주적 순환과 원수성의 환원

A Study of Shin Dong-yup's Poetry and Life

현대문학
연구총서

27

신동엽의 시와 삶

우주적 순환과 원수성의 환원

김완하

신동엽은 한국 현대사의 격변 속에서도 그 시대와의 긴장관계를 잃지 않고 현실에 대해 예리한 비판적 인식을 표출하였다. 그의 시는 문학의 역사성에 대한 관심이 고조되던 시기에 유의미성을 갖는 문학으로 평가되어 왔고, 이후의 한국 현대시에도 큰 영향을 주기에 충분하였다. 그러나 그의 시가 지닌 가치는 이러한 현실 지향적 측면에서만 찾을 수 있는 것은 아니라 생각한다. 문학은 현실 위에서 싹트고 발휘되지만, 그것은 궁극적으로 인류의 구원이라는 문제와 연관되어 있다. 따라서 그러한 점을 지닌 문학작품을 가치 있는 것으로 평가할 때, 신동엽의 시는 이 점에서도 새롭게 그 가치가 평가되어야 한다고 믿는다. 바로 그 점을 신동엽의 시에서 새롭게 인식하고자 한 것이 이 책의 출발이었다.

문학작품은 현실과 연관되어 있지만, 그 심층적 의미는 인류의 근원적인 사고에 뿌리를 두고 있는 것이다. 이 점에서 작가와 작품은 역사적 산물이면서 동시에 초역사적인 것이라 할 수 있다. 즉, 문학은 정신의 초역사성과 예술성 사이의 갈등을 포괄한다는 점이다. 그런 의미에서 이 책은 인간이 역사적이면서도 초역사적 존재이고, 문학작품이 사회적이면서도 자율적이라는 인식 위에서 신동엽의 시에 총체적으로 접근하였다. 이 책에서는 그동안 신동엽의 시에 대해서 다소 소홀하게 다루어왔던 시의 형식과 이미지의 구조에 대하여 체계적으로 검토하여 예술성의 논의에 초점을 모았다. 아울러 그의 세계관의 바탕을 이루고 있는 우주적 순환에 관한 사유체계를 인류의 낙원 상실과 낙원회복의식이라는 원형으로 접근하였는데, 이 점은 이 책에서도 새로운 면으로 제시할 수 있다. 이로써 그가 보여주는 현실 지향적 측면을 그의 시가 추구한 '원수성(原數性)의 환원'이라는 원형적 의미 속에서 해석하고자 한 것이다.

2013년 9월
김 완 하

신동엽의 시와 삶

■ 머리말 • 5

제1장 서론

1. 문제의 제기 · 11
2. 연구사 검토 · 16
3. 연구방법 · 23

제2장 신동엽의 삶과 세계인식

1. 1950~60년대 시사적 인식 · 33
2. 세계관과 시적 토대 · 41
   1) 생애와 세계인식 · 41
   2) 문학관과 시적 전개 · 54

제3장 시의 형식과 이미지 분석

1. 시의 형식구조 · 69
   1) 시어와 소재 · 69
   2) 어조와 율격 · 88
   3) 행과 연의 구성 · 103
2. 상상력과 이미지 구조 · 131
   1) 대지와 신체 이미지의 대응 · 134
   2) 식물과 광물 이미지의 대립 · 151
   3) 천체 이미지의 의미 · 165

제4장 우주적 순환과 원수성의 환원

1. 우주적 순환   • 179
   1) 인류의 고향, 대지의 세계   • 182
   2) 인류의 분업화, 인위적 세계   • 196
   3) 우주지의 정신, 전경인의 세계   • 207

2. 원수성의 환원   • 220
   1) 알맹이 정신 구현   • 223
   2) 대지와 인간 회복   • 235
   3) 문명의 거부와 생명 지향   • 254

제5장 「금강」과 현실인식

1. 서사시 논의의 쟁점   • 267
   1) 서사성의 논의   • 269
   2) 「금강」의 서사성   • 279

2. 문학의식 고찰   • 286
   1) 반외세 민족해방의식   • 288
   2) 반계급 민중해방의식   • 301
   3) 반봉건 민주화의식   • 311

제6장 결론

■ 참고문헌 • 337
■ 찾아보기 • 349

신동엽의 시와 삶

제1장

서론

1. 문제의 제기

신동엽(1930~1969)은 한국 현대사의 격변기를 살다 간 시인이다. 우리 현대사의 격변은 곧 현대시사의 갈등으로 전개되었는데, 그 고통의 틈바구니에서도 그의 문학은 확고한 입지를 보여주었다. 그는 1959년 『조선일보』 신춘문예에 석림(石林)이라는 필명을 사용하여 「이야기하는 쟁기꾼의 大地」가 입선함으로써 문단에 발을 딛는다. 등단 이후에 그는 모순된 우리 민족사의 '껍데기'를 벗겨 '알맹이'로 되돌아가고자 하는 능동적인 시정신을 추구하는 한편, 현대문명의 모순에 대한 비판을 가해왔다. 즉, 그의 시세계는 1894년의 동학농민전쟁, 1919년 3·1 독립운동, 1960년의 4·19 학생혁명 등 모순된 역사에 대한 저항을 중심으로 전개되어온 우리 민족사의 알맹이 찾기에 중심을 두었던 것이다. 그리하여 그는 현실 극복정신 및 미래 지향성의 추구라는 시세계를 지속적으로 형상화해왔다. 그 결과 그의 작품 활동은 10여 년이라는 비교적 짧은 기간 동안 이루어졌지만, 그가 성취한 시문학은 우리 문학사에 굵은 획을 긋고 있다.

1945년 을유해방이 되면서 우리 민족과 민족문학은 격심한 이데올로기의 갈등을 겪게 된다. 아울러 그러한 갈등이 채 가라앉기도 전에 몰아닥친 동족간의 피비린내 나는 전쟁은 또다시 우리 민족을 자괴감과 허무주의로 몰아넣고 말았다. 이렇듯 1950년대의 문단은 해방 이후 갈등의 연장선상에서 경험한 6·25와 남북 분단, 그로 인한 좌·우 이념 논쟁의 질곡을 겪게 된다.[1] 이러한 1950년대의 비극적 상황은 1960년대에 이르러 다시 순수·참여문학의 대립양상으로 이어져, 우리의 문학사적 당면 과제들을 폭넓게 수용하지 못하게 하였다.

이러한 시대 상황 속에서 신동엽의 문학 기반은 형성되고 전개되었다. 그는 데뷔작 「이야기하는 쟁기꾼의 大地」에서 현대문명과 역사에 대한 비판의식을 형상화함으로써, 뚜렷한 시세계를 보여주기 시작하였다. 그의 데뷔작 「이야기하는 쟁기꾼의 大地」는 그동안 제대로 평가받지 못하였으나, 등단 이후 그의 시적 전개과정을 고려해본다면 충분한 의미를 부여해야 할 것이다. 그는 문단 데뷔 1년 뒤에 4·19 학생혁명을 겪으면서 보다 적극적인 작품 활동을 전개하기 시작한다. 아울러 초기에는 모더니즘의 세계에 서 있던 김수영이 가세하면서 이들의 문학 활동은 민족문학의 흐름을 형성하기에 이른다.[2] 그리하여 이 흐름은 1960년대로부터 70년대, 80년대로 이어지면서 보다 진전된 민족문학과 민중문학으로 확산되어 온 것이다.

그동안 신동엽의 시에 대하여 이루어진 논의는 상당한 양에 이르고 있는 바, 여러 각도에서 그의 시세계가 밝혀지게 되었다. 그러나 이제

---

1) 김재홍, 『현대시와 역사의식』, 인하대 출판부, 1988, 118~214쪽 참조.
2) 염무웅, 「김수영과 신동엽」, 구중서 편, 『신동엽』, 온누리, 1983, 161쪽.
　 백낙청, 『민족문학의 새 단계』, 창작과비평사, 1990, 285쪽.
　 김우종 외, 『한국현대문학사』, 현대문학사, 1991, 314~317쪽.

　　　　　　　　　　　　　　　　　　　　신동엽의 시와 삶

우리가 그간의 논의들을 살펴볼 때, 그의 시에 대한 연구에서 몇 가지 문제점을 발견할 수 있다.

첫째, 그의 시에 대한 연구는 이제 전체적이고 종합적인 검토가 필요하다고 본다. 그동안 그의 시에 관한 논의가 부분적인 관심, 특히 그의 대표작 「錦江」이나 「껍데기는 가라」 등 몇 작품에 국한되었기에, 이제 영역을 확대하여 전체적인 면모를 살펴보고 시적 평가를 내려야 한다는 뜻이다.

둘째, 시대와 생애 그리고 시의 관련양상 속에서 그의 시세계를 연역적으로 받아들이고 있는 점을 지적할 수 있다. 즉, 신동엽이 김수영과 함께 민족문학의 초석을 마련하였던 것은 수긍할 수 있는 사실이나, 우리가 이러한 측면에서 그의 시를 획일적으로 바라보는 태도는 문제가 아닐 수 없다. 시에 대한 연구는 시세계 전반을 이해한다는 측면에서 폭넓고 구체적이면서도 귀납적인 논의가 이루어져야 하기 때문이다. 그의 시를 올바로 이해하기 위해서는 그동안 주로 관심 있게 논의되어 왔던 비극적 역사와 분단 문제 이외에도 다음의 사항이 함께 고려되어야 한다. 그것은 대지의 사상, 원형성, 아니키즘, 문명비판, 서사성, 우주적 사고, 정신 지향성 등을 들 수 있다. 이러한 면들이 배제되고서는 그의 시를 옳게 파악했다고 할 수 없다. 그만큼 그의 시는 풍부한 내면성을 지니고 있기 때문이다.

셋째, 그의 시에 대해서는 '시는 언어의 예술'이라는 사실에 입각한 예술성의 논의가 부족하다. 시의 연구는 언어의 구조와 내면의 심층적 이해 등이 병행되어야 한다. 따라서 이를 위한 미시적 접근이 중요하다고 믿는다. 그 이유는 체계적이고 분석적인 연구를 통해서만 작품이 갖는 의미를 완벽하게 파악할 수 있기 때문이다. 그러므로 신동엽의 시에 대해서도 언어의 구조와 형식에 대한 검토, 즉 예술성에 대한 논의가 깊이 있고 체계 있게 이루어져야 한다.

넷째, 이제 그의 시에 대한 연구는 방법론의 확대와 심화가 필요하다. 기존의 연구들이 신동엽의 시에 대하여 성실한 접근을 시도하고 있으면서도 총체성에 도달하지 못한 것은 시각이 한정되어 있고 접근방법론이 다양하지 못한 데서 기인한다. 가령 '대지의 사상', '원형성', '우주적 사고' 등은 그의 시 해명에 중요한 의미를 지님에도 불구하고 그동안 깊이 있게 천착되었다고 볼 수는 없다. 이를 다루기 위해서는 그의 시에 대한 심층 분석과 원형 비평이 필요하다. 이러한 측면으로 보다 다양하고 깊이 있게 접근해갈 때, 신동엽 시의 포괄적·심층적 이해를 통한 시적 특질과 가치 및 문학사적 의의를 동시에 밝힐 수 있을 것으로 생각한다.

한편, 작가와 작품은 역사적 산물이면서 동시에 초역사적인 것이라는 딜타이의 견해 속에는 정신의 초역사성과 역사적 예속성 사이의 갈등을 포괄하는 관점이 자리 잡고 있다. 즉, 문학과 그 역사의 연구를 위한 참된 시학은 인간의 보편적인 특성에 대한 연구와 그 역사적 탐구의 결합에서 가능하다는 것이다.[3] 또한 엘리아데는 그의 저서에서 성스러운 인간과 세속적인 인간의 문제를 집약적으로 밝히고 있다.[4] 이러한 점들은 '신성'과 '세속'의 대립으로 파악할 수 있는데, 여기서 말하는 '신성'이란 역사적 종교가 아니라 태고적·만유질서적 종교를 의미한다. 그러므

---

3) Kurt Müller-Vollmer, *Towards A Phenomenological:A Study of Wilhelm Dilthey's Poetik* (Mouton, The Hague, 1963), pp.41~46 참조.
4) M. Eliade, *The Sacred & The Profane*(Harcourt, Brace & World, Inc., 1959), pp.8~18.

신동엽의 시와 삶

로 '신성'과 '세속'의 대립은 곧 '초역사'와 '역사'의 대립으로 환치시킬 수 있다. 궁극적으로 인간은 역사의 원심력과 초역사적 환경이라는 구심력의 상호작용 위에 존재한다. 이 두 측면의 평형관계 속에서만 인간은 바람직한 삶과 자유를 누릴 수 있는 것이다. 따라서 어느 한 측면만으로 인간을 이해하고 파악하는 것은 바람직한 일이 아니다. 그것은 문학이라는 예술세계를 논하는 데에서도 타당한 것이거니와, 시인 신동엽을 올바르게 해명하는 데에도 가치를 갖는다.

이러한 전제 위에서 바라볼 때 신동엽의 시에 대한 기존의 연구는 주로 역사적 지평에서 접근되어 왔다는 비판을 제기할 수 있다. 그 결과로 그동안 그의 시가 지니는 사상적 깊이와 넓이, 그리고 예술적 형상성의 문제는 상당 부분 경시되어 왔다 해도 과언이 아니다. 이러한 사실은 그의 시적 출발과 토대가 갖는 역사 사회적 환경요인 때문이었다고 이해된다. 그러나 그의 시를 자세히 살펴보면, '초역사'와 '역사'라는 두 측면의 상관성은 남다른 점이 있다. 요컨대 그의 시에는 중요한 요소로서 '초역사적' 또는 '영원주의'라고 부를 만한 면이 함축되어 있음을 발견하게 된다.[5] 이 점은 그의 시에 나타나는 '우주적 순환과 원수성의 환원'이라는 독특한 인식 틀로서 해명해낼 수 있다.

신동엽은 '역사성'과 '초역사성'의 관련 속에서 보다 깊고 넓은 시세계를 형상화해 보여주었다. 지금까지 그의 시에서 '역사'에 대한 관심도

---

5) 신동엽, 『신동엽전집』, 창작과비평사, 1980, 361~373쪽과 384~385쪽.
신동엽은 우주 순환에 대한 신화주의적 사고를 보여준다. 그것은 '원수성 세계(原數性 世界)→차수성 세계(次數性 世界)→귀수성 세계(歸數性 世界)'로 우주가 순환한다는 점으로 요약할 수 있다.

현실 문제의 공시적 관점에 머문 감이 없지 않은데, 이를 역사적 시간의 폭으로 확대하여 이해하고 접근할 필요가 있다. 아울러 '초역사'적 영역에서도 그의 시를 심도 있게 검토해야 한다. 이러한 인식론적 지평 위에서만 '역사'와 '초역사'의 팽팽한 긴장감 속에 형성된 그의 시세계에 올바르게 접근해갈 수 있을 것이다.

2. 연구사 검토

신동엽 시의 전반적인 특징은 현대사회의 삶과 문명에 대한 비판과 민족의 모순된 역사에 대한 비판이라는 두 축을 중심으로 인간의 원초적 생명과 자연 그리고 민족의 순수성에 대한 동경으로 나타난다. 그동안에 이루어져 온 그에 대한 평가는 대체로 1960년대에 전개된 순수·참여시 논쟁 속에서 그가 참여시의 한 축을 뚜렷하게 일구어냈다는 측면이 지배적이다. 그 결과 그는 1960년대 시단의 대표적 시인이라는 긍정적 평가를 얻고 있다. 물론, 그의 시에 대해서 부정적인 면들이 지적되기는 했으나 그의 시문학적 가치와 문학사적 위치는 매우 긍정적으로 파악되었다. 그러나 이러한 점은 그의 시에 대한 획일적 접근의 한 결과로 받아들여지기도 한다. 그는 1960년대 후반에 본격적으로 제기되었던 순수시와 참여시의 대립구도 속에서 참여시를 추구하는 입장에 섰을 뿐만 아니라, 확고한 시세계를 보여주었다. 그리하여 이후에 민중시라는 이름으로 더욱 심화되어 가는 시적 토대를 마련했다는 점에서 그에게는 긍정적이든 부정적이든 시사적 중요성이 놓인다. 그동안 그의 시적 성과에 대한 논의가 주로 민중시의 논리에서 이루어진 것도 그 까닭이다. 그러나 이러한 결과는 평자들이 그의 시가 보여주는 이데올로기에 동조함으로써 다분히 주관적인 속성을 드러낸 결과6)라 할 수도 있다.

신동엽에 대한 문단의 본격적인 관심은 1967년 1월에 발표된 「껍데기는 가라」에 대한 조동일과 김수영의 언급으로 시작되었다. 조동일의 지적은 최초의 것이면서도 정곡을 찌르는 예리함을 보여준다. 조동일은 참여시를 초보적인 각성의 단계, 자기 부정의 단계, 참여시의 단계로 나누고, 신동엽의 「껍데기는 가라」를 참여시 최고의 단계로 규정하였다. 그는 시인이 시로써 현실을 변모시키고 발전시키고 창조하는 데 주저해서는 안 된다고 강조하고, 이것이 시의 최고 경지이며 이러한 시를 쓰는 시인을 위대하다고 제시하였다. 이러한 관점에서 신동엽의 '껍데기는 가라'는 외침은 결코 비겁하거나 왜소하지 않으며 산문으로 떨어질 위험도 없다고 하였다. 당당하면서도 유려하게 울려 나오는 시로서 내용과 형식이 일치되어 있다고 하여, 이 작품을 시가 도달할 수 있는 최고의 경지에 육박하였다는 찬사를 아끼지 않았다. 또 그는 시란 어느 문학의 양식보다도 구체적이어야 하며 포괄성을 지녀야 하는데, '껍데기'와 '알맹이'는 아주 구체적이면서도 포괄적이라고 지적하였다. 또한 '중립'이라는 상징어를 통해서 이 시는 무한한 상상력을 그대로 유지하면서도 현실에 튼튼히 뿌리박고 있으며, 전통을 현재에 투입시켜 가장 놀라운 효과를 자아낸다 하였다. 그 결과 이 시는 예술성과 사상성의 일치가 무엇을 말하는지 정확하게 대변해준다고 평가하였다.7)

김수영은 그동안 여러 시인들이 그들의 시에서 보여주었던 불평의 나

---

6) 이승훈, 『한국현대시론사』, 고려원, 1993, 261쪽.
7) 조동일, 「시와 현실참여」, 『52인 시집』, 신구문화사, 1967.
　　이 시집에 신동엽은 「껍데기는 가라」, 「三月」, 「발」, 「진달래 山川」, 「그 가을」, 「아니오」, 「원추리」 등을 실었다.

열이나 뜨거운 호흡, 투박한 체취에 진력이 났다고 하며, 이제 필요한 것은 불평이 아니라 시이고 될 수 있으면 세계적 발언을 할 수 있는 시라고 하였다. 이러한 입장에서 김수영은 신동엽의 시가 참여시에서 바라는 최소한의 모든 것을 지니고 있다는 평가를 내렸다. 그 이유로는 신동엽의 시에 강인한 참여의식이 깔려 있고 시적 경계를 할 줄 아는 기술이 숨어 있으며, 세계적 발언을 할 줄 아는 지성이 숨쉬고, 죽음의 음악이 울리고 있다는 점을 들었다. 그는 신동엽의 시에서 소월의 민요조와 육사의 절규를 찾기도 하였으며, 신동엽을 1950년대 모더니즘의 해독을 너무 안 받은 사람 중의 하나라고 하였다.[8] 이러한 조동일과 김수영의 견해들은 신동엽 시의 시사적 의미와 시에 대한 이해의 가늠자로 작용하여, 이후 그의 시에 대한 연구 방향이 획일화되는 계기가 되었다.

그 결과로 그의 시에 대한 평가는 대체로 우리 역사상 동학농민운동, 3·1 독립운동, 4·19 학생혁명 등으로 이어져 온 민족의 저항의지를 형상화했다는 측면의 논의가 지배적이었던 것이다.[9] 아울러 이러한 입장에서 우리의 전통 서정과 민요의 재활용에서 얻어진 형식미에 대해 긍정적으로 평가하기도 하였다.[10] 그리고 그의 문학세계에 대한 관심은

---

8) 김수영, 「참여시의 정리」, 『창작과 비평』, 1967. 겨울.
9) 구중서, 「신동엽론」, 『창작과 비평』, 1979. 봄.
　　조남익, 「신동엽론」, 구중서 편, 앞의 책.
　　채광석, 「민족시인 신동엽」, 『한국문학의 현단계 3』, 창작과비평사, 1984.
　　신익호, 「신동엽론」, 『국어대학』 제25집, 전북대 국어국문학회, 1985. 8.
　　김종철, 「신동엽론—민족·민중시와 도가적 상상력」, 『창작과 비평』, 1989. 봄.
　　김영무, 「알맹이의 역사를 위하여」, 『시의 언어와 삶의 언어』, 창작과비평사, 1990.
10) 신경림, 「역사의식과 순수언어」, 구중서 편, 위의 책.
　　김병익 외, 『현대한국문학의 이론』, 민음사, 1972, 241~259쪽.

　　　　　　　　　　　　　　　　　　　　　　신동엽의 시와 삶

주로 「錦江」의 서사성 문제에 집중된 것이 사실인데, 이에 대한 긍정적인 평가[11]와 서사시로서의 결점을 비판한 글[12]이 있다. 이외에도 그의 전기적 사실을 밝힌 글[13]을 들 수가 있다. 그리고 미흡하게나마 그의 시 「껍데기는 가라」에 대한 미시적 분석[14]이 있었다. 이 글은 신동엽의 대표시 한 편에 논의가 국한되었으나, 그의 시에 대한 논의의 가능성을 새로운 방향으로 보여주었다는 점에서 가치 있게 평가된다.

이상에서 지적한 바와 같이, 그간의 신동엽에 대한 관심들은 대개 역사 사회적 비평으로 접근한 결과이거나, 그의 시 일부분에 대한 검토였다고 파악된다. 따라서 그의 시 전반을 이해하거나, 그의 시에 내재되어

---

11) 김재홍, 앞의 책, 22~29쪽.
　　강형철, 「신동엽연구」, 숭전대 대학원 석사논문, 1984. 12.
　　민병욱, 『한국서사시의 비평적 성찰』, 지평, 1989, 235~252쪽.
　　권영민, 앞의 책, 182~183쪽.
12) 김주연, 「시에서의 참여문제」, 성민엽 편, 『껍데기는 가라』, 문학세계사, 1984.
　　조태일, 「신동엽론」, 구중서 편, 앞의 책.
　　김우창, 『궁핍한 시대의 시인』, 민음사, 1977, 207~220쪽.
　　이 글에서 김우창은 「錦江」은 신하늬라는 주인공의 어색함, 덜 다듬어진 시구나 구성, 역사적 사고가 얕고 단순함, 시의 감정이 강렬하기는 하나 복합성을 지니지 않음, 역사나 감정의 단순화라는 결점에도 불구하고, 우리에게 전해져 오는 진실은 우리 마음을 감동케 하는 충분한 힘이 있다'고 평가한다. 그러나 그는 장르의 문제에 있어서는 형식상의 문제와 구성의 결함 등을 내세워 서사시가 아니라는 평가를 내렸다.
　　홍기삼, 「한국 서사시의 실제와 가능성」, 『문학사상』, 1975. 3.
13) 성민엽 편, 『껍데기는 가라』, 문학세계사, 1984.
　　윤재걸, 「한반도와 민족시인」, 구중서 편, 위의 책.
　　인병선, 「당신은 가신 분이 아니외다」, 같은 책.
　　＿＿＿, 「일찍 깨어 고고히 핀 코스모스」, 같은 책.
　　신정섭, 「대지를 아프게 한 못 하나 아버지 얼굴가에 그려넣고」, 같은 책.
14) 홍정선, 「단순함의 힘- 신동엽의 「껍데기는 가라」」, 『역사적 삶과 비평』, 문학과 지성사, 1986.

있는 원형적이며 초역사적인 부분에 대한 관심에는 소홀했던 것이 사실이다. 물론 이와 다른 관점으로 그의 시 내면의 심층적인 접근을 새롭게 보여주어 관심을 끄는 글들이 있었는데 충분한 논의에는 이르지 못하였다. 그것은 이가림, 이동하, 서익환, 이승훈, 조재훈 등에 의해서 이루어졌다.

이가림은 「이야기하는 쟁기꾼의 大地」를 중심으로 검토하면서, 신동엽 시의 중심을 지탱하는 가장 중요한 주춧돌을 생명력이 넘쳐흐르는 시원적 세계로의 '돌아감'으로 파악하였다. 즉, 이가림은 '만남'에의 갈증을 비극적 역사의 상황에 대비함으로써 획득하게 되는 복합적 의미에서 이 작품의 의미를 찾고 있다. 그리하여 이 작품을 신이 없는 시대에 씌어질 수 있는 도전적인 예언자의 목소리로 결론짓고 있다.[15]

서익환은 신동엽의 시에 나타난 휴머니즘에 대하여 살폈다. 그는 시인을 시적 감수성과 인식의 눈으로 인간 삶의 총체적 의미를 역사 공간과 사회 공간 속에서 탐색하려는 현존자라고 이해하면서, 신동엽의 시적 감수성과 인식의 심연은 휴머니즘의 순수성을 상실한 '차수성의 세계'에 강한 거부 반응을 나타낸다고 지적한다. 그리하여 그의 주장은 신동엽의 시가 역사와 문명이 안고 있는 구조적 모순을 치유하고 개혁하려는 강한 의지를 시정신 속에 담고 있다는 결론에 도달한다.[16]

이상의 긍정적인 평가와는 달리, 이동하는 신동엽의 시에 나타난 역사관과 여성관의 모순성을 추출해내고 있다. 그는 신동엽이 역사에 대해서 깊은 관심과 자기 나름의 시각을 가지고 있었고, 그 점이 분명하게

15) 이가림, 「만남과 동정」, 구중서 편, 앞의 책.
16) 서익환, 「신동엽의 시와 휴머니즘」, 『현대문학』, 1991. 3.

신동엽의 시와 삶

드러난 「錦江」은 동학농민전쟁과 3 · 1 독립운동 및 4 · 19 학생혁명을 하나의 맥락으로 연결시켜 보려는 시도였다고 주장한다. 그러나 그는 신동엽이 소박한 차원에서 자기 나름의 심각한 탐구를 행하였지만, 역 사인식의 오류가 곧 시적 성취에 장애요인으로 작용한다고 하였다. 이 동하는 신동엽의 철학적 사유를 포괄적으로 보여주는 '원수성 세계→차 수성 세계→귀수성 세계'의 순환은 거창하면서도 신뢰하기 어려운 발상 이라고 지적하였다. 한편 그는 신동엽의 여성관에 대해서도 비판하며 「여자의 삶」에 나타나는 모순을 파헤친다. 신동엽의 여성관은 유구한 역사를 가진 남성들의 여성 억압적 논리 가운데 하나를 아무런 반성 없 이 되풀이하고 있다는 것이다. 요컨대, 그는 신동엽의 여성관이 다분히 반동적인 성격을 가진 것이라고 결론짓는다.[17]

이승훈도 이동하의 관점에 동조하면서, 신동엽의 시론을 검토하여 세 가지 모순을 추론하였다.[18] 첫째는 신동엽의 시에 나타나는 현대성의 개념으로, 사회적 분업에서의 무정부성을 비판한다. 즉, 신동엽이 현대 사회의 특성을 노동 분업으로 파악한 점은 객관성을 띠지만, 그것이 과 학적으로 검토되지 않았다는 점을 문제로 제기하였다. 둘째는 인류사회 세 단계 문제로서, 현대를 퇴폐적인 시대로 인식하는 신동엽의 역사주 의적 태도와 시간을 돌고 도는 순환적 체계로 인식하는 신화주의적 태 도가 서로 모순된다는 점을 지적한다. 셋째는 현대시의 방향에서 신동 엽의 '전경인(全耕人)' 개념을 비판하였다. '전경인'이라는 낱말은 신동

---

17) 이동하, 「신동엽론-역사관과 여성관」, 김용직 외, 『한국현대시연구』, 민음사, 1989.
18) 이승훈, 앞의 책, 262~266쪽.

엽의 문맥에 따르면 과학이 아니라 이데올로기의 개념에 속하지만, '전경인'은 그의 사고가 보여주는 신화주의적 입장 때문에 참된 이데올로기의 시로 나갈 수 없게 만든다고 하였다. 그런 점에서 신동엽은 소박한 반문명주의, 아니면 신화주의에 토대를 둔 민중시를 지향했다고 하였으며, 이것을 그의 시적 한계로 제시한다.

한편, 신동엽의 문학 형성배경으로서 금강의 역사적 공간이 갖는 문제점을 새롭게 제기하여 관심을 끈 것은 조재훈이다. 조재훈은 '금강과 신동엽의 문학'에 접근하면서, 금강이 갖는 역사 지리적 의미와 금강과 백제정신의 뿌리에 대하여 고찰하였다.[19] 이 글은 확실히 신동엽의 이해에 대한 획기적인 전환으로 바라볼 수 있으나, 아직은 문제제기의 평문에 그친다. 다만 백제정신으로서 소박성, 화평성, 윤리성, 진취성, 예술성, 저항성을 밝혀낸 점은 앞으로의 신동엽 시 연구에 한 실마리를 제시해주었다고 평가할 수 있다.

이상의 다섯 논자들이 보여준 태도는 신동엽의 시문학을 보다 넓은 안목으로 파악함으로써, 그의 시세계에 대한 새로운 인식의 지평을 열어주는 계기가 되었다. 그러나 아직은 시세계 전반의 분석과 검토에 이르지 못하였다는 점에서, 이를 토대로 신동엽 시에 대한 보다 심도 있는 논의가 필요하다고 본다.

그동안에 이루어진 신동엽 시에 대한 논의 전반을 살펴볼 때 다음과 같은 몇 가지 사실을 정리할 수 있다. 일차적으로 신동엽의 시에 대한 이해는 이제 획일적인 접근이나 그의 시 일부에 대한 관심을 지양하고, 새로운 면으로 폭넓게 시도되어야 한다는 점이다. 다음으로는 그의 시

---

19) 조재훈, 「금강과 신동엽의 문학」, 『호서문학』 제17집, 1991. 11.

　　　　　　　　　　　　　　　　　　　　　　신동엽의 시와 삶

언어와 구조적 측면에서 보다 세밀한 작품 분석이 필요하다. 아울러 그의 시에 대한 심층적 접근이 활발하게 모색되어야 한다고 믿는다. 이 점에서는 그의 우주적 사고에 대한 원형적 검토와 시세계의 이해가 있어야 하겠다.

3. 연구방법

문학의 연구는 어느 특정한 하나의 방법에만 의존할 수 없다. 그동안 문학의 연구는 여러 가지 방법에 의해서 수없이 많은 실천작업들이 이루어져 오고 있으나, 어느 한 가지 연구방법만으로는 문학의 내외적인 요건을 규명하여 문학성을 이해하고 평가하기 어렵다. 그 점은 문학작품이 단선적으로 구축된 형성물이 아니라, 상상력에 의하여 미묘하고도 복잡한 구조로 창조된 것이기 때문이다. 따라서 어느 일면의 분석이나 투시에 의해서는 그 문학적 가치를 다 밝힐 수 없다고 하겠다.[20] 그러므로 문학 연구는 내면적인 접근과 외면적인 접근으로 나눌 수 있는 것이며, 이러한 두 측면의 접근이 변증법적인 조화를 이룰 때 문학 연구의 바람직한 결과를 낳을 수 있다.

문학 연구방법은 크게 역사주의 비평방법과 형식주의 비평방법으로 나눌 수 있다. 전자는 주로 문학과 역사 현실의 상응적 관계를 기저로 하여 문학이 역사적 전진의 견인차가 되어야 한다는 입장에서 출발한다. 문학을 문학이 되게 하는 내적 요건보다는 현실과 역사의 반영이나

---

20) R. Wellek & A. Warren, *Theory of Literature*(Penguin Books, 1970), pp.73~74 & 139~141 참조.

그 수용과 분사의 기능을 존중하고, 그 원동력을 문학이 담당해야 한다는 입장을 취한다. 그러므로 역사주의 비평방법은 주로 문학의 사회적 의미나 가치의 추출에 관심을 집중시킨다. 역사주의 비평방법이 과거의 문학을 이해하기 위해, 그 작품을 낳은 역사를 재구성하는 일에 노력을 기울이는 것도 바로 역사적 현실과 문학과의 상응관계를 중시하는 데서 비롯되는 것이다.[21] 이러한 방법에는 사회주의 비평방법, 전기적 비평방법, 문학 사회학적 비평방법, 수용미학 등이 포함될 수 있다. 이와는 달리 형식주의 비평방법에서는 작가의 사상이나 감정, 작품에 수용된 사상성, 작품이 사회에 끼치는 영향 등을 세밀히 분석하고 평가하는 것과는 다른 입장에서, 작품 자체의 형식적 요건들, 즉 작품 각 부분들의 배열관계 및 전체와의 관계를 분석하고 평가한다. 이러한 문학 연구방법으로는 러시아 형식주의 비평방법, 프랑스 구조주의 비평방법, 현상학적 비평방법, 영미 뉴크리티시즘 등이 포함될 수 있다.

문학을 연구하는 데 우리가 그 어느 하나의 방법만을 가지고 접근할 경우, 그 결과는 문학의 본질적 접근에 도달하지 못하고 한 시인이나 작가의 문학적 특성이나 가치를 놓치기 쉽다. 따라서 문학 연구는 내재적인 연구방법과 외재적인 연구방법의 조화 내지는 통합이 필요하다. 우선 문학작품의 표면적 의미를 드러내기 위해서는 언어 형식구조의 분석이 전제되어야 한다. 그리고 이러한 분석의 결과에 의해서 드러난 작품의 의미에 의해서 그것이 어떻게 현실상·시대상을 드러내고 있는가를 살필 수 있고, 이를 길잡이로 하여 작품의 심층적 의미도 밝힐 수 있을 것이다.

---

21) A. Jefferson & D. Robey, 최상규 역, 『현대비평론』, 형설출판사, 1985, 5~26쪽 참조.

지금까지 신동엽의 시에 대한 접근은 주로 역사 사회 문화적 비평에 치우쳐 왔다. 물론 그러한 연구 결과들이 그의 시 이해에 상당한 성과를 낳은 것도 사실이다. 그러나 역사 사회 문화적 접근만으로는 그의 시 연구를 바람직한 방향으로 이루어낼 수 없다. 또한 그러한 측면으로 신동엽의 시에 대하여 획일적인 접근을 한 경우에는 그의 시 전체를 포괄하지 못하고 시를 강한 주장이나 이념, 구호로 파악하여 그의 다양한 시 세계를 축소시켜버리는 결과를 낳기도 하였다. 그러므로 이러한 문제를 바로잡기 위해서도 그의 시 이해에는 방법적인 면의 확산이 필수적이라 하겠다.

　나아가서 문학의 영역은 인간생활의 의식이나 감정의 세계를 내용으로 하는 일면과 함께 그것을 언어에 의해서 문학적 기법으로 형상화하는 데서 규정된다. 우리는 시의 연구에 임할 때 무카로브스키가 제기한 "시의 언어는 장식의 언어가 아니다"[22]라는 사실을 늘 염두에 두어야 한다. 따라서 시의 이해에는 내용적인 면과 아울러 형식적인 면이 함께 고찰되어야 할 것이다. 이 점에서도 신동엽 시에 대한 기존의 논의들은 비판의 대상이 된다. 그의 시 연구도 시는 '고도의 언어 사용'이 요구된다는 점을 고려하여, 작품의 세밀한 분석과 이해를 위한 형식주의적 접근이 동시에 병행되어야 한다. 물론 신동엽 시문학의 가치는 보다 분명한 주제의식의 전달에 주안점이 놓이므로, 이 방법이 그의 시 전체에 두루 적용되는 데에는 한계가 있는 것도 사실이다. 그럼에도 시에 대한 편내용주의적 태도를 벗어나 작품의 본질적인 면에 접근하려는 태도는 간

---

22) J. Mukarovsky, 「On Poetic Language」, J. Burbank & P. Steiner ed., *The Word & Verbal Art*(Yale Univ. Press, 1977), pp.1~2.

과할 수 없는 문제이다.

일반적으로 시에 사용된 언어는 일상 언어의 사용법과는 다른 차원에서 작용한다. 그것에 대해서 야콥슨은 언어의 여섯 가지 기능 가운데 발언이 전언을 지향하면 언어가 시적 기능을 나타낸다 하였고, 무카로브스키는 시적 언어의 기능은 표현행위 자체를 지향함으로써 미적 효과를 산출하는 데 있다고 하였다. 즉, 시어는 정상적인 규범으로부터 벗어남으로써 미적 효과를 갖는데, 이 점은 '낯설게 하기', '일탈', '전경화', '비자동화', '문채' 등의 용어로 설명되는 독특한 언어의 운용23)을 말한다. 구조주의적 관점에서는 작품을 언어로 짜인 관계의 그물망으로 인식하여 작품의 의미는 그 관계들의 결속에서 밝혀지는 것으로 믿는다. 또한 시에서 언어의 관계망은 다중적 · 복합적인 심상으로 놓여 있기에, 독자들은 언어 표현 하나하나가 모두 그 나름의 의미를 갖고 짜인 작품에서 관계의 구조적 회로를 찾아가며 의미를 생성해내야 한다24)고 주장한다. 즉, 시의 연구는 과학적, 체계적, 분석적인 연구방법을 통해서 "문학적 언어를 지배하는 보편적 법칙의 발견"25)을 지향하는 것이다.

그러한 점에서 작품 자체에 대한 치밀한 분석을 병행하지 않는 문학 연구는 관념적 양태를 띠게 된다. 작품들이 갖는 구조적 회로를 체계적으로 밝혀나갈 때만 보다 바람직한 문학 연구에 다가설 수 있을 것이다. 문학작품의 언어에 대한 세밀한 분석은 항시 의미와의 상관성 위에서 이루어져야 하며, 부분적인 요소들이 지니는 전체 맥락 속에서의 기능

---

23) A. Jefferson & D. Robey, 앞의 책, 27~95쪽 참조.
24) 정효구, 「〈초혼〉의 구조주의적 분석」, 이승훈 편, 『한국문학과 구조주의』, 문학과
비평사, 1988, 176~191쪽.
25) 이승훈, 『한국시의 구조분석』, 종로서적, 1987, 6쪽.

신동엽의 시와 삶

과 의미를 밝혀내는 것이 목적이 되어야 한다. 구조 분석에서 텍스트는 구성요소들의 기계적 합계로 지각되지 않으며, 이들 성분은 유기적 관계 속에서 '독립성'을 상실한다.[26] 각 성분들은 다른 요소들과의 관계 속에서만, 그리고 전체 텍스트의 구조적 총합과 관련해서만 인지되어야 하기 때문이다.

나아가 시의 연구에는 그 시대와 사회에 대한 구체적 반응이나 정신이 참조되어야 하지만 인간에게 내재하는 무의식도 도외시할 수 없다. 왜냐하면 시대적인 정신 속에는 항시 초시대적인 것이 면면히 흐르고 있기 때문이다. 더구나 신동엽의 경우는 역사 사회적 모순의 인식과 함께 우주적 순환에 대한 원형적 사고를 지니고 있었다. 그것은 '순환론적 세계관'이라 할 수 있는 우주적 인식 틀로써 해석된다. 그는 인류의 고향인 대지의 '생명본향적' 세계를 원수성의 세계로, 현대문명의 인간성 상실을 차수성의 세계로, 다시 인류의 고향으로 되돌아가는 과정을 귀수성의 세계로 파악한다. 이러한 점은 신동엽의 신화 원형적 태도로서, 그가 우주의 근본적인 것을 토대로 사고하고 있었음을 알 수 있는 것이다. 따라서 이 점을 검토하기 위해서는 신화 원형적인 접근방법이 필요하다.

신동엽의 시세계를 온전하게 파악하려면 역사 사회적인 표층의 이해와 함께 초역사적인 심층의 의미를 동시에 살펴야 한다. 왜냐하면 인간의 마음은 그 개인의 역사를 가질 뿐만 아니라 인류문화의 최초 단계로부터 남겨진 인류 공통의 심리적 유산을 잠재의식 속에 이어받기 때문이다.[27] 인간은 '역사적 지평과 초역사적 지평'의 두 차원 속에서 살아

---

26) Yu. Lotman, 유재천 역, 『시 텍스트의 분석: 시의 구조』, 가나, 1987, 47쪽.
27) J. Jacobi, 이태동 역, 『칼 융의 심리학』, 성문각, 1982, 63~81쪽.

간다. 따라서 한 시인을 연구하는 데 있어서도 이 점은 반드시 고려되어야 한다. 신동엽 시의 경우도 우리 민족사의 현실을 바탕으로 이해함과 동시에 인류의 원형에 대한 검토가 병행되어야 한다. 이러한 입장으로 그의 시에 접근해갈 때 우리는 보다 바람직한 신동엽 시의 해석에 이를 수 있다고 판단한다.

이상의 사실로 미루어 볼 때, 이제는 신동엽의 시에 대한 총체적인 검토가 필요하다. 문학 비평이나 연구가 어느 한 방법에 의해 완결될 수 없기에, '내재적 접근'에 의한 작품의 내적 의미를 추출하고, '외재적 접근'으로 그 작품의 외연적인 상관성을 밝혀 문학적 의미를 정립해야 할 것이다. 이런 의미에서 작품 내적 질서의 분석에 의한 내적 논리의 통합에 의해서 문학의 독창성과 위대성을 규명하는 하이만(S. E. Hyman)의 통합적 방법(integrated method)[28]을 참조할 수 있다. 다시 말하면, 문학을 보는 관점을 통합적으로 확대하고 심화할 필요가 있다는 점이다. 문학의 논리가 문학 내적인 것과 문학과 관련되는 것 일체를 포함함으로써, 방법론적 일관성만 유지된다면, 문학의 실상은 한결 분명해질 것이다. 그러나 여러 방법을 한꺼번에 동원하는 종합주의는 방법론의 선명성을 해칠 우려가 있다[29]는 사실도 항시 염두에 두어야 한다.

이러한 자세를 견지하면서 본고는 다음과 같이 진행해나갈 것이다.

제1장에서는 지금까지 진행되어온 신동엽의 연구사에 비판적 성찰을 가함으로써 기존 연구에서 제기되는 문제점을 지적해본다. 아울러 기왕

---

28) S. E. Hyman, *The Armed Vision*(Alfred A. Knopf. Inc, 1955), pp.3~12 & 386~402.
29) 문학작품을 연구함에 있어서 통합적인 방법을 이상적인 것으로 삼아야 하겠지만, 작품의 성격 자체가 연구방법의 방향을 미리 규정하고 있다는 사실도 잊어서는 안 된다.

신동엽의 시와 삶

의 연구들을 관점별로 검토하여 논의의 전모와 한계를 밝힌다. 이어서 본고의 연구방법을 제시한다(이 부분은 서론에서 이미 살펴보았다).

제2장에서는 기초적 고찰로서, 1절에서 신동엽이 작품 활동을 벌였던 1950년대와 1960년대의 시사에 대하여 고찰한다. 이는 신동엽의 시가 놓여 있는 시대적 공간을 확인하는 일이다. 2절에서는 신동엽의 생애와 세계인식의 태도를 살피고, 그의 문학관과 시적 전개를 밝힐 것이다. 이러한 관심은 역사주의 비평에서는 필수적이라 할 수 있다.

제3장에서는 신동엽 시의 형식과 이미지의 분석을 시도한다. 그의 시에서 형식구조와 상상력과 이미지의 구조 두 측면으로 살피겠다. 1절에서는 그의 시에 나타난 시어와 소재, 어조와 율격, 행과 연의 구성을 살피고, 2절에서는 그의 시 이미지 가운데 중심을 이루는 다섯 가지 이미지를 '대지와 신체 이미지의 대응', '식물과 광물 이미지의 대립', '천체 이미지의 의미'로 살펴서, 그의 시 상상력의 체계와 이미지의 구조를 밝힌다. 이를 통해서 그의 시형식과 구조에 대하여 세밀하게 검토할 수 있을 것이다.

제4장은 이 책에서 가장 중심적인 부분이라 할 수 있다. 제3장의 논의를 바탕으로 하여, 신동엽의 시에 대하여 신화 원형적 관점으로 접근을 시도한다. 그것은 그의 시에 대한 보다 진정한 이해를 위하여 새로운 방법론의 적용이 필요하기 때문이다. 그의 시는 보다 풍부한 원형성에 바탕을 두고 있는데, '우주적 순환과 원수성의 환원'이 그것이다. 그 점을 1절에서는 '우주적 순환'으로 대지의 세계, 인위적 세계, 전경인의 세계로 나누어 살피고, 2절에서는 인류의 낙원지향의식이라 할 수 있는 '원수성의 환원'으로 알맹이 정신 구현, 대지와 인간 회복, 문명의 거부와 생명 지향에 대하여 검토한다. 이 부분은 그의 순환론적 세계관에 대한

신화 원형적 접근으로 그의 시를 해석할 것이다.

제5장은 신동엽의 시에서 서사시 「錦江」이 차지하는 문학적 비중이 매우 크기 때문에 별도로 설정하였다. 그는 기존의 전통 서정시로서는 그의 의식세계를 다 수용할 수 없다는 한계를 느끼고 새로운 장르의 개척을 모색하였는데, 이 점은 매우 가치 있게 받아들여진다. 그동안 「錦江」에 대해서는 이 작품을 서사시로 볼 것이냐 아니냐 하는 면으로부터 작품의 디테일한 부분까지 검토되었다. 그리고 그 결과는 긍정적 평가와 부정적 평가로 대립되었다. 그러므로 이 책에서는 그동안 논의되어 온 문제를 종합하여 다시 검토하고자 한다. 「錦江」의 논의는 서사시의 서구적인 개념에만 입각하여 검토하는 태도와 어떠한 기준이 없이 접근하는 두 가지 태도를 지양해야 한다. 이 작품의 논의를 위해서는 서사시 일반에 대한 이해가 필요하지만, 서구적인 서사시 개념에 의한 극단적 재단보다는 우리의 문학사 속에 수용하여 논의해야 하기 때문이다. 따라서 1절에서는 그동안 「錦江」을 둘러싼 서사시에 대한 장르적 이견들을 정리하고, 「錦江」이 갖는 서사적 구조와 의미를 살핀다. 이를 통해서 이 작품의 창작의도를 밝히겠다. 이어서 2절에서는 「錦江」과 신동엽의 시세계에 나타나는 문학의식을 검토하고자 한다. 그의 문학의식을 반외세 민족해방의식, 반계급 민중해방의식, 반봉건 민주화의식으로 나누어 살핀다.

제6장은 이상에서 검토한 사실들을 정리하고, 신동엽 시세계의 특성과 가치를 통해 문학사적 위상을 밝힐 것이다.

제2장

신동엽의 삶과 세계인식

1. 1950~60년대 시사적 인식

신동엽의 본격적인 문학 수업은 주로 1950년대에 이루어졌다. 1950년 대의 우리 시단은 이른바 모더니즘의 흐름과 전통 지향적 보수주의의 조류로 크게 나뉘어 대립하는 듯한 양상을 보였다. 그러면서도 역사와 현실의 진정한 문제를 피해가고 있다는 점에서는 거의 모든 시인들이 처했던 바라 할 수 있다. 그러나 신동엽은 이러한 풍조를 철저히 배격하는 자리에서 스스로의 시세계를 출발하였다. 그리하여 그는 1960년대 한국 현대시의 중심으로 자리하게 된다. 1960년대의 현대시는 사회 현실의 모순과 부조리를 고발하고 비판하는 현실 참여의 색채를 강하게 띠기 시작한다. 이어서 1960년대 중반부터 부각된 시의 현실 참여 문제는 1970년대 이후에도 여전히 시단의 중요한 쟁점이 되어 오고 있는데, 이러한 관심을 고조시키는 데에 신동엽은 김수영과 함께 지대한 역할을 하였다.

1950년대의 전쟁을 통한 폐허는 고은이 "아아 50년대!"[1]라고 통탄하

---

1) 고 은, 『1950년대』, 청하, 1989, 13~29쪽과 327~353쪽 참조.

듯이 모든 논리를 등진 불치의 감탄사로 말해야 하는 비극적 연대기라 하겠다. 1950년대는 전쟁이 만들고 전쟁이 버린 시대이며, 역사 또한 인간을 버리고 예술 자체가 인간을 버린 유기의 시대라 할 수 있다. 한국전쟁은 제2차 대전 후 강대국 미·소의 냉전논리의 이데올로기에 의해 약소민족이 희생된 현장이었다. 사실상 그 전쟁은 전면 전쟁이나 다름없는 유형의 전쟁 지속을 의미하기도 하였다. 오히려 전쟁 당시보다 남북한은 더욱 극단적으로 대치되었고, 세계사상 유례를 찾을 수 없는 냉전 상황을 이루게 된다. 그리고 이제까지 쌓아온 한국의 정신적 토대를 붕괴시키는 계기로도 작용하였다. 6·25의 비극적 체험으로 야기된 아픔은 한국 현대사의 처절한 고통의 장으로 자리함으로써, 한국인 모두에게 인간 실존의 어려움과 그 무의미성에 대해서 뿌리 깊은 절망감과 허무를 심어주었다. 더욱이 6·25는 일제강점기 36년의 체험 이상으로 패배주의와 허무주의를 심화하게 되는 결정적 계기로 작용한다. 8·15 해방이 진정한 우리의 힘으로 이루어질 수 없었던 비극은 바로 6·25라는 보다 더 큰 비극을 낳는다. 따라서 일제의 강점과는 또 다른 식민지적 피지배의식을 형성하는 계기가 되었던 것이다.[2] 그런 의미에서 해방 이후의 한국 문학은 그 순서 개념이나 본질 개념의 상대적인 가치를 인정한다고 하더라도, 한국 현대문학사의 전체적인 흐름 속에서 분단시대 문학이라는 하나의 단위로 구획지어진다[3]고 할 수 있다.

---

2) 김재홍, 『한국전쟁과 현대시의 응전력』, 평민사, 1978, 11~12쪽.
　이러한 면은 일제강점기의 체험과 해방 체험, 6·25의 체험이 역사적 인과율에 의한 근원적 연계성을 지니고 있음을 말해주는 것이다.
3) 권영민, 『한국현대문학사』, 민음사, 1999, 23쪽.
　권영민은 문학사를 순서 개념과 본질 개념으로 설명하고 있다. 그에 의하면, 문학

1950년대의 문학이라면 그것은 전쟁과 결부되지 않고는 사실상 어떤 특질도 보유할 수가 없었다. 그러므로 1950년대의 시가 전장의 직접적인 체험을 바탕으로 씌어진 전장시로부터 시작된 것은 너무도 당연하다. 공포와 절망의 전투 상황과 거대한 전장의 사신 앞에서 문학은 어떠한 예술적 표현을 얻을 수도 없는 것이다. 그러므로 인간의 상상력과 언어는 전쟁의 테러리즘 앞에서 참혹하게 파괴되고 만다.[4] 그 결과 전쟁 체험으로 씌어진 시들은 대개 직설적인 상황 묘사와 인위적인 절규나 감탄사의 나열로 채워졌다. 요컨대, 1950년대의 상황은 언어를 제압해 버리고 말았던 것이다.

당시의 특징적 양상을 분류하여 살펴보면, 전장시[5], '후반기' 동인들의 모더니즘 시운동[6], 이와는 상대적인 각도에서 고전적인 감정으로 회

사의 시대구분은 하나의 순서 개념이라 할 수 있지만, 문학사를 사고한다는 것 자체가 문학사의 시대구분이라 할 정도로 중요한 과제가 된다고 한다. 문학사의 시대구분에서 문제가 되는 기준은 역사적 순서 개념과 문학적 본질 개념의 상대적인 조화를 의도할 수밖에 없다. 왜냐하면 순서 개념을 우선할 경우는 문학적 사실의 연대기적 배열을 면하기 어려우며, 본질 개념을 우선할 경우는 역사적 연속성과 그 비연속성의 한계를 규정하기 어려운 국면에 봉착하기 때문이다. 따라서 역사 연구에는 시대구분의 상대적이면서도 절대적인 가치가 강조되는 것이다.

4) 김재홍, 앞의 책, 16~22쪽 참조.
5) 전장시로는 김순기, 장호강, 이영순 등이 전쟁의 폭력을 통해서나마, 삶에 대한 애착과 죽음의 공포를 뛰어넘는 생명의 극한 상황을 보여주었다. 또한 전쟁이 발발하자 문학인들은 종군작가단을 조직하여 적극적으로 전장을 따라다니며 활약하기도 하였다.
6) 권영민, 앞의 책, 129~133쪽.
   윤정룡, 「1950년대 한국 모더니즘 시 연구」, 서울대 대학원 박사논문, 1992. 2, 31쪽.
   부산으로 피난한 일군의 시인들, 김경린, 김차영, 김규동, 이봉래, 조향 등이 새로운 에스프리를 주장하였는데, 이들의 주장은 ① 도시적 현대 감각과 지성적 이미지의 중시, ② 새로운 언어관의 실현, ③ 실존적 사고의 도입, ④ 현실에 대한 적극적 응전 태도로 요약될 수 있다.

귀하려는 경향[7], 사물의 존재론적 탐구를 통해 시의 새로운 방법론적 인식을 꾀하는 시인들[8] 등으로 파악할 수 있다.

6·25는 진정한 의미에서 동족상잔과 UN 대 공산주의 국가의 후견 전쟁이라는 굴욕적인 전쟁의식[9]을 낳는다. 뿐만 아니라 남북 분단의 비극과 함께 민족의 재편성이라는 엄청난 시련을 남기게 된다. 6·25는 정신사적인 면에서 패배주의와 허무주의의 심화라는 부정적 측면과 아울러, 민족과 개인의 재발견이라는 긍정적인 측면도 제시하였으며, 문학사에 커다란 충격파를 형성하였다.[10] 그리하여 문학 내적인 면에서는 미국을 중심으로 하는 서구 문화의 유입으로 한국어의 문학적 가능성, 특히 시적 감수성을 개발할 계기가 되기도 하였다.

문단 재편성의 기운과 문학 내적 사정의 변동에 따라서 1955년을 전후하여 한국 시단은 새로운 변화와 질서를 모색하는 활발한 기운을 맞이한다. 『문예』지의 폐간 이후 공백 상태에 놓였던 문단에 문예지와 종합지의 발간과 문학지와 신문사의 신인 데뷔 제도의 부활은 새로운 시인들

---

7) 서정주, 이동주, 이원섭, 박재삼 등의 시를 들 수 있다. 이들은 고전정신과 토속적 서정, 한국 시가의 전통적 가락과 정서를 통하여, 서구적 모더니즘의 열풍에 노출되기 시작한 한국 현대시에 대하여 자기 반성의 기회를 제공하는 데 기여하였다.
8) 김춘수는 존재와 언어에 대한 깊은 탐구를 지속함으로써 시적 대상과 인식의 문제에 관한 현대시의 한 가능성을 개척해주었고, 신동집은 존재와 언어에 대한 깊이 있는 성찰을 보여주었다.
   그 외, 전쟁의 상흔을 인간적으로 수용하여 그 애환의 로맨티시즘을 형상화하는 경향으로, 전쟁이 강요한 인간부정과 실존적인 어려움 속에서 인간적인 체온을 유지하려는 시인들(조병화, 전봉건, 홍윤숙), 순수한 사랑과 종교적인 갈망을 노래함으로써 휴머니즘을 구현하려는 시인들(정한모, 김남조, 김종길)이 출현하였다.
9) 고 은, 앞의 책, 25쪽.
10) 김재홍, 앞의 책, 117~118쪽.

　　　　　　　　　　　　　　　　　　　　　　　　신동엽의 시와 삶

의 등장을 활성화하는 계기가 되었던 것이다.[11] 또한 1955년부터 1959년에 이르는 기간에 백여 권을 넘는 개인 시집들이 발간되어 현대시의 르네상스를 이루고, 여기에서 본격적인 현대시의 출발이 이루어진다.[12]

1950년대 후반기는 문단의 재편성이라는 분위기 속에서 수많은 신진 시인이 등장했다. 그러나 고은은 1950년대에 신인이 대거 등장했던 사실의 무의미성을 지적하기도 하였다. 신인의 대거 등장은 역기능으로도 작용하여, 한국 문단의 질적 수준과 가능성을 총체적으로 저하시키는 결과를 낳기도 하였던 것이다. 이러한 점은 전쟁이라는 비극에 의한 작가정신의 해체나 자기 확보를 꾀하는 기성작가에 의해 이루어졌다고 하겠다.[13] 그러나 해방으로부터 1950년대까지의 현대시는 한국 현대시사의 전개과정에 중요한 전환점이 되었다. 6·25의 1950년대는 1960년대 및 1970년대로 이어지는 한국 시의 기본 의미체계를 제시해주었기 때문

---

11) 『현대문학』(1955. 1), 『문학예술』(1955. 6), 『자유문학』 등의 순수문예지, 『사상계』, 『신태양』 등의 종합지가 발간되어 추천제가 실시되었으며, 또한 『조선일보』, 『동아일보』, 『한국일보』 등의 신춘문예가 1955년에 부활되었다.

12) 김용직 외, 『한국현대시사연구』, 일지사, 1983, 573~574쪽 참조.
이 시기에 주목을 요하는 시인들로는 이형기, 한성기, 신경림, 박용래, 이성교, 이유경, 고 은, 김관식, 구자운, 황금찬, 장호, 민영, 박희진 등으로 이들은 리리시즘에 바탕을 둔 생명감각을 형상화하였다. 아울러 사물과 존재에 대한 관념론적 인식을 추구하고 언어의 추상적 이미지를 집중적으로 탐구하는 경향의 시들이 나타나기 시작한다. 이들은 1930년대 이상 등의 모더니즘 시운동과 1950년대 '후반기' 동인, 김춘수와 송욱 등의 새로운 언어감각에 접맥되어 관념적 사물 탐구와 추상적인 이미지 조형의 경향을 보여주었다. 이러한 방향에는 김종삼, 김광림, 문덕수, 김영태 등이 언어예술로서 현대시가 겪어야 하는 정당한 모색과 필연적인 당위성을 제시해주었다.

13) 고 은, 앞의 책, 329~332쪽 참조.
이때 등단한 시인들만 보아도 130여 명에 이르고 있다.

이다. 전후 1950년대의 시는 해방 전의 시적 질서를 해체하고 재편성하여 다양한 정신적 특성을 드러냄으로써, 이후의 현대시를 심화·확대할 수 있는 가능성을 제시해주었다.[14] 따라서 1950년대는 민족적인 신성한 것을 찾기 위한 몸부림의 시기였으며, 밖으로부터의 충격에 대응하여 안으로부터 폭발하는 역사적 추진력의 자기 발견의 시대[15]가 되는 것이다.

전후 시단의 이러한 성격 전환이 극적인 고비를 맞은 것은 4·19혁명에 의해서이다. 4·19혁명은 6·25의 피해의식으로 침체의 늪에 빠져 있던 한국 사회에 강한 충격을 가하는 결과를 낳는다. 그것은 우리 민족에게 자유와 권리에 대한 각성과 사회 현실에 대한 비판적 인식, 민족의 역사에 대한 신념을 다시 불러일으키는 계기로 작용하였다. 나아가 4·19혁명은 자유민주주의에 대한 거센 열망과 부정부패에 대한 단호한 거부의식을 지님으로써, 정치 사회적인 측면에서뿐만 아니라 모든 삶의 영역에 대하여 중대한 정신사적 전환점을 이루게 된다.[16] 그리하여 4·19혁명을 전후하여 시문학에는 큰 차이점들이 나타난다. 4·19혁명 이전에는 사회 변혁에 대한 예감이나 기대를 형상화한다거나 정권의 부패에 대한 모순을 파헤치는 시는 거의 없는 실정이었다. 휴전이 성립된 뒤 거리에는 상처 입은 귀환병들로 붐비고 경제는 파탄에 이르러 국민은 생존권의 위협에 직면하였다. 이와 더불어 서구에서 불어 닥친 실존주의적 상황은 국민들로 하여금 현실을 도외시한 채 '신'이니 '존재'니

14) 김용직 외, 앞의 책, 577쪽.
15) 최동호, 「1950년대 시적 흐름과 정신사적 의미」, 김우종 외, 『한국현대문학사』, 현대문학사, 1989, 259쪽.
16) 권영민, 앞의 책, 174쪽.

신동엽의 시와 삶

'벽'이니 하는 식의 관념어에 머물도록 하였다.[17] 따라서 1950년대 후반은 전후의 좌절감과 허무감, 허탈감 같은 것으로 거의 모든 시들이 패배주의적인 색채를 짙게 드리우고 있었다. 이러한 상황에서 발발한 4·19혁명은 시대적 흐름에 대하여 방향 감각을 상실한 시인들에게 신선하고도 강력한 충격으로 작용해 새로운 세계로 발을 내딛게 한다. 이렇듯이 4·19혁명을 계기로 하여 한국 사회에는 지식인의 사회 참여가 한껏 고조되었던 것이다.

결국, 1945년 8월 15일 해방을 맞아 이데올로기의 갈등에 시달리던 해방 시단이 1950년 6·25로 인해 충격적인 전환점을 마련한 것과 같이, 전쟁과 전후의 폐허에서 소생을 위해 몸부림치던 1950년대의 시는 1960년에 4·19혁명을 겪으면서 또 다른 역사적 전환점을 맞이하게 되는 것이다. 4·19혁명은 동학농민전쟁과 3·1독립운동, 그리고 일제강점기하 광주학생운동의 연장선상에서 파악될 수 있는, 치열한 자주독립, 자유 민주, 민족민권을 위한 이 땅에 시민혁명의 시발점이자 애국애족운동의 실천적 투쟁에 있어 시금석으로서의 의미를 갖기 때문이다.[18] 뿐만 아니라, 4·19혁명은 1960년대의 우리 시단이 넘어야 할 하나의 큰 벽으로도 자리하였다. 왜냐하면 1960년대의 벽두에 일어난 4·19혁명은 한국사의 모순에 의한 결과였고, 이 문제에 대한 고민으로부터 시인들은 자유로울 수 없었기 때문이다. 이렇게 볼 때 해방 이후의 시사는 그대로 해방 후 이 땅에서 전개된 역사적 소용돌이의 적나라한 반영으로서 시대의 어려움과 생의 어려움을 예술적으로 수용하고 극복하기 위

17) 신경림, 『우리 시의 이론』, 한길사, 1986, 118~121쪽 참조.
18) 김재홍, 『현대시와 역사의식』, 인하대 출판부, 1988, 215쪽.

한 지난한 몸부림의 표현[19]이라 할 수 있다.

전후의 문학이 보여주고 있던 피해의식과 정신적 위축은 4·19혁명을 통해 현실적으로 극복되기 시작하고, 문학은 새로운 감수성의 변화를 보여준다. 한글세대의 작가들이 소시민적인 삶과 그 내면의식에 대한 추구 작업을 전개하면서, 문학은 개인적인 삶 가운데서의 자기 존재의 발견에 도달하기에 이른 것이다. 이러한 문학적 자기 인식이 사회적 현실에 대한 관심으로 확대되기 시작하자, 문학의 사회참여 문제가 문단의 관심사로 제기된다.[20]

전후세대의 시인들이 보여주었던 1950년대의 시적 지향은 토착적인 정서에 대한 탐닉이나 자의식의 공간과 관념에의 유폐라는 부정적인 측면을 드러내고 있었다. 전통적인 서정성을 시의 본령으로 삼고 있는 시인들은 현실 감각을 제대로 갖추기 어려운 면이 있었고, 모더니티를 꿈꾸던 시인들은 전후 현실과는 거리가 먼 이국적 정서에 현혹되어 있는 느낌마저 주었다. 그렇지만 이러한 양상이 곧 전후의 특수성으로 기록되는 것이며, 그 자체가 한국 현대시의 발전에 결정적인 장애로 작용한다고는 할 수 없다.[21] 왜냐하면 전후의 시인들이 보여준 자세가 비록 허세처럼 보였다 해도, 전후의 혼란 속에서 한국 현대사는 역사와 현실을 직시할 수 있는 포괄적인 힘과 상상력을 키워온 것이 사실이기 때문이다. 그리고 그것은 4·19혁명을 거치며 실천적인 기반을 확보하게 되었던 것이다.

---

19) 김용직 외, 앞의 책, 578쪽.
20) 권영민, 앞의 책, 25쪽.
21) 위의 책, 178~179쪽 참조.

2. 세계관과 시적 토대

1) 생애와 세계인식

　신동엽이 직면한 역사 사회적 환경과 개인적인 환경에서 형성된 삶과 세계인식이 그의 시에 어떠한 그림자를 드리우는가 하는 점이 본 항의 관심사이다. 개인의 정신 발달에 미치는 사회의 영향은 아무리 강조해도 지나치지 않다. 그것은 지각, 심상, 기억 또는 사고와 같은 개인정신의 여러 기능에만 미치는 것이 아니라, 정신의 구조적 성격에까지 작용하게 된다. 그 영향은 개인의 의식 내용에 한정되지 않고, 정신의 무의식적인 동기가 되는 측면에도 깊이 작용하기 때문이다.[22] 그러나 시인의 생애와 시적 전개를 획일적인 관계로 파악하는 자세는 지양되어야 한다. 시적 형상화는 다양한 기법과 장치에 의한 창조과정이기 때문에 생애를 곧 시와 직접적으로, 비례적으로 이해해서는 안 되는 까닭이다. 이는 시인의 생애를 살피는 일이 시를 연구하기 위한 것이지, 시인의 삶에 대한 산문적 고찰은 아니기 때문이다. 전기란 지성뿐만 아니라 감정을 다루는 것이며, 특히 문학 전기는 문학 창조에 충동을 가한 그러한 감정을 다루는 것으로[23], 문학 연구의 한 필요조건이기도 하다.

　전기적 검토는 한 인간이 살다간 후에 남겨진 생기 없는 자료에 생명감을 불어넣어 주는 일이다. 그러나 그의 과거를 이해하되, 그것을 현재하는 관점에서 이해해야만 한다. 아울러 사실을 판단하되, 우리가 높은

---

22) Z. Barbu, 임철규 역, 『역사심리학』, 창작과비평사, 1983, 12쪽.
23) L. Edel, 김윤식 역, 『작가론의 방법』, 삼영사, 1988, 27쪽.

위치에 앉아서 재판하는 투의 행동은 삼가야 하며, 고인을 존중하되 진실을 말해야 한다. 따라서 한 인간의 삶의 본질은 무엇이며, 어떠한 방법으로 우리는 이 본질을 세월이라는 영원한 혼란으로부터, 시계의 냉혹한 고동으로부터 분리시킬 수 있는가 고심해야 한다. 그러면서도 여전히 우리는 그 고동의 생동감을 살펴야 하는 어려움에 처하게 된다.[24] 시인의 생애에 대하여 너무 심하게 "자신의 주관에 의해 채색된 거울에 대상 인물을 비추어보지 않도록"[25] 관심을 기울여야 한다. 이 점은 신동엽의 시에 대한 이해에도 새롭게 환기되어야 한다.

신동엽의 생애에 대한 고찰은 몇 단계의 시기로 구분해볼 필요가 있다. 그가 태어난 1930년부터 초등학교를 졸업하고, 전주사범학교에서 수학하며 사고가 확장되고 세계관의 토대가 이루어진 1948년까지를 성장기라 할 수 있다. 다음은 신동엽이 전주사범을 졸업한 1949년부터 1959년까지 전쟁과 분단을 체험하며 습작을 통해 문단에 데뷔하는 시기로 구분해본다. 그리고 1960년부터는 그의 의식세계가 이전보다 사회적 현실에 더 민감하게 대응하며 시를 쓰는 문학 활동기이다.

(1) 성장기

신동엽은 1930년 8월 18일, 충남 부여읍 동남리 294번지에서 가난한 농민의 아들로 태어난다. 그는 일제가 이 땅을 지배하기 시작한 이후 수탈과 억압이 뿌리를 내린 시기에 태어난 것이다. 아울러 그에게는 부여라는 공간의 역사적 비극성이 선천적으로 주어진다. 신동엽은 가족사적

---

24) 위의 책, 18~19쪽.
25) 위의 책, 51쪽.

　　　　　　　　　　　　　　　　　　　　　　신동엽의 시와 삶

으로 부친 평산 신씨 연순옹이 첫째 아내와 사별하고, 이복누이가 있는 상황에서, 다시 결혼한 광산 김씨 영희와의 사이에 출생하게 된다. 우리는 이상에서 신동엽의 유년기는 조국의 상실, 가난, 이복누이에 대한 연민과 그리움, 소외감 등으로 비극적 정조를 띠고 있음을 발견할 수 있다. 하나의 공동체 속에 형성되어 있는 여러 가지 사회적 관계 및 제도와 이 공동체의 구성원 특유의 정신 발달 사이에는 긴밀한 내적 연관이 있다.[26] 즉, 성장과정에 있는 인간에게 외적 상황은 의식 형성에 지대한 영향을 미친다는 점이다. 이렇게 볼 때 그의 유년기는 긍정적인 측면이 거의 배제된 채 비극적 국면으로만 나타나, 그로 하여금 현실 비판 및 부정적 성향을 지니도록 하고 있다.

1937년에 신동엽은 8세로 부여초등학교에 입학하여 열심히 공부하며 성장한다. 이러한 생활 이면에는 그로 하여금 비극적 인식을 갖게 하는 점들을 찾을 수 있다. 그 하나는 그의 부친이 여러 곳을 전전하다가 부여에 정착하였기에, 그의 가족은 부여에 정신적 연대감이 약했다[27]는 점이다. 또한 신동엽은 이복누이에 대해서 배다른 출생의 슬픔을 느꼈고, 그것은 곧 그에게 연민의 정을 불러일으킨다. 따라서 그는 어릴 때부터 소외감을 갖게 되는데, 그의 총명함과 예민한 감수성으로 하여 더한 외로움을 느끼게 된다.

---

26) Z. Barbu, 앞의 책, 12쪽.
27) 윤재걸, 「한반도의 민족시인」, 구중서 편, 『신동엽』, 온누리, 1983, 237쪽.
   부친 신연순은 경상북도 금릉 사람이었다. 그러나 가세가 기울자 부친(동엽의 조부) 신현철을 따라 경기도 광주와 충남 서천 등지를 전전하다가 마침내 부여군 옥산면 홍연리에 이르게 되었고, 얼마 뒤에 동남리에 정착한다. 이 점은 그의 가족이 부여에 일가친척이나 논밭이 없어, 경제적 여건에서 아웃사이더로 처하게 되는 원인으로 작용한다.

신동엽에게 가장 큰 영향을 미쳤던 인물은 부여초등학교에서 만난 김종익이다. 그는 상당히 진보적인 생각을 가진 젊은 교사여서 신동엽은 그로부터 식민지 교육의 폐해로부터 벗어남과 동시에 가난을 사회적 현상으로 인식할 수 있는 계기를 얻는다.[28] 신동엽은 그와의 만남을 통해서 현실의 모순에 대한 인식의 싹을 틔우게 되었다. 더욱이 그는 6학년이 되는 1942년 4월 '내지성지참배'를 다녀옴으로써 조국과 일본의 상황을 비교해볼 수 있는 역사적 자세를 가지게 된다. 그는 피압박 민족의 모습과 지배국 일본의 모습을 비교하며 그 모순관계를 깨닫는 계기를 얻는다.

이 시기는 그가 고향을 중심으로 살았던 때로서 부여라는 공간적 의미가 그에게 커다란 영향으로 작용한다. 우선 그의 고향은 지정학적으로 아름다운 자연이 조화를 이룬다. 이 점은 그의 감수성 예민한 내면으로 침투되어 그의 시에 나타나는 풍부한 자연과 낭만성의 토대를 이룬다. 아울러 "금강과 백제정신의 뿌리"[29]와의 연관성을 지적할 수 있다. 그는 백제의 고도 소부리, 부여의 태생으로서 금강과 백제를 일체화시켜 사랑하게 되었다. 또한 그의 집안은 그렇게 엄격한 분위기는 아니었다. 따라서 그에게는 자유로운 사고와 낭만적 분위기를 배태시킨다. 이런 사실과는 달리 신동엽이 처한 사회적 상황과 가족 속의 소외감은 동시에 그에게 그리움과 고독감을 싹틔우는 요인이 된다.

신동엽은 1943년 4월에 전주사범에 입학한다. 전주사범 재학 초기의

---

28) 성민엽 편, 『껍데기는 가라』, 문학세계사, 1984, 21쪽.
29) 조재훈, 「금강과 신동엽의 문학」, 『호서문학』 제17집, 1991. 11, 156~159쪽.
　　금강이 갖는 역사적 의미와 백제정신은 신동엽의 유년기 정서에 접맥되는 중요한 사항이다. 백제정신으로는 소박성, 화평성, 윤리성, 진취성, 예술성, 저항성 등 여섯 가지를 들 수 있는데, 이러한 백제정신의 총화와 상징은 금강으로 집약된다.

신동엽의 시와 삶

그는 외견상으로 조용하고 지나칠 정도로 문학 공부를 시작한다. 그러므로 사범학교 시절은 그에게 문학세계와 가치 질서의 형성기로 작용한다. 감수성 예민한 그가 문학과 철학 서적을 통해서 사고의 영역을 확장시키고 현실에 대한 인식의 토대를 다진 시기이다. 그가 즐겨 읽었던 책들은 사회과학 서적들과 문학 서적, 특히 그는 엘리엇의 시와 시론 그리고 투르게네프와 크로포트킨에 심취한다.[30]

전주사범학교 시절은 그의 유년기적 토대가 보다 확고한 의식적 차원으로 자리잡아간 때이다. 이 시기는 신동엽의 의식세계에 1943년경 일제 말기의 고통이 자리한다. 그가 지낸 기숙사생활은 철저히 일제가 요구하는 초등학교 교사를 제도화해내는 규율 속에 이루어졌고, 태평양전쟁 시대 말기의 분위기는 학교 내부까지 침투되어 병영과 같은 상태였다. 그러기에 그의 내면은 많은 갈등과 고통으로 차올랐다. 또한 그는 당시 평산팔길(平山八吉)이라는 창씨명을 사용하고 있었기 때문에 민족적 자괴감에 젖게 된다.

1945년 해방이 되어 신동엽의 의식세계는 본격적인 성장의 길로 들어선다. 그러나 해방은 남북 분단으로 귀착되어 그에 따른 파장에 휩싸이

---

30) 성민엽 편, 앞의 책, 245쪽.
  이때의 독서체험은 신동엽의 사회의식 토대가 되었고 문학적 토양으로 자리 잡게 된다. 특히 그가 읽었던 아나키스트 크로포트킨의 『상호부조론』은 가장 중요한 영향으로 작용하였다.
  크로포트킨(1842~1921)은 프루동의 상호주의와 바쿠닌의 집산주의를 극복하고 공산주의적 무정부주의를 주장한 러시아의 무정부주의자이다. 그는 나로드니키 운동의 최초의 주창자이기도 한데, 그의 저서로는 『고통의 극복』, 『어느 혁명가의 회상』, 『상호부조론』, 『현대과학과 아나키즘』 등이 있다.
  P. A. Kropotkin, 박교인 역, 『어느 혁명가의 회상』, 한겨레, 1985, 373~379쪽.

며, 우리 민족은 좌우의 이념 대립과 갈등을 겪는다. 이런 상황으로부터 그 또한 자유로울 수 없었다. 그는 좌우 대립 속에서 린치를 당하기도 하였다. 때에 따라 좌우익 학생들에게 끌려가 맞기도 했으나, 그는 어느 쪽으로도 맹목적으로 빠져들지는 않았다. 이러한 갈등과 고뇌는 후에 그의 시에 나타나는 무정부주의적 요소[31]로 싹튼다. 일제 말기와 해방 공간의 혼란과 이데올로기의 대립 상황은 그에게 현실과 이데올로기에 대한 거부감과 저항의식을 싹트게 하였던 것이다.

이 시기는 자본주의적 활로 개척이라는 목적과 문화적 우월감으로서 한국을 향해 공여된 미국의 경제 원조와 지원이 오히려 한국 사회의 타락과 부패를 낳는다. 그것은 우리 민족을 정상적인 성장으로 양육한 것이 아니라, 지원의 타성으로 길들이는 결과를 낳았기 때문이다.[32] 아울

---

31) 이러한 사실은 신동엽이 읽은 크로포트킨의 『상호부조론』에 의하여 구체화된다. 크로포트킨은 자연에는 상호항쟁의 법칙과 병행하여 상호부조의 법칙이 있다고 한다. 이 법칙은 생존투쟁의 승리에 있어, 더욱이 종의 전진적 진화에 상호항쟁의 법칙보다 월등히 중요하다는 것이다. 즉, 최적자는 육체적으로 가장 강건한 자나 또는 가장 교활한 자가 아니라, 서로가 합심하고 협조를 잘할 줄 아는 두뇌를 가진 자들이다. 즉, 크게 번영하고, 많은 자손을 가진 무리는 더 공감 협동하는 성원을 많이 가진 자들이라는 것이다. 그러므로 상호부조의 습관을 몸으로 익힌 동물이 최적자임은 의심할 여지가 없다.
크로포트킨은 인류의 상속재산은 각 개인의 공헌도를 계산할 수 없는 공동의 것이므로 공동으로 향수되어야 한다고 본다. 그는 "만인이 제각기 능력에 따라 사회의 부를 생산하기 위해 노력했으며, 그 생산에 있어서 각 개인의 역량은 평가 불가능하므로, 모든 것은 모든 사람에게 귀속한다"고 하였다. 그러므로 그는 사람마다 소비에 족한 분배를 가지고, 필요하고 유용한 모든 것을 생산하며, 생산은 자본가의 이윤을 위해서가 아니라, 만인의 행복한 생활을 위해 소비 위주로 계획될 것을 요구하였다.
P. A. Kropotkin, 하기락 역, 『상호부조론』, 형설출판사, 1993, 17~50쪽 참조.
32) 송건호 · 박현채 外, 『해방 40년의 재인식』 1, 돌베개, 1985, 83~110쪽 참조.

러 국내의 상황도 사회적 혼란으로 이어져서 1948년의 5 · 10 총선거, 10월 19일의 여순사건 등으로 안정될 줄 몰랐다. 그만큼 우리 사회는 자립의 기반이 무너진 채 혼란의 와중에 처하였던 것이다.

이 당시 신동엽의 내면세계를 밝혀주는 단서를 우리는 다음에서 발견할 수 있다.

> 언젠가 부우연 호밀이 팰 무렵 나는 사범학교 교복 교모로 금강 줄기 거슬러 올라가는 조그만 발동선 갑판 위에 서 있은 적이 있었다. 그때 배 옆을 지나가는 넓은 벌판과 먼 산들을 바라보며 「詩」와 「사랑」과 「혁명」을 생각했다.
> 내 일생을 시로 장식해 봤으면.
> 내 일생을 사랑으로 채워 봤으면.
> 내 일생을 혁명으로 불 질러 봤으면.[33]

위 글은 1962년 6월 5일자 『동아일보』에 실린 것으로서 대략 15년 전의 일을 회상하고 있다. 그 점은 "사범학교 교복 교모"라는 구절을 통해 짐작할 수 있다. 그가 전주 시절부터 시를 썼다고 보면, 우리는 이 글에서 신동엽의 문학에 대한 신념을 읽을 수 있다. 구상회[34]의 진술에 의하

---

33) 신동엽, 『신동엽전집』, 창작과비평사, 1980, 345쪽.
　　이하는 『신동엽전집』으로만 표기함.
34) 구상회(신동엽의 친구)의 진술에 의하면 그는 1951년에 대전 전시 연합대학에서 신동엽을 처음 만났으나 그때는 교류가 없었다. 당시는 신동엽이 학보사 일로 결강이 잦았고, 자신도 결강이 잦아 서로 스쳐 지났기에 구체적인 만남은 이루어지지 않았다고 한다. 그는 1953년 제1회 학도 간부후보생으로 입대하면서부터 신동엽이 죽기 전까지 친교를 나누었다. 그들은 서로 별명을 붙여 불렀는데, 신동엽은 '러므로'이고 구상회는 '대로나'였다. '러므로'는 '그러므로'의 약자로서 논리적이라는 뜻이고, '대로나'는 '이런대로, 그런대로'의 약자로서 논리적이지 않다는 뜻이다(1993. 8. 7 면담).

면, 전주사범학교 시절부터 신동엽은 많은 습작을 하였고 시적 재능을 보였다고도 한다. 또한 신동엽은 1948년에 동맹휴학에 참여하였는데, 이 사건은 현실에 대하여 그가 실천적으로 대응했던 한 단서로 볼 수 있다. 그러므로 '시'와 '사랑'과 '혁명'은 그가 일생 동안 추구할 가치로서 전주사범 시절의 인식요건이 되었으며, 이것이 그의 생으로 확산되었다고 하겠다.

(2) 문단 데뷔기

그는 1948년 전주사범학교를 졸업하고 부여 근처의 초등학교에 부임한다. 그러나 그곳에 전주사범에서 그와 대립했던 인물이 근무하고 있다는 이유로 사흘 만에 그만두고 집으로 돌아온다. 이 점을 미루어보면 그는 남과 대립하는 것을 달갑게 여기지 않았음을 알 수 있다. 당시로서는 교직을 구하기가 용이하지 않았음에도 스스로 사임한 태도는 그것을 말해준다. 한편 그는 교직에 뜻이 있었다기보다 더 많은 학문의 탐구에 관심이 있었던 것으로 파악할 수도 있다.

1949년 9월에 신동엽은 단국대 사학과에 입학하게 된다. 그는 혼란한 정치 상황 속에서도 묵묵히 공부에만 전념하였다. 또한 학보에 시를 발표하면서 구체적인 작품 활동의 시기를 맞이한다. 이 시기에 그는 대체로 자취방에 묻혀 지내며 독서와 습작에 심혈을 기울였다.

6·25가 일어나고 7월 15일경에는 부여가 인민군의 수중에 들어가게 된다. 이런 와중에 그는 민주청년동맹에 가입하지 않을 수 없었다. 그는 민청 선전부장을 맡았으나 적극적으로 부역행위는 하지 않았다. 이때의 정신적 고통은 그에게 더 큰 갈등으로 작용한다. 좌우 이념의 갈등 자체를 거부하던 터에, 살아남기 위해서 그 상황을 받아들일 수밖에 없었던

내면적 고통 때문이었다. 1950년 9월 30일 부여가 수복되었지만, 그는 또 다른 위험에 처한다. 그것은 부역자에 관한 군·검·경 합동 수사로서 당시 기준으로 보면, 그는 민청의 선전부장이었던 까닭에 당연히 군사재판에 회부되어야 할 1급 대상이었던 것이다. 그는 즉결 처분에 의한 사형의 위험에 처하였다. 그리하여 그는 부산 전시 연합대학에 피신 겸 입학하여 학적을 둔다. 1950년 말에 국민방위군 영장을 받고 제2국민방위군으로 징집되었으나 건강을 해친 상태로 다음해 2월 중순경 귀향길에 오른다. 6·25를 통한 이러한 고통은 그의 성장기에 싹튼, 이념적 대립을 부정하는 성향을 자극한다.

1951년 여름에 그는 대전 전시 연합대학에 적을 옮기고 평생의 친구인 구상회와 만난다. 이들은 모두 문학 지망생이고 역사에 관심을 두었기에 그해 가을부터 충남 일대의 사적을 찾아다닌다. 이는 쓰러져가는 조국의 정신을 찾고자 하는 노력의 일환이었다. 그들이 함께 찾아간 곳은 백제의 사적, 공주의 봉황산, 동현산, 우금치, 곰나루 등 동학농민전쟁의 전적지로서, 이들의 관심은 주로 갑오년 동학농민전쟁으로 집중되었다.[35] 이 시기는 신동엽에게 중요한 단계로서 동학사상과 동학농민전쟁에 관심을 두는 시세계의 기틀이 다져진 때이다.

1953년 신동엽은 전시 연합대학 졸업식을 마치고 상경하여, 소설가 현재훈을 만나 문학적 열정을 나눈다. 이들 사이의 대화에서 신동엽의 화제는 주로 민족의식에 관한 것으로, 그는 우리 민족의 정신적 귀의처 내지 구심점을 탐구해야 한다고 역설하였다. 그는 주로 동학과 최제우

---

35) 이들은 1년여 동안 문헌자료를 섭렵하며, 답사 범위로 논산, 정읍, 백산 황토현 등을 비롯하여 전북 일대와 멀리는 전남의 해남 지방까지 넓혀 나아갔다.

에 대한 이야기로 외세에 대한 정신적 주체성을 강조하였다.[36] 이로 보아 그의 세계관은 이때에 형성되어 있음을 알 수 있다. 그는 이 시기에 전후의 폐허와 상실감으로 견디기 힘든 상황에 처한다. 문우들과의 만남이 그에게는 유일한 고통의 해결책이 되었으며, 그해 초겨울 인병선과 만나며 사랑의 체험이 문학과 이어지는 계기를 맞는다.

1955년에는 부역자 문제도 공식적으로 종결되어 신동엽은 가을에 구상회와 함께 입대한다.[37] 그곳 생활에서도 신동엽은 인병선과의 사랑과 시를 쓰는 일에만 몰두한다. 입대 1년만인 1956년 가을에 인병선의 힘에 의해 2대 독자라는 사실로 의가사 제대하고, 그해 늦가을에 결혼하였다.

1957년부터 신동엽은 충남 보령군 주산농고에 발령받아 근무하지만, 건강 악화로 가족과 별거하게 된다. 거의 1년 이상의 투병 기간 동안 정신적 의지가 된 것은 가족들에 대한 사랑과 문학에 대한 열정이었다. 이때 그의 문학적 열정은 강렬하게 솟아올랐다. 노문, 유옥준, 이상비, 구상회와 동인지 『야화(野火)』를 구상하기도 하였다. 그는 시작에 혼신의 노력을 다하였고 마침내 장시 「이야기하는 쟁기꾼의 大地」가 1959년도 『조선일보』 신춘문예에 입선하여 문단에 데뷔한다. 그의 첫 시집 제1부의 시들은 대개 이때에 씌어졌다.

이 시기에 신동엽은 생애 가운데 정신적으로나 육체적으로 가장 커다

---

36) 성민엽 편, 앞의 책, 54쪽.
37) 한 · 미 상호방위조약에 의한 한국군 병력 증강 정책을 위한 현지 입대의 방식을 통하였기에 이들의 입대는 용이했다. 그리고 이들은 훈련 없이 동두천 6군단 공보실로 배치되었다. 구상회의 진술에 의하면 신동엽의 군번은 0709800이었고, 자신은 바로 뒤인 0709801이었다고 한다.

신동엽의 시와 삶

란 고통을 경험한다. 해방 후의 갈등이 6·25와 남북 분단, 전후의 폐허로 이어지며 그가 겪게 된 허무와 상실감은 매우 컸다. 당시의 아픔은 감수성 예민한 그에게 큰 고통으로 자리했고, 더욱이 6·25 때의 부역 문제와 군입대에 따른 일들은 그에게 커다란 정신적 상처로 각인되었다. 그러므로 그는 첫 시집 『阿斯女』의 '사족'에서 "방랑생활, 군대생활을 포함하는 나의 어려웠던 설흔 살 고비"[38]라고 토로하고 있다. 그의 의식은 민족사의 비극인 6·25를 체험하면서 현실에 대한 인식이 구체화된다. 이로 인해 민족의 정신적 실체를 찾기 위한 노력이 동학사상에 대한 관심으로 집약되었고, 이것이 서사시 「錦江」을 낳는 계기가 된다. 그러나 그는 전후의 폐허에서 심한 고통과 갈등을 겪는데, 아픔을 딛고 시 쓰기에 몰두하여 문단에 데뷔하였다.

(3) 문학 활동기

문단 데뷔는 신동엽에게 삶의 활력을 불어넣어 주었다. 그는 부여생활을 정리하고 서울로 올라가 본격적인 문학 활동을 시작한다. 그러나 그가 새로운 의욕과 열의를 가지고 작품 활동에 몰입하려던 차에 문제가 야기되었다. 그의 데뷔작은 20여 행이 삭제되고 표현이 여러 군데 바뀌어 발표되는 고통을 치러야 했는데[39], 다시 1959년 3월 24일자 『조선일보』에 실린 「진달래 山川」으로 불온성의 문제에 시달리게 되었다. 이 문제로 신동엽이 해방 직후에 겪었던 좌우 이념의 갈등과 6·25 당시

---

38) 신동엽, 『阿斯女』, 문학사, 1963, 123쪽.
39) 이것은 신동엽이 민족사의 비극으로 창작의 자유를 억압받는 구조적 모순을 체험하는 첫 사건이었다. 그의 시는 당시에 지배적이던 모더니즘 류의 시나 복고 지향적인 현실 도피적 서정시들과 달리 현실 비판적 차원에 서 있었기 때문이다.

민주청년동맹 가입사건의 고통들이 되살아나게 된다. 그는 또다시 한동안 실의에 빠졌으며, 당시 정세의 참담함은 그의 의욕과 희망을 좌절과 절망으로 바꾸는 계기로 작용한다.

1960년에 그는 교육평론사에 취직하여 획기적인 계기를 맞이하게 된다. 4·19혁명이 신동엽의 의식세계에 충격을 주었던 것이다. 뿐만 아니라 그 이전의 혼란과 갈등으로 지리멸렬했던 현실에 대항하여 젊은 학생들이 혈기로 뭉쳐 일어선 4·19혁명은 이승만 정권을 물리침으로써, 당시 지식인의 현실에 대한 관심을 자극하기에 이르렀다. 그는 4·19혁명을 찬양하는 시 「阿斯女」를 쓰고 7월에는 『학생혁명시집』을 교육평론사에서 간행하였다. 이 시기야말로 신동엽이 그의 생애 가운데 가장 열정적으로 활동했던 때이다. 그의 작품 「阿斯女」는 4·19혁명의 승리를 찬양하고 그 감격을 노래하였는데, '혁명' 중에 희생된 이들에 대한 추도의 성격을 지닌다. 이로 보면 그도 4·19를 '자유', '정의'의 개념으로 파악하고 승리한 '혁명'으로 간주하고 있었던 것으로 보인다.

다음해에 신동엽은 명성여고 야간 국어교사로 자리를 옮긴다. 1962년 초부터는 소설가 하근찬, 남정현, 현재훈, 시인 박봉우, 부여 시절 문우인 구상회, 노문 등과 잦은 만남을 갖는다. 이 무렵 그의 시세계는 비교적 안정을 찾아 정신 지향적인 특성을 드러낸다. 그러나 그의 의식이 정신 지향적으로 나아간 것은 단순한 의식의 후퇴로 볼 수는 없다. 그것은 그 후에 신동엽이 시로 보여주는 면에서도 그러하고, 당시의 상황에서는 그러한 자세가 필요했을 것으로 파악된다. 왜냐하면 4·19에서 5·16으로의 반전은 시인들에게 희망에서 절망으로 심정 변화를 유도했고, 또 다른 좌절을 맛보게 하였기 때문이다. 따라서 그 고통을 정신 지향적 자세로 넘어서야 했기 때문이다. 이때에 그가 쓴 시들이 1963년에 첫 시집 『阿斯女』로 간행되었던 것이다.

그 후 1965년 초까지 신동엽은 거의 침묵으로 시간을 보낸다.[40] 이것은 첫 시집을 낸 뒤에 오는 공백기라 할 수도 있으나, 새로운 모색의 시기라 하는 것이 더 적절할 듯하다. 이 기간에 그의 정신세계는 그가 초기부터 지녀왔던 복고주의, 신비주의적 요소, 소박한 문명 비판과 사고의 추상성과 관념성, 정신 지향적 요소가 구체적 현실인식에 이르는 변화를 보인다. 이러한 사실은 당시의 정치 사회 상황과 연관되어 일어났다. 4·19혁명으로부터 5·16, 그리고 1964년 6·3 한일회담 반대 시위에 이르는 역사의 격동 속에서 신동엽은 새로운 의식세계로 다가섰던 것이다. 그동안 4·19에 대한 추상적인 기대와 희망이 무산된 뒤, 정신 지향적 세계에 머물던 신동엽은 그것이 갖는 현실 대응의 한계를 딛고 구체적으로 현실에 부딪쳐 나간다. 이 시기에 이르러 신동엽의 초기의 대지는 한반도로, 원초적 생명력의 그리움은 민족 주체성의 추구로, 과거 역사에의 관심은 구체적인 현실인식으로 전이되었던[41] 것이다.

신동엽은 1965년 5월에 시 「三月」의 발표를 기점으로 하여 '민중적 자기 긍정'에 도달한다. 그는 「발」, 「4月은 갈아엎는 달」 등을 썼고 이어서 대표작 「껍데기는 가라」를 발표하였다. 「껍데기는 가라」에 대한 조동

---

40) 1963년 11월 『사상계』에 「주린 땅의 指導原理」, 12월 11일 『동아일보』에 산문 「시와 사상계」, 1964년 12월 19일 『동아일보』에 「眞伊의 體溫」, 1965 「三月」만을 발표한다.
41) 조태일, 「신동엽론」, 『창작과 비평』, 1973, 가을, 118쪽.
이때부터 신동엽의 시세계는 반봉건·반외세의 민족주의 정신을 그 기반으로 하여 새로운 단계에 들어선 것으로 파악된다. 그는 한국의 현실을 신 식민지적 현실로 인식하고 그것을 그 특유의 투박성으로 형상화하였으나, 전망을 획득하는 데까지 이르지는 못하였다(성민엽 편, 앞의 책, 106쪽).

일과 김수영의 평가를 시작으로 그는 문단의 조명을 받기 시작한다.

1967년에는 펜클럽 작가 기금으로 4800여 행에 달하는 서사시 「錦江」을 발표함으로써 현대문학사의 새로운 장을 열었다. 이것은 명실상부한 그의 문학 결정판이 되었고, 그 결과로 신동엽은 확고한 문학사적 위치를 차지한다. 이어서 1968년에도 그는 많은 작품을 발표하고 유고를 남긴다. 이때의 작품들은 대개 민족적 동질성을 훼손시키는 모든 반민족적 세력에 대한 거부와 저항이 기조를 이루며, 민중에 대한 자기 긍정을 노래하고 있다. 그는 또 다른 서사시 「임진강」을 구상하고 자료 준비에 착수하기도 했으나 뜻을 이루지 못하고 이 세상을 떠났다.

2) 문학관과 시적 전개

한 시인의 세계인식 태도는 그의 문학관에 직결된다. 이 점에서 L. 골드만이 "문학작품은 세계관의 표현[42]"이라 압축한 견해는 매우 시사적이다. 작가에게 사실에 있어서의 현실은 그들의 세계관, 그들의 사회적 의식을 규정하게 되며, 그것은 그들의 상이한 예술 창작방식으로 나타나기[43] 때문이다. 언어는 세계에 대한 존재인식의 방법이라는 점을 고려하면 시는 언어의 매개과정에 의한 세계인식의 표현이 된다. 즉, 한 시인의 문학은 세계인식과 문학관이 안팎을 이루며 문학관은 창작방법

---

42) L. Goldmann, 송기형 · 정과리 역, 『숨은 신』, 연구사, 1986, 24쪽.
　　신동엽은 "시란 바로 생명의 발언 그것인 것이다. 시란 우리 인식의 전부이며 세계인식의 통일적 표현이며 생명의 침투며 생명의 파괴며 생명의 조직인 것이다." 라고 하였다(『신동엽전집』, 372쪽).
43) 루나찰스끼 외, 김휴 편역, 『사회주의 리얼리즘』, 일월서각, 1987, 69쪽.

까지를 포함한다. 시인이 여러 행위로써 자신의 견해, 찬성이나 부정 등을 직접 표현하지 않는 경우라도, 작품에 묘사되는 사건이나 그 성질의 객관적 의의는 작품 자체의 세계관과 사상적 영향을 규정한다.[44] 왜냐하면 세계관은 작품의 가장 첨예한 문제들과도 관련되어 있기 때문이다. 그러기에 뛰어난 작품일수록 작가의 의지는 스스로 드러나는 세계의 숨은 원리로 존재하는 것이다.[45] 아무리 시인의 내면적인 모습과 외적 현실의 모습이 나타나 있지 않은 듯해 보이는 작품일지라도 그것들은 미세한 숨결로 작품 안에 은폐되어 있기 마련이다. 작품은 늘 그 시대와의 조응관계에서 의미를 발췌하기 때문이다. 더욱이 신동엽 시인과 같이 현실 지향적 차원에서 작품 활동을 했던 경우에는 보다 분명한 모습으로 드러난다.

신동엽의 세계인식에 대한 철학적 체계는 독특한 국면으로 파악된다. 그 내용은 그가 자신의 세계인식과 문학관을 밝힌 글[46] 속에서 드러난다.

> 잔잔한 해변을 原數性世界라고 부르자 하면, 파도가 일어 공중에 솟구치는 물방울의 세계는 次數性世界가 된다 하고, 다시 물결이 숨자 제자리로 쏟아져 돌아오는 물방울의 운명은 歸數性世界이고.
> 땅에 누워있는 씨앗의 마음은 原數性世界이다. 무성한 가지 끝마다 열린 잎의 세계는 次數性世界이고 열매 여물어 땅에 쏟아져 돌아오는 씨앗의 마음은 歸數性世界이다.[47]

---

44) 위의 책, 55~56쪽.
45) 김우창, 『궁핍한 시대의 시인』, 민음사, 1977, 360쪽.
46) 대표적인 것은 「시인정신론」, 「60년대의 시단 분포도」, 「시와 사상성」, 「시인 가인 시업가」 등이 있다. 그의 세계관은 「시인정신론」에 종합되어 있으며, 그 외의 다른 글들도 모두 이 논리에 의해서 씌어졌다.
47) 『신동엽전집』, 364쪽.

모든 시대에 걸쳐서 인간사회의 리듬이 시인들의 상상력을 일깨웠던 것처럼, 자연 속의 동식물의 삶의 리듬을 나누는 것은 순환적인 변화와 끊임없는 새로운 시작을 의미한다.[48] 그런 의미에서 신동엽은 이 세계를 우주적 순환으로 파악하였다. 이를 요약하면 '순환론적 세계관'이라 할 수 있다. 원수성 세계란 문명 이전의 단계로서 자연과 인간이 조화를 이루었던 인류의 고향으로서 대지의 세계를 의미한다. 그러나 그것이 인간의 문명과 제도에 의해 파괴되는데, 이로 인해서 본질을 상실하고 모순된 모습으로 드러나는 단계가 곧 차수성의 세계이다. 이는 인류의 문명에 의해서 인간이 만든 구조 속에 분할되어버린 현대사회를 말한다. 신동엽은 이러한 세계를 대지로부터 생겨난 문명이 아니라 허공 속에서 분업인들의 허구스런 건축에 불과하다고 보았다. 즉, 차수성의 세계는 분업화의 결과로 나타난 철저히 비본질적이며 인위적인 세계라는 것이다.

그러나 인간은 부단히 원수성 세계로 되돌아가려는 노력을 하는데, 이 단계가 귀수성의 세계이다. 따라서 귀수성 세계란 불행과 모순으로 팽배해 있고 인류의 생명과 본질이 상실된 차수성 세계로부터 인류의 고향인 대지의 세계, 즉 이상세계로 되돌아가는 매개과정이다. 귀수성의 세계는 현대사회가 보여주는 불안이나 공포, 파멸과 모순, 증오로 가득 찬 차수성의 세계로부터 구원의 세계, 이상적 세계, 시공을 초월한 영원한 삶의 대지로 되돌아가는 노력을 펼치는 때이다. 요컨대 인류가 잃어버린 이상세계를 되찾는 과정이라 하겠다. 신동엽은 이때에 필요한

---

48) 아지자 · 올리비에리 · 스크트릭, 장영수 역, 『문학의 상징 · 주제 사전』, 청하, 1989, 140쪽.

　　　　　　　　　　　　　　　　　　　　　　신동엽의 시와 삶

인간의 모습을 '전경인(全耕人)'이라 하였다.

이러한 면들을 그는 계절에 비유하여 다음과 같이 밝히고 있다.

 봄, 여름, 가을이 있고 유년, 장년, 노년이 있듯이 인류에게도 太虛 다음 봄의 세계가 있었을 것이고, 여름의 무성이 있었을 것이고 가을의 歸依가 있을 것이다. 시도와 기교를 모르던 우리들의 原數世界가 있었고 좌충우돌, 아래로 위로 날뛰면서 번식번성하여 극성부리던 次數世界가 있었을 것이고, 바람 잠자는 석양의 老情 歸數世界가 있을 것이다.
 우리 현대인의 교양으로 회고할 수 있는 한, 有史 이후의 문명역사 전체가 다름 아닌 인종계의 여름철 즉 次數性世界 속의 연륜에 속한다고 나는 생각한다.[49]

신동엽은 계절의 순환처럼 이 세계를 우주의 순환으로 파악하고 있었다. 그는 시간을 돌고 도는 순환체계로서 인식하는 신화주의적 입장으로 인류 역사를 이해하였다. 그는 시간의 순환성을 강조하였는데, 이러한 시간관은 탈역사주의적 시간관에 속한다는 점에서 사회에 대한 신화주의적 입장[50]이라 하겠다. 이것은 신화 원형적인 삶의 원리로서, 인간의 삶이 지니고 있는 순환구조로 파악하는 것이다. 이는 신동엽의 세계 인식방법으로서 역사는 변증법적으로 발전한다는 인식의 소박한 단계에 머문다고 하겠다. 그러나 신동엽의 태도는 발전과 진보의 개념이 결여되어 있다는 점에서 헤겔의 변증법과도 차이를 보여준다. 계절의 순환인 봄, 여름, 가을로 구분하는 것이 슈펭글러(O. Spengler)[51]나 노드롭

---

49) 『신동엽전집』, 364쪽.
50) 이승훈, 「신동엽의 시론」, 『한국현대시론사』, 고려원, 1993, 264쪽.
51) 슈펭글러는 순환사관에 입각하여 문화를 생물학적 유기체로 파악하고, 그것을 출생, 성장, 성숙 및 노사, 좀 더 상징적인 용어로는 봄, 여름, 가을 및 겨울이라

프라이(N. Frye)[52]와 비슷한 점이 있지만 주역의 원리에 더 가깝다고 할 수 있다. 그렇지만 역이 만유의 생성원리를 포괄하고 있다는 점에서는 신동엽의 견해와 다르다.[53] 이러한 특성은 과학적이고 체계적인 인식이라기보다는 역에 바탕을 둔 시인으로서의 직관적 이해라고 할 수 있다.

신동엽의 이러한 사고체계는 대지와의 강한 연관성을 바탕으로 한다.

> 인류의 봄철, 인종의 씨가 갓 뿌려져 움만이 트였을 세월, 기어다니는 짐승들에겐 산과 들과 열매만이 유일한 의지요 고향이었으며, 어머니 유방에 매어달린 갓난아기와 같이 그들과 대지와의 음양적 밀착관계 외엔 어느 무엇의 개재도 그 사이에 용납될 수 없었을 것이다. 그곳은 에덴의 동산, 곧 나의 언어로 原數性 世界이어서 그곳에 次數性世界 建築같은 것을 기획하려는 기운을 아직 찾아볼 수가 없었던 것이다.[54]

위 인용문 가운데 원수성의 세계에서 강조되는 부분은 "어머니 유방

는 규칙적인 4단계의 순환원리로 설명하였다. 그에 의하면 문화가 활력을 잃게 되면 문명으로 전이된다고 하였다. 이 같은 상황에서는 합리주의와 고착된 인위성이 문화의 창조성을 대신하게 되므로, 문화는 소멸하게 된다는 것이다. 그는 이러한 전이의 시기를 고대는 4세기로, 현대에 와서는 19세기로 파악하였다.
길현모 · 노명식 편, 『서양사학사론』, 법문사, 1977, 391~407쪽 참조.

52) 노드롭 프라이는 모든 문학작품을 아키타이프의 시대적 변용이나 그 되풀이라 하였다. 따라서 문학의 장르를 신화 원형이라는 기준에 따라서 봄, 여름, 가을, 겨울의 사계절에 대응시켜 각각 희극, 로망스, 비극, 아이러니와 풍자의 순환구조로 파악하였던 것이다.
N. Frye, 임철규 역, 『비평의 해부』, 한길사, 1982, 220~227쪽 참조.

53) 조재훈, 앞의 글, 165쪽.
조재훈에 의하면 원수성은 역의 무극이나 태극에 해당되며 차수성은 음 · 양의 양의에 속한다고 하였다.

54) 『신동엽전집』, 365쪽.

신동엽의 시와 삶

에 매어달린 갓난아기와 같이 그들과 대지와의 음양적 밀착관계"이다. 이러한 세계는 루카치의 총체성과도 유사성을 갖는다. 신화를 낳았던 시대는 자연과 우주와 인간이 아직은 소외되지 않은 가운데서 조화의 상태를 이루고 있었다. 이때는 총체성이 외연적으로 갖추어져 있었던 인간 역사의 유년기에 해당한다.[55] 그러나 신동엽의 견해는 이러한 서 사이론이 아니고, 기능에 따라 분할되기 이전의 상태, 즉 인류에게 있어 서의 낙원이자 원초적 고향의 세계라 할 수 있다. 그러한 가운데 유구한 세월이 흘렀다.[56] 인간은 교활하고 극성스러운 불완전한 존재자로서 하 늘과 땅 사이에 등록되어 이른바, 세계는 '맹목기능자'의 천지로 변하고 말았던 것이다.

> 문명인의 고향은 대지가 아니다. 그들의 출생은 허공 속에서 始終했다.
> 전복 등에 소라가 붙고, 소라 등엔 더 작은 조개가 붙어, 모르는 동안 행복
> 하게 살아가듯, 그들의 호적은 7천년 축조된 조형 문화적 부피와 인간상호
> 관계의 허구스런 언어계층 위에 기록되어 오고 있다.
> 우리 인류문명의 오늘이 있은 것은 오직 분업문화의 성과이다. 그러나
> 그뿐 그것은 다만 이 다음에 있을 방대한 종합과 발췌를 위해서만 유용할
> 뿐이다. 분업문화를 이룩한 기구 가운데 「人」은 없었던 것이다. 분업문화
> 에 참여한 선단적 기술자들은 이 다음에 올 「綜合人」을 위해서 눈물겹게
> 희생되어져 가는 수족적 실험체들에 지나지 않을 것이다. 「全耕人」의 개념

---

55) G. Lukacs, 반성완 역, 『소설의 이론』, 심설당, 1987, 12쪽.
56) 『신동엽전집』, 365쪽 참조.
　　물성은 태양과 봄바람과 지열은 서서히 떡잎을 만들어 대지 위에 줄기와 잎을 드
　　러내며 성장을 시작하였다. 인류는 문명을 만들면서 대지 위에 세운 나뭇가지 위
　　에 올라 앉아 재주부리는 재미를 익히기 시작하였다. 이로써 인간들은 대지에 소
　　속된 생명일 것을 포기하게 되었다. 대지와 그들과의 사이에 생긴 떡잎 위에, 즉
　　인위적인 건축 위에 작소되어진 차수성적 생명이 된 것이다.

은 오늘 문명인들의 혐오와 멸시의 대상이 되고 있다.[57]

현대 문명사회는 생명의 소중함을 상실하고, 온전한 정신을 상실한 시대이다. 모든 분야는 기능에 의하여 세분화되어 분업 현상으로 나타난다. 그뿐만 아니라 기계화와 체계화로 인하여 모든 것은 생명력을 상실하고 박제화되어 있다. 신동엽은 "분업문화에 참여한 선단적 기술자들"에 의해서 분주하게 분기된 현대사회의 단편적 절단 현상에 대하여 비판한다. 그의 현대사회에 대한 이해는 노동의 분화라는 시각에서 이루어지고 있다. 마르크스의 견해에 의하면, 사회적 분업은 다양한 유용노동의 이질적 형태들의 총체로 규정된다. 자본주의적 생산양식이 지배적인 사회에서는 사회적 분업에서의 무정부성과 매뉴펙처 분업에서의 전제성이 서로를 제약한다고 한다. 사회적 분업은 무정부적인 혼란 상태를 초래하고, 생산과정에서의 노동 분업은 노동자들의 인간 능력을 억압한다는 것이다.[58] 신동엽이 현대사회의 전문화과정이 인간을 맹목기능자로 전락시키고 인생에의 구심력을 상실하게 하였다는 비판도 여기에서 나오고 있다. 그는 오늘날의 철학, 예술, 과학, 경제학, 종교, 문학 등이 인생의 구심력을 상실한 채 제각기 천만 개의 맹목기능자로 전락하였고, 사방팔방 목적 없는 허공 속을 흩어져 달아나고 있다고 진단하였다.

그는 현대 문명사회를 파악하면서, "지금은 하늬바람을 눈앞에 둔 변절기이거나 이미 가랑잎이 물들기 시작한 이른 가을철"로 이해한다. 그

---

57) 『신동엽전집』, 366~367쪽.
58) K. Marx, 김수행 역, 『자본론 1』, 비봉출판사, 1989, 441~493쪽 참조.

신동엽의 시와 삶

가 살았던 시대를 차수성 세계에서도 여름과 가을의 중간쯤으로 인식했던 것이다. 그는 현실을 그만큼 차수성 세계의 파멸과 모순이 극에 달해 있다고 파악했다. 이것은 역설적으로 그가 귀수성 세계의 도래를 애타게 기다리고 있었음을 의미한다. 귀수성 세계는 원수성 세계로 환원하기 위한 매개과정으로서 원형적으로는 낙원지향의식으로 해석된다. 위 인용문에서 "우리들의 발언은 천만길 대지에로 쏟아져 돌아가기 위한 몸부림"이라는 표현에 주목해야 한다. 이 점은 곧 그의 문학적 자세와 연관을 갖기 때문이다. 그는 현대시의 방향, 나아가 우리 시의 방향을 귀수성 세계의 지향으로 파악하고 있었다.

> 우리들은 백만인을 주워 모아야 한 사람의 全耕人的으로 세계를 표현하며 全耕人的인 실천생활을 대지와 태양 아래서 버젓이 영위하는 全耕人, 밭갈고 길쌈하고 아들 딸 낳고, 육체의 중량에 합당한 量의 발언, 세계의 철인적 · 시인적 · 종합적 인식, 온건한 대지에의 향수적 귀의, 이러한 실천생활의 통일을 조화적으로 이루었던 완전한 의미에서의 全耕人이 있었다면 그는 바로 歸數性世界 속의 인간, 아울러 原數性世界 속의 체험과 겹쳐지는 인간이었으리라.[59]

이 글에서 신동엽은 귀수성의 세계에서 필요한 인간을 '전경인'으로 제시한다. 그에 의하면 전경인은 "세계의 철인적 · 시인적 · 종합적 인식"을 지녀야 한다. 시인은 귀수성 세계에서 전경인의 역할을 해야 한다. 신동엽은 차수성 세계가 건축해놓은 기성관념을 철저히 파괴하는 정신혁명의 수행을 시인의 중요한 역할로 설정해놓았다. 그러기 위해서 시인은 '발언'을 해야 하며 '선지자'여야 하고, '우주지인'이어야만 하

---

59) 『신동엽전집』, 369~370쪽.

는 것이다. '가을철의 선지자' 란 표현은 앞서서 세계의 실상을 잘 파악하여 알고 그것을 발언하는 자를 의미한다. 따라서 시인은 차수성 세계의 실상을 잘 알아야 할 뿐만 아니라, 낱낱이 알림으로써 귀수성 세계로 나아가기 위한 매개과정을 수행해야 한다. 그는 바로 그러한 실천의 노력 결과를 시라고 이해한다. 신동엽에 의하면 시인은 인류수 나뭇가지 위에 피어난 뭇 나뭇잎들을 한 씨알로 모아 가지고 땅으로 쏟아져 돌아가야 할 이른 가을철의 선지자이다. 즉, 시인을 원수성 세계로 되돌아가기 위해 귀수성의 세계에서 우주적 발언을 하는 사람으로 파악하였던 것이다.

신동엽이 살았던 1930년부터 1969년까지는 차수성의 세계의 적나라한 상황이었다. 일제의 강점으로부터 8 · 15해방, 6 · 25에 의한 민족 분단의 고착화, 4 · 19혁명 등으로 이어진 우리 현실은 그의 생애와 시적 전개의 형성요인으로 작용한다. 그렇기 때문에 그의 문학 수업이 주로 1950년대에 이루어졌으나, 그의 시는 당시 우리 시단을 풍미하던 모더니즘과 전통 지향적 흐름의 모순을 철저히 거부하며 출발하였다. 그는 당대 젊은 시인들에게 확산된 모더니즘으로부터도 벗어나 있었고, 전통 지향적 측면에서 역사와 현실을 탈색시키거나 관조의 눈길로 대하는 시인들의 자세와도 반대편에 서 있었다.

그는 "60년대의 시단 분포도"에서 당시의 시들을 두 갈래로 나누어 설명하였다.[60] 그 하나는 '예술지상주의적 경향에 물 적신 사람들' 로 '향토시의 촌락', '현대감각파', '언어세공파' 로 나누어 비판하였다. 이 가운데서 첫째의 경우는 현상적인 세계를 경원하며 다분히 노장적인 체

---

60) 『신동엽전집』, 374~380쪽.

신동엽의 시와 삶

취를 풍기는 맑고 깨끗한 한국 순수정신의 추구자들이라는 것이다. 신동엽은 이들을 역사의식이나 지성의 형안(炯眼)을 욕심 부리지 않고 가끔 절규도 하지만, 그것은 식물성적 순수반항이라 했다. 둘째의 경우는 모더니스트들을 일컫는데, 그는 이들이 반문명·반역사성을 들어 팔매질하면서 현대적인 언어와 기교로 예술지상을 탐구한다고 비판하였다. 그는 이들이 상업 자본주의적인 풍조에 젖은 도시 교육을 받았다고 지적하였다. 셋째는 한국적인 다다이즘이라 할 수 있는데, 신동엽은 이들이 현대시의 난해성을 현대성의 구성요소인 듯 옹호한다고 비판했다. 이들이 시를 쓰는 데 지적인 참여를 주장하지만, 지(知)는 역사를 투시하고 사회를 비평하려는 눈으로서의 지성이 아니라, 다만 언어 세공을 노닥거리는 데 있어서의 기교상의 눈 재주나 손재주에 지나지 않는다는 것이다.

신동엽이 긍정적으로 평가한 경우는 '시정적인 생활, 사회적인 현실에 중탁한 육성으로 저항해보려는 경향'인데, 이들은 '시민시인'과 '저항파' 시인들이다. 전자의 경우는, 육성으로 노래 부르는 시민들로서 이들의 육성은 활자를 통해 그대로 서울 시민들의 가슴속에 스며들며, 고답스럽지 않고 기교에 기울지도 않는 소박함을 지닌 시민의 정서라고 평가했다. 그렇지만 이들은 자기들이 처한 도시적 지식인 감성의 울타리, 즉 역사와 사회에 대해 취한 수동적 자세를 넘어서서 다음 차원으로 진입해보려는 모험은 하지 않는다고 비판하였다. 신동엽은 후자만을 가장 긍정적으로 받아들였다. 그는 '저항파' 시인들을 세계사와 조국의 인생적 현실을 능동적 지성으로 밝혀 현대의 역동적인 화술로 조직해 가려 한다고 평가하였다. 언어가 민족의 꽃이며, 그 민족의 공동체적 상황을 역사 감각으로 감수 받은 언어가 시라고 할 때, 이 계열의 시인들은 시정신의 뿌리를 사회에 늘이고 맨발로 흙 속을 뒤지고 있다 하였다. 그는 이들만이 민중 속에서 흙탕물을 마시고, 민중 속에서 서러움을 숨쉬고, 민중 속에서 민중의 정열과 지성을 직조하고 구제할 수 있는 민족의 예언자이며 백성의 시인이라 믿었다. 그리하여 신동엽은 이들이 정치 브로커, 경제 농간자, 부패문화 배설자들을 대신하여 조국 심성의 본질적 전열에 나서 차근차근한 발언을 해야 할 때가 이미 오래전에 도래하였다고 했다.

신동엽의 문학 자세에 대해 이승훈은 비판을 제기한다. 그는 신동엽이 이상적으로 생각한 시는 전경인의 삶을 지향하는 데 있으나, '전경인'은 과학이 아니라 이데올로기 개념으로서 그의 신화주의적 입장 때문에 참된 이데올로기 시로 나아갈 수 없다고 했다. 또한 '시는 생명의 발언'이라 한 추상적이고 종합적인 정의로 신동엽은 소박한 반문명주의나 신화주의에 토대를 둔 민중시를 지향했는데, 이 점이 그의 시적 한계라 하였다.[61] 그러나 신동엽의 견해는 분석적인 시인관이라기보다는, 현대 문명사회 속에서 기울어져가는 정신에 대한 통찰을 보여준다고 하겠다. 그의 입장은 한 시인으로서 정신을 마비시키는 어떤 권위나 고정관념에 머무르지 않고, 분화되고 전문화된 모순을 참된 고통으로 합일

---

61) 이승훈, 앞의 책, 265~266쪽 참조.
　　신동엽에 대한 비판적 입장에는 이동하도 포함된다. 그는 '원수성→차수성→귀수성'의 순환을 거창하지만 신뢰하기 어려운 발상이라고 비판한다. 고대사에 대한 신동엽의 오류는 원수성의 개념이 지닌 환상적 성격에 연결되며, 현대사에 대한 신동엽의 혼란은 차수성과 귀수성의 개념에 깃든 문제점과 연관된다고 지적하였다.
　　이동하, 「신동엽론-역사관과 여성관」, 김용직 외, 『한국현대시연구』(민음사, 1989), 278쪽.

시켜 보려는 주장으로 해석된다.[62] 모든 이론이나 체계, 논리적 지식은 그것 자체의 성과만으로는 인간을 구원할 수 없으며, 반드시 근원적 세계 안으로 돌아감으로써 인간은 구원받을 수 있다는 것이다. 다분히 직관적인 사고와 시인의 감수성으로써 현대사회를 검증하고 비판적으로 인식한 태도는 사물을 크고도 넓게 파악하려는 긍정적 측면으로 해석된다. 그리하여 그의 시는 현실의 문제를 우주의 근본적인 것의 이해와 본질적 세계에서 파악하려는 노력으로 구체화되었다.

<hr>

62) 이가림, 「만남과 동정」, 구중서 편, 『신동엽』, 온누리, 1983, 87쪽.

제3장

시의 형식과 이미지 분석

1. 시의 형식구조

1) 시어와 소재

시적 언어는 단순한 지시 기능으로 끝나지 않고 그 지시성을 초월한
다. 그것은 단순한 행동세계의 연장으로서가 아니라 언어 자체의 자율
적인 힘을 나타내기 때문이다. 우리는 이러한 시어의 힘에 의해서 사물
의 숨은 본질을 인식할 수 있다. 시의 매체로서 언어가 수단이면서 동시
에 목적이 된다[1]는 것은 이를 두고 하는 말이다. 시는 언어로 만들어지
며 동시에 언어는 시의 본질이 되는 것이다.

시의 의미는 문맥 안에서 단어가 지닌 작용의 총체이며 선재하는 어
떤 표현은 아니다. 한 편의 시에서 의미나 형태에 대해 말한다는 것은
곧 단어들이 내재적으로, 유기적으로 연관되어 있는 상황을 밝히는 일
이다. 그러므로 시어, 단어의 선택 같은 것은 시에서 부차적인 사항이
아니라 본질적이고 기본적인 것이 된다.[2] 따라서 시인의 창조행위는 그

---

1) 이승훈, 『시론』, 고려원, 1979, 82~83쪽.
2) 김대행, 『한국시가구조연구』, 삼영사, 1979, 91쪽.

가 시에 사용하는 언어의 의미작용에서 비롯된다고 할 수 있다. 시어는 시의 개성을 결정하는 요소이며 시의 목소리로서, 어떠한 시어가 문맥 속에서 어떻게 미적 양식이 되고 있는가 하는 것은 그 시인이 대상을 어떻게 인식하는가의 문제와 같다고 할 수 있다. 왜냐하면 시는 언어로 드러나는 미적 존재인 동시에 사물에 대한 인식이기 때문이다.

신동엽의 시에 나타나는 시어의 특성은 고유어의 사용이 현저하다는 데에 있다. 이러한 점은 그의 시적 관심이 주로 우리 민족정서를 표현하려 했던 데서 기인한다. 그럼에도 불구하고, 신동엽의 시에는 한자어가 많이 나타난다. 이로써 신동엽의 시어 사용에 대한 자세는 고유어를 주로 사용하면서도 한자어 사용에 별다른 거부 반응이 없었음을 알 수 있다. 이는 일제강점기에 국어 교육을 제대로 받지 못한 1950~60년대 시인들의 공통점이기도 하다. 그의 시에서 순 한글체 시와 국한 혼용체 시의 비중을 조사해보면, 순 한글체 시의 비중은 전체 시 67편 가운데 9편 (13.4%)에 지나지 않는다.[3] 그만큼 그의 시에는 한자어가 상당한 빈도

---

3) 신동엽의 서정시 67편을 한자 사용 빈도에 따라서 분류해보면 다음과 같다. 한자 빈도의 조사에서는 제목에 나타나는 한자를 포함했으며, 한 작품 내에서의 동일 어휘의 반족은 빈도수에서 제외하였다.

빈도수	0	1	2	3	4	5	6	7	8	9	10	11	12
작품수	9	5	5	4	4	5	4	3	3	2	1	1	1
누계	9	14	19	23	27	32	36	39	42	44	45	46	47
%	13.4	20.9	28.4	34.4	40.4	47.9	53.9	58.4	62.9	65.9	67.4	68.9	70.4

빈도수	14	15	16	17	18	21	22	24	54	57	76	계
작품수	3	2	4	2	2	1	1	2	1	1	1	
누계	50	52	56	58	60	61	62	64	65	66	67	67편
%	74.9	77.9	83.9	86.9	89.9	91.4	92.9	95.9	97.4	98.9	100	

신동엽의 시와 삶

로 나타난다. 그리고 그의 시에 사용된 외래어 또한 신동엽의 시어 사용의 특성을 반영한다.

(1) 고유어

신동엽의 시어에는 고유어의 사용이 두드러진다. 이 점은 그의 관심이 민족적인 것의 탐구였기에 시적 표현양식으로 순수한 우리말을 활용한 것으로 이해된다. 이러한 사실은 그의 시 소재와도 직결되어 있다. 그는 민족적 순수성 및 동질성의 회복을 위한 시적 가치를 인식함으로써, 시적 표현에서 우리말의 순수성을 회복하고자 하는 데 역점을 두었다.4) 고유어의 사용은 주로 신동엽이 원수성 세계를 형상화한 시에 나타난다. 이러한 면들은 그가 추구했던 시원적 공간이나 생명력의 세계를 나타내는 데에 기여한다. 그의 시에서 원수성 세계는 인간의 갈등이 개입하기 이전의 소박하고 조화로운 세계이므로 현대문명의 언어는 배제되었던 것이다. 그의 시에 나타나는 고유어를 추출하고 그 효과를 살펴보자.

첫째로, 신동엽의 시에는 자연을 표상하는 시어들이 많이 쓰이고 있다. 이들은 대개 대지와 식물, 동물 그리고 천체를 지칭하는 시어들이다.

> [대지] : 산고개, 안마당, 언덕, 고개, 흙, 흙가슴, 땅, 논둑, 논밭, 골짜기,
> 양지밭, 밭두덕, 고을, 냇둑, 들, 자갈길, 벌, 산골, 콩밭, 콩밭 머리,
> 등성이 무덤, 빈집, 동굴, 흙굴, 흙밭, 우물가, 풀밭, 수수밭, 보리밭,
> 꽃밭, 물레밭, 온누리, 움집뜰, 산마루턱, 호밀밭, 보리이랑, 양달.

---

4) 신경림, 『우리 시의 이해』, 한길사, 1986, 212쪽.

[식물] : 진달래, 풀, 수수, 콩, 정자나무, 들국화, 해바라기, 무, 배추, 둥 구나무, 살구나무, 명석딸기, 찔레덤풀, 할미꽃, 원추리, 소나무, 보리, 고구마, 감나무, 칡순, 꽃, 목홧단, 풀줄기, 씨, 열매, 넌출, 보리꺼럭.

[동물] : 비둘기, 짐승, 빈대, 말, 뱀, 숫뱀, 곰, 능구리, 개미, 뻐꾸기, 달팽 이, 낙지, 도마뱀, 매미, 까치, 거머리, 토끼, 강아지, 나비, 도야지.

[천체] : 햇빛, 해, 뙤약볕, 무지개빛, 달, 달빛, 하늘, 하늘가, 구름, 별밭, 빛.

이상의 시어를 살펴보면, 신동엽의 시에는 대지와 식물을 지칭하는 고유어가 두드러진다. 이 점은 그가 지향했던 의식세계를 밝혀준다. 그의 시적 토대는 대지에서 출발하기 때문에 대지에 연관되는 고유어가 다양하게 나타난다. 그가 지향한 세계는 시에서 자연의 조화 위에 펼쳐지는 생명력 넘치는 공간으로 형상화되었다. 그리고 거기에 대응하는 천체에 연관되는 시어들이 나타나서 하늘과 땅의 조화를 이룬다. 그 사이에 식물과 동물들이 자리하는데, 식물들은 순수한 우리의 들에서 자라는 고유의 꽃과 풀 그리고 농작물이다. 그런 반면에 동물을 나타내는 시어는 두 부류로 구분된다. 즉, 긍정적으로 제시되는 '비둘기, 말, 곰, 까치, 강아지, 토끼, 뻐꾸기' 등이 있고, 부정적으로 제시되는 '빈대, 뱀, 낙지, 도마뱀, 짐승, 능구리' 등이 있다. 신동엽의 시는 이러한 고유어나 토속어를 구사함으로써 잊혀가는 다수의 생명 근거를 밝히고, 선택되고 분업화된 소수의 서정보다는 잊혀간 다수의 민중 서정을 형성[5]하고 있다.

---

5) 조태일, 「신동엽론」, 구중서 편, 『신동엽』, 온누리, 1983, 57~58쪽.

둘째로, 신동엽 시의 고유어는 사람의 호칭과 신체 지시어, 동사와 형용사에 많이 나타난다. 따라서 이들은 서로 감각적 반응과 호응되어서 다양한 생활 감정과 세계인식을 표출한다.

[신체어] : 피, 눈동자, 젖가슴, 눈빛, 맨발, 발부리, 발톱, 알몸, 알살, 흰 알살, 암사람, 살냄새, 허리, 손등, 머리칼, 이마, 아랫도리, 허벅다리, 손, 눈매, 입술, 눈물, 얼굴, 숨결, 불알, 몸알, 눈물, 몸둥아리, 피알, 털사람, 앙가슴.

[호칭어] : 딸들, 촌 아가씨, 아해들, 어린 동생, 눈어둔 어머니, 아낙, 촌색시, 할멈, 아사녀, 아사달, 할아버지, 아버지, 에미, 엿장수, 한울님.

[동사] : ①가다, 두레 먹다, 찾아가다, 춤추다, 나서다, 흐르다, 디디다, 차비하다, 걷다, 빨래하다, 살다, 피어나다, 박다, 숨쉬다, 솟다, 솟구치다, 기어가다, 뽑다, 소리치다, 건너다, 날리다, 눈뜨다, 열리다, 세우다, 올라가다, 땀흘리다, 뚫다, 굴리다, 피다, 던지다, 찾다, 건지다, 넘다, 바심하다, 치솟다, 두드리다, 걷어 치우다, 뿌리다, 만들다, 벌거벗다, 파헤치다, 갈다, 뒤엎다, 밀다, 뽑다, 파다, 오르다, 심다, 쪼개다, 잡다, 돈다, 다듬다, 열리다, 불지르다, 채우다, 채워버리다, 노래하다, 걷어차다, 일어서다, 손짓하다, 맞절하다, 맞부비다, 뿜어내다, 휩쓸다, 움트다, 자라다, 꿈꾸다, 끌다, 닦다, 찢다, 싸우다, 춤추다, 건너다, 빗질하다, 갈아엎다, 외치다, 건너뛰다, 키우다, 달리다, 넘어가다, 뜨다, 이끌다, 물결치다, 참다, 사랑하다, 쓸어넣다, 뜨개질하다, 떼내버리다.
　②굶다, 잠들다, 피흘리다, 부르트다, 가쁘다, 떠가다, 울다, 조르다, 쥐어뜯다, 쏟아지다, 무너지다, 눙치다, 감추다, 뒤집히다, 팔다, 쫓기다, 쓰러지다, 싸쥐다, 울리다, 빼앗기다, 갈라 놓다, 나부끼다, 붙어 살다, 달아나다, 날리다, 지다, 흐느끼다, 버리다, 눈물나다, 흩어지다, 다치다, 허물어지다, 나뉘다, 눕다, 지나치다, 눈물흘리다, 휩쓸리다, 흔들리다, 굳다, 흔들다, 떠나다, 버둥이다, 붓

다, 날려가다, 거꾸러지다, 내몰다, 부서지다, 피며 젖다, 피터지다, 밟히다, 깨물다, 빠지다, 기어들어가다, 갈리다, 나리다, 덮다, 부려먹다, 까뭉개다, 지치다, 닳다, 목메다, 사무치다, 뉘우치다.

[형용사] : ①두렵다, 징그럽다, 미치다, 서럽다, 싸늘하다, 가엾다, 끝나다, 심심하다, 없다, 어둡다, 무섭다, 징글맞다, 무겁다, 괴롭다, 가슴태우다, 눈물어리다, 어리석다, 가난하다, 길다, 수선스럽다, 멀다, 모질다, 비다, 불쌍하다, 요란스럽다.
②싱싱하다, 빛나다, 젊다, 익다, 그립다, 푸르다, 울창하다, 슬기롭다, 얌전하다, 즐겁다, 꽃답다, 눈부시다, 부드럽다, 시원하다, 맑다.

이상에서 살펴볼 수 있듯이 신동엽의 시에서 고유어는 신체어에 많이 나타난다. 그것은 치장하지 않은 '알몸'으로 드러나서 풍부한 생명의 감각 세계를 드러내준다. 아울러 이 점은 그가 지향했던 대지와의 신체적 접촉을 강조하고 있다. 그의 시에 나타난 신체어에 여성의 이미지가 많은 것도 특징이다. 그것은 신동엽이 대지와 여성을 동일시하였기 때문이다. 그러므로 인간에 대한 호칭어에서도 대다수가 여성에 안배되어 있으며, 이들은 가난과 고난 속에서도 꿋꿋이 살아가는 민중들을 지칭하는 것이다.

그의 시에 고유어는 동사와 형용사에서도 풍부하게 드러난다. 동사의 경우는 두 부류로 나타나는 바, 그 하나는 ①에서 알 수 있듯이 민족의 모순을 극복해 나아가려는 적극적 의지를 보여주는 역동적 힘을 표출한다. 그것은 '찾아가다, 나서다, 솟구치다, 갈아엎다, 외치다, 뿌리다, 일어서다, 달리다' 등으로 대표할 수 있다. 반면에 ②에서 확인할 수 있는 것처럼 피동적이고 고난에 처하여 고통스러운 움직임을 드러내는 동사들도 많이 사용되었다. 이것들은 '피흘리다, 잠들다, 굶다, 빼앗기다, 쓰

신동엽의 시와 삶

러지다, 허물어지다, 목메다, 흩어지다' 등으로 특징지을 수 있다. 이상의 사실로써 그의 시는 ①에서는 '극복의지'와 ②에서는 '비극적 현실'의 두 측면을 보여주게 된다.

그의 시에 사용된 형용사도 두 가지 특징으로 나누어볼 수 있다. 그하나는 ①에서처럼 모순에 처한 현실의 상태를 드러내는 것으로서, 시인의 위축된 내면세계를 표상한다. 이것들은 '두렵다, 무섭다, 무겁다, 괴롭다'로 대표할 수 있다. 그 다음은 ②의 경우처럼 긍정적이며 적극적인 자세를 나타내는 것들이다. 그것은 '싱싱하다, 빛나다, 젊다, 눈부시다' 등으로 현실 속의 어려움을 극복하려는 시인의 의지를 반영한다.

셋째로, 신동엽의 시에는 우리 민족의 생활 속 노동이나 민속에 관련된 어휘가 많이 나타난다.

> 바구니, 호미, 쟁기, 삽, 가래, 항아리, 독, 놋거울, 두레, 콩바심, 김매기, 멍석, 호박국, 떡목판, 투가리, 토방, 괴나리 봇짐, 씨름, 윷놀이, 토장국, 풍장, 삼베, 드레박질, 막걸리, 비단치마, 치맛자락, 돌창, 옹달샘, 뜨개질.

위에 예시한 시어는 신동엽이 지향하는 삶의 세계를 엿보여준다. 그는 대지에 발을 딛고 노동으로 살아가는 삶을 가장 이상적인 것으로 제시하였다. 그는 대지를 원수성의 중심이며 그 위에서 벌이는 노동을 신성한 삶의 자세로 파악했다. 그러므로 노동의 즐거움을 형상화하기 위해서 '바구니, 호미, 쟁기, 삽, 가래, 멍석' 등 농기구가 나타난다. 그것들은 '콩바심'이나 '김매기' 등 노동의 기쁨을 펼쳐 보여주며, 협동하며 살아가는 '두레'의 생활을 보여준다. 이러한 삶 속에서는 우리 민족 고유의 놀이인 '씨름, 윷놀이, 풍장' 등이 행해지는 것이다. 그는 시에서 우리 민족의 고유한 삶과 정서를 형상화함으로써 민족의 공동체적 삶을 추구하였다. 이러한 점에서 그의 시는 분단 극복을 위한 민족 동질성의 회복이라는 가치를 지닌다.

넷째로, 신동엽의 시어에는 부사어의 사용이 두드러진다.

아직, 좀만, 비로소, 하여, 다만, 오히려, 미처, 다시, 또, 그리하여, 깊이, 높이, 그렇게, 함께, 지금도, 오순도순, 차마, 마냥, 소리없이, 쉬임없이, 조용히, 해마다, 이젠, 이제, 말없이, 급기야, 차라리, 일제히.

이상의 부사어는 그의 시에 사용되어 결연한 의지와 행동을 강조한다. 그리하여 우리 민족의 모순된 역사로부터 단호한 자세로 일어서 불의와 대결해 나아가려는 시인의 적극적 자세를 뒷받침해준다. 즉, '다시, 또, 깊이, 높이, 쉬임없이, 해마다' 등으로 현실에 좌절하거나 머물지 않고, 끊임없이 현실을 지양해가려는 삶의 의지를 촉구한다. '아직, 좀만, 미처, 이제' 등은 인내로써 비극적 현실에 대처해 나아가려는 의지를 보여주고 있다. 또한 '비로소, 급기야, 일제히'로는 이제 현실의 모순을 실천적으로 바로잡아야 할 때가 되었음을 역설한다.[6] 그의 시에서 부사어는 삶의 자세를 보다 적극적으로 가다듬고 비극적 세계와 싸워 나아가려는 신념과 태도를 강화시켜주는 것이다.

(2) 한자어

신동엽은 시에서 다수의 한자어를 사용하였는데, 그가 사용한 한자

---

6) 「이야기하는 쟁기꾼의 大地」 제6화에서 신동엽은 민중들을 억압하는 권력의 모순을 비판하면서, '비로소, 말미암아, 바야흐로다'라는 부사어를 중복 사용하였다. 이 구절은 그가 현실에 대한 냉소적 태도와 현실을 극복하기 위한 노력을 펼칠 단계가 되었음을 강조하여 드러내는 것이다.

　　　　　　　　　　　　　　　　　　　　　신동엽의 시와 삶

어휘들은 몇 가지 유형으로 구분해볼 수 있다. 그것은 인명과 지명 등의 고유명사류, 일반명사류, 추상어 내지 관념어류, 자연물과 문명 및 인간 지칭어, 시간 지시어 등이 주류를 이룬다.

첫째로, 고유명사류를 파악하고 그 기능을 살펴보자.

> [인명] : 阿斯達, 阿斯女, 燕山君, 黃眞伊, 眞伊, 水雲, 香, 花潭, 莊子.

> [지명] : 東南亞, 半島, 太白山, 山洞里, 北間島, 北扶餘, 百濟, 高麗, 渤
> 海, 馬, 辰, 鴨綠江, 濟州道, 蒙古, 豆滿, 萬里長城, 南洋群島, 錦江,
> 北漢山城, 仁川, 漢江, 板門店, 小白, 松花江, 漢挐, 白頭, 雪嶽, 俗
> 離山, 金浦, 越南, 所夫里, 韓半島, 地中海, 漢陽, 妙香山, 大關嶺,
> 鍾路五街.

위에 제시한 인명을 살펴볼 때 신동엽의 관심영역을 알 수 있다. 그의 시에서 인명은 모두 역사 속에서 차용해왔다. 그들은 현대인이 아니라 고전 속에 나타나는 인물로서 '아사달'과 '아사녀', '황진이'와 '화담' 이 사용되었다. 이들은 한국인의 심성 속에서 사랑의 전형적 인물로 전해져 오는 이야기를 갖고 있다. 따라서 신동엽의 시에 보다 풍부한 의미 체계를 부여해주고 독자들에게 친화력을 베푼다. 아울러 이들 사이의 사랑을 통해서 인간 만남의 의미를 강조한다. 또한 '향'이나 '진이'는 여성으로서 사랑이라는 주제에 연관된다. 그 외 사상가로는 '수운'과 '장자'가 있으며, 정치가로는 '연산군'이 등장하였다.

신동엽의 시에서 한자어 지명으로 볼 때 그 공간적 범위는 매우 넓다. 또한 시간적으로도 오래전 역사 속의 지명과 현대의 것이 아울러 나타 난다. 우리 국토 전 영역에 걸쳐 있는 지명이 두루 드러나며 산과 강 이 름이 많은 것이 특징이라 하겠다. 이러한 점은 신동엽이 우리 민족의 문제뿐만이 아니라, 세계사에 대해서도 큰 관심을 가지고 있었음을 의미한다. 또 그는 과거와 현재에 대하여 동시적으로 관심을 보여준다. 그는 우리 민족의 입장에서 분단 조국의 단절을 뛰어넘어 남북한 전 국토에 관심을 드러냈던 것이다. 그리고 그의 시에 나타나는 한자는 구체적인 산과 강 이름이 많은데, 그것들은 통칭의 '강'이나 '산'으로 표현되지 않고 구체적 지명으로 쓰였다. 그만큼 신동엽은 자연도 역사적 시공간 위에서 바라보고 있었음을 알 수 있다.

둘째로, 일반명사류와 기능을 살펴보자.

[자연] : 果樹園, 運河, 瀑布, 森林, 未開地, 大地, 東海, 丘陵, 處女地, 高原, 油田, 砂漠, 海, 黃土, 原生林, 平野, 洞窟, 山頂, 湖水, 田畓, 峰, 嶺, 田園, 山脈, 草原, 野山, 海岸, 山川, 南北平野, 雜沓, 稜線, 波濤, 洪水, 菊花, 古木, 雜草, 紅柿, 街路樹, 冬柏, 丹楓, 木花, 玉, 銀, 太陽, 夕陽, 新綠, 水平, 地球, 微風, 景致, 風景, 故鄕, 眞珠.

[문명] : ①長銃, 銃, 新武器, 彈皮, 飛行機, 鐵條網, 核, 軍靴, 槍, 硝煙.
②機械, 自轉車, 都市塔, 電信柱, 銅錢, 避雷塔, 貨車, 列車窓, 馬車, 中央塔, 公園, 邑, 學園, 下水口, 鐵道 沿邊, 新作路, 工場, 待合室, 空港, 事務室, 倉庫, 街路, 簡易驛, 大使館, 百貨店, 卓上, 占領旗, 納稅告知書, 東大門, 崇禮門, 宮闕, 宮殿, 土幕, 酒幕, 廢家, 壁, 門, 夕刊.

[인간] : 哨兵, 愛人, 祖上, 戰士, 百姓, 少女, 佳人, 英雄, 人類, 女人, 母女, 善民, 海外族, 封建領主, 吸血族, 主人, 寄生族, 貴婦人, 戀人, 兄弟, 娼女, 少年, 勞動者, 鑛夫, 大統領, 原住民, 異邦人, 特別市民, 盲目技能者, 石工, 遺民, 修道者, 兵丁, 行人, 紳士, 大監, 群像, 惡漢.

이상의 인용에서도 나타나듯이 신동엽은 한자어 사용을 통해서도 자연과 문명의 대립적 성격을 보여준다. 그의 시에서 자연물은 대개 원수성 세계의 대지를 표출한다. 이 점은 '삼림, 미개지, 처녀지, 원생림' 등에서 단적으로 알 수 있듯이, 문명이 침범하기 이전 순수한 대지의 세계를 의미한다. 그 외의 자연 지시어는 계절 감각을 동반하여 고향의 모습을 그려준다. 반면에 문명 지시어들은 현대사회의 모순을 의미하는 차수성의 세계를 나타낸다. ①의 예는 인간이 전쟁을 야기시키는 무기로서 차수성의 대표적 상관물들이다. 그것들은 대지와 인간을 살상 파괴하고 황폐하게 만들기 때문에, 신동엽이 가장 증오했던 것들로 파악된다. 또한 ②에 열거되어 있는 현대문명도 현대사회의 권위와 억압을 상징하기 때문에 그는 매우 부정적으로 인식하였다. 그는 현대사회 삶의 양식과 문명 전반에 대하여 강한 거부감을 드러냈기 때문이다.

신동엽의 시에서 인간을 지칭하는 한자어는 다양하게 발견되지만 대략 두 가지 부류로 나눌 수 있다. 그 하나는 '애인, 조상, 백성, 소녀, 가인, 인류, 여인, 모녀, 연인, 형제, 창녀, 소년, 노동자, 광부, 석공, 원주민, 선민' 등 긍정적 인물로 드러나는 경우이다. 이들은 신동엽이 이해한 민중[7]에 속한다고 할 수 있다. 그러나, '해외족, 봉건영주, 흡혈족, 기생족, 귀부인, 대통령, 이방인, 특별시민, 맹목기능자, 수도자, 병정, 신사, 대감, 군상, 악한' 등은 현대 문명사회의 인간, 위정자, 비본질적인 삶을 살아가는 사람들로서 비판의 대상이 되고 있다. 왜냐하면 이들은 대지를 이탈하여 현대문명의 모순에 편승해 살아가기 때문이다.

---

7) 이 점에서 신동엽이 사용한 '민중'의 개념은 소박한 차원으로 이해된다. 그는 모순된 역사에 관련되어 있지 않고 보다 올바른 역사의 전개를 위해서 성실하게 살아가는 다수의 사람을 '민중'으로 이해하였다.

셋째로, 그의 시에서 한자어는 추상어와 관념어류가 많다. 이들은 대략 두 부류로 나눌 수 있다. 그 하나는 감정을 나타내는 한자어이며, 그 외는 일반 지시어와 개념 지시어를 함께 묶을 수 있다. 그 실체와 의미를 살펴보자.

> [감정] : 喜悅, 憎惡, 悲痛, 憐憫, 諦念, 怨恨, 畏敬, 回想, 追憶, 苦惱, 享樂, 幸福, 戀苦, 貪慾, 念頭, 威嚴, 咀呪, 陰兇, 無表情, 涅盤, 微笑, 狂症, 慾, 恨, 罪, 香氣, 默默, 孤孤.

> [일반] : 戰爭, 反亂, 傳說, 遺言, 運命, 未來, 生, 人生, 招待, 歷史, 音樂, 言語, 自殺, 丹裝, 深淵, 戰火, 宿命, 外勢, 勝利, 重量, 永遠, 知性, 中立, 侵略, 密會, 國籍, 理由, 餓死, 蘇生, 禮儀, 平和, 姿勢, 主義, 宣言, 新式, 抗拒, 昇天, 榮光, 正義, 來日, 一生, 時節, 時間, 上天, 思索, 意志, 精神, 求心, 人情, 死, 美, 魂, 自覺, 童話, 集結, 大拜, 世界, 非本質的, 進化論的, 指導原理, 下層構造, 緩衝地帶, 代代孫孫.

신동엽의 시에서 감정을 나타내는 한자어는 연민과 비애를 표상하는 것들이 대부분을 이룬다. 그것은 비극적 현실 속에서 살아가는 민중들의 고통스러운 삶을 바라보는 신동엽의 내면의식을 반영하고 있다. 그러므로 위 예에서 드러나듯이 민중들의 삶은 '비통, 체념, 원한, 고뇌, 한, 죄' 등으로 제시되었다. 그의 시에는 한자의 일반 개념어도 다양하게 나타나 있다. 그것은 물질의 영역으로부터 정신의 영역에 이르기까지 폭이 넓다. 또한 그는 철학적 개념어까지 사용하기도 하였다. 위 예에서 살필 수 있듯이, 신동엽은 한자어의 사용을 부정하지 않았고, 한자어의 경우 굳이 한자로 표기하는 것도 거부하지 않았음을 알 수 있다. 특히 그는 시에서 '비본질적, 진화론적, 지도원리, 하층구조' 등의 개념어도 과감하게 사용[8]하였다.

넷째로, 신동엽 시의 한자어로는 시간을 지칭하는 어휘가 많이 드러나 있다.

氷河期, 億萬年, 千萬年, 世紀, 時代, 秋夕, 冬至, 三伏, 五百年, 四月 十九日, 七月, 五月, 六月, 二月, 四月, 三月, 東學年, 子時, 大寒, 上古, 三韓, 八月, 淸朝, 太古, 世代, 歲暮.

위 예를 통해서 볼 때 신동엽은 시간을 지시하는 어휘의 사용 시 매우 구체적이었다. 그것은 '삼월, 사월, 오월, 유월' 등과 '사월 십구일'로서 4·19혁명을, '동학년'으로 동학농민전쟁을 나타내기도 하였다. 그만큼 그의 시간인식은 역사성을 동반하고 나타난다. 그러면서 '빙하기, 억만년, 천만년, 오백년' 등의 큰 폭의 시간 지시어를 사용하기도 했고, '상고, 삼한, 청조, 태고' 등 오래전의 시기를 나타내기도 하였다. 그 외 '추석, 동지, 세모' 등은 민족의 절기를 드러내고 있다.

이상에서 살펴본 바와 같이, 신동엽의 시에서 한자어는 주로 관념적인 제목이나 추상적인 어구 혹은 강조하고자 하는 시어와 고유명사, 특히 자연물, 문명, 인명 및 인간 표기 등에서 나타났던 것으로 파악된다.

(3) 외래어

신동엽은 시어로 외래어를 사용하기도 하였다. 일반적으로 외래어는

---

8) 이러한 사실로 우리는 신동엽이 추구한 시적 관심을 알 수 있다. 그가 한자 개념어를 보다 과감하게 사용한 것은 시의 분명한 메시지 전달을 위한 의도에서 비롯되었다. 그러나 결과적으로는 그의 시어를 건조하게 만들기도 하였다.

외국어가 전래하여 국어화한 말을 일컫는다. 그러나 여기서는 인명과 지명 등 외국어의 국어식 표기도 외래어의 범주에 포함시켜 살핀다. 외래어가 나타나는 그의 시는 34.3%[9]로 조사되었다. 그의 시에서 외래어는 대개 지명, 인명, 문명과 외세의 폭력을 비판하고 있다. 가령 그의 시 「風景」에는 외래어가 12회나 등장하지만, 이것들은 외세가 세계 도처에서 약소국에 끼치는 모순을 비판하는 경우이다. 이렇게 볼 때 그의 시에 나타나는 외래어는 대개 대상의 지시에 의도를 두고 있다. 그 양상을 살피고 기능을 알아보자.

[지명] : 유우럽, 도오꾜, 히말리아, 하루삔, 이스라엘, 우랄, 알제리아, 티벼, 카스피, 하와이, 아시아, 아프리카, 코리아, 오스트리아, 베트남, 윈, 스칸디나비아, 러시아, 아테네, 피테르부르그, 모스코.

[인명] : 푸쉬킨, 톨스토이, 도스도에프스키, 헤밍웨이, 하이데거, 럿셀, 베토벤, 차이코프스키, 비숍, 머피.

[문명] : 탱크, 젯트기, 엠원총, 추럭, 보오트, 로켓트, 아스팔트, 콩크리이트, 찢, 네온싸인, 딸라, 빠다, 째즈, 쪼코렡, 메니큐어, 텔레비전 안테나, 링, 핸들, 브란디, 뻐스, 빌딩, 피라밋, 마이크, 콜탈, 벤취, 오바, 트렁크, 리본, 와이셔츠, 스카아트, 쉐타, 넥타이, 라이프, 힐, 히노마루, 찌까다비.

---

9) 신동엽의 전체 시 67편에 사용된 외래어의 빈도를 살펴보면 다음과 같다. 한 작품 내에서 동일 어휘의 반복은 빈도수에서 제외하였다.

빈도수	0	1	2	3	4	6	12	계
작품수	44	10	5	5	1	1	1	
누 계	44	54	59	64	65	66	67	67편
%	65.7	80.6	88.1	95.6	97.1	98.6	100	

신동엽의 시와 삶

[식물] : 코스모스, 푸라타나스, 라일락, 포푸라, 아카시아, 샤보뎅.

　이상의 예에서 외래어를 살펴보면, 신동엽이 사용한 지명의 다양성을 엿볼 수 있다. 우선 세계의 여러 나라 이름들이 나타난다. 그만큼 그는 우리 민족의 문제에만 관심을 기울인 것이 아니라, 세계사에 대해서도 폭넓은 시야를 갖고 있었음을 알게 된다.

　신동엽 시의 외국인명은 그의 관심영역을 드러내준다. '푸쉬킨, 톨스토이, 도스도에프스키, 헤밍웨이' 등 외국 문학가들이 나타난다. 이것은 곧 이들의 문학작품에 대한 신동엽의 긍정적 입장을 반영한다고 볼 수 있다. 아울러 사상가로서는 '하이데거'와 '럿셀', 음악가는 '베토벤'과 '차이코프스키', 외국 관광객 '비숍' 여사, 미군 '머피' 일병이 나타난다.

　신동엽이 사용한 외래어는 문명을 지칭하는 어휘가 많다. 그는 현대 문명사회의 모순을 비판하였기 때문에 그의 시에 나타난 문명 지시어는 대개 부정적 성격을 드러낸다. 그 가운데 '탱크, 젯트기, 엠원총' 등의 무기는 전쟁과 파괴를 의미한다. 이것들은 차수성 세계의 모순을 가장 잘 보여주는 것으로서 그가 가장 증오했던 '껍데기'의 대표적 표상물들이다. 그 외에 '아스팔트, 콩크리트' 등은 대지의 생명력과 인간의 신체적 접촉을 단절시키는 기능을 한다. '딸라, 빠다, 째즈, 쪼코렡' 등과 옷가지를 나타내는 '와이셔츠, 스카아트, 쉐타, 넥타이' 등은 민족의 순수성을 잠식하는 외국문명을 의미한다.

　한편, 그는 시어로서 식물을 지칭하는 외래어도 사용하였는데, 그가 식물을 매우 긍정적으로 인식한다는 점은 여기에서도 발견할 수 있다. 그러므로 '코스모스, 푸라타너스, 라일락, 포푸라' 등은 조화로운 모습으로 인식한다. 다만 예외적으로 '샤보뎅'이 외세의 폭력을 상징하고 있다.

신동엽은 철저히 외세의 거부와 현대문명의 모순에 대한 비판적 입장에서 민족의 순수성을 추구하였다. 그의 외래어 사용은 나라 이름과 지명, 사람 이름, 문명이나 사물을 지칭하는 경우에 국한하였고, 무절제하게 외래어를 쓰지는 않았다. 그가 사용한 외래어를 통해서 그의 관심이 세계사적 안목으로 확대되어 있음을 알 수 있다.

그 외에 신동엽 시어의 특성으로는 시어의 반복적 사용과 강한 자기 표출성을 지적할 수 있다. 그의 시에서 시어의 반복적 사용은 두 가지 형태로 나타난다. 그 하나는 시어가 그의 시 여러 편 속에서 거듭 반복되어 상징적 의미를 형성하는 경우이고, 다른 하나는 단일 시편 속에서 반복됨으로써 강조의 효과를 나타내는 것이다. 그의 시 전체에서 반복적으로 사용되어 높은 빈도수를 나타내는 시어는 '알맹이, 껍데기, 아사달, 아사녀, 태양, 하늘, 구름, 꽃, 보리, 피, 눈동자, 젖가슴, 발, 사랑, 입술, 바위, 총, 쇠붙이, 쟁기, 눈(雪), 산, 바람, 강, 언덕, 비 등이다. 이들은 그의 시에서 상징적 의미를 띠는 중심 이미지들이기도 하다.

다음으로는 신동엽의 시어에서 강한 자기 표출성을 살필 수 있다. 일반적으로 시어는 지시 표출과 자기 표출의 두 측면을 지닌다.[10] 이때 지시가 의식의 지시 표출에 의해 지니는 대상성이라고 한다면, 가치란 의식의 자기 표출로부터 나타나는 전체 구조와의 관계를 의미한다. 시어에서는 지시 표출성에 비해서 자기 표출성이 강하면 시적 의미나 긴장감을 이완시킴으로써 미시적 가치를 드러낸다. 이렇게 볼 때 감탄사는 자기 표출성이 가장 높은 반면에 지시 표출성은 가장 낮다. 그 다음은 조사이며, 명사와 수사는 그 역이 된다. 그러므로 시어로서 감탄사와 조

---

10) 김대행, 앞의 책, 92~113쪽 참조.

신동엽의 시와 삶

사를 사용할 때에는 상당한 절제가 필요한 것이다.

①　지금도/흰 물 내려다보이는 언덕/무너진 토방가선/시퍼런 풀줄기 우
그려넣고 있을/아, 죄 없이 눈만 큰 어린것들.//(…중략…)//이 균스러운 부
패와 享樂의 不夜城 갈아엎었으면/갈아엎은 漢江沿岸에다/보리를 뿌리면/
비단처럼 물결칠, 아 푸른 보리밭.

—「4월은 갈아엎는 달」 부분

②　조국아,/江山의 돌속 쪼개고 흐르는 깊은 강물, 조국아,/우리는 임진
강변에서도 기다리고 있나니, 말없이/銃기로 더럽혀진 땅을 빨래질하며/
샘물같은 東方의 눈빛을 키우고 있나니.

—「祖國」 부분

③　祖國아 그것은 우리가 아니었다./우리는 여기 천연히 밭갈고 있지 아
니한가.//서울아, 너는 祖國이 아니었다./五百年前부터도,/떼내버리고 싶
었던 盲腸//그러나 나는 서울을 사랑한다/지금쯤 어디에선가, 고향을 잃은
/누군가의 누나가, 19세기적인 사랑을 생각하면서//그 포도송이 같은 눈동
자로, 고무신 공장에/다니고 있을 것이기 때문에.

—「서울」 부분

위에 인용한 시에 드러나듯이, ①의 "아, 죄 없이 눈만 큰 어린것들.",
"비단처럼 물결칠, 아, 푸른 보리밭.", "갈아엎었으면", ②에서 "조국아,/
江山의 돌속 쪼개고 흐르는 깊은 강물, 조국아.", "기다리고 있나니",
"키우고 있나니", ③에서는 "祖國아 그것은 우리가 아니었다", "서울아,
너는 祖國이 아니었다", "있지 아니한가", "다니고 있을 것이기 때문."
등이 감탄사 또는 감탄의 의미로 작용한다. 또한 그의 시에는 생략할 수
있는 곳에도 모두 조사를 사용하였다. 그렇기 때문에 화자의 감정을 직
접적으로 드러냄으로써 시어의 자기 표출이 강하다. 뿐만 아니라, 그의

시에서는 "모르리라", "아니오", "없어요", "했을리야", "마세요" 등이 자주 나타난다. 이러한 어절은 감탄사가 아니라 해도 자기 표출성을 강하게 드러낸다. 그만큼 신동엽은 자신의 감정이나 내면적 모습을 직접적으로 표출하였다는 뜻이 된다. 이렇듯이 그의 시는 자기 표출성이 높은 시어의 사용으로 인하여 시의 긴장감을 약화시키고, 다양한 해석의 가능성을 배제함으로써 시적 묘미를 잃게 하는 원인이 되기도 하였다.

(4) 소재

소재란 글을 쓰는 데 필요한 여러 재료이며, 제재는 그러한 소재 중에서 제목을 뒷받침하는 중심적인 것을 의미한다. 여기서는 두 가지 의미를 포괄하는 용어로서 소재를 사용한다. 앞서 살펴본 시어를 통해서도 드러났듯이, 신동엽은 현대문명을 비판하고 우리 민족 역사의 모순을 형상화하기 위해서 다양한 소재와 제재를 수용하였다. 그가 사용한 소재는 크게 원수성의 세계, 차수성의 세계, 귀수성의 세계를 드러내주는 소재들로 나누어 볼 수 있다.

신동엽의 시에서 원수성의 세계를 형상화하는 데 사용된 소재로는 '숲속, 대지, 노동, 달밤, 원무' 등이 중심을 이룬다. 이것들은 그의 시에서 원수성 세계를 대표하는 시적 상관물들로 기능한다. 그는 이 소재들을 통해서 생명력이 넘쳐나는 대지, 그 위에서 협동으로 펼치는 노동으로 살아가는 우리 민족의 공동체적 삶의 세계를 형상화한다. 그만큼 그의 정신세계는 자연에 대한 친화감과 대지의 정신에 뿌리박고 있었음을 알 수 있다. 따라서 그의 시적 소재는 자연 심상과 긴밀히 연결되어 그의 시에 드러나는 서정성의 기초가 되었다. 그는 원수성의 세계를 형상화하여 인류의 고향, 인류가 되돌아가야 할 공간으로 보여주었다. 그곳은 인간의 노동과 놀이가 함께하며 생산과 풍요가 삶의 기본 속성을 이룬다. 자연과 인간은 어머니와 갓난아이의 관계처럼 맺어져 총체성이 지배하는 곳이다. 그러한 세계의 형상화에는 역사적으로 '고구려, 고려, 백제, 삼한, 마, 진' 등을 차용하였다. 이러한 역사시대는 농경사회의 공동체인 두레로 이뤄지는 삶, 노동의 건강성에 기초하는 생명의 세계를 의미한다.

원수성의 세계를 나타내는 소재들로는 '꽃, 나비, 햇빛, 산, 바람, 해, 삼림, 들국화, 달, 벌판, 대지, 흙가슴, 흙, 바다, 샘물, 냇물, 숲, 동산, 참쑥, 봉우리, 별밭, 호수, 이슬, 언덕, 원추리, 천지, 산맥, 강산, 달, 칡순, 황토, 산천, 땀방울, 새벽, 새봄, 상고, 춤, 우물, 등불, 풍장, 곰나루, 알맹이, 꽃신, 놋거울, 씨름놀이, 토끼몰이, 솥밥, 호미, 바구니, 바랑, 젖가슴, 맨발, 마음밭, 암사람, 소년, 소녀, 순이, 돌이, 가시내, 아낙네, 입술, 이마, 숨결, 씨앗, 하늘, 노래, 황소, 원생림, 삼한' 등을 들 수 있다. 이것들은 모두 그의 시에서 원시적이고 토속적이며 민족적인 성격을 강하게 나타낸다.

신동엽이 차수성의 세계를 형상화하기 위해 사용한 소재는 원수성의 소재들과는 대립적 성격으로 드러난다. 그의 시에서 차수성 세계의 대표적 모습은 우리 민족의 역사적 모순, 인간성을 훼손시키는 현대문명과 세계 전쟁으로 표현되었다. 그리하여 전쟁에 사용되는 무기, 전쟁에 의하여 피폐해진 민족의 삶, 현대문명 등이 주요 소재로 등장한다. 아울러 외세의 개입에 의한 약소민족의 비극과 그 속에서 허덕이는 민중들의 삶이 제시되었다. 이로써 그가 차수성 세계로 인식한 현대사회, 인류가 처한 문명과 역사 전반의 모순을 표출한다.

차수성 세계를 드러내는 소재로는 '모래밭, 고드름, 얼음, 구름, 사막,

자갈길, 고개, 눈보라, 여우비, 비, 싸락눈, 함박눈, 이슬비, 임진강변, 눈물, 콧물, 밤, 겨울, 장총, 비행기, 기관포, 탄환, 도시, 지뢰, 공장, 뻐스, 빌딩, 쇠붙이, 유리창, 전찻길, 핵, 탑, 열차, 철조망, 기계' 등이 나타난다. 이것들은 우리 민족이 겪고 있는 분단 조국의 현실과 인류가 처한 대지와 인간의 황폐함을 직접적으로 보여준다.

마지막으로, 신동엽이 귀수성의 세계를 형상화하는 데 수용한 소재는 대개 역동적인 힘을 동반한다. 그것들은 차수성의 세계를 갈아엎고 인류의 고향인 대지의 세계로 돌아가기 위한 실천적인 힘들을 지니기 때문이다. 귀수성 세계는 현실의 모순을 넘어서기 위해 현실을 갈아엎는 역동적 삶의 단계이다. 이때 출현하여 현실의 모순을 넘어 새로운 역사를 개척해 나아가는 자가 '전경인'이다. 신동엽은 그의 시에서 '전경인'의 역할을 경작자에 비유하여 대지를 갈아엎고 씨앗을 뿌리는 행위로 표현하기도 하였다.

그의 시에 나타나는 귀수성 세계의 소재들은 '강, 강물, 분수, 불, 불기둥, 꽃사슴, 눈동자, 등불, 정신, 물결, 파도, 피, 심장, 발, 꿈, 용, 봉황, 새봄, 쟁기' 등이 있다. 이 소재들은 대개 동적인 상상력을 바탕으로 하여, 그의 시에서 수직상승이나 수평이동의 움직임을 펼쳐 현실 극복의 정신과 역동적 힘을 낳고 있다. 또한 이것들은 변질되지 않는 민족의 순수성과 인간의 생명성을 간직하고 있다.

2) 어조와 율격

시는 화자가 청자에게 말하는 방식 가운데 하나로 파악할 수 있다. 시는 가상의 등장 인물의 입을 빌려서 현실의 상황이 아닌 상상적 상황을

신동엽의 시와 삶

창조하여 말한다. 이때 시인은 일정한 태도와 목소리를 가지고 등장하는데, 이를 시적 화자(persona)라 한다. 따라서 시적 화자는 그에 어울리는 목소리를 가지며 어울리는 역할을 하고, 이 목소리와 역할은 시적 화자의 개성을 육화하는[11] 것이다.

> 한 편의 시는 시적 화자의 목소리와 역할에 의해서 세계와의 관계를 나타내며 시의 성격이 드러난다. 이 목소리는 어조(tone)로서 리챠즈는 화자의 청자에 대한 태도로 정의했다. 즉 어조는 시에 있어서 간접적으로 태도를 표현하며, 태도는 톤을 결정하고, 톤은 태도를 반영하는 것이다. 그리고 태도는 시인이 전하려는 내용에 대한 화자를 통한 견해이고, 그 내용에 대해서 이해하고 있는 바를 반영하는 견해를 의미한다.[12]

시의 연구에서 화자의 어조를 살핌으로써 시인과 세계의 관계를 집약적으로 파악할 수 있다. 시적 화자란 시인이 변장된 형태로, 그것의 태도나 의식 내용이 곧 시의 언술로서 구조화된다.[13] 이 언술에 나타나는 목소리가 어조로서 시인의 세계에 대한 태도와 의식세계를 집약해서 보여주는 것이다. 시인은 특유의 목소리를 통해서 시 속에서 등장하여 자신이 하고자 하는 말을 전달한다.

신동엽의 시에 대하여 "소월의 민요조에 육사의 절규를 삽입한 것 같다"[14]거나, "김소월의 언어로 한용운의 정신을 읊고 있다"[15]고 제시된 바 있다. 이러한 점들은 그의 시가 전통성에 접맥되어 있음을 시사하며,

---

11) 김준오, 『시론』, 문장, 1982, 119쪽.
12) 정재완, 「한국의 현대시와 어조」, 『한국언어문학』 제14집, 1976. 12, 1~3쪽.
13) 박민수, 『현대시의 사회시학적 연구』, 느티나무, 1989, 22쪽.
14) 김수영, 「참여시의 정리」, 『창작과 비평』, 1967. 겨울, 636쪽.
15) 염무웅, 「김수영과 신동엽」, 구중서 편, 앞의 책, 160쪽.

어조는 크게 남성적 측면과 여성적 측면으로 혼용되어 있음을 의미한다. 그의 시는 우리의 전통 서정과 민요조의 재활용에서 얻어진 형식미에 대해 긍정적으로 평가되었고, 민요적 특질을 밝히는 연구가 이루어지기도 했다.[16] 이러한 사실은 그의 시가 전통적 민요와의 연관성을 지니고 있음을 확연하게 밝혀주는 것이다. 이렇듯이 그의 시는 한국 전통 서정시의 정신과 방법에 매우 깊이 연관되어 있다.

신동엽 시의 어조는 굵고 뚜렷한, 그리고 분명한 양상을 보여준다. 거기에다가 여성적 어조를 함께 지니고 있다. 그의 시에 등장하는 여성적 어조는 한국 전통 시가와 연관성을 갖고 있는 반면에, 남성적 어조는 직설적이고도 능동적인 측면을 보여준다. 이 점에서 그의 시는 상징시의 면모를 나타내기보다는 직접적인 발언의 저항시의 면모를 지닌다. 이렇듯이 그의 시적 화자의 어조는 강하고 우렁찬 남성적 어조와 여리고 자기 고백적인 여성적 어조가 함께 나타난다.

한국 시가 속의 전통적 특성의 하나로서 우리는 '님 지향성'을 들고 있다. 이것은 만남과 이별이라는 상황 속에서 나타나는 보편적 경향으로 파악된다. 이러한 시에서 화자는 '님과의 이별'이라는 상황을 전제하고 '님'을 떠나보내는 입장이 되어 노래한다. 그러므로 주요 대상이 '님'으로 나타나게 되는데, 이때 '님'은 주로 남성이며 화자는 여성으로 표출된다. 이를 통틀어 말하여 전통 문학사에서의 '여성주의'라 할

---

16) 김병익 외, 『현대한국문학의 이론』, 민음사, 1972, 241~259쪽.
　　신경림, 「역사의식과 순수언어」, 구중서 편, 앞의 책.
　　원태희, 「신동엽연구」, 중앙대 대학원 석사논문, 1987. 6.
　　그러한 점은 신동엽이 한국의 역사 전반에 대해서 깊은 관심을 보였고, 민족의 동질성 추구에 남다른 애착을 가졌다는 데서도 드러났다.

수 있다.[17] 여성주의는 현실의 어려움을 극복하는 정신적 응전의 한 방법으로 이해된다. 한국 문학에서 여성주의는 부정적 현실인식에서 나타난 비극적 정서와 이에 대한 여성 주체로서 한국의 시문학을 관류하는 정서적 형질의 한 원형으로 파악되는[18] 것이다. 이러한 경향은 김소월, 한용운, 김영랑, 서정주 등으로 맥을 유지해왔다.

신동엽의 시 또한 이러한 측면과 상관성을 갖고 있다.

> ① 길가엔 진달래 몇 뿌리
> 꽃 펴 있고,
> 바위 모서리엔
> 이름 모를 나비 하나
> 머물고 있었어요
>
> —「진달래 山川」부분

> ② 그리운 그의 얼굴 다시 찾을 수 없어도
> 화사한 그의 꽃
> 山에 언덕에 피어날지어이.
>
> —「山에 언덕에」부분

> ③ 그렇지요, 좁기 때문이에요. 높아만 지세요, 온 누리 보일 거에요. 雜踏 속 있으면 보이는 건 그것뿐이에요. 하늘 푸르러도 넌출 뿌리속 헤어나기란 두눈 먼 개미처럼 어려운 일일거에요.
>
> —「힘이 있거든 그리로 가세요」부분

> ④ 별밭에선 지금 한창
> 영겁으로 문 열린 치렁 사랑이

---

17) 김윤식, 「한국시의 여성적 편향」, 『근대한국문학』, 일지사, 1973.
　　정병욱, 『한국고전시가론』, 신구문화사, 1977, 299~300쪽.
18) 김재홍, 『현대시와 역사의식』, 인하대 출판부, 1988, 246~256쪽.

빛나는 등불마냥

오순도순 이야기되며 있는데요.

— 「별밭에」 부분

위 시 ①은 간결하고 단순한 구조로 드러난다. 그것은 화려한 수식보다 직설적 어법에 가까운 간결한 표현이 주를 이루기 때문이다. 이러한 효과의 한 측면은 이 시의 어조 속에서 발휘되고 있다. 간결한 표현 속에서 어조는 '있었어요', '들었죠', '하더군요', '웃었지요' 등 여성적으로 나타나고 있다. 이 시의 대상이 '당신'으로 표현된 것은 한국 시가 전통 계승의 일면이라 하겠다. 이 시에서 간결한 어휘의 사용은 운율로 작용하기도 한다. 전쟁의 비극 속에서 우리 민족이 겪어온 슬픔이 이 시 내용의 중심을 이루고 있다. "얼굴 고운 사람 하나"는 그러한 슬픔 속에 사라져 간 사람으로서 전통 문학사 속의 '님'과는 다소 거리가 있다. 그것은 전쟁으로 죽어간 '당신'과 이별이 이 시에서 슬픔의 배경이 되기 때문이다. 이 시에서도 여성적 어조는 고통의 극복을 위한 정신적 응전 방법으로 해석된다.

시 ②는 화자가 이미 죽음으로 인해 단절된 '그'에 대하여 그리움을 노래하고 있다. 이 시에서 죽어간 영혼은 봄이 되면 산과 들에 다시 꽃으로 되살아난다. '그'에 대한 회한의 정서는 "피어날지어이", "살아갈지어이"에서 한으로 육화되어 있다. 그만큼 이 시의 어조는 절절한 한의 정서와 연결되었다. 이 시의 어조는 압축적이고 여성적 속성을 지님으로써 우리 민요의 전통적 운율과 분위기와는 불가분의 관계[19]로 이해할

---

19) 천이두, 『한국문학과 한』, 이우출판사, 1985, 43쪽.
한은 서사적이기보다는 서정적인 것이고, 서정적이기보다는 음악적인 것으로서,

수 있다.

이상 위 시 ①과 ②에서는 '당신'과 '그'가 모두 죽음으로 인해서 화자와 단절되어 있다. 그리고 그들에 대한 그리움이 이 시의 배경이 되고 있다. 이 시편에서 여성적 화자는 전통 시가와 다소 다른 양상을 보인다. 전통 시가의 경우는 대개 한의 발생 배경이 개인적 관계 속에 자리하는 '님'이었다. 그러나 여기서는 민족의 비극적 역사 속에 숨겨간 뭇 영혼들로 나타나 민족적 비극으로 발생한 한과 연관되어 있음을 알수 있다.

시 ③에서는 청자를 지칭하는 명사가 나타나지 않으나, 그것은 신동엽이 애정 어린 눈길로 감싸 안으려 했던 우리 민족 전체로 해석할 수 있다. 시 구절 '했어요', '이에요', '보세요' 등의 종결 양상에는 부정이나 거부가 아니라, 대상을 감싸 안으려는 강한 긍정의 힘을 내포하고 있다. 그러므로 신동엽의 시는 김소월보다는 한용운의 시에 나타나는 화자와 '당신'의 존재에 밀접하게 연관되어 있다. 그것은 세계에 대해 큰 포용력으로 작용하며, 역사의 비극적 상황을 새로운 세계로 밀고 나아가려는 능동적인 힘으로 발휘된다. 가령, "그렇지요. 온 누리 보일 거에요", "좀만 더 높아 보세요", "힘이 있거든 그리로 가세요. 늦지 않아요" 등에서 화자는 내일에 대한 신념을 확고히 드러내고 있다. 화자는 모순된 현실을 벗어나기 위해 우리가 서 있는 곳이 "쓸쓸한 그늘 밭"임을 깨닫도록 촉구한다. 이러한 점은 현실 극복의지를 보여주는 여성적 어조로 파악된다.

한의 미학이 소설보다는 서정시에서, 시보다는 음악, 특히 판소리에서 꽃피운 까닭은 여기에 있다.

④의 어조는 상당히 고무되어 있다. 이 시에선 '노래'가 흐르고 '입술'이 빛나며, "별밭에선 지금 한창" 사랑이 등불마냥 이야기되고 있다. 연민이나 자기 비애가 노래될 때의 어조와는 사뭇 다르다. 그러므로 이 시에는 개인적인 갈등이 전혀 나타나지 않는다. 이 시에서 차분하게 안정되어 있는 화자의 내면의식으로 볼 때, 분노에 의해 격앙된 어조보다는 여성적인 어조가 신동엽의 내면적 모습에 더 가깝게 느껴진다. 이 시의 화자와 청자는 모두 '우리'라는 복수 인칭명사에 포함되어 있다. 김소월 시의 경우에도 '우리'가 사용되었지만, 그것은 '너'와 '나' 둘 사이의 경우인데,[20) 신동엽의 경우에는 우리 민족 전체의 통칭으로 나타났다. 따라서 이 시는 우리 민족이 새로운 역사로 도약해가야 한다는 믿음이 미래에 대한 확신으로 연결되고 있다.

이상의 사실들은 신동엽의 시가 한국 시의 전통성에 맥락을 두고 있음을 밝혀주는 것이다. 여성 지향이 갖는 현실 극복의지는 부정적 현실 인식에서 형성된 여성주의로서 우리 시문학 전통의 정서적 원형질로 파악할 수 있기 때문이다. 그러나 신동엽의 경우 여성적 화자는 항시 민족의 역사와 관련되어 있다. 그리고 그 대상은 우리 민족의 역사 속에서 사라져 간 민중들이거나 민족 전체로 이해되는 것이다.

한편, 그의 시에는 여성적 어조와 대립되어 굵고 뚜렷한 남성적 어조가 동시에 나타난다. 이러한 두 가지 어조의 혼용양상은 그의 시에 흐르는 저항과 거부, 연민과 비애의 정서에서 기인한다고 할 수 있다. 그의 시에서 남성적 어조는 대표작이라 할 수 있는 「껍데기는 가라」에서 절정을 보여준다. 이 시에서 자아와 세계의 대결양상은 치열하여 직접적

---

20) 정효구, 『현대시와 기호학』, 느티나무, 1989, 43~44쪽.

이며 저항적인 측면으로 드러났다. 비유나 상징적 기법은 자아와 세계 사이에서 대결양상을 완화시키고 상당 부분 은폐시킬 수도 있다. 이 시가 직접적이고 강력한 전달로 드러난 것은 그가 강한 메시지의 전달에 문학적 가치를 두었기 때문이다. 또한 그의 시에는 신념 때문에 동어 반복이나 시 구절의 반복적 사용이 상당수 드러나는데, 이 점도 메시지 전달을 위한 강한 어조와 관련된다.

그러나 신동엽의 시는 결코 목소리만 높은 시는 아니었다. 그는 시에서 메시지 전달의 욕구가 컸던 만큼 설득적인 어조가 필요했을 터인데, 그의 신념은 시어에 육화되어 나타나서 시의 내용과 잘 부합되어 있다. 그의 시에서 남성적 어조의 시들은 대개 부정이나 단정, 거부의 저항적 자세를 취하고 있다. 따라서 그의 시는 강한 부정이나 긍정을 서두에 두고 거기에 부합되는 내용을 자세하게 부연하는 특징[21]을 보인다. 이러한 면도 어조에 기여하는 한 측면이라 하겠다.

> ① 너는 모르리라
> 文明된 하늘아래 손넣고 광화문 뒷거리 걸으며
> 내 왜 역사 없다
> 벌레 뻥……니까렸는가를
>
> ─「너는 모르리라」 부분

> ② 내 고향을 아니었었네
> 허구헌 紅柿감이 익어나갈 때
> 빠알간 가랑닢은 날리어 오고.
>
> ─「내 고향은 아니었었네」 부분

---

21) 신익호, 「신동엽론」, 『국어문학』 제25집, 전북대 국어국문학회, 1985, 448쪽.

위 시 ①은 우리 역사에 대한 거부와 비판을 담고 있다. 화자와 청자는 '나'와 '너'로서 매우 분명하다. 따라서 읽는 이들에게 강한 호소력을 자아내고 있다. 이 시는 '나'와 '너' 사이의 담화이다. 이 시의 화자 '나'는 "소경처럼 너만을 求心하는/해와 洞窟과 내 사랑"과 "文明된 하늘아래 손넣고 광화문 뒷거리 걸으며/내 왜 역사 없다/벌레 삥…… 니까렸는가를" "너는 모르리라"는 것이다. 이 시가 도치법으로 전개되어 있는 것은 화자의 강한 부정적 의식을 드러내려는 의도로 파악된다. 이 시에서 '너'는 우리 민족의 역사이기도 하고 우리 민족 전체이기도 하다. 이러한 어조의 강한 부정적 측면은 역설적 의미로 이해할 수 있다. 즉, 연민과 비애의 상호 모순되는 감정이 강한 어조를 통해 표출되고 있지만, 역설적 의미에서 더욱 강한 긍정으로 읽혀지기 때문이다.

시 ②에서도 1연 첫 행에 "내 고향은 아니었었네"라고 부정으로 시작하였다. 그러나 우리는 강한 어조 속에 깊게 스며 있는 비애감을 읽을 수 있다. 화자가 "내 고향은 아니었었네"라고 외치면 외칠수록 더욱 긍정할 수밖에 없는 갈등구조가 이 시에 자리하고 있기 때문이다. 왜냐하면 고향 상실의 원인이 되는 민족의 비극적 역사 위에서는 아무리 "내 고향은 아니었었네"라고 외쳐도, 그것은 강한 긍정적 의미에 대한 역설적 표현일 수밖에 없기 때문이다.

이상에서 살펴본 바와 같이, 신동엽 시에서 어조의 남성적 특성과 여성적 특성의 두 가지 모습은 결국 하나의 내면으로 해석된다. 그것은 그의 시에 두드러지게 나타나는 설의·청유·명령형의 종결양상을 통해서도 살필 수 있다. 또한 신동엽 시의 어조는 곧 율격과도 깊은 관련을 갖고 있다. 그의 시에 나타나는 짧고 간결한 시행은 운율과 연관되기 때문이다. 또한 여성적 어조는 한을 드러내는 민요의 전통적 운율과 분위기로 이해할 수도 있다.[22] 현대시가 이미지를 중요시한다고 해도, 시는 음악적 요소인 운율과 리듬을 무시하고는 이루어질 수 없다. 그러므로 그가 민족적 전통에 입각하여 시를 썼고 한이라는 민족정서의 원형질을 지니고 있었기에, 그의 시는 전통 민요조의 율격과 자연적으로 만나게 되었던 것이다.

1960년대 중반 이후 민족문학의 전통론에 대한 논의가 일어났고, 그 논의 가운데 가장 첨예한 갈등을 드러냈던 것은 한국 현대시사의 위상을 이해하는 문제였다. 그동안 논의되어온 현대시의 형성과 그 발전과정 자체를 서구적인 것과 연관시켜 파악하고자 하는 단절론의 관점은, 현대시의 시적 형식과 그 발상법의 서구적 요소를 중시하고 있었다. 그러나 한국의 현대시는 그 시적 형식에서 서구적인 자유시형의 영향을 받았다고는 하더라도, 시형식을 지탱하고 있는 운율과 어법 자체가 전통적인 기반에 서 있음을 확인하게 된다.[23] 한동안 우리 민요조의 기본 율격으로 이해해왔던 7・5조는 일본 시가의 영향이라는 견해가 지배적이었다. 그러나 조창환은 일본 시가의 영향으로 보던 태도를 비판하고, 7・5조를 우리의 전통 민요 속에 내재되어 있던 잠재성의 발휘로 파악

---

22) 김영무, 『시의 언어와 삶의 언어』, 창작과비평사, 1990, 103쪽.
    유종호, 「한국의 퍼쎄틱스」, 『현대문학』, 1960. 12, 56쪽.
    김영무에 의하면 민요는 한국 민족의 역사와 전통 속에 퇴적되어 오면서 민족정신과 민족감정이 필연적으로 꽃 피어난 것으로, 향유층은 민중들로 그들의 한을 짙게 반영한다고 보았다. 유종호는 소월을 예로 들어, 그의 정한과 민요적인 가락은 떼려야 뗄 수 없는 불가분의 관계에 있다고 하였다. 즉, 소월의 정한은 그러한 정형율이 아니면 표백될 수가 없을 것이며, 그러한 정형율에는 다른 제재가 있을 수 없다고 하였다.
23) 권영민, 『한국현대문학사』, 민음사, 1993, 175~176쪽.

하였다.[24) 아울러 우리 시의 율격을 음수율로 이해하던 관점에서 음보율로 제시해놓았다. 요컨대 7 · 5조의 7음절의 본질을 3음절 단위와 4음절 단위는 서로 엇바뀌어 결합될 수 있으며, 오히려 그 편이 더 자연스럽기조차도 하다[25)는 것이다.

음보율이라는 관점에서 볼 때 한국 민요의 전통적 율격은 3음보 격과 4음보 격이다.[26) 행을 이루는 음보수는 고정적이면서, 행을 이루는 음절수가 가변적인 것을 한국 시의 규칙으로 파악하고 있다.[27) 따라서 우리 시의 전통적 율격은 3음절이나 4음절을 단위로 하는 3음보 격이나 4음보 격이라 할 수 있다. 이러한 관점에서 신동엽의 시를 살펴보면, 그는 우리 민족의 전통적 율격에 상당한 관심과 이해를 갖고 있었음을 확인할 수 있다.

> 하루 해/
> 너의 손목/싸쥐면//
> 고드름은/運河 못 미쳐/
> 녹아 버리고.//

24) 조창환, 『한국 현대시의 운율론적 연구』, 일지사, 1986, 15~16쪽.
   7 · 5조가 일본 시가의 율격임은 사실이다. 그렇지만, 같은 일본 시가의 율격모형 중에서도 5 · 7조 등은 우리 시에 거의 수입 정착되지 않았고 7 · 5조만이 왕성한 세력을 지니고 지금까지 살아남게 된 것은, 바로 우리 시의 율격을 이해하는 데 있어 비밀을 푸는 관건이 된다. 다시 말하면 유독 7 · 5조와 4 · 4조만 남아 끈질기게 그 생명력을 유지하며 현대 한국 시의 주류를 이루게 된 것을 미루어보면, 그것들이 우리 시에 잠재해 있던 전통의 내면에 부합되는 요인을 갖고 있었기 때문인 것이다.
25) 위의 책, 22쪽.
26) 오세영, 『한국낭만주의시연구』, 일지사, 1980, 43쪽.
27) 조동일, 『한국시가의 전통과 율격』, 한길사, 1982, 132쪽.

신동엽의 시와 삶

풀밭/
부러진 허리/껴건지다 보면//
밑둥 긴/瀑布처럼/
歷史는 철 철/흘러가 버린다.//

피다순/쭉지 잡고/
너의 눈동자/嶺넘으면//
停戰地區는/
바심하기 좋은/이슬젖은/안마당.//

고동치는/젖가슴/뿌리세우고//
치솟은/森林/거니노라면//
硝煙 걷힌/밭두덕 가/
새벽 열려라.//

─「새로 열리는 땅」 전문

위 시는 비교적 다양한 율격을 지니고 있지만, 전통적 요소를 찾아볼
수 있다. 율독을 위해서 나누어본 결과 이 시는 3음보와 4음보로 구성되
어 있음을 알 수 있다. 음절수를 파악해보면 이 점은 쉽게 드러난다. 1
연의 3/4/3// 4/5/5//, 2연의 2/5/6// 3/4/5/6//, 3연의 3/4/5/4//
5/6/4/3//, 4연의 4/3/5// 3/2/5// 4/4/5// 등으로 나타난다. 따라서 1연
은 모두 3음보, 2연은 3음보와 4음보, 3연은 모두 4음보, 4연은 모두 3음
보로서 한국 민요의 전통적 율격인 3음보 격과 4음보 격에 일치한다. 아
울러 음절수로는 3음절과 4음절이 중심이 되어 있다. 또한 이 시에서는
민요의 7·5조가 부분적으로 엿보이기도 한다. 2연의 "밑둥 긴 瀑布처
럼/歷史는 철 철", 3연의 "피다순 쭉지 잡고/너의 눈동자", 4연의 "고동
치는 젖가슴 뿌리세우고" 등이 그것이다.

한편 이 시의 율격은 2연과 3연을 중심으로 대칭적으로 구성되었다고

할 수 있다. 즉, 2연의 "밑둥 긴 瀑布처럼/歷史는 철 철 흘러가 버린다."
의 3/4/5/6 음절과, 3연의 "피다순 쭉지 잡고/너의 눈동자 嶺넘으면"의
3/4/5/4 음절을 율독할 때 3/4/5 음절에서 7·5조로 작용하기도 하면서
4음보로 읽히는데,[28] 1, 2연에는 3음보가 셋이고, 4연에도 3음보가 셋으
로 대칭되어 있기 때문이다. 물론 이 작품은 그의 시 가운데서 전통적
율격이 드러나는 경우로는 적절하지 않다. 그러나 부분 부분이 다양성
과 결합되어 있는 것은 전통적 율격의 변용이라는 해석을 가능하게 한
다. 우리가 이 시를 대하면서 율독에서 그리 낯설지 않은 것은 이 점 때
문이다. 이처럼 그의 시 가운데 비교적 율격이 잘 드러나 있지 않은 시
를 통해서 살펴보더라도, 그의 시는 한국 시의 전통적 율격으로부터 그
다지 멀리 있는 것이 아니다.

다음의 시를 통해서 율격을 살펴보도록 하겠다.

그리운/그의 얼굴/다시 찾을 수/없어도//
화사한/그의 꽃/
山에 언덕에/피어날지어이.//

그리운/그의 노래/다시 들을 수/없어도//

맑은/그 숨결/

---

28) 우선 "밑둥 긴 瀑布처럼/歷史는 철 철"과 "피다순 쭉지 잡고/너의 눈동자"를 읽으
면서 우리는 익숙하게 반응할 수 있는 7·5조의 운율로 대하게 된다. 그러나 동
시에 전자에는 "흘러가 버린다"가, 후자에는 "嶺넘으면"이 따라 붙으면서 3음보
의 자동적 반응을 4음보로 전개시키는데, 여기에서 순간적인 부조화가 뒤따른다.
그러나 우리에게 이러한 부조화의 반응은 잠시일 뿐이고 오히려 역동적 운율로
읽게 한다.

들에 숲 속에/살아갈지어이.//

쓸쓸한/마음으로/들길 더듬는/行人아.//

눈길/비었거든/바람/담을지네//
바람/비었거든/人情/담을지네.//

그리운/그의 모습/다시 찾을 수/없어도//
울고 간/그의 영혼//
들에 언덕에/피어날지어이.//

—「山에 언덕에」 전문

위 시는 전체가 4음보로 통일되어 있는 만큼, 신동엽의 시에서는 비
교적 정제된 율격을 보여주는 경우이다. 이 작품은 4음보의 통일을 바
탕으로 안정된 어조와 율격을 유지한다. 그러나 이 시의 율격이 동일한
구조를 지니고 있는 것은 아니다. 이 시는 다섯 연으로 3연에 시의 중심
이 놓여 대칭적 구조를 이룬다. 앞에서 시「새로 열리는 땅」의 "밑둥 긴
瀑布처럼/歷史는 철철", "피다순 쭉지 잡고/너의 눈동자"에서 7·5조로
읽을 수 있음을 지적했듯이, 이 시에서도 그 점은 드러난다. 이 시에서 3
연의 음절은 3/4/5/3으로서, 그것은(앞부분) 3/4/5 음절에서 나타난다.
우리가 3연을 읽을 때, 우선 "쓸쓸한 마음으로 들길 더듬는"에서 7·5조
의 바탕으로 이끌리기 때문이다. 여기에 "行人아"가 덧붙여져 4음보로
읽히면서 역동성이 가미된다. 이러한 3연을 가운데 두고 1연과 5연이
대칭을 이룬다. 1연의 음절은 3/4/5/3// 3/3/5/6이며, 5연의 음절도
3/4/5/3// 3/4/5/6으로 거의 변동이 없다. 음절도 주로 3음절과 4음절로
파악된다. 또한 2연과 4연은 4음보라는 통일성을 가지고 대칭되지만,
자세히 살펴보면 많은 차이를 느낄 수 있다. 우선 2연은 1연의 연장으로

동일하게 전개되었다. 그러나 4연은 음절이 2/4/2/4로 대구와 반복, 병치를 통해서[29] 이 시의 율격에 가장 빠른 흐름을 불어넣고 있다. 그것은 이 부분에서 화자의 감정이 가장 고조되기 때문이다. 이로써 이 시는 3연을 전후하여 호흡의 극심한 변화를 유도하고 있다. 얼핏 보면 이 시는 기승전결의 구조로도 파악할 수 있는데, 이때는 3연과 4연이 분할되지 않고 결합될 수 있기 때문이다. 이렇게 보면 이 시는 전통적 율격을 지니면서도 다양한 변용까지 수용하여 현대적인 감각을 살리고 있는 것이다.[30] 더욱이 이 시가 포괄하고 있는 한의 정서는 곧 민요조와 불가분의 관계로 해석할 수도 있다.

이상 위에서 살핀 바를 토대로 살펴볼 때, 신동엽의 시는 한국의 전통 서정시 율격의 모습과 함께 변용을 보여주었다. 그리고 이러한 점은 서사시 「錦江」의 '서화'와 여러 장(제9장, 제10장, 제15장, 제24장)에서도 나타나고 있다. 요컨대 그의 시는 3음절이나 4음절을 기본 음절로 하여 3음보나 4음보를 기본 음보로 하는 우리 민요의 전통적 율격에 깊게 뿌리를 두었음을 확인할 수 있다.

---

29) 오세영, 앞의 책, 47~55쪽 참조.
   민요의 구조는 크게 반복과 병치라는 두 가지 원리에 의해서 설명될 수 있다.
30) 이러한 점을 가지고 있는 시로는 「그 가을」, 「별밭에」, 「아니오」, 「山에 언덕에」, 「원추리」, 「껍데기는 가라」, 「달이 뜨거든」, 「水雲이 말하기를」, 「그 사람에게」, 「고향」, 「여름고개」, 「좋은 言語」, 「너에게」, 「어느 해의 遺言」, 「丹楓아 山川」 등을 더 들 수 있다.

3) 행과 연의 구성

(1) 행의 유형

시에서 행이란 의미와 율격이 합치되어 되풀이되는 일정한 패턴으로서 시의 전개에 있어서는 기본 단위가 된다.[31] 행은 몇 개의 음보가 모여서 이루어지며 동시에 의미의 한 단위가 된다. 시인이 표현하고자 하는 내적인 의미형식은 그 시만이 갖는 독특한 구조의 필연적인 결과로서 언어형식의 일정한 패턴을 요구한다. 따라서 운율의 특징에 따라 행의 성격이 결정된다.[32] 왜냐하면 시행의 운율을 결정해주는 요소는 각기 언어의 특성에 따라서 달라지기 때문이다. 시인은 그의 시에 자기만의 방식으로 행을 구조화한다. 일반적으로 한국 시는 음절의 수에 따라 운율이 형성되고 행이 결정된다.

신동엽의 시에서 행의 특성으로 가장 먼저 눈에 띄는 것은 길이가 짧다는 점이다. 물론 그의 시에도 산문시가 있고 산문적 요소가 나타나기도 한다.[33] 그러나 그것이 그의 시행의 특성으로 생각되지는 않는다. 그의 시행은 1음절로 이루어진 것부터 가장 긴 행은 4~5음절로 짜여진 5음보까지 보이지만, 대개는 3음보 이내로 파악된다. 시행이 짧고 간결한 만큼 그의 시는 힘찬 호흡으로 시적 전개를 이끌어간다.

---

31) B. H. Smith, *Poetic Closure*(The Univ. of Chicago, 1974), p.38.
32) H. Read, *English Prose Style*(G. Bell & Sons, 1932), p.35.
33) 신동엽의 산문시는 「좋아」, 「正本 文化史大系」, 「힘이 있거든 그리로 가세요」, 「阿斯女의 울리는 祝鼓」, 「機械야」, 「眞伊의 體溫」, 「散文詩 1」 등 7편이며, 산문시적 요소가 드러나는 것으로는 「阿斯女」, 「주린 땅의 指導原理」 2편이 있다. 이 시들은 그의 시행의 특성으로는 고려하지 않았다.

그의 시행의 유형은 서술형, 부정형, 설의형, 청유형, 명령형, 의고형, 추측형이 다양하게 전개된다. 이러한 유형의 시행은 그의 시에서 단정, 강조, 필연의 효과를 자아내며, 그의 시행 전개를 유도하는 구조적 요소로 자리한다. 그의 시에 나타나는 행과 행의 전개에 대해서 살펴보자.

신동엽의 시적 특징 가운데 하나는 강한 단정을 서두에 제시하고 시를 이끌어가는 데 있다. 즉, 강한 단정으로서 긍정이나 부정의 시행을 서두에 내놓고, 뒷부분에서 그것에 부합되는 내용을 자세하게 부연하며 시적 전개가 이루어진다[34]는 점이다. 이러한 사실은 그의 시행 구성의 원리로 작용하는데, 이 점은 무엇보다 서술형과 부정형의 시행에서 두드러지게 나타난다.

첫째로, 서술형의 시행과 그 기능을 살펴보자.

바람이 불어요	「별밭에」
너의 눈은/밤 깊은 얼굴 앞에/빛나고 있었다.	「빛나는 눈동자」
톡 톡/두드려 보았다.	「원추리」
내 고향은 바닷가에 있었다.	「주린 땅의 指導原理」
그녀는 안다	「초가을」
내 고향은/강 언덕에 있었다.	「4月은 갈아엎는 달」
나는 나를 죽였다.	「江」
노래하고 있었다.	「노래하고 있었다」
말없이도 우리는 알고 있다.	「밤은 길지라도 우리 來日은 이길 것이다」

신동엽의 시들은 강한 단정적 제시로 서두가 시작되기 때문에, 시를 대하는 이들로 하여금 긴장감을 가지고 시를 읽도록 요구한다. 따라서

---

34) 신익호, 앞의 논문, 448쪽.

신동엽의 시와 삶

이것은 청자의 주의를 환기시키고 집중력을 높이고자 하는 시인의 배려로 이해할 수 있다. 그의 시는 보다 분명한 내용 전달에 의도를 두었는데, 이 점에서 서술형의 단정적 제시는 매우 효과적이다. 이러한 태도는 부정형의 시행에서도 엿보인다.

둘째로, 부정형 시행의 예와 기능을 살펴보자.

내 고향은 아니었었네	「내 고향은 아니었었네」
너는 모르리라	「너는 모르리라」
아니오/미워한 적 없어요,	「아니오」
껍데기는 가라	「껍데기는 가라」
외치지 마세요	「좋은 言語」
지금 난 너를 보고 있지 않노라	「五月의 눈동자」

위에 인용한 시행에서 신동엽은 강한 부정을 드러낸다. 그는 부정형의 시행을 서두에 제시하고 거기에 연관되는 내용을 이어가는 행법을 구사하였다. 그의 시에서는 이러한 부정형의 시행도 강한 긍정형의 행과 마찬가지로 시적 긴장감을 드러내며 독자들에 대한 집중력의 배가를 꾀하고 있다. 더욱이 부정형 시행에서는 거부감을 그의 시 전반에 확산시킴으로써 강력한 메시지를 전한다. 그러나 결과적으로는 그의 시가 높은 목소리, 강한 거부감이라는 이미지를 주게 되는 이유를 낳기도 하였다. 이러한 점은 그의 시에 나타난 부정형 시행에 의해서 강화된다.

콩밭 머리,/내리는 愛人은 없었네.	「그 가을」
승리는 아무데고 없다.	「이곳은」
너를 알아보는 사람은/당세에 하나도 없었다.	「빛나는 눈동자」
國籍 모를, 두 개의 무릎 뼈에도/눈은 없었다.	「발」
우리들은 아무것도 가진 것이 없었지.	「보리밭」

아우성소리에 휩쓸려본 적/없었나니.	「祖國」
어둔 저녁에도/너는 없었다.	「影」
내 고향은 아니었었네	「내 고향은 아니었었네」
봄은/남해에서도 북녘에서도/오지 않는다.	「봄은」
祖國아 그것은 우리가 아니었다.	「서울」
산 너머에서도/달력에서도 오지 않았다.	「새해 새 아침을」
지금 난 너를 보고 있지 않노라.	「五月의 눈동자」
우리가 맨손인 이상/총은 못 쏜다.	「왜 쏘아」

　인용 시 13편에서 추출해본 결과, '없다'는 7편에서, '아니다'는 5편에서 발견된다. 그만큼 신동엽의 시는 부정과 거부의 내용을 담고 있다. 물론, 시에서 부정형의 시행이 나타나는 빈도가 많고 적음에 의해서 시의 내용이 좌우되거나 시적 가치가 평가될 수는 없다. 시적 의미는 그것들이 시 속에서 어떻게 사용되며 어떠한 의미를 드러내느냐에 달려 있기 때문이다. 그러나 위에서도 지적했던 바, 그의 시는 부정형의 시행이 많기 때문에 독자들에게는 고압적 자세로 비쳐질 수 있다는 점이다. 이로 인해서 그의 시적 가치는 약화되기도 하고, 그의 시에서 서정성이 짙은 시들까지 중화시키는 결과를 낳는다. 그의 시에서 부정형의 종결양상은 대개가 직설적인 의미로 드러남으로써 시의 다양한 해석의 가능성을 약화시키기 때문이다. 더욱이 이것은 그의 시행에 많이 쓰인 부정적 어절[35]에 의해서도 강화된다.

---

35) 그러한 시행을 살펴보면 대략 다음과 같다.

그리운 그의 모습 다시 찾을 수 없어도	「山에 언덕에」
人跡 없는 廢家 열 구비 돌아들면	「주린 땅의 指導原理」
고요로운 바다 나비도 날으잖는 봄날	「機械야」
배는 고파서 戀人 없는 봄.	「三月」

신동엽의 시와 삶

신동엽의 시행에 자주 나타나는 '없다', '않다'의 구절에서 확인할 수 있듯이, 그의 시는 상실감이나 거부감을 짙게 드러낸다. 이러한 사실은 우리 민족의 모순된 역사로부터 비롯되었는데, 그의 시에 내재하는 비극적 역사의식, 상실과 유랑의식 등 민족적 한으로 파악된다.[36] 이 점은 그의 시가 우리 민족 전통 서정시에 맥을 같이하고 있음을 뒷받침해 주는 것이기도 하다.

셋째로, 설의형 시행의 쓰임과 기능을 살펴보도록 하자.

> 누가 하늘을 보았다 하는가 　　　　　　「누가 하늘을 보았다 하는가」
> 주림 참으며 말없이/밭을 갈고 있지 않은가. 　　　　「조국」
> 곡식들이 사시사철 물결칠 것이랴. 　　　　　「서울」
> 맑은 바람은/얼마나 편안할까요. 　　　「어느해의 遺言」
> 산돼지 되어 두더지처럼 살아갈 순 없단 말인가.
> 　　　　　　　　　　　　「이야기하는 쟁기꾼의 大地」

위에 인용한 시행은 모두 설의형으로 종결되어 있다. 이 시들에는 그 동안 우리 민족의 역사가 비극적으로만 전개되어 온 점에 대한 안타까움이 나타나고 있다. 또한 이 시들은 민족의 역사에 대한 분노와 연민의 감정을 동반한다. 화자는 우리 역사가 민족의 의지와는 철저히 상반되어 전개되어 왔고, 또한 긍정적으로 전개되어 나아가고 있지도 않다고 판단한다. 그러므로 이것을 환기시키고 깨우치는 데에 있어서는 설의형

> 팔월의 하늘에는/구름도 없고 　　　　　　　「여름 이야기」
> 애당초 어느쪽 패거리에도 총쏘는 야만엔 가담치 않기로 　「散文詩 (1)」
> 물건 없는 山/소나무 곁을 　　　　　　　「살덩이」

36) 졸고, 「신동엽 시에 나타난 한」, 『한남어문학』 제17 · 18집, 1992. 9.

종결양상이 효과를 거둔다. 그러나 동일한 형식의 반복적 사용으로 자칫 지루함을 주고 감정의 절제와 긴장감을 이완시킴으로써, 시적 묘미를 상실할 우려도 있다.

넷째로, 청유형 시행의 쓰임과 기능을 살펴보자.

> 香아, 너의 고운 얼굴 조석으로 우물가에 비최이는 오래지 않은 옛날로 가자　　　　　　　　　　　　　　　　　　　　　　「香아」
> 힘이 있거든 그리로 가세요. 늦지 않아요. 이슬 열린 아직 새벽이에요.
> 　　　　　　　　　　　　　　　　　「힘이 있거든 그리로 가세요」
> 말해 볼까요. 걷어 치우는거야요.　　　　　　「주린 땅의 指導原理」
> 가벼운 눈인사나,/보내다오.　　　　　　　　　「담배 연기처럼」
> 좋은 言語로 이 세상을/채워야 해요.　　　　　　　「좋은 言語」
> 여보세요/神靈님/말씀해 주세요.　　　　　　　「丹楓아 山川」

위 시들은 청유형 시행의 예들이다. 이 시들은 대개 여성적 어조를 띠고 나타나, 상대에게 다가가 의지를 부축이고 능동적이고도 적극적인 삶을 촉구하고 있다. 이렇듯이 신동엽의 시에서 청유형 시행은 설의형과 명령형의 중간적 성격을 지니며 나타난다. 이로써 화자는 청자에게 다가가서 상대를 감싸주며 격려한다. 이러한 시행으로 그의 시는 현실 극복 의지를 드러내며 청자에 대한 교감적(phatic) 기능[37]을 강화하고 있다.

다섯째, 명령형의 시행과 그 기능을 살펴보자.

> 硝煙 걷힌 밭두덕 가/새벽 열려라.　　　　　　　「새로 열리는 땅」

---

37) A. Jefferson & D. Robey, 최상규 역, 『현대비평론』, 형설출판사, 1985, 68~69쪽 참조. 어떤 시에서 화자가 청자에 대한 접촉(contact)의 수단에 초점을 맞추면 시의 교감적 기능이 성립된다.

신동엽의 시와 삶

고요한 새벽 丘陵이룬 處女地에/쟁기를 준비하라.

「……싱싱한 瞳子를 爲하여……」

쓸쓸하여도 이곳은 占領하라.   「이곳은」

硝煙 걷힌 밭두덕 가/풍장 울려라   「緩衝地帶」

그, 모오든 쇠붙이는 가라.   「껍데기는 가라」

차라리 떠나라, 아니면 함께 빠져주든가.   「影」

구름을 쏟아라/역사의 하늘/벗겨져라   「마려운 사람들」

흰 젖가슴의 물결치는 아우성을 들어 보아라.   「불바다」

　이상은 신동엽의 시에 나타난 명령형의 시행이다. 이러한 시들은 앞서 살폈던 설의형, 청유형의 종결양상보다 강한 의지를 드러낸다. 그의 시에서 설의형과 청유형의 시행이 대개 여성적 어조와 관련되어 나타난다면, 명령형의 시행은 주로 남성적 어조로 드러난다. 이러한 양상은 그의 시가 강한 메시지의 전달을 위해서 청자에게 직접적인 교감을 촉구하며 다가서는 데는 매우 적절하다고 할 것이다. 그러나 그것이 지나치면 화자의 감정을 직접적으로 노출시키고, 청자에게 강요하는 태도를 보임으로써 독자들로부터 거부감을 자아낼 수도 있다.

　여섯째, 의고형의 시행을 살펴보도록 하자.

이는 다만 또 다음 氷河期를 남몰래 뱀과 사람과의 인연을 뜻함일지나라.

「正本 文化史大系」

正義와 울분의 行列은/億劫을 두고 젊음쳐 뒤를 이을지어니

아름다운 손등위에 퍼부어지어라.   「阿斯女」

울고 간 그의 영혼/들에 언덕에 피어날지어이.   「山에 언덕에」

소리없이 뜨개질하며 그날을 기다리고 있나니.   「祖國」

소나무 곁을/혼자서 너는 걸어가고 있고야   「살덩이」

마음 밭으로 깊이깊이 들여마셔 주고 있는 것이노라   「五月의 눈동자」

우리의 노래 우리끼리 부르며/누워 있었니라

모든 중생이여, 한울님 섬기듯 이웃사람을 섬길지니라   「錦江」

위에 인용한 의고형 시행을 통해서 신동엽은 다음과 같은 의도를 드러낸다. 즉, "뜻할지니라", "섬길지니라"에서는 예언자의 목소리, 또는 성서나 경전에서 사용하는 종결양상으로서 경건함이나 위엄을 나타내고 있다. "이을지어이", "피어날지어이"에서는 판소리 사설에서 볼 수 있는 여운으로 작용하여 한의 표출과 관련을 갖는다.[38] 또한 "퍼부어지어라", "있나니", "있고야", "것이노라", "있었니라" 등에서는 화자의 목소리를 보다 은폐시키고, 청자에 대하여 더 큰 교감을 성취한다. 이렇듯이 신동엽의 시에서 의고형 시행들은 장중한 분위기를 형성해준다. 즉, 그의 시에서 의고형의 시행은 앞에서 살핀 바, 그의 다른 유형의 시행에서 나타나게 될 감정의 직접적 노출이나 강요의 역효과를 벗어나는 데 그 의도가 있다고 하겠다.

일곱째, 그의 시에 나타나는 추측형의 시행을 살펴보자.

쉬고 있을 것이다.   「風景」
우리들 가슴 속에서/움트리라   「봄은」
슬기로운 가슴은 노래하리라   「水雲이 말하기를」
막걸리 투가리가 부숴질 것이다.   「蠻地의 音樂」

위에 인용한 시행에서 추측형은 단순한 추측의 의미를 드러내는 것이 아니라, 화자의 강한 확신을 동반하고 있음을 발견할 수 있다. 그래서 이 점은 역설적 표현효과를 자아내는데, 이로써 그의 확고한 내면의지

---

38) 졸고, 앞의 논문, 341~343쪽.
　　「山에 언덕에」는 우리 민족의 한이 '상실과 유랑의식'으로 나타난다. 이 시에서 종결 부분 "~지어이"의 여운은 반복되어, 그 힘으로 한의 정서적 울림을 확산시킨다.

를 반영한다. 그의 시에서 추측은 미래의 예측이 아니라 굳은 결의의 표현이다. 신동엽 시는 분명한 주제의식을 전달하기 위해서 보다 단정적인 종결양상을 필요로 하였다. 그러나 그것들을 살펴보면 역설적 효과를 통하여 다양한 의미로 나타난다. 그의 시에서 추측형 시행도 단정적인 표현으로 발생할 수 있는 거부감을 해소하고, 차분한 분위기로 독자들에게 접근을 꾀한다. 이렇듯이 그의 시행은 단순한 듯하나 그 안에 다양한 모습으로 구사되어 있다.

이상에서 살펴본 바와 같이 신동엽의 시에 나타나는 여러 유형의 시행들은 그의 시 속에서 서술 · 부정 · 설의 · 청유 · 명령 · 의고 · 추측형 등으로 파악된다. 그것들은 서두나 결말에 놓임으로써, 그의 시행의 전개를 이끌어나가고 종결하는 행법의 구조적 요소로 작용한다. 이를 통해서 그의 시는 화자의 강한 메시지 전달력을 추구한다. 그러나 이것이 지나칠 경우에는 독자들에게 거부감을 자아낼 수도 있다.

(2) 행의 전개

신동엽 시의 행 전개는 위에서 살펴본 여러 유형의 시행을 중심으로 서두가 시작된다. 이어서 거기에 부합되는 내용을 부연하고 반복하는 구조, 대조 및 대립의 구조, 점층적 구조, 도치와 영탄구조로 나타난다. 이러한 점들을 통해서 그의 시는 지향하는 주제의 전달력을 강화하고, 확고한 신념을 제시하였다.

첫째로, 부연으로 이뤄지는 시행의 전개를 살펴보자. 신동엽의 시는 서두에 강한 단정적 의미로서 긍정이나 부정을 제시하고, 그것을 부연하면서 행의 전개를 이룬다.

① 내 고향은 바닷가에 있었다.

　人跡 없는 廢家 열 구비 돌아들면

　배추꽃 핀 돌담, 쥐 쑤신 母女

　　　　　　　　　　　　— 「주린 땅의 指導原理」 부분

② 내 고향은 아니었었네

　허구헌 紅柹감이 익어나갈 때

　빠알간 가랑닢은 날리어 오고.

　발부리 닳게 손자욱 부릍도록

　등짐으로 넘나들던

　저기

　저 하늘 가.

　　　　　　　　　　　　— 「내 고향은 아니었었네」 부분

　위 시 ①에서 신동엽은 서두를 "내 고향은 바닷가에 있었다."고 단정적으로 제시한 후 그 고향의 모습을 부연 설명하여 행을 전개한다. 그는 '내 고향'을 "人跡 없는 廢家, 배추꽃 핀 돌담, 쥐 쑤신 母女"로 부연하여 제시하였다. 아울러 고향을 '바닷가'에서 '언덕 아래'로 구체화하고 있다. 이렇듯이 그의 시에서 부연에 의한 행의 전개는 시의 내용을 일반적 사실에서 구체적 사실로 전개시켜간다.

　시 ②는 "내 고향은 아니었었네"라는 부정적 시행을 서두에 제시한 뒤에 왜 그러한가를 부연하였다. "허구헌 紅柹감이 익어나갈 때/빠알간 가랑닢은 날리어 오고.//(…중략…)저기/저 하늘 가.//울고는 아니/허리끈은 졸라도/뒤밀럭,/뒤밀럭/목 메인 자갈길에."에서 드러나듯이, 고향은 역사적 전개 속에서 가난과 억압, 고통과 좌절로 점철되어온 비극의 현장으로 제시된다. 그러나 이 시에서 화자는 표면적으로 고향을 부정하고 있지만, 그 이면에는 고향에 대한 한없는 연민의 정을 보인다. 이렇듯이 그의 시에서 표면과 이면의 관계는 역설적 효과를 낳는 것이다. 그러므로 이러한 시행은 역설적 표현의 한 방법으로 쓰이고 있다. 이 점들은 그의 시에서 추측형, 설의형, 명령형으로 드러난다.

① 너는 모르리라
　 그날 내 왜
　 넋 나간 사람처럼 古家앞
　 서 있었던가를

　 너는 모르리라
　 진달래 피면 내 영혼 속에
　 미치는 두 마리
　 짐승의 울음

　　　　　　　　　　　　　　　　—「너는 모르리라」 부분

② 누가 하늘을 보았다 하는가
　 누가 구름 한 송이 없이 맑은
　 하늘을 보았다 하는가.

　 네가 본 건, 먹구름
　 그걸 하늘로 알고
　 一生을 살아갔다.

　　　　　　　　　　　　　—「누가 하늘을 보았다 하는가」 부분

③ 외치지 마세요
　 바람만 재티처럼 날려가 버려요.

　 조용히
　 될수록 당신의 자리를

아래로 낮추세요.

— 「좋은 言語」 부분

　위에 인용한 시들은 서두를 "모르리라", "하는가", "마세요" 등 추측, 의문, 명령으로 제시하였다. 그리고 그 내용을 부연하면서 시행의 전개를 유도한다. 시 ①에서는 "너는 모르리라"를 서두에 두고 그 내용을 부연하였다. 특이한 점은 이 시 전체가 6연인데 4연까지 동일한 패턴으로 진행된다는 점이다. 그리하여 부연에 의한 반복적 환기를 통해서 '모른다'는 사실을 거듭 강조한다. 5연과 6연은 '하여', '그리하여'의 접속관계로 이어받아 "넌 무덤 속 가서도 모를 것이다", "넌 할미꽃 밑에서도 모를 것이다"고 함으로써 반복양상과 함께 점층적 구조를 보여주기도 한다. 그리고 마지막 연의 마지막 행은 "그리고 그것은 몰라야 쓴다"고 한정함으로써 부정의 틈을 허용치 않았다. 그러나 이 시도 내면적 의미는 강한 긍정을 나타냄으로써, 역설적 표현으로 드러난다.

　시 ②는 "누가 하늘을 보았다 하는가"로 서두를 열고, 우리가 보았던 것은 '먹구름'이었음을 말한다. 이 시에서 신동엽은 하늘이 갖는 상징성을 보여주며 그것과 대립되는 지난 생을 부정하였다. 화자는 민중들의 암울한 삶을 깨우치며 그들에게 적극적인 생의 의지를 촉구한다. 그러므로 이 시는 서두를 설의형으로 제시한 뒤 그것에 대한 이유를 부연하고 있는 것이다.

　시 ③에서는 "외치지 마세요"라는 표현으로 시적 전개의 서두에서부터 강한 부정으로 유도해냈다. 그 다음을 이어서 이유를 부연해가며 행을 전개시켜 나간다. 그의 시는 그만큼 저돌적이고도 직정적이다. 이 점은 우리 민족의 현실에 대한 강한 거부감과 애정의 양면성에 의한 갈등

신동엽의 시와 삶

으로부터 표출된 것으로 보인다.

둘째로, 신동엽 시의 전개는 반복적 구조를 통해서 이루어진다. 그의 시행 전개에 나타난 반복은 매우 두드러진다. 『신동엽전집』에는 전체 시 67편이 실려 있으나, 몇 작품은 겹치기 때문에 이를 제외하면 정확하게 전체 시는 64편으로 파악해야 한다.[39] 신동엽의 시에서 행의 반복적 전개는 단일 시편에서의 반복, 다른 작품과의 반복, 동일한 작품의 반복으로 나타난다. 이 점은 그의 시가 지닌 표현의 단순성 및 소박성을 드러내는 바, 반복에 의한 강조의 의미를 얻고 있다. 그리하여 여러 편의 작품 속에서 계속적으로 되풀이됨으로써 힘을 획득하기도 한다.[40]

① 눈은 날리고
　 아흔아홉 굽이 넘어
　 恨,
　　 恨은 쫓기는데

　　　　　　　　　　　　　　　　　　　　　―「눈 날리는 날」 부분

② 깊은 懊惱 감춘
　 미쳤던,
　 미쳤던,
　 꽃 사발이여,

　　　　　　　　　　　　　　　　　　　　　―「미쳤던」 부분

위 시에서 신동엽은 행의 전개를 반복적으로 이끌어갔다. 시 ①에는

---

39) 본고에서 텍스트로 사용하고 있는 『신동엽전집』(창작과비평사, 1980)에는 서정시 67편이 실려 있다. 이 시들 가운데 「새로 열리는 땅」과 「緩衝地帶」는 거의 같은 내용이다. 「빛나는 눈동자」는 「錦江」의 제3장과 같고, 「山死」도 「錦江」의 23장과 같다. 따라서 세 편은 전체 작품수에서 제외되어야 한다.
40) 정한모·김재홍, 『한국대표시평설』, 문학세계사, 1983, 508쪽.

한 음절의 행이 나타나고 있다. 시 구절 "恨,/恨은 쫓기는데"에서 '恨' 다음에 찍어놓은 쉼표로써 강조의 효과를 자아내고, 뒤의 행으로 전개되는 데 매개 역할을 한다. 그의 시에서 이러한 반복은 강조의 효과를 나타낸다. 시 ②에서도 "미쳤던,/미쳤던,"에서 동일한 음절의 반복으로 행을 전개하였다. 이 시에서 신동엽은 행이 짧은 만큼 빠른 호흡을 유도한다. 아울러 그는 쉼표를 통해서 강조의 효과까지 노리고 있다. 이러한 사실들은 그의 시행 처리가 단순한 듯하지만, 나름대로 세심하게 배려를 하고 있음을 밝혀준다.

> 모질게도 높은 城돌
> 모질게도 악랄한 채찍
> 모질게도 陰兇한 術策으로
> 罪없는 月給쟁이
> 가난한 百姓
> 平和한 마음을 뒤보채어 쌓더니

—「阿斯女」 부분

위 시는 행의 전개에서 반복으로 A-B'/A-B''/A-B'''/C'-D'/C''-D''/C'''-D''' 구조를 드러낸다. 다시 말하면 위 시에서 셋째 행까지 "모질게도"의 반복은 동일하고, "높은 城돌", "악랄한 채찍", "陰兇한 術策으로"는 같은 의미를 드러내는 다른 표현이다. 또 시행에서 "罪없는", "가난한", "平和한"은 같은 의미를 지시하고 있다. 이러한 점은 "月給쟁이", "百姓", "마음"에서도 나타난다. 그리고 위 시에서 A와 B도 동일한 의미로 파악되고, C와 D도 의미상으로는 같은 것이다.[41] 이런 점으로

---

41) R. Jakobson, 권재일 역, 『일반언어학 이론』, 민음사, 1989, 222~223쪽.
    야콥슨은 언어의 계열관계와 결합관계를 나누어, 계열의 관계는 선택의 축이라

미루어볼 때, 이 시는 '시의 표현은 동일한 이미지의 연속체'라는 면을 그대로 드러내고 있다. 곧 위 시는 동일한 의미를 계속적으로 반복하고 있는 것이다.

> 六月의 하늘로 올라 보아라
> 푸른 가슴 턱 차도록 머리칼 날리며 늘메기 꿀 익는
> 六月의 산으로 올라 보아라
>
> 六月의 하늘로 올라 보아라
> 벗겨진 산골짝마다 산 열매 익고
> 개울 앞마다 머리 반짝이는 빛나는 彈皮의 山.
> 포푸라 늘어진 등성이마다
> 도마뱀 山洞里 끝
> 六月의 하늘로 올라 보아라
>
> ― 「아사녀의 울리는 祝鼓」 부분

위 시행의 반복은 A/B'/ A//A/B''/ A의 구조로 파악할 수 있다. 각 연의 첫째 행은 "六月의 하늘로 올라 보아라"는 명령형의 행으로 반복되었다. 첫째 연에서 '하늘로', '산으로'는 동일한 의미를 드러내는 다른 표현들이다. 첫째 연의 가운데 행은 한 행으로서, 둘째 연의 가운데 네 행과 같은 구조에 놓인다. 따라서 이 시는 반복을 중심으로 이루어지는 부연으로 행의 전개를 이룬다. 즉, 첫째 연의 가운데 한 행과 둘째 연의 가운데 네 행은 반복의 구조이며, 이 두 부분 사이에서는 둘째 연이 첫째 연의 부연으로 나타났다. 그리하여 이 시도 반복을 통한 강조의 효과

하고 결합관계는 결합의 축이라 하였다. 그는 언어의 시적 기능은 등가성의 원리를 선택의 축에서 결합의 축으로 투사한다고 설명한다.

를 얻고 있는 것이다.

셋째로, 그의 시행의 전개는 대조와 대립의 구조로 이루어진다.

① 눈길 비었거든 바람 담을 지네
    바람 비었거든 人情 담을 지네

— 「山에 언덕에」 부분

② 옛날 같으면 北間島라도 갔지.
    기껏해야 버스길 삼백리 서울로 왔지

— 「鍾路五街」 부분

③ 精神은
    빛나고 있었다.
    몸은 야위었어도
    다만 정신은 빛나고 있었다.

— 「빛나는 눈동자」 부분

④ 다들 남의 등 어깨위로 올라갔지만
    아직 너만은 땅을 버리지 못했구나

— 「발」 부분

⑤ 껍데기는 가라
    四月도 알맹이 남고

— 「껍데기는 가라」 부분

이상의 시들은 대조나 대립을 통해서 행의 전개가 이루어진다. 대조
는 드러낼 사항을 강조하여 나타내기 위해서 다른 것들과 비교하는 것
이며, 대립은 거기에 상대적인 사항을 맞세우는 것이다. 시 ①은 '눈길'
과 '바람', '바람'과 '인정' 사이의 대조를 통해서 행이 전개되었다. 시

②는 '옛날'과 '현재', '북간도'와 '서울'의 대조를 통해서, 시 ③은 '정신'과 '몸', '빛남'과 '야욈'의 대조를 통해서 행을 전개하였다. 그리고 시 ④에는 '남'과 '너', '남의 등 어깨'와 '땅'의 대립을 통해서 행이 전개된다. 시 ⑤에서도 '껍데기'와 '알맹이'의 대립, '가다'와 '남다'의 대립으로 행이 구성된다. 이러한 대조와 대립을 통한 행의 전개는 신동엽의 시에서 보다 분명한 의미를 드러내기 위한 방법으로 사용되고 있다.

넷째로, 그의 시행은 열거에 의해서 전개된다.

① 달이 뜨거든 제 얼굴 보셔요
　꽃이 피거든 제 입술을 느껴요
　바람 불거든 제 속삭임 들으셔요
　냇물 맑거든 제 눈물 만지셔요
　높은 산 울창커든 제 앞가슴 생각하셔요

—「달이 뜨거든」 부분

② 산에서 바다
　邑에서 邑
　學園에서 都市, 都市 너머 宮闕 아래.

—「阿斯女」 부분

③ 그렇지요, 좁기 때문이에요, 높아만 지세요, 온 누리 보일 거에요. 雜踏 속 있으면 보이는 건 그것뿐이에요. 하늘 푸르러도 넌출 뿌리속 헤어나기란 두 눈 먼 개미처럼 어려운 일일 거에요.

—「힘이 있거든 그리로 가세요」 부분

위의 시 ①은 화자가 청자에게 화자 자신을 생각하도록 요구하며 시행을 열거하고 있다. 이 시는 같은 구조의 행이 반복되어 '얼굴'→'입술'→'속삭임'→'눈물'→'앞가슴'으로 열거되면서 행의 전개가 이루어진다. 이를 통해서 화자는 청자를 자신의 내면으로 이끌어 들인다. 시 ②에서는 열거에 의해 4·19혁명 열기의 확산을 표현하였다. 그러나 그 것이 단순한 열거라기보다는 '산'→'읍'→'학원'→'도시'→'궁궐'로 점 충적으로 전개되어 가고 있다. 이로써 4·19혁명의 열기가 확산되어 깊 은 곳까지 나아가고 있음을 드러내는 것이다. 시 ③은 화자가 청자를 격 려하고 다짐하고 부추기는 내용이다. 그러므로 내용을 거듭 열거하여 행이 전개되었다. 이러한 점들은 신동엽의 시에서 청자에 대한 화자의 강조와 설득의 기능으로 작용하고 있다.

다섯째, 그의 시행은 영탄구조로 전개되었다.

① 水雲이 말하기를
　한반도에 와 있는 쇠붙이는
　한반도의 쇠붙이가 아니어라
　한반도에 와 있는 미움은
　한반도의 미움이 아니어라
　한반도에 와 있는 가시줄은
　한반도의 가시줄이 아니어라.

— 「水雲이 말하기를」 부분

② 東學이여, 東學이여.
　錦江의 억울한 흐름 앞에
　목 터진, 정신이여
　때는 아직도 미처 못다 익었나본데.

— 「三月」 부분

③ 小白으로 갈거나
　四月이 오기 전,
　野山으로 갈거나

그날이 오기 전, 가서
꽃槍이나 깎아보며 살거나.

―「三月」부분

　위에 인용한 시 ①에서는 "아니어라"를 통해서 영탄적 구조로 행의
전개를 이룬다. 시 ②는 "―이여"를 통해서, ③에서는 "갈거나"를 통해
서 영탄으로 행을 전개하였는데, 이러한 행의 전개는 시에서 감정의 고
조를 꾀함으로써 시적 분위기를 환기시킨다. 이로써 그의 시에 강조의
역할과 직정적인 전달력을 부여해주기도 한다. 그러나 이러한 점이 지
나칠 경우에는 시적 묘미를 잃을 우려도 있는 것이 사실이다. 신동엽 시
의 어조는 이러한 점으로 인하여 강한 이미지를 주기도 하지만, 어느 부
분에 있어서는 과도한 감정의 노출에 의해서 시적 긴장감을 약화시키기
도 하였다.

　여섯째, 그의 시행 전개는 도치구조에 의해서 이루어진다.

　① 어느 누가 막을 것인가
　　太白줄기 고을고을마다 봄이 오면 피어나는
　　진달래 · 개나리 · 복사

―「阿斯女」부분

　② 그녀는 안다
　　이 서러운
　　가을
　　무엇하러
　　또 오는 것인가…….

―「초가을」부분

③ 나는 모른다.
　그 열두살 짜리들이 참말로
　꽁꽁 얼어붙은 조그만 손으로
　자유를 금 그은 鐵條網 끊었는지 안 끊었는지.

—「왜 쏘아」 부분

　위 시 ①은 정상적으로는 첫째 행이 셋째 행의 뒤에 놓여야 한다. 이
시는 "어느 누가 막을 것인가"를 강조하기 위해서 목적절의 기능을 하
는 시행과 도치시켜 앞으로 내세웠으며, 이를 통해서 행의 전개를 유도
한다. 시 ②에서는 "그녀는 안다"는 사실을 강조하려고 그것의 목적절
과 도치시켰다. 이 부분은 정상적으로 "이 서러운/가을/무엇하러/또 오
는 것이가,/그녀는 안다"일 것이다. 시 ③도 "너는 모른다"는 구절을 앞
에 두고, 무엇을 모르는가 하는 내용을 뒤에 배치함으로써 도치에 의해
행을 전개시켰다. 이러한 행의 전개는 이 시에서 부연의 행 전개와 함께
기능함으로써 강한 주제 전달에 효과적으로 기여한다.
　이상에서 살펴본 신동엽 시행 전개의 여러 유형은 한 편의 시 속에서
동시적이고, 복합적으로 나타나기도 한다.

　　아니오
　　미워한 적 없어요,
　　산 마루
　　투명한 햇빛 쏟아지는데
　　차마 어둔 생각 했을 리야.

　　아니오
　　괴뢰한 적 없어요,
　　稜線 위

바람 같은 음악 흘러가는데
뉘라, 색동 눈물 밖으로 쏟았을 리야.

아니오
사랑한 적 없어요,
세계의
지붕 혼자 바람마시며
차마, 옷 입은 都市계집 사랑했을 리야.

—「아니오」전문

위 시는 전체적으로 살펴볼 때, 시 전체가 A/B′/C′/D′/E′//
A/B″/C″/D″/E″// A/B‴/C‴/D‴/E‴ 의 구조로 파악된다. 이러한 바탕에는
그의 시행 전개의 특성이 깔려 있다. 그것은 신동엽의 시행의 반복과 부
연을 통해서 의미를 강조하고자 했던 점으로 이해되기 때문이다. 위의
시는 "아니오", "없어요", "했을리야" 등의 부정을 통해서 단정적 제시
를 꾀한다. 그러나 이러한 부정적 표현의 내면에 자리하는 심층적 의미
는 부정을 통한 강한 긍정으로서의 역설적 의미를 드러내고 있다. 그는
이러한 시적 전개를 통해서 현실의 비애를 가정적인 울분으로 떨쳐버리
려고 하였다. 신동엽 시에서 현실의 비애는 저항할 수도 없는 것이기에
오히려 절규하는 상태로써 표면적으로는 부정적인 태도를 보이지만, 그
이면에는 강한 긍정을 내포하고 있는 것이다.[42] 다시 말하면, 강한 부정
을 통한 역설적 긍정이라는 내면의식을 반영한다.

또한 이 시의 각 연은 전체적으로 동일한 구조를 지닌다. 그러면서도
시행의 전개에 따라 점층적으로 확대되어간다. 즉, 위 시에 나타나는 공

---

42) 신익호, 앞의 논문, 451쪽.

간은 '산마루'→'능선 위'→'세계'로 점층적 구조로 전개되어 나타났다. 이것은 마지막 연에서도 찾을 수 있는데, "차마 어둔 생각"→"뉘라, 색동 눈물"→"차마, 옷 입은 도시계집"에서 그 점을 알 수 있다. 그것은 '차마'→'뉘라'의 변이와 '생각'→'색동 눈물'→'옷 입은 도시계집'으로의 구체화에서도 드러난다. 이렇듯이 그의 시행 전개는 다양한 방법이 동시에 사용되어 복합적 효과를 얻고 있는 것이다.

이상에서 살펴본 바를 정리하면 다음과 같다. 신동엽 시의 행은 서술형, 부정형, 설의형, 청유형, 명령형, 의고형, 추측형 등으로 드러난다. 이러한 행의 유형은 현실의 비극적 상황을 제시하거나 부정하려는 의도를 보여준다. 신동엽은 현실에 대한 극복의지를 가지고 있었기 때문에 현실의 모순을 깨우치고, 설득, 격려, 간청하기 위해서 설의, 청유, 명령형을 사용하였다. 나아가 의고형을 통해서는 장중한 분위기를 부여하고 있다. 이러한 행의 유형은 시에서 부연, 반복, 대조 및 대립, 점층, 도치, 영탄 등의 방법을 통해서 전개시켜 나간다. 그는 서두에 강한 긍정이나 부정을 전제한 후, 그것에 대한 부연 설명으로 시행을 이끌어간다. 그리고 동일한 행의 반복, 부분의 반복으로 시를 전개함으로써 강조의 힘을 얻고 있다. 또한 대조와 대립을 통한 분명한 전달을 꾀하기도 한다. 점층, 도치, 영탄 등의 방법으로는 시적 긴장과 전달력의 강화를 의도하였다. 그러나 그의 시에서 이러한 행 전개의 반복은 표현의 단순성과 직설적 표현으로 기울어 시적 가치를 약화시키기도 한다.

(3) 연의 구성

시에서 연은 행들이 모여 이루는 의미 단락이며 시 구조의 기본이 된다. 연은 시행의 유기적인 결합체로서 시의 형태와 의미의 단락을 이루

신동엽의 시와 삶

기 때문이다. 따라서 유기적인 형식을 지향하는 시는 작품 자체의 내적 요구에 의하여 연이 구성된다. 일반적으로 연의 수와 길이는 시가 담고 있는 시적 사건이나 내용의 구분에 밀도를 부여하기 때문이다. 그렇지 만 행과 전체 텍스트가 시 작품에 필수적인 실체인 반면에 연으로서의 분할은 임의적이라 할 수 있다.[43]

신동엽 시의 연은 시행만큼 일정한 규칙을 보이지 않고 다양성으로 나타난다. 그의 단시 67편 가운데서 비 연시는 세 편에 지나지 않는다. 그러한 세 편의 시 가운데서도, 그의 시 가운데 가장 짧은 「응」과 「散文 詩 (1)」을 제외하면 의도적으로 연을 구분하지 않은 경우는 「江」 한 작품 에 지나지 않는다. 그렇다면 그의 시는 95.5%에 해당하는 시가 연 구분 으로 구성되어 있다. 따라서 신동엽은 시 형태에 있어서 연의 구성에 대 한 남다른 중요성을 충분히 인식하고 있었던 것으로 판단된다. 즉, 그의 시 형태는 연 구분이 되어 있는 연시형식을 기본으로 하여 형성됨을 알 수 있다.

우선 그의 시 전체 작품[44]이 연 구성에서 어떤 양상을 보여주는가를 밝히면 다음과 같다.

연수	1	2	3	4	5	6	7	8	9	계
편수	3	2	7	9	7	10	6	6	5	55
%	4.3	2.9	10.1	13	10.1	14.5	8.7	8.7	7.2	79.5

---

43) Yu. Lotman, 유재천 역, 『시 텍스트의 분석: 시의 구조』, 가나, 1987, 163쪽.
44) 그의 시 「阿斯女의 울리는 祝鼓」는 세 편으로 된 연작시이다. 따라서 본고에서는 이 시를 세 편으로 계산하여 연 구성을 살피는 시를 69편으로 계산한다.

• 125

연수	10	11	12	13	14	15	16	17	21	누계
편수	2	1	2	1	1	1	2	1	3	69
%	2.9	1.45	2.9	1.45	1.45	1.45	2.9	1.45	4.3	100

이상의 도표를 참조할 때 신동엽의 시에서 연의 구성은 1연부터 21연에까지 걸쳐 있다. 그 가운데서 10연부터 17연까지로 구성된 시가 1~2편인데 반하여, 연의 수가 가장 작은 1연시와 가장 많은 21연시가 3편씩으로 상대적으로 높다. 따라서 신동엽 시의 연의 구성은 다양성을 지니고 있다고 판단할 수 있다. 그러나 그의 시에서 3연부터 9연은 5편부터 10편까지 나타남으로써 전체 시에서 48편으로 73.7%에 해당한다. 그러므로 그의 시 연의 구성은 3연부터 9연까지가 중심임을 알 수 있다. 본고에서는 이 부분을 통해서 좀 더 자세히 신동엽 시 연 구성의 실제를 살펴보고자 한다.

먼저 3연시는 모두 7편으로 세 번째로 많이 사용되는 연의 형태이다. 그 가운데 「힘이 있거든 그리로 가세요」와 「窓가에서」는 산문시이다. 따라서 이 두 편은 제외하고 논의하겠다.

(1) 10행 (1편)······(1(3)/2(4)/3(3))[45] : 「여름 고개」
(2) 15행 (2편)······(1(5)/2(5)/3(5)) : 「아니오」
　　　　　　　　　　(1(2)/2(8)/3(5)) : 「둥구나무」
(3) 21행 (1편)······(1(8)/2(7)/3(6)) : 「불바다」
　　36행 (1편)······(1(12)/2(11)/3(13)) : 「影」

---

45) (1(3)/······)에서 1은 연을 지칭하고, ( )안의 3은 행의 수를 나타낸다.

우선 이상에서 알 수 있는 것은 각 연이 동일한 행수로 구성되어 있는 시가 단지 15행시 가운데 「아니오」 한 편이라는 사실이다. 각각의 연에서 5행이 상대적으로 빈도가 높기는 하지만, 절대적이지는 않다. 그만큼 그의 시는 행수의 편차가 크게 나타난다. 그의 시 전체에서 행수가 동일한 시편은 3연시의 15행 2편과 4연시의 15행과 16행에 2편씩이 나타날 뿐이다. 또한 3연시의 전체 행수는 10행부터 36행까지 나타나 편차가 26행으로 매우 크다. 각 연의 행수의 편차는 11행으로 나타난다. (1)의 경우에는 3행과 4행의 결합으로 연이 구성되고, (2)의 경우는 5행을 중심으로 하여 2행과 그 배수인 8행의 결합으로 연이 구성된다. (3)의 경우에 연의 구성은 통일성이 없고 복잡한 구성을 보여준다. 이렇듯이 그의 시는 연 구성에 있어 상당한 다양성을 보여주는 것이 특색이다.

다음에 4연으로 이루어진 9편의 시는 모두 12행 이상 20행까지의 분포를 보인다. 신동엽의 시에서 4연시는 두 번째로 많다. 그것은 기승전결의 4단 구성과도 같은 의미구조로 밝혀진다. 그 가운데 「阿斯女의 울리는 祝鼓」는 산문시로서 여기서는 제외하고 논의하겠다.

(1) 12행 (1편)……(1(2)/2(6)/3(3)/4(1)) : 「山에도 噴水를」
　　 15행 (2편)……(1(4)/2(4)/3(3)/4(4)) : 「고향」
　　　　　　　　　(1(2)/2(6)/3(3)/4(4)) : 「마려운 사람들」
(2) 16행 (2편)……(1(4)/2(4)/3(4)/4(4)) : 「새로 열리는 땅」, 「緩衝地帶」
　　 17행 (1편)……(1(3)/2(3)/3(7)/4(4)) : 「껍데기는 가라」
(3) 18행 (1편)……(1(5)/2(4)/3(5)/4(4)) : 「달이 뜨거든」
　　 20행 (1편)……(1(3)/2(6)/3(7)/4(4)) : 「봄은」

이상에서 알 수 있듯이, (1)의 경우는 2행, 3행, 4행, 6행의 연결로 연이 구성되며, (2)의 경우에는 4행과 3행을 중심으로 연이 구성되고, (3)

의 경우는 4행과 5행을 중심으로 하여 3행과 그의 배수인 6행 그리고 7행의 결합으로 연이 구성되어 있다. 4연시에서는 전체 시행의 편차가 8행으로 다른 연의 구성보다 적다. 그리고 행수가 같은 시는 15행과 16행에서 2편씩 동일하게 나타난다. 16행의 시 「새로 열리는 땅」과 「緩衝地帶」 두 편에서는 4연에 나타나는 시행이 4행씩으로 통일되어 있어, 신동엽의 시에서는 유일하게 통일성을 보여주는 경우이다. 각각의 연에서 행수의 편차는 1행부터 7행까지로 비교적 안정적이다.

5연으로 구성된 시 7편은 세 번째로 높은 빈도를 보이며 10행부터 28행까지 비교적 긴 형태를 보인다. 이 가운데서도 「香아」와 「阿斯女의 울리는 祝鼓」 2편은 산문시이기 때문에 논외로 한다.

    (1) 10행 (1편)……(1(2)/2(2)/3(2)/4(2)/5(2)) : 「너에게」
    (2) 12행 (1편)……(1(3)/2(3)/3(1)/4(2)/5(3)) : 「山에 언덕에」
        18행 (1편)……(1(3)/2(3)/3(3)/4(3)/5(6)) : 「봄의 消息」
    (3) 28행 (1편)……(1(7)/2(11)/3(9)/4(7)/5(3)) : 「水雲이 말하기를」

이상에서 살펴보면 시 전체 행수의 편차는 18행이며 각 연 행수의 편차는 1행부터 11행에 걸쳐 나타나서 10행에 이른다. 그 가운데 10행의 시 「山에 언덕에」는 각 연이 2행씩 통일성을 보이며 다른 시는 다양하게 나타난다. 그 가운데서 3행이 8연에 걸쳐 나타나 가장 중심을 이루고 있다. (1)의 경우는 2행의 연결로 구성되고, (2)의 경우는 3행의 연결을 중심으로 하여 1행, 2행, 6행의 결합으로 구성되고, (3)의 경우는 7행을 중심으로 3행과 그의 배수인 9행 그리고 11행의 결합으로 이루어진 복잡한 연의 형태를 이루고 있다.

6연으로 이루어진 시는 전체 작품 가운데 10편으로 신동엽의 시에 가장 많이 쓰인 연의 구성이다. 이 점에서 그의 시는 길이뿐만 아니라, 연의 숫자가 상당히 많은 것으로 파악된다. 전체 행의 숫자는 15행부터 37행에 이르고 있다. 따라서 행의 편차가 22행으로 매우 크다.

(1) 15행 (1편)······(1(3)/2(2)/3(2)/4(3)/5(3)/6(2)) :「어느 해의 遺言」
   16행 (1편)······(1(3)/2(3)/3(3)/4(4)/5(2)/6(1)) :「미쳤던」
   18행 (1편)······(1(3)/2(3)/3(3)/4(3)/5(3)/6(3)) :
   「······싱싱한 瞳子를 爲하여······」
(2) 22행 (1편)······(1(3)/2(4)/3(4)/4(4)/5(4)/6(3)) :「蠻地의 音樂」
   23행 (1편)······(1(3)/2(3)/3(4)/4(1)/5(4)/6(8)) :「이곳은」
(3) 27행 (1편)······(1(4)/2(4)/3(4)/4(4)/5(5)/6(6)) :「너는 모르리라」
   28행 (1편)······(1(5)/2(5)/3(4)/4(4)/5(4)/6(6)) :「초가을」
(4) 31행 (1편)······(1(4)/2(5)/3(9)/4(5)/5(4)/6(4)) :「새해 새 아침을」
   32행 (1편)······(1(4)/2(5)/3(9)/4(4)/5(7)/6(3)) :「4月은 갈아엎는 달」
   37행 (1편)······(1(6)/2(6)/3(4)/4(7)/5(6)/6(8)) :「여름 이야기」

6연으로 이루어진 시에서는 18행에서 각 연이 3행씩 통일을 이룬다. 그 외는 다양한 구성으로 나타났다. 그 가운데서 (1)의 경우는 3행을 기본으로 연결되어 2행과 결합되며 1행과 4행의 조합으로 혼합형식을 이룬다. (2)의 경우는 3행과 4행이 연결되고 1행과 8행이 결합되어 있는 연의 구성이고, (3)의 경우는 4행과 5행, 6행의 결합으로 행이 구성되었다. (4)의 경우는 4행을 기본으로 하여 5행, 6행, 7행, 9행이 결합하고 3행과 8행이 혼합되어 복잡한 연의 형태를 구성한다. 6연시에서는 유일하게 18행인 「······싱싱한 瞳子를 爲하여······」가 전체 연에서 3행씩 통일되어 있다.

7연으로 이루어진 시는 그의 작품 가운데 6편이 있다. 이 중 「機械야」와 「眞伊의 體溫」은 산문시로서 논외로 한다.

(1) 20행 (1편)……(1(2)/2(3)/3(2)/4(3)/5(3)/6(3)/7(4)) :「좋은 言語」

21행 (1편)……(1(3)/2(2)/3(4)/4(4)/5(3)/6(2)/7(3)) :「나의 나」

25행 (1편)……(1(3)/2(4)/3(4)/4(3)/5(3)/6(4)/7(4)) :「그 가을」

(2) 32행 (1편)……(1(2)/2(6)/3(6)/4(5)/5(6)/6(4)/7(3)) :「눈 날리는 날」

   (1)의 경우는 2행과 3행, 4행의 결합으로 연이 구성되고 있어서, 비교적 안정적이라 할 수 있다. 그러나 (2)의 경우는 6행을 중심으로 2행, 3행, 4행, 5행의 결합으로 연이 구성되어 복잡한 연의 형태를 나타내고 있다.

   8연으로 구성된 시는 그의 시 가운데 7연시와 동일하게 6편으로 파악된다. 이 시들은 연이 많은 만큼 행의 숫자가 적다. 따라서 한 연은 평균 3.8행씩으로 나타난다.

(1) 25행 (1편)……(1(3)/2(3)/3(2)/4(2)/5(3)/6(5)/7(4)/8(3)) :「丹楓아 山川」

27행 (1편)……(1(5)/2(3)/3(4)/4(2)/5(4)/6(4)/7(3)/8(2)) :「노래하고 있었다.」

(2) 28행 (1편)……(1(3)/2(4)/3(5)/4(4)/5(2)/6(3)/7(3)/8(4)) :

「내 고향은 아니었었네」

30행 (1편)……(1(2)/2(5)/3(3)/4(5)/5(3)/6(4)/7(2)/8(6)) :「담배 연기처럼」

(3) 35행 (1편)……(1(6)/2(4)/3(4)/4(4)/5(4)/6(8)/7(2)/8(3)) :

「밤은 길지라도 우리 來日은 이길 것이다」

40행 (1편)……(1(3)/2(5)/3(5)/4(3)/5(8)/6(6)/7(8)/8(2)) :

「술을 많이 마시고 잔 어제밤은」

   (1)의 경우는 2행, 3행, 4행을 중심으로 5행과 결합하여 연이 구성되어 있고, (3)의 경우에는 3행과 4행을 중심으로 하여서 3의 배수인 6행, 4의 배수인 8행과 2행의 결합으로 비교적 복잡한 연의 형태를 이루고 있다.

   9연으로 이루어진 시는 그의 작품 가운데서 5편이 있다. 이 중에서 「正本 文化史大系」는 산문시이기 때문에 예외로 한다.

                                      신동엽의 시와 삶

(1) 24행 (1편)······(1(3)/2(2)/3(2)/4(2)/5(3)/6(3)/7(3)/8(3)/9(3)) : 「보리밭」
(2) 41행 (1편)······(1(3)/2(3)/3(4)/4(4)/5(6)/6(4)/7(5)/8(4)/9(4)) :
「누가 하늘을 보았다 하는가」
(3) 46행 (1편)······(1(3)/2(4)/3(4)/4(4)/5(6)/6(10)/7(5)/8(5)/9(5)) : 「緩衝地帶」
50행 (1편)······(1(6)/2(6)/3(6)/4(8)/5(4)/6(5)/7(3)/8(7)/9(5)) : 「祖國」

　(1)의 경우는 3행을 시작으로 2행이 연결되고 다시 3행이 그것을 감싸는 구성으로 연의 형태를 이룬다. (2)의 경우는 3행과 4행을 중심으로 연결되며 5행과 6행이 결합되어 복잡한 연의 형태를 보여준다. (3)의 경우에는 4행과 5행, 6행이 중심을 이루며 3행이 연결되고 7행, 8행, 10행이 결합되어 있어서 매우 복잡한 연의 형태를 드러낸다.

　이상에서 살펴본 바를 종합해볼 때, 신동엽의 시에서는 각 연의 행수가 통일성을 이루는 경우는 단지 5편에 지나지 않는다. 그만큼 그의 시는 다양성과 복잡성을 특징으로 한다. 그 가운데서 그의 시는 6연으로 구성된 것이 가장 많다. 그 다음이 4연이고 세 번째는 3연과 5연이다. 그리고 한 연은 1행에서부터 13행까지 나타나는데, 그 가운데서 한 연을 이루는 행수로는 3행과 4행을 가장 많이 발견할 수 있다. 그 다음이 2행으로 나타난다. 이렇게 볼 때 신동엽의 시는 연수가 규칙적이거나, 연구성 내에서 동일한 행의 수가 나타나는 경우는 매우 드물다. 그만큼 그의 시는 연 구성의 다양성을 보여준다는 점을 확인할 수 있다.

2. 상상력과 이미지 구조

　인간의 사유는 '개념사유'와 '형상사유'의 두 영역으로 나눌 수 있다. 전자는 주로 철학이나 과학, 논리학 등에서 개념을 통해 이루어지는 과학적 사유를 말하며, 후자는 형상을 통해 이루어지는 예술적 사유로서 예술이 이에 속한다. 시에서 형상화를 이루는 '형상사유'[46]의 중요한 요소는 상상력과 이미지이다. 이미지는 독자의 상상력에 호소하는 방법으로서 시인의 상상력에 의해 그려지는 언어의 그림이기도 하다.[47] 그렇기 때문에 이미지는 상상력이 바탕이 되고, 상상력은 바로 이미지의 인식이며 문학의 구성력[48]으로 작용한다. 즉, 이미지는 '물상과 자아의 대응방식'이 되기도 한다.

시를 구성하는 요소로서 과거에는 음악적 요소인 운율과 리듬을 중요시해온 반면에, 현대시는 이미지를 중시한다. 따라서 한 편의 시에서 이미지를 완전히 이해하고, 그 기능을 파악하기 전에는 시를 옳게 읽었다고 할 수 없다.[49] 시는 여러 이미지의 상호 조화로운 결합 상태로서, 한 작품의 구조를 지배하는 복합적 관계로 나타나기 때문이다. 즉, 시적 이미지란 감각적 성질을 지니고 있는 생명적인 유기체라고 할 수 있는 것이다. 이미지는 시적 인식의 한 방법으로서 단순히 시각적인 것만이 아니라, 수많은 과거 감각의 지적인 재생을 의미하며 시적 인식에서 이룩된 유기적 생명 혹은 체험의 심상회화라 할 수 있다.[50] 나아가 이미지란 상상력의 발현 상태이며 상상력 그 자체라고도 하겠다. 요컨대 이미지는 시적 사고와 인식의 기본 수단이 되므로, 모든 시는 그 자체가 하나의 이미지라고 할 수 있는 것이다. 이미지의 종류는 여러 가지로서 다른

---

46) 장공양, 김일평 역, 『형상과 전형』, 사계절, 1987, 21~60쪽.
47) C. D. Lewis, *Poetry for You*(Oxford University press, 1948), p.31.
48) 윤재근, 『문예미학』, 고려원, 1980, 227쪽.
49) J. R. Kreuzer, *Elements of Poetry*(The Macmillan Company, 1955), p.134.
50) 김재홍, 『한국 현대시 형성론』, 인하대 출판부, 1985, 18쪽.

요소들과 유기적인 결합을 이루어 기능한다. 그러한 기능은 크게 제재의 환기, 화자의 정조, 사상의 외면화, 독자의 태도 지시[51] 등으로 파악할 수 있다.

시어로서 이미지의 객관성은 그 자체의 독단적인 교감을 이루어 시인과 독자의 상상력을 연결해준다. 독자의 문학적 상상력 속에서는 이미지가 스스로 새로운 뉘앙스를 만들어내며 상징적 긴장체계를 형성하게 된다. 그러므로 이미지가 표현이나 표상으로 지속적으로 나타나면 상상력의 체계를 형성한다.

신동엽 시의 상상체계는 순환론적 세계관 위에서 드러나고 있다. 그는 인류의 고향인 원수성의 세계를 인류의 낙원으로 상정하고, 현실의 모순이 빚어내는 상황을 차수성의 세계, 즉 낙원 상실로 인식한다. 그리하여 이를 딛고 다시 원수성의 세계로 돌아가기 위한 단계를 귀수성의 세계로 파악하였다. 이로써 우주의 순환론적 상상체계를 통해서 그의 시는 전개되었다. 그러므로 그의 시에는 대지·신체·식물·광물·천체 이미지가 중심을 이루고 있다. 이들은 다시 대지와 신체 이미지의 대응, 식물과 광물 이미지의 대립, 천체 이미지의 의미로 나누어볼 수 있다.

---

51) 이승훈, 앞의 책, 24~25쪽.
    첫째, 시 속의 화자가 말하고 있는 제재를 현시한다. 둘째, 제재는 축어적 이미지에서 비유적 혹은 상징적 이미지로 전환되며, 화자의 진술을 통해 주어진 제재가 다른 제재와 대조됨으로써 이미지는 제재이며 동시에 상징이 되기도 한다. 셋째, 이미지들은 시 속에서 하나의 유추가 된다. 곧 축어적 양식에서 벗어나 순전히 비유적 양식의 기능을 나타낸다. 넷째, 이미지의 취급을 통해 시인은 세부의 선택과 비교를 통해서 독자들에게 시적 상황을 암시하려는 것과, 동시에 시적 상황 속의 다양한 여러 요소들에 대한 독자들의 반응을 유도한다. 다섯째, 독자의 기대를 인도하고 환기하는 방법으로서의 기능을 나타낸다.

1) 대지와 신체 이미지의 대응

신동엽의 시에 가장 많이 나타나는 이미지는 대지적 상상력의 범주에 포함된다. 이 이미지군을 크게 나누면 정적인 '흙, 언덕, 산' 등의 계열과 수평 또는 하강적 움직임을 갖는 동적인 것으로 '바람, 강, 눈(雪), 비' 등으로 구별할 수 있다. 그의 시에 대지 이미지가 많이 나타나는 것은 원수성의 토대인 대지 지향성과 연관된다. 그는 인간이 대지 위에 발을 딛고 살아가는 삶의 모습을 가장 이상적인 모델로 제시하였다. 따라서 대지 이미지는 신체 이미지와 긴밀히 대응한다. 대지 이미지는 물과 바람, 비, 산과 바다, 대지와 사막, 그리고 광야 등 지상의 이미지군을 광범위하게 지칭하는 개념이다. 그의 시에서 대지 이미지는 인류가 다시 돌아가고자 하는 원수성의 세계를 드러내준다. '대지'란 모성 또는 모태의 원형적 상징으로 생산과 풍요를 나타내며, 이러한 상징은 그의 시에 나타나는 '대지'의 하위 상징들에 의해서 보다 충만된 의미의 상징으로 승화되어 있다.[52]

신동엽은 '대지'를 인류의 고향이자 귀의처로 인식하였다. 따라서

---

52) 신동엽 시의 '대지'에 속하는 하위의 상징들은 '흙', '흙가슴', '땅', '평야', '완충지대', '미개지', '논밭', '양지밭', '들', '벌판', '고향', '황토밭', '흙밭' 등으로 나타난다. 아울러 '대지'는 산의 상징 또는 솟아오름의 상승 지향성을 보여주기도 한다. 그러한 이미지는 '山', '산정', '언덕', '구릉', '능선', '고개', '고원', '등성이', '령', '봉우리' 등이다. 산은 견딤과 극복의 정신, 또는 혼미한 삶 속에 정신의 뼈대를 세움으로써 그 높이에 이르려는 상승의 정신을 표상한다. 이러한 산의 상승 지향성은 깊이와 연관되어 상대적으로 높이의 정신이 강조된다. 그러한 이미지에는 '강', '해협', '골짜기', '샘물', '산골', '개울', '동굴' 등이 포함된다.

'대지'는 생산력과 생명으로 충만한 세계, 무한한 가능성과 포용력이 내재하는 세계로서 인간이 맨발을 딛고 노동하는 삶의 현장이다. 그의 시에 나타나는 대지 이미지의 대표적인 것들은 '대지, 산, 바람, 강, 물, 눈, 비' 등으로 파악할 수 있다. 그의 시에서 대지 이미지만큼 확신과 기대에 찬 세계는 없다. 그것은 '대지'가 인류의 원초적 고향이자, 인류가 다시 돌아가야 할 곳이기 때문이다. 그의 시에 중심 이미지인 '대지'는 다양한 하위 상징을 포괄하고 있다.

① 바심하기 좋은 이슬 젖은 안마당.　　　　　　　「새로 열리는 땅」
② 맨발을 벗고 콩바심하던 차라리 그 未開地에로 가자.　　「香아」
　　고요한 새벽 丘陵이룬 處女地에　「……싱싱한 瞳子를 爲하여……」
③ 우리들의 피는 大地와 함께 숨쉬고　　　　　　　「阿斯女」
④ 아름다운 논밭에서 움튼다　　　　　　　　　　　「봄은」
⑤ 그 넘편 골짜기 양지밭에선　　　　　　　「正本 文化史大系」
⑥ 이슬 열린 아직 새벽 벌판이에요.　　「힘이 있거든 그리로 가세요」
⑦ 비단 젖가슴/흙 밭 위에.　　　　　　　　　　　「山死」
⑧ 금강산 이르는 중심부엔 폭 십리의/완충지대.
　　　　　　　　　　　　　　　「술을 많이 마시고 잔 어제밤은」
⑨ 구름이 가고 새봄이 와도 허기진 平野　「阿斯女의 울리는 祝鼓」
⑩ 산에도 들에도 噴水를.　　　　　　　　「山에도 噴水를」

　인용 시에서 '대지'는 원수성의 토대가 된다. ①의 '안마당'은 대지 위에서 노동으로 살아가는 쟁기꾼이 그 결실을 거두는 기쁨이 충만한 공간이다. 이러한 점은 ②의 '미개지'에서도 확인된다. '미개지'는 시원적 공간으로서 인류 문명에 의해 파괴되기 이전의 세계이다. 그러므로 이 시에서 "丘陵이룬 處女地"는 신성성과 순결성을 동시에 드러낸다. ③의 '대지'나 ④의 '논밭', ⑤의 '양지밭'이나 ⑥의 '새벽 벌판' 그리고

⑦의 '흙 밭'은 모두 생명의 근원이 되는 공간을 표상한다. 이러한 '대지'의 세계에서는 이념이나 갈등이 나타나지 않는다. 그러므로 ⑧에는 '완충지대'로 표출되었다. 이렇듯이 대지는 생산과 풍요의 원형 상징이며 동시에 고향의 원형 상징이다. 대지는 골짜기, 들판, 밭과 함께 여성의 원형적 상징을 이룬다. 즉, 모든 것을 그 품안에 잉태하여 낳아 기르는 생산과 풍요의 모성, 또는 모태의 상징이 바로 그것들이다. 신동엽의 경우도 '대지'는 원형 상징에 입각하여 생산력과 풍요, 재생과 부활의 의미를 함축하고 있다.

그러나, ⑨와 ⑩의 경우에는 다른 양상으로 드러난다. ⑨의 '평야'는 우리 민족의 가난과 소외의 공간을 표상하고 있다. 이 시에는 민족의 비극적 역사성이 드러난다. '봄'이라는 활력과 출발의 시공간에서도 대지는 '허기진' 곳으로 나타나기 때문이다. 또한 ⑩의 '산'과 '들'도 차수성의 모순이 팽배한 공간이다. 그렇지만 이 시에서는 '산'이 내포하는 수직상승의 힘과 '들'의 생산과 풍요의 원형 상징으로 극복의지를 동시에 보여준다. 그의 시에서 '대지'는 비록 차수성 세계에서 비극적으로 인식될 경우에도 현실 극복의지를 지닌다. 이는 '대지'의 풍요와 다산이라는 원형 상징에 의한 것이다.

신동엽 시의 대지 이미지 가운데 하나로 '산'이 드러난다.

① 노오란 무우꽃 핀/智異山 마을.　　　　　　　　「風景」
② 산에서 바다/邑에서 邑　　　　　　　　　　　　「阿斯女」
③ 六月의 산으로 올라 보아라　　　　　　「阿斯女의 울리는 祝鼓」
④ 山頂을 걸어가고 있는 사람의,　　　　　　　「빛나는 눈동자」
⑤ 漢拏에서 白頭까지　　　　　　　　　　　「껍데기는 가라」
⑥ 살아 있는 것은/바람과/山뿐이다.　　　　　　　　「살덩이」
⑦ 들에 언덕에 피어날지어이　　　　　　　　「山에 언덕에」

　　　　　　　　　　　　　　　　　　　신동엽의 시와 삶

⑧ 평야의 가슴 너머로/高原의 하늘 바다로　　　　　　　　「風景」

⑨ 발 밑에 널려진 골짜기/저 높은 억만개의 산봉우리마다

　　　　　　　　　　　　　　　　　　　「새해 새아침을」

⑩ 산골 물소리 만세소리 폭폭이 두 가슴 쥐어뜯으며

　　　　　　　　　　　　　　　　「阿斯女의 울리는 祝鼓」

일반적으로 '산'은 솟아오름의 상승 지향성을 갖는다. '산'은 인간의 삶 속에서 정신의 기둥이나 살아 있는 정신의 한 상징으로 이해되기 때문이다.[53] '산'은 현실의 고통스런 삶이나 혼돈으로부터 벗어날 수 있게 해주는 극복의 힘을 지니고 있다. '산'은 견딤과 일어섬을 통해서 지상의 흐트러지기 쉬운 삶, 고달픔과 외로움으로 무너지기 쉬운 육신의 삶에 정신적 기둥을 세우려는 인간의지를 반영한다. 신동엽의 시에서 '산'은 지상의 삶이 처한 고통과 속박을 벗어나서 더 높은 정신의 영역에 도달하려는 초극의지를 나타낸다. 아울러 '산'은 '골짜기', '산골' 등의 깊이와 어울려 그 상대적 높이를 강조하기도 하였다.

위 시 ①에서 '지리산'이나 ②의 '산', ③의 '유월의 산'은 '산'이 지니는 높이의 정신을 통해서 현실 극복의지를 드러낸다. 따라서 ④에서는 현실을 극복한 '산정'으로 표출하였다. 이 시에서 '사람'은 '전경인'에 해당하며 '산정'은 역사의 질곡을 넘어 새로운 세계로 나아가기 위해 밭을 갈고 씨앗을 뿌리는, 곧 귀수성 세계에서 쟁기꾼의 삶이 전개되는 공간이다.

한편, 신동엽의 시에서 '산'은 우리 민족을 상징하기도 하였다. 시 ⑤

---

53) G. Bachelard, 민희식 역, 『불의 정신분석 초의 불꽃』, 삼성출판사, 1990, 454~468 쪽 참조.

에서 '한라산'과 '백두산'은 그 높이의 정신이 표상하는 민족의 정기를 통해서 진정한 한반도의 상징으로 전개된다. 이 시에서 '산'은 '껍데기'와 대립되는 민족의 '알맹이'를 의미한다. 그래서, ⑥에서는 '바람'과 함께 "살아있는 산"으로 나타나는 것이다.

그의 시에서 대지는 시 ⑦처럼 '들'과 '언덕'으로 넓이와 높이의 정신을 함께 드러낸다. ⑧에서는 '평야'와 '고원'이 '가슴'과 '하늘'로 연결됨으로써 공간적 확산을 엿볼 수 있다. ⑨의 '산'은 '발밑'과 '저 높은'에 대응하는 '골짜기'와 '산봉우리'의 조화로써 높이와 그에 상반되는 낮음과 깊이를 인식한다. 이 시에서 화자는 "새해 새 아침"에 새로운 세계로의 열림을 갈망하고 있다. 이때 '산골'은 높이에 대응하는 깊이와 함께 시 ⑩처럼 '물소리'와도 호응을 이룬다. 이로써 동시에 생명성과 역동성을 띠게 된다. 더욱이 이 시의 '산골'은 '만세소리'와 어울려 4·19학생혁명의 거센 함성으로 제시되는데, 그만큼 대지를 철저히 역사적 삶의 현장으로 파악하고 있는 것이다.

신동엽의 시에는 '바람'도 중요한 대지 이미지의 하나로 나타난다.

① 바람 따신 그 옛날 「진달래 山川」
② 湖水 위엔/맑은 바람 「山死」
③ 맑은 바람을/마셨어요 「어느 해의 遺言」
④ 하늘은 바람/大地 위 고요 「노래하고 있었다」
⑤ 눈 녹이 바람/이 마을 저 마을/들썩여놓고 다닐 때, 「錦江」
⑥ 그대의 소맷 속/향기로운 바람 드나들거든 「담배 연기처럼」
⑦ 우리들은 한 우주 한 천지 한 바람 속에 「달이 뜨거든」
⑧ 살아 있는 것은/바람과/山뿐이다. 「살덩이」
⑨ 弔喪도 없이 옛 마을터엔 횡횡 오갈 헛 바람 「이곳은」
⑩ 타작마당을 휩쓰는 빈 바람 「鍾路五街」

신동엽의 시와 삶

⑪ 바람만 재티처럼 날려가 버려요 　　　　　　　「좋은 言語」

'바람'은 전통적 우주 진화론에 의한 4원소의 하나로 공기의 움직임을 의미한다. 공기는 어디에나 스며들며 아주 조그만 빈 공간이라도 채울 수 있다. 그것은 활동하는 공기, 실체를 느낄 수 있는 공기인 것이다. '바람'은 확실히 있으나 붙잡을 수 없는 존재를 의미한다. '바람'은 숨쉬기와 더불어 정신을 나타내며, '부드러움', '순수성'과 '열광', '활기'를 주는 특성을 지니기도 한다.[54] '바람'은 형체가 없으나 공간을 지배하며 과거와 현재를 하나로 묶는 속성을 지닌다. 그러므로 시 ①에서 '바람'은 시원적 공간의 정신을 표상하였다. 이 시의 '바람'은 역사 속에 살아 있는 생기를 품고 있다. 그러므로 ②와 ③에서는 '맑은 바람'으로 나타난다. 즉, '바람'은 살아 있는 숨결로서 빈 공간을 채움으로 생동감을 띠게 되어 ④에서 '대지'의 '고요'와 대립된다. '바람'은 '대지'의 '고요'와 다른 생명력을 표상한다. 그러므로 '바람'은 ⑤처럼 잠든 '마을'을 깨울 수도 있다. 또한 '바람'은 시간을 초월하여 인간과 인간 사이를 이어주는 매체로 작용한다. 그리하여 ⑥에서는 "어느 사내의 숨결"이 되기도 하고, ⑦에서 "한 우주 한 천지 한 바람 속"에서 "같은 시간을 먹으며 영원을 살"도록 한다. 그러므로 ⑧과 같이 "살아 있는 것은/바람"뿐인 것이다.

신동엽은 '바람'에 남다른 상징성을 부여하였다. 그의 시 "남자는 바람, 씨를 나르는 바람./여자는 집, 누워 있는 집."(「여자의 삶」)에서 '바

---

54) 아지자 · 올리비에르 · 스크트릭, 장영수 역, 『문학의 상징 · 주제 사전』, 청하, 1989, 19~23쪽.

람'은 '남자'로서 '씨'를 나르는 역할을 하며, '여자'는 '대지'로서 모성의 세계가 된다. 그러므로 '바람'은 '대지' 위에 씨를 뿌리는 존재이다. 그것은 궁극적으로 역사를 이끌어가는 주체로 작용한다. '바람'은 상대에 부딪쳐서 자신의 존재를 드러내고, 대상을 움직이게 하는 역동성을 지닌 실체이기 때문이다. 이렇듯이 그의 시에서 '바람'은 역사적 흐름의 주체성을 표출한다. 이 점에서 「금강」에 등장하는 '신하늬'는 서풍을 의미하는 '하늬바람'의 준말로 해석할 수 있다.[55] 신동엽은 '바람'을 역사의 시련을 뚫고 헤쳐가며 씨앗을 뿌리는, 살아 있는 정신의 실체로 이해하였다. 그의 시에서 '바람'은 대지 위를 이리저리 몰려다니며 '우주지의 정신', '이의 정신', '물성의 정신'을 일깨우는 실체로 작용한다.[56] '바람'은 시간을 초월하여 존재하는 정신과 생명으로서, 역사 속을 흘러가며 민중을 일깨우고 씨앗을 뿌리며 우주 속에 살아 숨 쉬는 영혼의 실체라고 할 수 있다.

그러나 신동엽은 시에서 '바람'을 부정적으로 표출하기도 했다. 왜냐하면 '바람'은 흥분하기도, 소침해지기도 하며 울기도 하고 하소연하기도 하는 까닭이다. 그것은 격정해서 낙담으로 옮겨가기도 하며 좌충우돌하면서도 무용한 성격으로 기진한 우울과는 달리 안절부절 못하는 우울의 이미지도 주기 때문이다.[57] 그러므로 위 시 ⑨의 "횡횡 오갈 헛 바람", ⑩의 "휩쓰는 빈 바람", ⑪의 "재티처럼 날려가 버"리는 '바람'은

---

55) 「금강」에는 허구적 인물로 '신하늬'가 등장하여 동학농민전쟁에 가담하며 결정적인 역할을 한다. 따라서 '신하늬'는 역사의 주체로 작용하였는데, 이를 미루어 보면 신동엽이 '바람'에 부여했던 상징성을 읽을 수 있다.
56) 『신동엽전집』, 373쪽.
57) G. Bachelard, 장영란 역, 『공기와 꿈』, 민음사, 1993, 457쪽.

신동엽의 시와 삶

부정적으로 인식된다. 즉, 대지의 생명이 상실된 차수성 세계에서는 '바람'도 부정적으로 작용할 수 있다.

'강' 또한 신동엽의 시에서 중요한 대지 이미지의 하나로 작용한다.

① 1960年代의 意志 앞에 눈은 나리고/人跡 없는 土幕/江이 흐른다.
　　　　　　　　　　　「……싱싱한 瞳子를 爲하여……」
② 수 천 수 백만의 아우성을 싣고/江물은/슬프게도 흘러갔고야.
　　　　　　　　　　　　　　　　　　　　　　「빛나는 눈동자」
③ 눈물어린/호미의 江은 흘러가고 있었다.　　　　「권투선수」
④ 줄줄이 살뼈는 흘러내려 江을 이루고　　　　　　「불바다」
⑤ 긴 錦江/나의 사랑/나의 歷史여　　　　　「주린 땅의 指導原理」
⑥ 우리는 여기 이렇게 錦江 연변/무를 다듬고 있지 않은가.　「祖國」
⑦ 錦江 연안 양지쪽 흙마루에서 새 순 돋은 무를 다듬고 계실 눈 어둔
　어머니　　　　　　　　　　　　　　　　　「眞伊의 體溫」
⑧ 우리들의 눈동자는 江물과 함께 빛나 있었구나　　「阿斯女」
⑨ 노래가 흘러요/입술이 빛나요 우리의 강 기슭　　　「별밭에」

'강'은 자연과 시간의 창조적인 힘과 연관되기 때문에 양가감정의 상징으로 드러난다. 한편으로는 토양에 대한 비옥함과 끊임없는 물의 공급을 의미하며, 다른 한편으로는 되돌릴 수 없는 시간을 표시하여 손실과 망각의 의미를 드러낸다.[58] 신동엽의 시에서도 '강'은 이러한 속성으로 작용한다. 그의 시에서 '강'은 역사의식과 결부되어, 비극적 역사를 역동적 생명력으로 밀고 나아가는 생동감을 부여한다. 위 시 ①의 "1960年代의 意志"는 '강'과 등가관계를 이루고, ②의 "수 천 수 백만의 아우성"과 ③의 '눈물'이, '강'과 동일시되어 있다. 그것은 ④처럼 "줄줄

---

58) J. E. Cirlot, *A Dictionary of Symbols*(Routledge & Kegan, 1983), p.274.

이 살뼈는 흘러내려 江을 이루고" 있는 역사적 배경으로 이해할 수 있다. 그의 시에서 '강'은 구체적인 '강'으로 환치되어 나타나기도 하는데, ⑤, ⑥, ⑦에서는 그의 고향이자 우리 민족의 역사를 포괄하는 '금강'으로 가난과 슬픔의 역사 속을 뚫고 흘러가는 시간의 상징성을 띤다. 아울러 '강'은 물이 갖는 상징성이 결부되었다. 물의 원형 상징은 정화 기능과 생명을 지속시키는 기능을 함께 갖는 복합적 속성을 지닌다. 그래서 물은 순결과 새 생명을 상징하는데,[59] 신동엽의 시에서도 '강'은 이러한 의미를 표상한다. 그것은 위 시 ⑧과 ⑨에 '빛나는 강'으로 나타나고 있다.

신동엽의 시에서 '물'은 긍정적 가치를 드러낸다. 그것은 '물'이 지닌 흐름과 정화의 상징 때문이다. 그러나 그에게 '비'와 '눈'은 부정적으로 비쳐지고 있다.

① 후두둑 大地를 두드리는 여우비.//급기야 洪水는 오고,　　「이곳은」
② 祖國위를 쉬임없이 궂은비는 나리고.　　「주린 땅의 指導原理」
③ 文明높은 어둠 위에 눈은 나리고　「……싱싱한 瞳子를 爲하여……」
④ 바람이 불어요/눈보라 치어요 강 건너선.　　「별밭에」
⑤ 바다와 대륙 밖에서/그 매운 눈보라 몰고 왔지만　　「봄은」
⑥ 눈이 오는 날/소년은 쓰레기 통을 뒤졌다.　　「왜쏘아」
⑦ 쇠뭉치 같은 함박눈이/하늘 깊숙이서 수없이　　「錦江」
⑧ 밑둥 긴 瀑布처럼/歷史는 철 철 흘러가 버린다.　「새로 열리는 땅」
⑨ 太白山 地脈 속서 솟는 地下水로 수억만 개의 噴水 터 놨으면.
　　　　　　　　　　　　　　　　　　　　　「山에도 噴水를」

위 인용 시에서 '비'는 비극적 상황과 연결됨으로써 차수성의 모순을

---

59) P. Wheelright, *Metaphor & Reality*(India Univ. Press, 1968), p.125.

심화하고 고통과 갈등을 고조시킨다. ①에서는 "大地를 두드리는 여우
비"가 '洪水'로 이어져, 혼돈의 상태를 나타내는 원형 상징으로 드러난
다.[60] ②에서도 "祖國위를 쉬임 없이" 내리는 '궂은비'로 나타났다. 그
러므로 '비'는 현실의 비극적 상황을 표상한다. 태초에 신의 숨결이 물
을 갈라 우월한 무정형과 열등한 정형의 가능성들로 분리되었을 때 구
름, 이슬, 비는 축복으로 나타났다.[61] 그러나 신동엽은 '하늘'로부터 지
상으로 하강하는, 더욱이 홍수까지 동반하는 '비'를 부정적으로 인식하
였다. 그것은 그의 궁극적 지향점이 '하늘'이었던 까닭이다.

신동엽은 '눈'도 현실 제약의 한 표상으로 차수성의 상관물로 표출한
다. 일반적으로 '눈'은 긍정적인 면과 부정적인 면의 두 속성으로 드러
난다. '눈'은 흰색으로 인하여 순결이나 숭고함, 아름다움을 반영하기도
하지만, 동시에 외경과 공포, 어둠과 절망을 나타내기도 한다.[62] 또한
'눈'은 겨울의 차가움으로 인식되어 시련이나 좌절, 죽음과 절망의 의미
로 변용되기도 한다. 그의 시에서 '눈'은 현실의 모순을 상징하며 부정
적 의미를 지닌다. 시 ③에서 '눈'은 차수성의 '문명'이나 '어둠'과 등가
적이다. 따라서 ④에는 시련을 의미하는 '눈보라'로 ⑤에는 '매운 눈보
라'로 표출하였다. '눈'은 추위와 고통을 동반함으로써 시 ⑥의 쓰레기
통을 뒤지는 '소년'의 비애를 낳는다. 더욱이 ⑦에서는 "쇠뭉치 같은 함

---

60) M. Eliade, *Cosmos and History*(Princeton Univ. Press, 1974), p.57.
   홍수는 새롭게 재생된 인간을 낳기 위하여 모든 인류를 멸절하는 것으로 이해되
   고 있다.
61) L. Benoist, 윤정선 역, 『징표, 상징, 신화』, 탐구당, 1984, 82~86쪽.
   더욱이 비가 그친 뒤의 무지개는 하늘과 땅을 이어주면서 감각세계로부터 초현
   실적 세계로 넘어가는 빛의 다리[橋]에 비교된다.
62) 김영수, 「작품과 색채의 영상」, 『현대문학』, 1974. 12, 287쪽.

박눈"으로 표현되어 정의를 억압하는 폭력을 의미하였다.

반면에, ⑧의 '폭포'나 ⑨의 '분수'는 매우 긍정적으로 나타난다. 그것은 '폭포'가 흘러가는 '역사'와 동일시되기 때문이다. '분수' 또한 하늘로 솟구치는 수직상승의 힘으로 외세에 대한 강력한 저항의지를 내포한다. 이것들의 공통점은 역동성을 지닌, 현실에 대한 대결 의지가 감정이입된 매개체라는 점이다.

이상에서 살펴본 신동엽 시의 대지 이미지는 신체 이미지와 밀접한 관련을 갖는다. 그는 대지와 인간의 진정한 만남을 꾀하였다. 그의 경우 신체 이미지는 '눈동자, 피, 젖가슴, 입술, 발' 등이 중심이 되며, 그것들은 다양하게 변용되어 대지와 대응하여 나타난다.

신동엽 시에서 신체 이미지 '눈동자'는 중요한 상징으로 작용한다.

> ① 그 어두운 밤/너의 눈은/世紀의 待合室 속서/빛나고 있었다.
> 「빛나는 눈동자」
> ② 새봄 오면 강산마다 피어날/칠흑 싱싱한 눈瞳子를 위하여
> 「……싱싱한 瞳子를 爲하여……」
> ③ 우리들의 눈동자는 江물과 함께 빛나 있었구나.　　　　「阿斯女」

'눈'은 시각적 감각기관으로 단숨에 그리고 상징적으로 지적인 인식의 도구가 된다. '보다'와 '알다' 사이의 관계를 연결하는 '눈'은 두 가지 의미의 중첩과 연관을 나타낸다. 따라서 '눈'의 상징은 깨달음, 핵심, 빛, 태양, 근원 등의 다양한 의미를 담고 있다.[63] 위 시 ①에서 '눈'은 인간의 정신적 실체를 상징한다. 위 시 구절 "밤 깊은 얼굴 앞에" "빛나

---

63) 아지자 · 올리비에리 · 스크트릭, 앞의 책, 258~261쪽.

신동엽의 시와 삶

고 있"는 '눈'은 시대의 어둠을 넘어서 항시 깨어 있는 정신을 표상한다. 이 시의 마지막 부분 "山頂을 걸어가고 있는 사람의,/정신의 눈/깊게. 높게./땅 속서 스며나오는 듯한/말 없는 그 눈빛."에서 알 수 있듯이, '눈'은 인간정신의 실체를 의미한다. 그것은 단순히 보는 행위만이 아니라, "말이 없고/귀가 없고, 봄(視)도 없이" 오직 믿음과 신념 하나로써 "다만 억천만 쏟아지는 폭동을 헤치며" 걸어가는 인간의 상징인 것이다. 그의 시에서 '눈'은 가장 찬란하게 용솟음치는 빛의 실체로서 죽음까지를 초월하는 단호한 결의를 보여준다.

시 ②의 '눈동자'는 인간정신의 실체를 표상하며, '대지'와 연결된다. 이 시에서 화자는 시대의 어둠과 현대문명의 혼돈을 벗어나기 위해 '쟁기'를 준비한다. 그는 쟁기꾼으로서 현실을 상징하는 '역사밭' 위에 쟁기질을 하는 역사의 주체자로 역할 한다. 그가 쟁기질을 통해서 추구하는 것은 "새봄 오면 江山마다 피어날/칠흑 싱싱한 눈瞳子"이다. 이 구절은 대지적 상상력과 신체적 상상력이 결합되어 역사에 대한 새로운 실천적 결의를 보여주고 있다.

시 ③에는 '눈동자'가 구체적인 역사적 사건을 통해 보다 확연히 드러나 있다. 이 시는 신동엽이 4·19혁명을 겪고 나서 쓴 것으로서, 그는 4·19혁명을 동학농민전쟁에 이어지는 정신적 흐름으로 파악한다. 그것은 우리 민족의 모순된 역사에 대한 저항의지를 의미한다. 그는 "우리들의 눈동자는 江물과 함께 빛나 있"다는 구절에서, 우리 민족의 피 속에 살아서 대지와 함께 숨 쉬고 강물과 함께 빛나는 힘을 '눈동자'로 표현하였다. 이렇듯이 그의 시에서 '눈동자'는 모순된 역사 위에서도 참된 삶의 자세를 지니고 항시 깨어 있으며 열려 있는 정신을 상징한다.

그의 시에 나타나는 '피' 또한 중요한 신체 이미지의 하나이다. 그의 시에서 '눈동자'가 정신의 실체라면 '피'는 생명의 실체라 할 수 있다. 그의 시에서 '피'는 '눈동자'와 연관을 가지면서 강렬한 주제의식을 표출하여 '알맹이'의 실체가 된다.

① 당신은 피/흘리고 있었어요 　　　　　　　「진달래 山川」
　　눈물비린/피의 江은 흘러가고 있었다. 　　　「권투선수」

② 피다순 쭉지 잡고/너의 눈동자 嶺넘으면 　　　「새로 열리는 땅」
　　우리들의 피는 대지와 함께 숨쉬고 　　　　　「阿斯女」

③ 발뿌리 닳게 손자욱 피맺도록 　　　　　「내 고향은 아니었었네」
　　젊은 阿斯達들의 아름다운 피꽃으로 채워버리는데요.
　　　　　　　　　　　　　　　　　　　　「주린 땅의 指導原理」

④ 곰나루서 피 터진 東學 함성. 　　　　　　「4月은 갈아 엎는 달」
　　五月의 사람밭에 피먹젖은 앙가슴 　　　　　「蠻地의 音樂」

휠라이트에 의하면 '피'는 유난히 긴장되고 역설적인 성격을 발휘할 수 있다. 그 전체적 의미 내용은 선과 악의 두 측면인데, 전자는 명확성을 띠지만 후자는 비교적 모호하고 그 모호성으로 인해 더 불길하게 느껴진다. 따라서 '피'의 긍정적인 의미는 삶을 뜻하고, 그래서 상승된 힘과 권위를 포함하는 여러 형태의 권력을 의미한다. 한편, 대부분의 사회에서 '피'는 좀 더 불길한 의미를 지녀 금기로 여겼기 때문에 죽음의 상징이기도 하다. 즉, '피'는 삶, 죽음, 사춘기, 결혼에서의 육체성, 전쟁뿐 아니라 종족생활의 건강과 체력이라는 일반적 개념과도 결부된다.[64] 이

---

64) P. Wheelright, op. cit., p.115.

신동엽의 시와 삶

러한 점은 신동엽의 시에서도 발견할 수 있다.

위 시 ①에서 '피'는 죽음과 그 죽음을 초래하는 비극적 역사를 의미한다. 그러한 반면에도 '피'는 이와 대조적인 의미로서 생명과 정열, 헌신 등으로 나타난다. 그 점은 시 ②에서 찾을 수 있다. 시 구절 "피는 대지와 함께 숨쉬고" 있다는 데서 '피'는 생명의 상징으로서 대지와 동일시된다. ③에서 '피'는 고통과 희생을 상징함으로써 비극적 세계에 대한 적극적 생의 의지를 표상한다. 나아가 ④의 '피'는 투쟁과 저항을 의미하고 있다. 이때의 '피'는 우리 민족의 피 속에 흐르는 저항의지나 대결 정신뿐만 아니라 죽음까지를 포괄하고 있다.

신동엽의 시에서 '젖가슴'과 '가슴'은 대지 이미지와 매개되어 '흙가슴', '마음 밭' 등의 이미지를 낳는다.

① 우리들 가슴 속에서/움트리라.　　　　　　　　　「봄은」
② 슬기로운 가슴은 노래하리라.　　　　　　「水雲이 말하기를」
③ 고동치는 젖가슴 뿌리세우고　　　　　　「새로 열리는 땅」
④ 흰 젖가슴의 물결치는 아우성 소리를 들어 보아라.
　　　　　　　　　　　　　　　　「阿斯女의 울리는 祝鼓」
⑤ 비단 젖 가슴/ 흙 밭 위에,　　　　　　　　　「山死」
⑥ 높은 산 울창커든 제 앞가슴 생각하셔요.　　「달이 뜨거든」
⑦ 온 마음 밭으로 깊이깊이 들여마셔 주고 있는 것이노라.
　　　　　　　　　　　　　　　　　「五月의 눈동자」
⑧ 내뺑물 구비치는 싱싱한 마음밭으로 돌아가자.　　「香아」
⑨ 향그러운 흙가슴만 남고　　　　　　「껍데기는 가라」

인용시 ①의 '가슴'은 움트는 생명력을 지니고, ②에서는 '가슴'이 "슬기로운 가슴"으로 표현되었다. 이러한 것들은 인간의 정신을 드러낸다. 그러나 신동엽의 시에서 '가슴'은 '젖가슴'으로 나타나 보다 풍부한 육체성과 생명성을 갖게 된다. 그것은 여성적 의미와 함께 대지의 생산성을 드러내주기 때문이다. '젖가슴'이 ③에서는 '뿌리'와 연결되고, ④에서는 '아우성 소리'와 연관되어 생명력의 중심과 역동적 힘을 갖게 된다. ⑤에서 '젖가슴'은 '흙 밭'과 동일시되어 대지가 상징하는 여성과 모성의 생산성을 드러낸다. 더욱이 ⑥에서 '앞가슴'은 '숲'으로 비유되어 여성의 생산성과 포용성을 상징하기도 한다. 곧 '가슴'은 정신과 생명을 포괄하는 것이다. 따라서 ⑦과 ⑧에서는 '마음 밭'으로 표현되어 대지와 연관성을 띠고 나타난다. 나아가서 ⑨에서는 "향그러운 흙가슴"으로 표출되어 '대지'와 '가슴'은 동일시되어 있다.

그의 시에서 '입술'도 중요한 신체 이미지의 하나로 사용된다.

> ① 노래가 흘러요/입술이 빛나요 우리의 강 기슭.　　　　　「별밭에」
> ② 오늘 해는 또 얼마나 다숩게 그옛날 목홧단 말리던 아낙네 입술들을 속삭여 빛나고 있을 것인가.　　　　　「眞伊의 體溫」
> ③ 이젠 살아남은 살꽃으로 너와 나/입술을 부비고.　「주린 땅의 指導原理」
> ④ 꽃이 피거든 제 입술을 느끼셔요　　　　　　　　「달이 뜨거든」
> ⑤ 즐겁고저/입술을 나누고　　　　　　　　　　　　　　「고향」
> ⑥ 太白줄기 옹달샘 물맛/너의 입술 안에 담기어 있었지.　　「보리밭」
> ⑦ 반도의 달밤 무너진 성터가의 입맞춤이며 푸짐한 타작소리
> 　　　　　　　　　　　　　　　　　　　　　　　　「散文詩 (1)」
> ⑧ 아랫도리 걷어올린/바람아,/머릿다발 이겨 붙여 山幕 뒷곁다숩던/얼음꽃/입술의 맛이여.　　　　　　　　　　　　「눈 날리는 날」

'입술'은 신체 가운데 타인과 접촉하는 직접적 기관이다. 그것은 의사소통의 언어가 발성되고 미각을 체험하며, 입맞춤의 육체적 교감을 나누는 부위이다. 따라서 신동엽 시에서 '사랑'을 의미하는 하위 상징으로도 드러난다. '입술'은 기쁨의 표현행위인 웃음을 나타내고, 슬픔의 표

현행위인 울음을 터뜨리기도 한다. 그러나 이러한 양면성에도 불구하고 입술이 포괄하는 의미는 생의 순수성에 입각해 있다. 위의 시 ①과 ②의 '입술'은 '빛'과 연관됨으로써 삶의 기쁨과 건강성을 드러낸다. 이 시에서 '입술'은 노동의 즐거움을 노래한다. 위 시 ③, ④, ⑤에서 '입술'은 남녀의 만남을 의미하고 있다. ④에는 '꽃'이 지닌 붉은색의 정열이 '입술'과 감각적으로 결합하여 관능적으로 드러난다. 한편 ⑥의 '입술'은 변질되지 않는 생의 본질을 표상하여 사랑의 순수성과 기쁨이 '물맛'과 동일시되었다. ⑦과 ⑧에는 '입맞춤'으로 나타나서 인간의 만남을 포괄적으로 드러낸다. 그러므로 '입맞춤'의 상징은 노동, 남녀의 사랑, 인간의 만남을 통한 공동체의 즐거움과 화해의 정신, 따뜻한 생의 교감을 표상하게 된다.

한편, 신동엽은 비극적 삶에 대한 극복의지를 지니고 있었다. 이와 연관되어 그의 시에 나타난 신체 이미지 '발'은 적극적인 생의 의지를 표상한다. 그리고 그것은 대지와 직접적인 연관성을 갖는다.

① 들菊花처럼 소박한 목숨을 가꾸기 위하여 맨발을 벗고 콩바심하던
「香아」
② 맨발을 디디고/大地에 나서라　「……싱싱한 瞳子를 爲하여……」
③ 민텅구리 죄 없는 백성들의 터진 맨발을 생각하여 보아라.
「阿斯女의 울리는 祝鼓」
④ 맨발로 삼천리 누비며　　　　　　「水雲이 말하기를」
⑤ 바람이 불어요/ 안개가 흘러요 우리의 발밑.　　　「별밭에」
⑥ 발부리 닳게 손자욱 부릍도록/등짐으로 넘나들던
「내 고향은 아니었었네」
⑦ 발은 다시 일으켜세우기 위하여 있는 것,/발은 人類에의 길　「발」

신동엽 시의 '발'은 대지와 긴밀하게 접촉을 갖는 부분이다. 그리하여

원수성의 대지 위에 '발'을 딛고 노동하는 쟁기꾼의 건강한 삶을 표상한다. 시 ①과 ②에서 '발'은 '맨발'로 표현되어 문명이나 가식, 허례를 벗어 던진 순수한 모습으로 나타났다. 이 점은 그가 사용한 '알몸'과 연관시켜 해석할 수 있다. 신동엽 시의 '발'은 노동하는 '맨발'로서 "소박한 목숨을 가꾸"는 '발'이다. 그러나 위 시 ③에는 '맨발'이 민중들의 가난과 고통을 암유하여 "백성들의 터진 맨발"로 표현되었다. 그의 시에서 '발'은 시련과 고난을 넘어서려는 삶의 의지를 상징한다. 따라서 시 ④에는 수운이 도를 얻기 위해 삼천리를 누비는 '맨발'로 나타나 인간의 삶이 실현되는 중심이라 하겠다. 또한 ⑤에서 '발'은 '발밑'이 표상하는 현실세계의 변화를 감지하는 작용을 하기도 한다. ⑥의 '발'은 고통과 시련의 상관물인 '등짐'을 지고 생을 헤쳐 나아가는 의지로 드러난다. ⑦에서 '발'은 삶을 "다시 일으켜 세우기 위하여" "人類에의 길"을 여는 첫걸음을 시작한다. 이로써 자연적으로 '발'은 걷는 동작과 연관되어 '길'과 상징적으로 결합되고 있다. 신동엽의 시에서 크게 '발'은 대지 위에서 노동하는 '발', 현실을 딛고 일어서 나아가는 '발'로 드러난다. 전자는 원수성과 연관을 갖고, 후자는 차수성 및 귀수성과 연관된다.

신동엽 시의 신체 이미지 가운데 '피'는 생명을 지님으로써 '눈동자'의 정신을, '가슴'의 사랑을, '발'의 노동을 통합하고 있다. 그의 시에 '입술'은 사랑과 연관되어 있다. 이러한 신체 이미지는 앞서 살핀 대지 이미지와 서로 대응한다. 인간의 '발'은 대지에의 노동을 통해서 밭의 경작, 역사밭의 쟁기질, 현실 극복의지 등을 보여주었다. '대지'는 여성 상징으로서 모성과 생산력의 토대이며 원수성의 세계이다. 따라서 인간의 신체가 '대지'와 긴밀히 연결될 때 바람직한 삶의 모습, 기쁨과 노래가 넘쳐나는 노동으로 펼쳐진다. 신동엽 시의 대지 이미지 가운데 '바람'은 시공간성을 넓게 지니고 있어 다른 이미지들을 포괄하고 있다. 그러한 점들은 다음과 같은 연관성으로 파악할 수 있다.

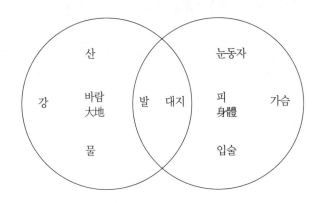

2) 식물과 광물 이미지의 대립

신동엽 시에 나타나는 식물 이미지는 매우 다양할 뿐만 아니라, 광물 이미지와는 매우 분명한 대조적 성격을 드러낸다. 그의 시에서 대개 식물 이미지는 긍정적 성격을 띠며 광물 이미지는 긍정과 부정의 두 가지 특성으로 나타난다. 이 점은 그의 대지에 대한 지향성과 관련이 깊다. 즉, 식물 이미지는 대지에 뿌리를 내리고 살아가며 수직상승의 힘을 지니기 때문에 긍정적 의미를 갖는다. 반면에 광물 이미지의 부정적 측면은 무기로서 폭력과 전쟁을 상징한다. 따라서 광물 이미지는 식물과 철저히 대립적이지만, 그것이 용도를 바꾸어 대지를 경작하는 농기구가 되면 긍정적으로 드러난다.

신동엽의 시에서 식물 이미지는 다양한 종류를 포괄하는 '꽃'과 '나무' 등을 찾을 수 있다. 그의 시에서 '꽃'은 총칭으로서의 '꽃'과, 구체적인 '꽃'으로서 '진달래, 들국화, 무우꽃, 할미꽃' 등이 나타나고 있다. 또한 그의 시에는 '나무'도 중요한 이미지로 부각된다. 특히 그의 시에서 식물 이미지 '보리'는 주목을 요한다.

먼저 '꽃'의 이미지부터 살펴보도록 하자.

① 그리운 그의 얼굴 다시 찾을 수 없어도/화사한 그의 꽃山에 언덕에
   피어날 지어이.   「山에 언덕에」
② 學窓時節의 호밀밭 戰爭이 뭉개고 간 꽃잎의 촉촉한 밤하늘을 回想
   하고 있는 것도 아니노라.   「五月의 눈동자」

대부분 총칭으로서의 '꽃'은 아름다움이나, 봄이라는 계절 감각 또는 풍경의 일부를 의미한다. 그러나 신동엽의 시에 나타난 '꽃'의 이미지는 다른 의미를 지닌다. 위 시 ①에서는 '그'의 분신으로 이해할 수 있다. 이 시가 씌어진 외적 배경이나 이 시의 의미로 파악할 때, '그'는 역사 속으로 아쉽게 사라져간 인물로 해석된다. '그'는 우리 민족을 위해 목숨을 던져 사라져간, 한 떨기의 '꽃'으로 비유할 수 있다. 봄이면 피어나는 '꽃'은 인간의 봄을 추구하다 스러져간 영혼들이 다시 피어나는 것이다. 이 시에서 '꽃 = 영혼'이라는 등식이 성립한다. 시 ②에는 꽃이 '꽃잎'으로 구체화되어 전쟁의 파괴와 비인간성으로 인하여 생명과 순수성이 뭉개져버린 세계를 표상한다. 인간세계를 '꽃밭'으로, 그 안에 살아가는 인간 하나하나를 '꽃잎'에 비유하였다. 이처럼 '꽃밭'도 구체적인 역사의 현장 속에서 파괴되어진 현실로 인식됨으로써, 그 안에 피어 있는 '꽃'이나 '꽃잎'은 비극적 역사 속에서 고통당하는 민중을 표상한다.

신동엽 시에서 '진달래, 들국화, 해바라기, 무우꽃, 배추꽃, 원추리, 자운영, 독사풀, 감꽃, 코스모스' 등은 계절 감각과 생명의 순수성을 의

미하고 '할미꽃'은 죽음을 상징한다. 그의 시에서 '꽃'들은 모두 그의 고향 산과 들에 핀 '꽃'으로 드러난다. '꽃'이 원수성 세계를 드러낼 경우는 소박함과 깨끗함으로 인식되지만, 차수성 세계를 드러낼 때는 가난과 고통으로 나타난다. 전자의 '꽃'은 '들국화, 감꽃, 원추리'로 표현되고, 후자에는 '무우꽃, 자운영, 독사풀' 등으로 드러난다. 그러나 '꽃'의 아름다움에 의해서 상대적인 비극성이 강화되기도 하는데, 이러한 의미로 사용된 '꽃'은 '코스모스'이다. 그의 시에서 '꽃'은 대체적으로 화려함과 향기를 지니기보다는 소박하고 순수한 의미를 드러낸다.

신동엽의 시에서 '진달래'는 우리의 전통정서에 접맥되어 나타난다.

① 길가에 진달래 몇 뿌리/꽃 펴 있고,/바위 그늘 밑엔 얼굴 고운 사람 하나/서늘히 잠들어 있었어요.　　　　　　　　　「진달래 山川」
② 너는 모르리라/진달래 피면 내 영혼 속에/미치는 두 마리/짐승의 울음
　　　　　　　　　　　　　　　　　　　　　　　　　「너는 모르리라」
③ 강산을 덮어 화창한 진달래는 피어나는데 그날이 오기까지는, 四月은 갈아엎는 달.　　　　　　　　　　　　　　「4月은 갈아엎는 달」

'진달래꽃'이 우리 민족정서인 한의 시적 상관물로 사용된다는 점은 보편화되어 있는 사실이다.[65] 이 점은 김소월의 「진달래꽃」을 통해서 누차 확인되어 왔는데, 신동엽 또한 여기에 뿌리를 두고 있다고 판단된다.

위 시 ①에는 봄날 '진달래꽃'이 피어 환기시키는 생명성이 "서늘히 잠들어 있"는 "얼굴 고운 사람"의 죽음과 대조되어 있다. 이 시는 살아 있는 화자와 전쟁 속에 죽어간 사람 사이의 비극적 역사의 슬픔을 환기

---

65) 임영환, 「김소월시연구」, 『국어국문학』 제96호, 1986. 12, 75~78쪽.

시킨다. 그러므로 '진달래꽃'은 슬픈 역사에 뿌리내린 한국인의 원형적 이미지가 되는 것이다. 이러한 점은 시 ②에서 더 구체적으로 감지된다. 요컨대 "내 영혼 속에/미치는 두 마리/짐승의 울음"에서 두 대립된 감정은 한으로 이해된다. 그러나 시 ③에서는 이와 다른 의미로 드러났다. 이 시도 물론 위 시 ①, ②와 같은 맥락에서 파악되지만, 이 시의 '진달래'는 비극적 현실에 대한 거부와 대결 속에서 저항의지를 표상한다. 즉, 현실 극복의지를 드러냄으로써 우리의 전통정서 속에서 보여주던 순종의 미학을 넘어서고 있는 것이다.[66]

　다음은 신동엽 시의 식물 이미지 가운데 '나무'에 대하여 살펴보자. 그의 시에 나타나는 '나무' 이미지도 다양하다. 가령 '삼림, 숲, 정자나무, 고목, 원생림, 살구나무, 소나무' 등이 그것이다. 그의 시에서 '나무'는 집단을 이루어 '숲'으로 나타나기도 한다.

　　① 고동치는 젖가슴 뿌리세우고/치솟은 森林 거니노라면
　　　　　　　　　　　　　　　　　　　　「새로 열리는 땅」
　　② 숲 속에서/자라난 꽃 대가리.　　　　　「원추리」
　　③ 들에 숲 속에 살아갈지어이.　　　　　「山에 언덕에」
　　④ 황진이 숲속선/땅 즐겁게　　　　　　「여름 이야기」
　　⑤ 더위에 찌는 울창한 原生林　　　　　「불바다」

　일반적으로 '나무'는 그 수직적 특성으로 공기의 상징적 음역의 일부를 만드는 반면에, 그 뿌리내림으로 땅의 몸짓인 생생한 변천을 요약하고 있다. '나무'는 지속과 비옥의 상징이며, 계절의 변화에도 버티고 인

---

66) 졸고, 「신동엽 시에 나타난 한」, 『한남어문학』 제17 · 18집, 1992, 333~348쪽.

간보다 오래 산다. 견고한 자애로움을 지니는 '나무'는 안정과 영원성을 부여하며 삶과 변신의 상징으로 인해 우주의 축소판[67]이 된다. '숲'은 이러한 '나무'들이 자연적 상태로 모여 집단을 이룬 것이다. 위 시에서 '숲'은 문명이 침범하지 않은 가장 순수한 공간을 표상한다. '숲'이란 대지와 '나무'의 만남이 가장 풍부하게 나타나 조화로운 생명으로 가득 한 곳이기 때문이다. '숲'은 '나무'의 생명력을 더 풍부하게 지니며 대 지와 '나무'가 결합되어 있는 시원성을 의미한다. 따라서 '숲'은 생명의 시원적 공간으로 드러나는 것이다. 위 시 ①의 '삼림'이나 ②, ③, ④의 '숲', '숲속', ⑤의 '울창한 원생림' 등은 '숲'이 지니는 상징을 통해서 원수성의 세계를 형상화한다. 그만큼 신동엽은 '숲'을 조화로운 삶의 공 간으로 인식하였다.

신동엽의 시에는 구체적인 '나무'들이 나타나고 있다.

① 黃眞伊 마당가 살구나무 무르익은 고렷땅 　「阿斯女의 울리는 祝鼓」
② 살구나무 마을선/시절 모를 졸음 　　　　　　　　「여름 고개」
③ 물건 없는 山/소나무 곁을 　　　　　　　　　　　「살덩이」
④ 단풍은 내 山川 물들여 울었지 　　　　　　　　「丹楓아 山川」
⑤ 五月의 푸라타나스 街路 저 멀리 두고 온 보리밭 언덕을 생각하고 있
　는 것도 아니노라. 　　　　　　　　　　　　　　「五月의 눈동자」

위 시에서 '살구나무, 소나무, 단풍, 푸라타나스'는 긍정과 부정의 두 모습으로 형상화되었다. 이러한 '나무'들은 그것들이 자라는 시간과 공 간 속에서 순수성과 생명의 소중함을 환기시킨다. 위 시 ①에서는 '고렷

67) 아지자 · 올리비에리 · 스크트릭, 앞의 책, 50~55쪽.

땅'의 '살구나무'로서, 그가 이상세계를 제시할 때 차용한 '고려' 시대의 '나무'이다. 그러므로 '나무'의 상징인 안정과 영원성을 그대로 지니고 있다. 즉, '나무'가 시 ②에선 '마을'을 지키고, 시 ③에선 '산'을 지킨다. 그러나 '나무'는 비극적 인식이 반영되어 나타나기도 하였다. 시 ④에서 '나무'는 고통에 처한 현실을 드러내준다. '나무'에는 ⑤에서처럼 상실한 고향의 그리움이 투사되어 있기도 하다. 그의 시에서 '나무'는 수직상승의 역동적 상상력에 의해서 현실의 세계를 초월한다.[68] 지상으로부터 하늘로 뻗어 오르는 '나무'는 그 생명력을 통해서 비극적 현실을 벗어나 이상세계를 지향하는 인간 내면의지를 표상하기도 한다. 아울러 신동엽은 모순된 현실과 결부시켜 비극적 현실인식을 '나무'에 투사하기도 하였다.

그의 시에 드러난 '둥구나무'는 가장 중요한 '나무' 이미지로 작용한다.

① 철따라 푸짐히 두레를 먹던 정자나무 마을로 돌아가자   「좋아」
② 전혀 잊혀진 그쪽 황무지에서 노래치며 돌아나고 있을 쌨수 좋은 둥구나무 새끼들을 발견할 거에요.   「힘이 있거든 그리로 가세요」
③ 바위고 무쇠고/투구고 憎惡고/빨아들여 한 솥밥/樹液 만드는/나는 둥구나무   「둥구나무」

'둥구나무'는 크고 오래된 '정자나무'를 말한다. 그것은 위 시 ①의 "철따라 푸짐히 두레를 먹던 정자나무 마을"이라는 구절에서 평화로운 마을의 공동체적 삶을 상징하고 있다. 이 시의 '둥구나무'는 천상과 지상을 잇는 세계의 중심으로서 우주론적 상징을 띠는 '우주목'이라 할 수

---

68) G. Bachelard, 정영란 역, 앞의 책, 406~418쪽.

신동엽의 시와 삶

있다.[69] 나무는 지속과 비옥의 상징으로서, 무수한 자손을 탄생시켜야 했던 인간의 형상을 구현하기 위해 만들어졌다. 그리하여 '나무'는 남근 형상을 지닌 부성적인 존재로서 여성의 자궁처럼 끊임없이 생산을 해냄으로써 안정성과 영원성을 드러낸다. 위 시 ②에서 '나무'는 "황무지"에 대립되는 "둥구나무 새끼들"로 나타나 황폐한 현실을 딛고 일어서는 강한 의지와 밝은 내일에 대한 확신을 표출한다. 이 시의 '둥구나무'가 '새끼들'로 표현된 것은 미래의 가능성을 나타내기 때문이다. 또한 시 ③에서는 "바위고 무쇠고/투구고 憎惡고/빻아 들여 한 솥밥/樹液 만드는" '둥구나무'로 표현하였다. 그의 시에서 '둥구나무'는 차수성을 극복하고 원수성으로 돌아가기 위한 귀수성의 전경인을 상징하기도 한다.

한편, 신동엽의 시에서 '보리'는 중요한 상징적 의미를 나타낸다. 그것은 '밭'과 결합하여 '보리밭'이 되기 때문이다.

① 부지런히 新武器를 신고 뛰어내리던/理由없는 발톱.//보리밭을 밟고 있었다.   「발」
② 갈아엎은 漢江沿岸에다/보리를 뿌리면 비단처럼 물결칠, 아 푸른 보리밭.   「4月은 갈아엎는 달」
③ 저 고층 건물들을 갈아엎고 그 광활한 땅에 보리를 심으면 그 이랑이랑 마다 얼마나 싱싱한 보리들이   「서울」
④ 건, 보리밭서/강의 물결 타고/거슬러 올라가던 꿈이었지. 「보리밭」
⑤ 그리고 보리 이랑이/江과 마을을 물들이면/나는 떠나갈 것이다. 「影」
⑥ 두고 온 보리밭 언덕을 생각하고 있는 것도 아니노라. 「五月의 눈동자」

그의 시에서 '보리'는 원수성의 세계를 상징한다. 그것은 원수성의 대

---

69) M. Eliade, *Patterns in Comparative Religion*(Sheed & Ward Inc., 1958), pp.265~274.

지와 가장 밀접하게 연관되는 것이 '보리'이기 때문이다. 따라서 '보리'는 우리 민족의 생명력과 순수성을 지닌 상징으로도 작용한다. 위 시 ①에서 '보리'는 외세와 서구문명을 의미하는 "新武器를 싣고 뛰어내리던/理由없는 발톱"에 의해 짓밟히는 민족의 순수성과 생명을 의미한다. 또한 '보리'는 귀수성의 시적 상관물로도 작용한다. ②와 ③에서 '보리'는 차수성의 현실을 시원적 공간으로 되돌리기 위해 생명력을 대지에 불어넣는 역할을 하고 있다. 그리하여 위 시 ④와 ⑤처럼 '보리밭'은 생명과 풍요의 토대로서 귀수성의 이미지인 '바람'이 가미되면 보리밭의 '물결'로 역동성을 띠게 된다. 따라서 '보리밭'은 이상적 삶의 공간으로서 삶의 건강성과 역동성을 갖는다. 한편 '보리밭'은 ⑥에서 '오월'과 연관되어 대지의 생명력이 고도로 발휘되는 "두고 온 보리밭 언덕"으로 나타나 구체적인 고향을 표상하기도 한다.

이상에서 살펴본 바, 신동엽 시의 식물 이미지와 광물 이미지는 '알맹이'와 '껍데기'의 대립을 통해서 그의 시에 중심 이미지로 자리한다. 그의 시에서 중요한 광물 이미지는 '바위, 농기구, 무기, 쇠붙이' 등이다. 이 가운데 '무기'나 '쇠붙이'는 차수성 세계를 드러내는 대표적 상관물로 드러난다. 반면에 '농기구'는 매우 긍정적인 의미를 갖는다. 그것은 '농기구'가 인간의 노동을 통해서 대지와 연관되기 때문이다. 광물 이미지의 부정적인 측면은 딱딱하고 날카로운 속성으로 기계화되고 몰인정해진 현대적 삶의 비정함과 폭력성을 암유한다. 일반적으로 광물 이미지의 상징성은 그 견고함으로 인하여 대부분 인위적이고 공격적이며 저항적인 까닭이다.

신동엽의 시에서 대표적인 광물 이미지는 '바위'로 표상되었다.

① 의형제를 묻던,/거기가 바로/그 바위라 하더군요   「진달래 山川」
② 六月의 하늘로 올라 보아라,/바위를 굴려 보아라.
                                        「阿斯女의 울리는 祝鼓」
③ 쓸쓸하여도 이곳은 占領하라. 바위 그늘 밑, 맨 마음채   「이곳은」
④ 돌창을/던져라,/꽂힌/바위.   「山死」
⑤ 바위고 무쇠고/투구고 憎惡고/빨아들여 한 솥밥/樹液 만드는
                                            「둥구나무」
⑥ 봄은 뒷동산 바위 밑에, 마을 앞 개울   「봄의 消息」

　'돌'은 인류의 원시시대부터 의미심장한 종교적 상징으로 쓰여왔다. 돌이 갖는 물질의 견고함과 항구성은 원시인의 종교에서 성현(hieropha-ny)을 표상하였다.[70] '돌'은 무엇보다 어느 것에도 의존하지 않고 스스로 존재하기 때문에, 인간조건의 불안정성을 초월하는 절대적인 존재양식을 암시해준다. 또한 '돌'은 그것의 크기, 견고함, 형태 등을 통해서 인간이 처한 속세와는 다른 세계의 실재, 즉 힘을 느끼게 한다.

　신동엽의 시에서 '바위'는 주로 산에 위치하며 단단하여 부서지지 않는다는 점과 고정적으로 한 군데 붙박혀 있다는 자연적 속성을 충실히 반영한다. 시 ①에서 '바위'는 "후고구렷적 장수들이/의형제를 묻던,/거기"에 존재하여 현재까지 이른다. '바위'는 온갖 역사의 시련을 겪고도 부서지거나 다른 곳으로 굴러가지 않고, '거기'에 늘 존재함으로써 과거와 현재를 동시적 공간 속에 매개하고 있다. 시 ②에서는 '바위'가 비극적 역사 현실에 대하여 각성의 울림을 자아낸다. 이때의 '바위'야말로 역사의 시련을 넘어 자신을 지켜온 민중들의 현실 극복의지를 상징한다. 이 시의 "바위를 굴려 보아라."는 구절에서 화자는 역사에 대하여

---

70) M. Eliade, *Patterns in Comparative Religion*, op. cit., p.216.

능동적이고도 적극적인 자세를 촉구한다. '바위'의 상징은 구르는 운동을 통해 차바퀴의 중앙에 자리하는 생명력의 원천에서 우주 만물을 향해 창조적 영향력을 발사[71]하기 때문이다.

그러나 위 시 ③에서 '바위'는 단단함과 요지부동의 성격을 견지하고 있어 부정적으로 인식되기도 한다. 즉, 황량한 대지 위에 생명과 활동이 정지되어 있는 현실의 시적 상관물로 등장한다. 그러므로 시 ④에서 '바위'는 돌창을 던져서 깨트려야 할 대상이 된다. 이 시에서 '바위'는 생동감을 잃어버린 역사를 의미하였다. 그 점은 시 ⑤에서도 발견할 수 있다. 즉, 타성과 낡은 세계를 부정하기 위해 화자는 돌창을 던지고, '둥구나무'로 하여금 그 '바위'를 빨아들여 한솥밥을 짓게 하는 것이다. 시 ⑥에서는 '바위'가 자연물의 일부로 드러나기도 하였다.

신동엽의 시에 나타난 광물 이미지 중 '무기, 쇠붙이' 등은 예리한 의지와 경성의 물질로서 도구의 공격적 성격[72]을 표상하는 차수성의 이미지이다. 그의 광물 이미지 가운데는 무기에 속하는 것이 가장 많고 다양하다. 그것들은 '장총, 비행기, 탱크, 젯트기, 총칼, 총알, 탄피, 폭탄, 화살, 창칼, 쇠항아리, 대포, 철조망, 지뢰' 등으로 나타난다. 이것들은 모두 인류를 대립과 반목, 살상과 파괴로 치닫게 하여 죽음으로 몰아가는, 철저히 거부되어야 할 차수성 세계의 대상들이다.

> ① 그 평화지대 양쪽에서/총뿌리 마주 겨누고 있던 탱크들이 일백팔십도 뒤로 돌데 　　　　　　　　　　「술을 많이 마시고 잔 어제밤은」
> ② 불쌍한 原住民에게 銃쏘러 간건/우리가 아니다 　　　　　　　「祖國」

---

71) P. Wheelright, op. cit., pp.125~126.
72) G. Bachelard, 민희식 역, 앞의 책, 229~235쪽.

③ 눈 사태속서 총 겨냥한/낯선 병사의 호령을 듣고/철조망이 아니라 그
   들의 침대 밑까지   「왜 쏘아」
④ 꽃다운 산골 비행기가/지나다/기관포 쏟아 놓고 가 버리더군요.
                                                            「진달래 山川」
⑤ 이곳 저곳에서/탱크 부대는 지금/밥을 짓고 있을 것이다.   「風景」
⑥ 너의 아들의 學校 가는 눈동자 속에 銃알을 박아 보았나?   「阿斯女」
⑦ 삼백 예순 날 날개 돋친 폭탄은 대양 중가운데 쏟아졌지만, 헛탕치고
   깃발은 돌아갔다.   「이곳은」
⑧ 異邦人들이 대포 끌고 와/江山의 이마 금그어 놓았을 때도   「祖國」
⑨ 한반도 허리에서/철조망 지뢰들도/씻겨갔으면,   「새해 새 아침을」

　신동엽은 무기를 현대 물질문명 가운데 가장 혐오스러운 대상으로 인
식한다. 그것은 이데올로기의 대립과 전쟁을 야기시켜 인류를 파멸로
몰아가기 때문에 철저히 부정해야 할 대상들이다. 그것들은 전쟁의 주
범으로서 우리 민족에게 동족상잔의 비극을 낳았으며, 강대국의 약소국
에 대한 침략과 세계대전을 일으키기도 하였다. 위 시 ①의 '총뿌리', ②
와 ③의 '총', ④의 '비행기', ⑤의 '탱크', ⑥의 '총알', ⑦의 '폭탄', ⑧
의 '대포', ⑨의 '철조망' 등이 바로 그것이다. 그러므로 그의 시에 나타
나는 '쇠붙이'는 부정적인 의미를 갖는다. 신동엽에게 전쟁은 차수성 세
계의 적나라한 모순으로서 그가 가장 증오했던 대상이기 때문이다.

① 향그러운 흙가슴만 남고/그, 모오든 쇠붙이는 가라. 「껍데기는 가라」
② 강산을 덮은 그 미움의 쇠붙이들   「봄은」
③ 한반도에 와 있는 쇠붙이는/한반도의 쇠붙이가 아니어라
                                                      「水雲이 말하기를」
④ 그 모오든 쇠붙이는 말끔히 씻겨가고 술을 많이 마시고 잔 어제밤은」
⑤ 바위고 무쇠고/투구고 憎惡고.   「둥구나무」

위 시 ①에서 '쇠붙이'는 '흙가슴'과 대립된다. ②에서는 '쇠붙이'가 '미움'과 동일시되어 '강산'과 대립되어 있다. ③의 '쇠붙이'는 외세를 상징하여 민족의 순수성을 파괴하는 강대국들의 무력을 의미한다. 이 시에서도 '쇠붙이'는 '한반도'와 대립적으로 파악된다. 그리고 시 ④와 ⑤는 이상의 모든 것을 포괄하는 부정적 의미를 암시한다.

그러나 광물 이미지가 형태와 용도를 바꾸면 긍정적 가치를 갖게 된다. 그것은 그의 시에서 가장 중심이 되는 대지 위에서 인간을 노동으로 매개하는 '농기구'가 될 때이다. 그리하여 대지를 갈아엎고 그 '흙가슴'에 생명의 씨앗을 뿌려 삶의 건강성을 회복하는 공동체적인 삶, 생산과 풍요와 다산을 가져올 수 있기 때문이다.

> ① 창칼은 구워서 호미나 만들고요.　　　　　　「주린 땅의 指導原理」
> ② 고요한 새벽 丘陵이룬 處女地에/쟁기를 차비하라
> 　　　　　　　　　　　　　　「……싱싱한 瞳子를 위하여……」
> ③ 호미 쥔 손에서/쟁기 미는 姿勢에서/歷史밭을 갈고
> 　　　　　　　　　　　　　　　　　「주린 땅의 指導原理」
> ④ 수수럭거리는 수수밭 사이 걸찍스런 웃음들 들려 나오며 호미와 바
> 　구니를 든 환한 얼굴 그림처럼 나타나던 夕陽　　　　「좋아」
> ⑤ 하늘 千萬개의 삽으로 퍽퍽 파헤쳐 보란 말일세　　「機械야」

신동엽은 '무기'를 '농기구'로 만들고자 하였다. 위 시 ①에서 "창칼은 구워서 호미"로 만들려고 했는데, 이는 차수성을 거부하고 원수성으로 되돌아가려는 상징적 의미를 반영하는 것이다. 즉, 그는 '농기구'가 행사하는 경작의 힘으로 현실을 새롭게 개척해갈 수 있다고 믿었기 때문이다. 그리하여 시 ②에서는 '농기구'가 노동을 지향하며 대지로 나아가고 있다. 이 시에서 "새벽 丘陵이룬 處女地"란 구절은 아직 인간의 손

길이 닿지 않은 시원적 공간을 의미한다. 그것은 인류의 시초를 열어 문명을 개척하는 노동의 첫발이 딛게 될 신성스러운 곳이다. 이 시에서 '구릉'은 돌출부로서 여성의 성기를, '쟁기'는 남성의 성기를 의미함으로써 남성과 여성의 성적 결합으로 풍요와 다산을 상징한다. 이러한 대지의 생명력을 통해서 인류는 전쟁에서 평화로, 죽음에서 삶으로, 질병에서 건강으로, 가뭄에서 해갈로의 전이를 이룰 수 있는 것이다. 그것은 밭일이나 곡물의 성장에 대한 남근의 연관성은 성행위와 밭갈이 및 파종의 작업과 연관시켜 생각할 수 있기 때문이다.[73]

그 점은 다음의 시에서도 확인된다. 시 ③은 '호미'와 '쟁기'로 벌이는 노동의 자세로 역사를 일구어 나가고자 한다. 그의 시에 나타나는 "역사밭"은 대지의 정신과 연관을 갖고 있다. '역사밭'에는 '역사'라는 시간적 의미와 '밭'이라는 공간적 의미가 결합되어 그 위에서 이뤄지는 노동은 역사의 개척을 의미한다. 시 ④도 인간들이 공동으로 행하는 노동의 흥겨움을 펼쳐 보인다. 이렇듯이 '쇠붙이'는 '농기구'로 바뀌어 노동에 쓰일 때만 가치를 갖게 된다. 그리하여 신동엽의 시 ⑤에서 '삽'은 '논밭, 산맥, 고원'을 파헤치는 노동의 현장으로 돌아가라고 경고하였다.

신동엽은 '호미', '쟁기', '삽' 등을 들고 대지로 나아가 노동하는 삶을 현대 인류가 추구할 자세로 파악하였다. 그것은 반목과 대립, 전쟁과 파괴를 거부하고 노동의 힘과 정직성에 기반을 둔 삶의 태도로서, 상호 협동하고 단결하는 공동체적 삶의 세계를 지향하는 것이다.

이상에서 알 수 있듯이 신동엽의 시에서 식물과 광물 이미지는 대립적으로 드러나는 바, 그것은 '알맹이'와 '껍데기', '흙가슴'과 '쇠붙이'

---

73) P. Wheelright, op. cit., pp.115~116.

의 대립으로 파악된다. 따라서 '고대'와 '현대', '농촌'과 '도시', '원시성'과 '문명', '본질'과 '비본질', '생명'과 '죽음', '민족의 순수성'과 '외세의 개입' 등을 포괄하게 된다. 이때 이러한 대립 항목에서 앞의 것들은 그의 시에서 '알맹이'로 상징되어 대지의 세계, 원수성의 세계와 연관된다. 반면에 뒤의 것들은 '껍데기'로 표상되며 현대문명, 차수성 세계와 연관을 갖는다. 그러므로 그의 시에 나타나는 '쇠붙이'들은 차수성 세계의 전반적 모순을 상징한다. 그것은 '흙가슴'에 대립하는 것으로서 '쇠붙이'가 의미하는 생명 상실, 대지의 황폐함, 모성과 공동체적 삶의 파괴를 드러내기 때문이다. 그러나 대지와 연관성을 갖지 못한 '쇠붙이'도 '농기구'로 변하여 노동에 사용되면 긍정적 가치를 얻게 된다. 그것은 대지와 인간을 노동으로 매개하여 풍요와 다산을 가져오기 때문이다.

　이상에서 살펴본 식물과 광물 이미지의 대립을 종합하면 다음과 같이 나타낼 수 있다.

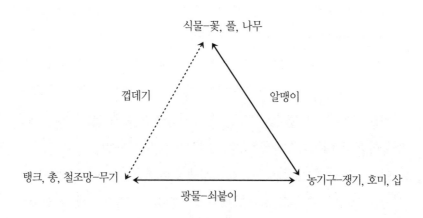

　　　　　　　　　　　　신동엽의 시와 삶

3) 천체 이미지의 의미

천체 이미지는 하늘과 해, 달과 별, 구름과 무지개 등 천상의 이미지군으로 이루어지는 상상력의 범주를 말한다. 신동엽 시에서 천체 이미지는 '하늘' '태양' 그리고 '구름'이 중심을 이룬다. 그의 시에 나타난 '하늘, 태양, 구름'은 주로 우리 민족의 역사 속에서 모순과 극복이라는 상징으로 드러나고 있다. 즉, '하늘'의 상징성은 신동엽의 의식세계를 가장 집약적으로 드러내주는 것으로서 '태양'을 통해서 대지로 전달되는데, 그것을 차단하는 것이 곧 '구름'이다. 그러므로 '하늘'은 그의 시 천체 이미지 가운데 최다 빈도수를 차지하고 있다.

> ① 한국 하늘, 어제 날아간　　　　　　　　　　　「風景」
> ② 등짐으로 넘나들던/저기/저 하늘가.　　「내 고향은 아니었네」
> ③ 나비를 타고/하늘을 날아가다가　「술을 많이 마시고 잔 어제밤은」
> ④ 하늘은 너무 빨리/나를 손짓했네　　　　　「담배 연기처럼」
> ⑤ 아름다운/하늘 밑/너도야 왔다 가는구나　　「그 사람에게」

인용시 ①, ②, ③의 '하늘'은 대지와 대립되어 있는 천상의 공간이다. 그곳은 현실의 모순과 혼돈스러운 삶의 속박을 벗어나 자유와 평화가 발휘되는 공간인 것이다. 그의 시에서 '하늘'은 다분히 자연으로서의 의미를 지니기도 하지만, 인간의 죽음을 관장하는 영역으로 파악되기도 한다. 위 시 ④에서 '하늘'은 저승을 의미하고, ⑤에서는 '하늘 밑'으로 나타나 생에 대립하는 공간으로 드러난다.

그러나 신동엽의 시에서 '하늘'은 중요한 상징적 의미를 드러내준다. 그것은 서사시 「금강」에서도 매우 중요한 이미지로 파악된다. 그리하여

「금강」의 '서화'와 '후화'에서 '하늘' 이미지는 이 작품의 의미구조와 주제의식을 적절히 함축하며, '제1장~26장'은 이러한 '하늘'의 이미지의 서사적 전개에 지나지 않는다[74]고 할 수도 있다.

① 누가 하늘을 보았다 하는가/누가 구름 한 송이 없이 맑은 하늘을 보았다 하는가.　　　　　　　　　　　　　　「누가 하늘을 보았다 하는가」
② 돌 속의 하늘이여./우리는 역사의 그늘 소리없이 뜨개질하며 그날을 기다리고 있나니.　　　　　　　　　　　　　　　　　　　　「祖國」
③ 보세요/上天 계신 한울님/만날 수 있을까요　　　　「丹楓과 山川」
④ 지금 난 너의 눈동자를 보고 있지 않노라./지나온 하늘/草綠庭園에 딩굴던/太陽의 이야기에 귀 기울이고 있는 것도 아니노라.
　　　　　　　　　　　　　　　　　　　　　　　「五月의 눈동자」

위 시 ①에서 '하늘'은 신동엽의 시에서 가장 중심적 상징 표현이다. 이 시에서 '하늘'은 단순히 우리의 머리 위에 존재하는 공간이 아니다. 그것은 사람들이 마음을 닦고, 머리에 덮인 쇠항아리를 찢고 난 다음에야 볼 수 있다. '하늘'은 모순과 갈등, 허위와 비본질로 가득 찬 현실에서 사람들이 자각을 거친 다음에야 도달하게 되는 정신의 영역이다. '하늘'은 역사 속에 가장 빛나는 순간으로서 '껍데기'와 '쇠붙이' 등 모든

---

74) 민병욱, 『한국서사시의 비평적 성찰』, 지평, 1987, 236~239쪽.
'하늘'의 이미지는 1960년 4월, 1919년, 1894년의 역사적 시간 이미지, 얼굴, 가슴, 꽃의 이미지와의 긴밀한 관련하에 파악할 수 있다.
첫째, 역사적 시간 이미지의 관련성에서, 4·19혁명, 3·1독립운동, 동학농민전쟁이 그렇듯이, '하늘'은 민중집단의 의식적 힘과 통제라는 의미를 내포한다.
둘째, 얼굴, 가슴, 꽃의 이미지의 관련성에서, '하늘'은 현재의 익명적 집단인 우리에게 '영원성, 감명성, 빛, 결실, 사랑' 등의 의미, 즉 공동체의 삶과 사랑을 의미한다.

악의 요소를 벗어난 뒤에 이를 수 있는 경지이다. '하늘'은 보다 완전한 인간이 되어 눈뜰 때 바라볼 수 있는 영원하고 이상적인 세계로서, 동학 사상에서 말하는 바의 후천개벽의 새 세상이기도 하다.[75] 시 ②에서의 '하늘' 또한 시 ①의 '하늘' 의미망에 연결된다. 이 시의 '돌'은 모순에 처해 있는 암담한 현실을 표상하지만 그 '돌' 속에서도 하늘은 맑게 개어 있고, 언젠가는 밝게 빛날 한 순간을 위하여 숨 쉬며 살아 있는 것이다. 그것은 가장 빛나는 역사의 그 순간을 위해서 '돌' 속에서조차 빛을 잃지 않는 '하늘'이다. 즉, '하늘'은 인간에게 새로운 세상을 예고하는 믿음의 상징으로 작용한다.

위 시 ③에서 '상천'은 '한울님'이 계신 곳이다. '상천'이라는 표현은 '한울님'과 걸맞게 쓰인 것이다. 이 시에서 '하늘'은 '한울님'과 등가관계를 이룬다. 그것은 동학사상에서 말하는 '사인여천'의 하늘이며, '후천개벽'과도 연관을 갖는다. 신동엽의 시에서 '한울'은 '한 집, 한 마을, 한겨레, 한 인류, 한 세계, 한 우주' 등으로 확산되어 대동체의 의미를 드러낸다. 따라서 '천상'은 차수성의 현실로부터 나아갈 귀수성의 상징적 의미를 보여준다. 그것은 인간이 보다 완전한 단계에 이르는 자각을 거친 뒤에 도달하는 정신의 영역이다. 이렇게 보면 그의 시에서 귀수성의 세계는 '현실→하늘'로 지향하는 단계임을 알 수 있다.

시 ④에서는 '하늘'이 공간적 의미뿐만 아니라 시간적 의미까지를 동

---

75) 신복룡, 『동학사상과 갑오농민혁명』, 평민사, 1985, 213~218쪽.
　　혼돈스런 사회가 정신적으로나 물질적으로 병적일 때, 개벽사상은 그 사회를 구제하기 위해서 새로운 시대(上元甲)가 도래함을 의미한다. 개벽은 낡은 세상이 가고 새 세상이 도래하는 것으로서 민중이 고뇌에서 해탈하는 방법이다. 개벽사상은 정신의 개벽, 민족의 개벽, 사회의 개벽이 있다.

반함으로써 역사를 상징한다. 이 시의 '하늘'은 시간의 공간화로 표상되어 있다. 신동엽은 역사를 살아 있는 실체로 파악했고, 그 안에서 인간은 올바른 도리로 살아가야 하는데, 이때 '하늘'은 인간이 추구할 절대적 가치를 지니는 이상적 세계를 상징한다. 즉, 그의 시에서 '하늘'이 상징하는 의미는 자유와 이상, 영원과 불변의 가치로서 현실에 얽매인 인간들이 참다운 역사를 이룩함으로써 도달해야 할 세계이다. 그래서 이시에는 '태양'이 그것의 중심을 이루는 상징적 이미지로 드러난다. 그의 시에 나타나는 천체 이미지 가운데 '태양'이 지니는 비중이 큰 이유는 바로 여기에 있다.

'태양'은 신동엽의 시에 '해, 햇빛, 석양' 등으로 다양하게 나타나고 있다. '태양'은 '하늘'과 함께 그의 시에 인간 삶의 절대적 가치를 표상한다.

> ① 지나온 하늘/草綠庭園에 딩굴던/太陽의 이야기에 귀 기울이고 있는
> 것도 아니노라   「五月의 눈동자」
> ② 宇宙밖 窓을 여는 맑은 神明은/太陽빛 거느리며 태어날 것인가//太陽
> 빛 거느리는 맑은 敍事의 江은 宇宙밖 窓을 열고 춤춰 흘러갈 것인가?
>   「이야기하는 쟁기꾼의 大地」
> ③ 그렇지요, 좀만 더 높아 보세요. 쏟아지는 햇빛 검깊은 하늘밭 부딪
> 칠거에요.   「힘이 있거든 그리로 가세요」
> ④ 산 마루/투명한 햇빛 쏟아지는데/차마 어둔 생각 했을 리야. 「아니오」

위 시에서 '태양'은 '하늘'과 긴밀한 연관성을 갖고 있다. '태양'은 사람이 마음속 구름을 닦고서 하늘을 볼 때 하늘로부터 전달되어 오는 메시지이다. 따라서 시 ①에서 '태양'은 "太陽의 이야기"로, ②에서는 "太陽빛 거느리는 맑은 敍事의 江"으로 표현되었다. '태양'은 하늘 한가운

데서 인간에게 빛을 보내준다. 그것은 인간 삶의 혼돈 위에 진리와 가치의 상징으로 자리한다. 일반적으로 달은 변화와 순환하는 반복의 특성을 지님으로써 그 근원에 있어 모든 시간의 척도가 된다면, '태양'은 그 반대로 불변성의 이미지를 부여해준다.[76] 날이 지나도 '태양'은 그 모양이 변하지 않는다. '태양'은 에너지를 베풀어주는 역할 이상의 가치를 갖는데, 그것은 모든 유기체들을 허용하는 삶을 위한 기본적 기능을 하기 때문이다. '태양'은 그 항구 불변성과 자율성으로 인하여 힘, 지성, 절대적 권력을 상징한다. 그러므로 '태양'은 신의 아들이나, 신이 그 자신을 닮도록 만들어낸 것으로 이해된다.[77] 이 시에서 '태양'은 인간에게 생명을 부여해줄 뿐만 아니라, '이야기'를 전달해줌으로써 삶의 절대적 가치를 제시하는 것이다. 이 시에서 '이야기=빛'의 등식이 성립하며 '빛'의 시각성과 '이야기'의 청각성이 결합된 공감각적 표현으로 나타난다. 시 ②에서는 '태양'이 세계를 거느리는 힘, 지성, 권력으로 작용하여 우주 전체를 관장하는 힘을 상징하고 있다. 그것은 인간이 추구해야 할 이상적 세계를 상징하는 '서사의 강'을 지향하는 것이다.

위 시 ③과 ④에서 '태양'은 '햇빛'으로 나타난다. '햇빛'은 '태양'과 '빛'의 결합이다. 일반적으로 '태양'은 빛의 원형으로 자리한다. 예리한 빛줄기 앞에서는 어떠한 권위도 전통도 그 무엇도 저항할 수 없다. '빛'은 신이 우리에게 주었던 깨달음의 기능을 갖는다. '빛'은 불에 연관되

---

76) 아지자 · 올리비에르 · 스크트릭, 앞의 책, 304쪽.
77) 위의 책, 305~306쪽.
   롱사르는 다음과 같은 시(「목가」· 1)를 쓰고 있다.
   태양이여, 불의 원천, 저 높은 곳의 아름다운 둥근 것이여
   태양이여, 세계의 영혼, 정신, 눈(目), 아름다움이여.

어서는 눈부심, 불타는 태양, 빛남의 도식들을 부여해준다. '빛'이 공기에 연관되면 상승의 상징인 성좌 속에 속하여 천사와 후광, 비둘기의 순수함, 독수리의 거대함, 음악적인 소리의 감동 깊은 순수한 전경 같은 것으로 드러나기도 한다. 또 '빛'은 물과 결합되면 채색되거나 무지갯빛으로 된 움직임이나 프리즘을 통한 분광의 조명을 부여해주지만, 차가운 금속의 성분으로 된 거울을 부여해주기도 한다. 나아가서 거울처럼 사물을 비치는 물의 완강하고 냉혹한 수면과 이중적 유사성을 통해 물의 인간적 실현인, 파동 치는 물결의 주제, 거울의 보조적 존재로 주어지기도 한다.[78] 그리하여 위 시 ③에서 '햇빛'은 진리와 정의, 변질되지 않는 절대적 가치를 나타내고, ④에서는 혼돈의 세계로부터 새로운 열림의 세계로 이끌어가는 힘을 상징하였다. 이때의 '햇빛'은 인간에게 주는 새로운 세계에 대한 계시의 의미를 지닌다. 이를 통해서 인간은 늘 '하늘'을 꿈꾸는 것이다.

한편, '태양'은 인간의 공동생활에서 오는 평범한 수평적인 생활에 대한 억눌린 본능의 해방을 의미한다. '하늘'로 솟구치는 몽상은 모든 몽상 가운데서 인간을 가장 자유롭게 해주기 때문이다.[79] 우리의 꿈은 현실을 벗어나기를 추구하므로 '하늘'을 통하여 영원한 세계를 지향하는 것이다. 위 시 ④에서 강조된 '빛'의 투명함은 순수와 이상세계를 상징하여 인간 삶의 가치를 촉구한다. 이 시에서 "투명한 햇빛"은 우리에게 혼미한 세계 속에서도 전도될 수 없는 삶의 가치를 말해준다.

그러나 '구름'은 '하늘'을 가려버리고 인간에게 하늘의 '빛'이 전달되

---

78) 위의 책, 231~237쪽.

79) G. Bachelard, 민희식 역, 앞의 책, 26쪽.

신동엽의 시와 삶

는 것을 차단하기 때문에 부정적으로 인식된다. 그의 시에서 '구름'은 천체 이미지 가운데 '하늘'과 '태양'에 대립된 의미를 표상한다. 즉, '구름'은 '하늘'과 '태양'을 가리고 역사의 시련과 모순을 가져오는 것으로 나타난다. '구름'은 인간들로 하여금 '하늘'과 '태양'을 볼 수 없게 하여 의식의 혼미함을 초래한다. 따라서 인간들은 마음속 '구름'을 닦은 뒤에야 '하늘'을 볼 수 있는 것이다.

> ① 구름이 가고 새 봄이 와도 허기진 平野   「阿斯女의 울리는 祝鼓」
> ② 아침 저녁/네 마음속 구름을 닦고/티 없는 맑은 永遠의 하늘
> 　　　　　　　　　　　　　　　　　　　　　　「누가 하늘을 보았다 하는가」
> ③ 가로수 위/구름 위/보이지 않는 영화로운/未來로의 소리로,//거대한
> 　　神은/소맷깃 뿌리며/부처님같은 얼굴로   「노래하고 있었다」

'구름'은 '사람'과 '하늘' 사이를 차단시킨다. 그러기에 신동엽의 시에서 '구름'은 정체되어 있는 모순을 의미하여 부정적으로 인식된다. 위 시 ①의 '구름'은 '새 봄'과 대립적으로 드러난다. 이 시에는 '구름'이 흘러가고 '새 봄'이 와도 세상은 변함이 없다. '구름'은 인간세상의 모순과 갈등을 반영함으로써 비극적 현실의 암담함을 보여준다. 시 ②에서 '구름'은 인간의 '마음속'에서 진리를 깨닫지 못하게 함으로써, 그것은 인간의 자각과 거듭남을 저해하는 요소들이다. 인간이 진리를 볼 수 없다는 것은 곧 인간 내부의 문제라고 하겠다. 그러므로 이 시에서 '구름'은 인간 내면에 존재하는 모순을 의미한다. 시 ③에서 '하늘'은 "거대한 神"으로 비유되었는데, '구름'은 인간이 '하늘'을 깨닫지 못하고 비본질적인 삶에 처하도록 하는 것이다. 이 시에서 '하늘'은 "未來로의 소리", "부처님 같은 얼굴"로 비유되어 시공간을 초월하는 절대적 진리

를 의미한다. 즉, '하늘'은 이상과 진리의 영역을 표상하고 있다.

한편, 신동엽의 시에는 '구름'이 긍정적 이미지로 나타나기도 하였다. 그것은 그의 시에서 '구름'이 역사와 관련되어 동적인 상상력과 결합되어 나타날 때이다. 그것은 비극적 현실로 침체되어 있던 역사가 역동성을 띠며 변모하기 시작하는 움직임의 시적 상관물로 쓰이는 경우이다.

> ① 한강 백사장/東學戰爭 삼베 구름　　　　　　　「주린 땅의 指導原理」
> ② 구름도 마려워서/저기 저 고개 턱에 걸려 있나/구름을 쏟아라/역사의
> 　하늘/벗겨져라　　　　　　　　　　　　　　　「마려운 사람들」

위의 시 ①에서 '구름'은 비로 변하여 지상을 공격할 수 있는 의미를 지닌다. 그의 시에서 '하늘'은 "역사의 하늘"로 '역사'와 '하늘'이 등가적인데 '구름'이 "東學戰爭 삼베 구름 떼"를 표상하여 폭우 직전, 어떤 일이 완료되어 시작의 단계로 접어드는 상태를 의미한다. 그러므로 땅의 모순과 갈등, 비극적 역사의 공간에 대립되는 긍정적 공간인 '하늘'에서 '구름'을 역사를 올바로 잡기 위해서 뭉쳐 일어선 민중들의 힘을 의미한다. 이 시에서 '구름'은 동학농민전쟁에서 농민들이 입었던 "삼베"옷으로 비유되고 있다. 시 ②의 '구름'도 ①과 같은 의미로 나타난다. 즉, "구름도 마려워서" 쏟기 직전의 상태로 "저기 저 고개턱에 걸려 있"는 것이다. 구름을 쏟을 때 "역사의 하늘"은 벗겨진다. '구름'은 "역사의 하늘"을 어둠 속에서 밝고 맑게 빛나는 하늘로 바꾸어 나갈 수 있는 힘이다. 이 시에서 '구름'은 역사적 단계에서 새로운 변모를 이끄는 주체적 힘을 형상화하고 있는 것이다.

이상에서 살펴본 것처럼 신동엽 시의 중심 이미지들은 '대지 이미지', '신체 이미지', '식물 이미지', '광물 이미지', '천체 이미지'로 파악된

다. 그의 시에는 이외에도 수많은 이미지들이 발견되지만, 그것들은 대개 이 다섯 가지 이미지의 하위 부류이거나 보조적 연관성 위에서 나타난다. 따라서 이 다섯 이미지는 그의 시 전체 속에서 상상력의 체계를 형성하고 있다. 이 가운데 다른 네 종류의 이미지들은 대지 이미지를 중심으로 연관된다. 그의 시는 대지 이미지가 가장 중요한 부위를 점하고 있다. 이로써 그의 대지 정신과 밀접하게 관련되어 있다. 그의 시의 지향점은 대지 위에 설정되어 현실 극복과 이상세계를 추구한다. 그의 시 이미지들의 상관관계는 아래와 같은 도식으로 나타낼 수 있다. 이것은 각각의 이미지가 그의 시 전체 속에서 상관적으로 이루는 상상력의 구조가 될 것이다.

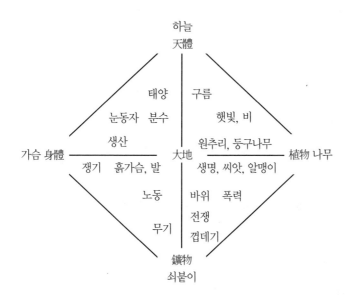

위의 도표를 통하여 신동엽 시 이미지의 체계와 상상력의 구조를 파악할 수 있다. 그의 시에서 가장 중심이 되는 '대지 이미지는 신체·식물·광물·천체' 이미지를 포괄하고 있다. 궁극적으로 대지 이미지는

이 네 부류의 이미지를 연결하여 그가 추구하고자 했던 '원수성 세계'를 형상화한다. 따라서 대지 이미지는 매개항을 통해서 다른 네 이미지와의 통합을 지향한다. 그것은 '대지'와 '신체' 사이에 '흙가슴'을, '대지'와 '천체' 사이에 '태양'과 '빛'을, '대지'와 '식물' 사이에는 '둥구나무'와 '씨앗'을, 그리고 '대지'와 '광물' 사이에는 '바위'를 통하여 통합을 추구한다.

한편 '대지'를 제외한 네 부류의 이미지 사이에도 매개항은 존재한다. '신체'와 '천체' 사이에는 '눈동자'가 매개항으로 등장하여 인간이 영원을 지향하도록 하고 있다. 그것은 인간정신의 살아 있는 빛으로서 하늘을 향해 깨어 있고 열려 있는 인간의 실체를 상징한다. '신체'와 '광물' 사이에는 '쟁기'와 '무기'가 연관된다. 여기서의 '쟁기'는 농기구로서 '인간'을 노동으로 '대지'와 매개시켜 주기 때문에 긍정적으로 나타나지만, 전쟁에 쓰이는 '무기'로 나타날 때는 '대지'를 죽음과 파괴로 몰아가는 부정적 측면을 반영한다. '광물'과 '식물' 사이에서는 '쇠붙이'를 매개항으로 '껍데기'와 '알맹이'의 대립을 보여준다. '천체'와 '식물' 사이에서는 '비'를 매개항으로 하여 차수성의 부정적 세계를 드러낸다.

이상의 사실을 종합해보면, 그의 시 이미지는 대지와 신체 이미지가 대응함으로써 원수성의 세계를 드러낸다. 그는 대지에 발을 딛고 노동으로 살아가는 원수성의 삶을 인간의 이상세계로 파악하였으며, 바로 이러한 삶의 모습은 대지와 신체 이미지의 결합으로 이뤄지기 때문이다. 그는 식물과 광물 이미지의 대립을 통해서 현실의 모순을 밝히며 차수성의 세계를 나타낸다. 그의 시에서 대지에 바탕을 둔 식물 이미지는 긍정적인 의미로 드러난다. 그러나 대지에 대립하는 광물 이미지로서

'무기'일 경우에는 부정적으로 작용한다. 그렇지만 그것이 대지를 지향하는 '농기구'로 변하여 식물 이미지와 매개될 때 긍정적 가치를 갖게 된다. 이를 통해서 차수성의 모순을 드러내며, 원수성의 세계로 되돌아가기 위한 귀수성의 중요성을 보여준다. 그리고 천체 이미지를 통해서는 인간들이 지행해야 할 단계, 곧 귀수성 세계의 의미를 제시하고 있다.

제4장

우주적 순환과 원수성의 환원

1. 우주적 순환

다양한 여러 고대문명의 틀 속에서도 역사에 의해 취득되고 있는 의미가 가장 선명하게 나타나는 것은 대우주 순환설이다.[1] 이와 관련하여 엘리아데는 두 가지의 다른 태도로 분류하여 설명하였는데, 그것은 전통적인 것과 현대적인 것이다. 전통적인 것은 모든 원시문화에서 어렴풋하게 나타나 있는 것으로 순환적 시간을 지향하며, 그곳에서는 시간이 그 스스로를 무한히 재생하여 나간다. 한편, 현대적인 것은 유한한 시간을 지향하는 것으로 나타난다. 이러한 대우주 순환설은 '대시간설(Great Time Theory)'이라고도 할 수 있으며, 대시간 직후에 비롯되는 때에는 언제나 모범이 되는 아득한 그때와 지극히 일치되어 있는 '황금의 시대'가 이어진다고 한다. 이렇듯이 순환적 시간의 교설과 한정된 순환적 시간의 교설에 의하면, 이 '황금시대'는 회복될 수 있는 것으로 반복 가능하다고 본다. 전자의 경우는 그것이 몇 번이고 가능한 반면에, 후자에서는 단 한 번 가능하다는 것이다. 이는 "천지 창조의 연례적인 반복

---

1) M. Eliade, *Cosmos and History*(Harper Torchbooks, 1959), p.112.

을 통하여 세계가 주기적으로 재생한다는 전통적인 교설"[2]로서 인류의 사고 속에서는 오래전부터 싹터왔던 것이다.

영원 회귀의 신화가 가장 대담한 형태로 나타난 인도의 경우, 우주의 주기적인 파괴와 창조에 대한 믿음이 이미 아타르바-베다(Atharva-Veda)에서 발견된다. 아타르바-베다는 그 순환의 가장 작은 측정 단위가 유가(Yuga), 곧 '시대(age)'이다. 그리고 그 하나의 유가에는 여러 시대를 한데 연결해주는 '새벽'과 '황혼'이 각기 그 앞과 뒤에 놓인다. 완전한 순환, 혹은 마하유가(Mahayuga)는 서로 기간이 다른 네 시대로 이루어지는데, 가장 긴 시대는 순환이 시작될 때 나타나고, 가장 짧은 시대는 순환이 끝날 때 나타난다. 이러한 교설은 원형적인 신화에 밀착되어 있는 것으로 후에 전개되었던 이에 관한 사유는 유가를 점점 더 확대된 순환에 투사함으로써 본래의 원초적 리듬인 '창조-파괴-창조'를 더 부연하고, 무한히 반복한 것일 뿐이다.[3] 이러한 사실에서 우리가 주목할 것은 우주적 시간의 순환적 특성인데, 이 같은 숫자 속에서 동일한 현상(창조-파괴-새창조)의 무한한 반복과 만난다는 점이다.[4] 그리고 이러한 맥락에서 인도의 두 개의 큰 비정교적 신앙인 불교와 자이나교(Jainism)도 차이가 있으나, 적어도 그 윤곽에서는 동일한 범인도적인 순환시간설을 받아들이고 있다.

한편, 이러한 점들은 소크라테스학파 이전으로부터 신피타고라스학파에 이르기까지 발견된다. 이 우주적 순환의 신화는 가장 초기적인 전

---

2) Ibid., p.129.
3) Ibid., pp.113~115.
4) 이와 관련하여 엘리아데는 두 가지 사실을 지적한다. 그 하나는 역사에 대하여 어떠한 형이상학적인 가치도 부여하지 않는 것이며, 다른 하나는 여기에서 다시 발견하는 태초의 완전성에 대한 신화이다.

신동엽의 시와 삶

(前)소크라테스적인 사유 속에서도 뚜렷하게 존재하고 있었다. 가령, 아낙시만드로스(Anaximandros)는 탄생되어진 모든 사물들이 결국은 아페이론(apeiron, 한없는 것)으로 되돌아간다고 파악하였고, 엠페도클레스(Empedocles)는 두 개의 상반되는 원리인 필리아(philia, 사랑)와 네이코스(neikos, 싸움)가 서로 번갈아 가면서 패권을 쟁취하는 것으로 우주의 영원한 창조와 파괴에 대하여 설명하였다. 플라톤도 순환 회귀신화에 대해서 밝힌 바 있는데, 그는 우주의 퇴화나 우주 파멸의 원인이 우주의 이중적인 운동 안에 있다고 보았다. 즉, 우주에 대하여 신은 때로 그 순환적인 운행을 전적으로 지도하는가 하면, 어느 때는 우주를 우주 자체에 내맡겨 버리기도 하는데, 일단 그 운행이 우주에 적합한 일정한 기간에 이르면 우주는 자체의 운동으로 이제까지와는 정반대로 돌기 시작한다는 것이다.[5] 플라톤에 의한 원초적 낙원의 신화는 인도의 신앙에서도 발견되며, 이란인들 그리고 희랍-라틴 전설에서는 물론이고, 히브리인들에게도 잘 알려져 있다.

또한, 스토아주의자들도 그들 나름의 목적을 가지고 영원한 반복을 강조하거나 우주적 순환의 종말에 이르게 하는 격변인 에크피로시스(ekpyrosis)를 강조하면서, 우주적 순환에 관한 사색을 부활시킨 바 있다.[6] 이들에 의하면 우주를 갱신하기 위해서 그 우주를 주기적으로 끝내는 대년과 우주적 대화(大火, ekpyrosis)에 관한 이 모든 사상을 헤라클레이토스로부터 유도해내거나, 직접 동방의 그노시스 사상으로부터 도출해내어

---

5) M. Eliade, op. cit., p.120 참조.
   이러한 점은 노장사상에서도 발견할 수 있다. 즉, 물질의 진행 방향이 그 극에 달하면 그와는 반대로 움직이는 힘이 작용한다는 것이다.
6) Ibid., p.122.

전파했다. 그리하여 얼마 지나지 않아서 영원 회귀와 세계의 종말에 대한 이 모티프들은 전 희랍-로마의 문화를 지배하게 되었다. 또한 세계의 주기적인 갱생설(metacosmesis)은 B.C. 2세기와 1세기에 걸쳐 스토아 학파와 더불어 로마 사회의 신앙을 양분하고 있었던 철학인 신피타고라스학파가 특히 좋아했던 교설이다.[7]

이렇듯이 인류에게는 우주적 순환이라는 보편적 토대가 원형적으로 존재해왔다. 이 점은 신동엽의 사고에서도 발견할 수 있다. 그의 우주적 순환에 관한 사고는 '원수성 세계→차수성 세계→귀수성 세계'로 이행하는 순환론적 세계관에 기반을 두고 있다. 이러한 그의 견해는 혼돈과 고통에 처한 현실로부터 비롯되었다고 하겠다. 그는 현실의 모순을 넘어서기 위해서 미래에 대한 기대감을 과거에 존재했던 황금기로 대체한다. 그리하여 끊임없이 과거로 되돌아가려는 의식이 그의 시를 지배한다. 그것은 현실의 고통을 벗어나려는 인류의 사고 속에 자리하는 원형성으로 파악된다. 원시신화는 황금기를 태초에 두었던 반면에 마르크스는 그것을 역사의 종말에 두고 있다. 그 가운데 신동엽의 견해는 전자와 맥락을 같이한다.

1) 인류의 고향, 대지의 세계

우주의 생성 변화에 대한 신동엽의 사유체계는 순환론으로 이해되는데, 그것은 그의 '시인정신론'[8]에 압축되어 나타나 있다. 그의 세계인

---

7) Ibid., p.123.
8) 신동엽의 「시인정신론」은 1961년 「자유문학」 2월호에 발표되었다. 그러나 이 글은 1958년 말 「조선일보」 신춘문예 「이야기하는 쟁기꾼의 大地」를 응모하면서, 「한국

식의 기본 틀은 '순환론적 세계관'으로 파악된다. 그것은 우주적 순환과 원수성의 환원으로 요약되며, 이러한 사고는 그의 문학 활동 출발단계에서부터 확고하게 자리 잡고 있었던 것으로 판단된다. 그러므로 이 점을 살피는 일은 그의 시세계를 이해하는 데 필수적이라 하겠다.

모든 시인들이 자신의 세계관을 체계적으로 정리하여 밝히고 있지는 않다. 그러나 신동엽의 경우는 그것을 보다 체계적으로 밝혀놓았다. 그만큼 그의 시는 분명한 의식 태도와 가치관 아래서 씌어졌다. 따라서 그의 시는 현대사회 삶의 양식과 문명 전반에 대한 강한 거부의식으로부터 출발한다. 그리하여 인류의 원초적인 생명 본향적인 세계에 대한 강렬한 동경으로 나아간다. 그가 보여주었던 현실 비판적이고 저항적인 시세계의 이면에는 우주적 순환에 대한 믿음이 확고하게 자리 잡고 있었던 것이다.

> 봄, 여름, 가을이 있고 유년, 장년, 노년이 있듯이 인종에게도 太虛 다음 봄의 세계가 있었을 것이고, 여름의 무성이 있었을 것이고 가을의 歸依가 있었을 것이다. 시도와 기교를 모르던 우리들의 原數世界가 있었고 좌충우돌, 아래로 위로 날뛰면서 번식번성하여 극성부리던 次數世界가 있었을 것이고, 바람 잠자는 석양의 老情 歸數世界가 있을 것이다.[9]

위에 인용한 글에서도 드러나듯이, 신동엽은 이 세계를 인식할 때 계절의 순환처럼 순환하는 우주의 관점에서 파악하고 있다. 이는 우주의

일보」신춘문예 평론 부분에 투고했던 「추수기」라는 글이다. 이 글의 부제는 "文明 萬穀은 숯人의 낫을 기다린다"로 귀수성 세계에서 전경인의 역할을 상징하고 있다.

9) 『신동엽전집』, 364쪽.

생성 변화에 대한 원형적 이해로 해석할 수 있다. 이것은 인류의 사유 속에서 원형적으로 드러나는 순환론적 태도로서 현재에 대한 부정과 과거에 대한 동경으로 풀이할 수 있다. 신동엽의 경우는 19~20세기 현대 문명을 인류학적 차원에서 비판적으로 검토하였던 결과이다. 위 인용문은 그의 우주 순환에 대한 생각을 대변한다. 이 글에서 '원수성 세계'란 인류의 문명 이전의 단계로서 자연과 인간이 조화를 이룬 대지의 세계를 의미한다. 그러므로 원수성 세계는 인류가 대지의 여성성이나 모성에 기초하여 원초적인 생명을 충만하게 누렸던 세계이다. 반면에 '차수성 세계'는 인류가 문명을 통해서 추구해온 현대사회를 지칭한다. 그가 인식한 차수성 세계는 대지로부터 생겨난 문명의 세계가 아니라 분업인들이 만든 허구의 세계에 불과하다. 그는 이러한 두 세계를 나무로 비유하여, 차수성 세계는 문명수이고 대지에 뿌리박은 원수성 세계는 인류수[10]라 하였다. 인류수의 인간들은 전경인적으로 생활을 영위하고 전경인적으로 세계를 인식하려는 '전경인'의 집단이라는 것이다.

그러나 이러한 인식방법은 특이하긴 하지만, 철학적 깊이에서는 한계를 갖기도 한다. 즉, 신동엽의 견해는 역사가 변증법적으로 발전한다는 인식과 다소 유사한 면으로 파악되지만, 발전과 진보의 개념이 배제되어 있다는 점에서는 그것과 다르다. 그러므로 그는 우주의 순환이라는 보편

---

10) M. Eliade, *The Sacred & The Profane*(Harcourt, HBJ Book, 1959), p.149.
우주는 하나의 살아 있는 유기체여서 주기적으로 자신을 갱신한다는 사실은 의심의 여지가 없는 것으로 판단된다. 생명의 끝없는 출현이라는 신비는 우주의 리드미컬한 갱생과 결부되어 있으므로, 우주는 하나의 거대한 나무 형태로 상상된다. 코스모스의 존재양식, 그리고 무엇보다도 그것이 갖는 끝없는 갱생의 능력은 나무의 생명에 의해 상징적으로 표현된다.

신동엽의 시와 삶

적 사유 속에서도 차수성 세계에서 이루어진 모든 현상들을 거부하고, 다시 원수성 세계로 되돌아갈 것을 주장하였다. 이는 인류의 역사를 계절의 순환처럼 봄, 여름, 가을로 구분하여 이해한다는 점에서 슈펭글러가 「서구의 몰락」[11]에서 취한 입장이나, 노드롭 프라이의 사계의 원형[12]

11) 길현모·노명식 편, 『서양사학사론』, 법문사, 1977, 391~396쪽 참조.
"봄 여름 가을의 소년 청년 장년기는 창조적 활동기로서, 이 시기의 특징은 농촌의 정신이 지배적이고 예술의 양식과 개인생활의 형식의 감각이 그 사회의 지도적 인물들에 명백히 나타난다. 그러나 겨울의 단계-슈펭글러는 이 단계를 특히 문명이라고 한다-에는 창조성이 고갈하고 도시의 지성이 지배적이어서 쓸모없는 이론만을 다듬고 물질적 안락을 추구한다. 그리고 예술적 양식과 개인적 양식이 무너진다. 이런 현상이야말로 무엇보다도 문화가 문명으로 기울어졌다는 것을 보여주는 표식이다. 이 문명의 단계의 전기는 돈이 사회의 주도권을 장악하는 화폐만능의 시대이고, 그 후기는 정치만능의 시대이다. 정치만능시대로 들어갈 때 전면전쟁이 수차 벌어진다. 이 전쟁에서 궁극적으로 승리한 자가 카이사르(Caesar)이고, Caesarism은 일체의 문제를 폭력에 의하여 해결하는 군국주의이며 전제독재체제이다. 이제 사회를 완전히 지배하는 것은 순수한 권력의지뿐이고 결국 군국주의적 승리가 최고의 가치와 정의가 된다."(395쪽.)
슈펭글러(O. Spengler)는 제1차 세계대전의 진인을 파악하기 위해서, 세계사 자체의 비밀을 밝히려 하였다. 그것은 그가 세계사 자체의 비밀, 즉 질서 정연한 구조의 조직체로서의 인류 역사를 알아내지 않고서는, 단 하나의 역사적 사실조차 충분히 밝혀질 수 없음을 인식하였기 때문이다. 그리하여 그는 세계대전의 원인을 우연적이고 일시적인 사실이 아니라, 일정한 넓이를 가지고 있는 하나의 거대한 역사적 유기체 안에서 일어나는 역사 변화의 한 단계의 유형으로 파악했다. 그는 인류 역사가 시공간적으로도 일정한 넓이를 가지고 있는 유기체와 같아서, 출생, 성장, 성숙 및 노사의 단계, 더 상징적으로는 봄, 여름, 가을 및 겨울이라는 규칙적인 4단계를 밟게 된다고 보았다. 그리고 이러한 단계를 거쳐온 여덟 개의 문화를 이집트, 바빌로니아, 인도, 중국, 고대(그리스-로마), 아랍, 멕시코, 서양으로 지적하였다. 그는 이들이 모두 약 천 년을 표준으로 하는 수명을 가지고 출생에서 사망까지 일정한 단계를 거쳐 왔다고 분석하였다.
12) 신동엽의 견해는 노드롭 프라이와도 다르다. 구체적으로 우리의 제의는 많은 경우가 일출이나 일몰, 달이 차고 기우는 일, 파종과 수확, 춘분과 추분 등에 관련되어 있다. 이 말은 시와 문학도 그 구조에 있어서는 자연이 운동하는 여러 국면

과 유사하지만, 역(易)[13]에 바탕을 둔 것으로 해석할 수 있다. 그의 사고
는 역에서 '수'(운명)와 '의'(윤리)를 통합하려는 입장으로 해석된다. 즉,
노장적 사유로서의 신화주의적 태도에 바탕을 둔 상상력과 유가적인 것
으로서의 역사적인 태도를 동시에 보여준다. 그러므로 이 두 가지 요소
사이에서 갈등이 야기되고 있으나, 신동엽이 의도한 바는 뚜렷하게 드러
나고 있다. 그가 현대를 진단하는 사고의 기저는 반문명적 · 반조직적 ·
반서구적 · 반분업적 · 반성인적이라 할 수 있는 것이다.

이상의 사실에 대하여 신동엽의 의식의 나약성이나 구체적인 대안의
결핍이 지적되기도 하였지만, 그의 시에서는 세계인식의 넓이와 깊이로
나타난다. 물론 그의 지적 능력에는 한계가 있었으나, 사물을 대함에 있

과 연결관계에 있다는 이야기를 성립시킨다. 이런 관점에서 프라이는 근본적 원
형으로 네 계절의 신화를 잡는다. 그것은 봄, 여름, 가을, 겨울에 상관관계를 이
루는 희극, 로망스, 비극, 아이러니이다. 그러나 신동엽의 경우는 봄, 여름, 가을
을 원수성, 차수성, 귀수성의 단계로 파악한다. 그래서 차수성의 세계에는 현대
문명의 모순이 만연됨으로써 귀수성의 세계를 통해서 궁극적으로는 원수성의 환
원을 지향한다.

13) 양계초 · 풍우란, 김홍경 편역, 『음양오행설의 연구』, 신지서원, 1993, 375~436쪽
참조.
주역을 이해하는 방법에는 '상', '수', '의' 세 가지가 있다. 일반적으로 앞의 것
은 묶어서 '상수', 뒤의 것은 '의리'로 주역을 보는 두 관점으로 삼아오고 있다.
전자의 입장으로 주역을 해석하는 사람들은 대개 자연과 함께 운명적으로 접근
하여 법자연적, 반인위적, 순천적으로서 노장적 태도를 보이고, 후자의 관점으로
이해하는 사람들은 주로 송의 유학적 자세로 인간의 입장에서 역순천적, 인위적,
민본적 성향으로 나타났다. 신동엽의 경우는 '상수'와 '의리'에서 '수'와 '의'를
통합하려는 입장으로 파악할 수 있다. 그것은 '수', 즉 운명과 '지' 곧 그래야만
하는(윤리적) 것에 바탕을 두고 노장자적 사유로서의 상상력(신화주의적 태도)과
유학적인 것으로서의 역사적인 태도를 동시에 가지고 있었다. 그러므로 신동엽
의 입장은 도가적인 것과 유가적인 것을 통합하려는 사고로 이해할 수 있다.

신동엽의 시와 삶

어서는 시야를 크게 보려는 면으로 작용하였다. 오늘날 역사의 일직선적인 발전관보다는 오히려 순환적인 발전관이 거의 상식화되어 있는[14] 추세로 미루어 본다면, 그가 지닌 인식의 한계에도 불구하고 사물에 대한 예리한 통찰력과 직관력을 긍정적으로 받아들일 수 있다.

신동엽이 말하는 원수성 세계는 인간 및 모든 생물체가 "대지와의 음양적 밀착관계 외에는 어느 무엇의 개재도 용납될 수 없었던 에덴의 동산"[15]이다. 그것은 세계에 대한 철인적, 시인적, 종합적 인식 위에 온전한 대지에의 향수적 귀의, 이러한 실천생활의 통일이 조화적으로 이루어지는 완전한 의미에서 전경인의 삶이 있는 곳이다. 즉, 인간이 갈구하는 궁극적인 이상의 세계로서 그가 시로서 추구했던 지향점이다. 그것은 인간이 다시 돌아가야만 하는 구원의 세계, 시공을 초월한 영원한 삶의 터전으로서 인류에게는 '낙원'의 원형이라 할 수 있다.

원수성의 세계는 인류의 원초적 고향으로서 대지에 포괄되는 세계이다. 이때의 '대지'는 제3장의 '상상력과 이미지 분석'에서도 드러났듯이, 그의 시세계 전체를 포괄하는 원수성의 토대로서 반 문명적이며 반 이데올로기적인 성격을 지닌다. 그것은 생명의 원천으로서의 대지이며 원시 생명성이 충만한 공간이다. 신동엽의 시에서 '대지'는 '흙, 땅, 논, 밭, 황토' 등으로도 나타나며 건강한 노동과 연관되는 세계이다. 또한 그것은 그의 시 전반에 나타나는 모성의 문제와도 관련을 갖고 있다. 즉, 대지는 여성으로서 모성의 원형성을 지니기 때문이다. 그러므로 원수성의 세계는 인류사회의 발달과정 중 모계사회와 관련되어 있기도 하다.

---

14) 길현모 · 노명식 편, 앞의 책, 406쪽 참조.
15) 『신동엽전집』, 365쪽.

톡 톡/투드려 보았다.//숲 속에서/자라난 꽃 대가리.//맑은 아침/오래도
/마셨으리.//비단 자락 밑에//살 냄새야.//톡 톡/투드리면/먼 上古까장 울
린다.//춤추던 사람이여/토장국 냄새.//이슬 먹은 세월이여/보리 타작 소
리.//톡 톡/투드려 보았다.//三韓ㅅ적/맑은 대가리.//산 가시내/사랑, 다/
보았으리.

— 「원추리」 전문

위 시는 간결한 행과 연으로 구성되어 있으며, 시에 나타나는 이미지
가 명증성을 보여준다. 이 시는 원수성의 세계를 드러내 보여주기 때문
에, 미사여구나 과장으로 표현되어 있지 않고 순수한 이미지를 통해서
소박하고도 압축적으로 형상화되어 있다. 따라서 형식적인 특성으로 드
러나 있듯이, 이 시에 꾸밈이나 치장이 배제된 것은 곧 이 시가 추구하
는 순수성의 측면을 반영한다. 이러한 순수성을 토대로 "먼 上古까장"
울리는 여운은 우리 가슴에 오래도록 머문다. 이 시는 원추리라는 야생
화를 통해서 인간의 시원적 고향의 모습을 투명하게 보여준다. 이 시의
시간적 배경은 '상고, 삼한' 등으로 표현되어, 그의 다른 시편 속에 나타
나는 '후고구려, 마한' 등과 함께 이상향의 한 상징으로 차용되었다. 그
곳은 인간들이 신성한 노동을 통해서 협동으로 생산하고 필요에 따라서
분배하는 공동체적 삶의 공간이다. 신동엽은 가장 이상적인 삶의 모습
을 조화로운 공동체로 이해하였는데, 그것의 모델을 원시적 삶의 모습
에서 발견하였다. 이 점에서 그는 혁명적 열정에도 불구하고 시인일 수
밖에 없었으나, 자본주의가 지향하는 개인주의와 기능주의를 극복하였
다는 점에서는 선지자일 수 있다.[16]

---

16) 조재훈, 「금강과 신동엽의 문학」, 『호서문학』 제17집, 1991. 11, 164쪽.

　　　　　　　　　　　　　　　신동엽의 시와 삶

원추리는 우리 산야에 피어나는 야생화로서 그의 시에서 민족의 끈질긴 생명력과 시련 가운데 솟아나는 힘을 표상하는 '진달래'와 같은 상징적 의미를 지닌다. 그러나 원추리는 진달래가 표상하고 있는 민족의 시련과 한의 속성을 드러내기보다는 순수하고도 소박하며 깨끗한 의미를 나타내는 원수성의 상관물에 해당한다. 따라서 그것은 인간의 원초적 고향인 대지의 세계를 상기시켜준다. 이 시는 주로 시각, 청각, 후각 등의 감각적 이미지를 통해서 토속적인 세계를 직접적으로 환기시켜준다. 원추리의 노란 "꽃 대가리"와 "살 냄새", "토장국 냄새", "보리 타작 소리" 등은 비유를 거치지 않은 즉물적 심상으로 시각과 후각의 반응을 통해서 순수한 토속적 세계를 이미지화한다. 그 세계는 문명에 의한 치장이나 꾸밈이 배제된 세계이므로 우리의 감각과 밀착된 상태로 드러난다. 이 시 "꽃 대가리"의 '대가리'는 생명성을, "살 냄새", "토장국 냄새", "보리타작 소리" 등은 원시성과 순수성을 드러내주는 바, 그것들은 자연과 인간의 육체적, 직접적 교감의 한 측면을 반영한다. 그러므로 이 시에는 갈등이나 대립의 흔적이 전혀 엿보이지 않으며, 원초적 공간에 펼쳐진 생명의 충만함과 고요하고도 아늑함을 통해서 인간의 화평한 삶을 드러내고 있다.

따라서 위 시는 인간의 문명 이전 단계인 대지의 세계, 즉 대지가 지니는 여성과 모성으로 모든 것을 포용하는 자족적인 세계라 할 수 있다. 그곳은 인간의 협동과 조화 위에 펼쳐진 공동체의 세계인 것이다. 신동엽의 이러한 그리움은 단순한 복고풍이라 할 수 없는 것이다. 그것은 현대문명에 의해서 파괴된 현실에 대립하는 원시적 세계를 상기시킴으로써 현실의 문제를 비판적으로 제기하고 있기 때문이다. 이것은 현실을 극복하기 위한 한 방편으로써 현대문명에 의해서 파괴된 현실, 민족이 처한 모순과 비극적 상황의 아픔을 뛰어넘어 인류의 시원적 공간으로 되돌아가고자 했던 의도로 비춰진다. 그의 시는 미래 지향성을 지녔는데, 그러한 의식을 드러내기 위해서 과거를 차용하여 현실의 모순을 부각시키고 있는 것이다.

> 좁아 너의 고운 얼굴 조석으로 우물가에 비최이던 오래지 않은 옛날로 가자
>
> 수수럭거리는 수수밭 사이 걸찍스런 웃음들 들려 나오며 호미와 바구니를 든 환한 얼굴 그림처럼 나타나던 夕陽……
>
> 구슬처럼 흘러가는 내ㅅ물가 맨발을 담그고 늘어앉아 빨래들을 두드리던 傳說같은 풍속으로 돌아가자
>
> (…중략…)
>
> 들菊花처럼 소박한 목숨을 가꾸기 위하여 맨발을 벗고 콩바심하던 차라리 그 未開地에로 가자 달이 뜨는 명절밤 비단치마를 나부끼며 떼지어 춤추던 전설같은 풍속으로 돌아가자 내ㅅ물 구비치는 싱싱한 마음밭으로 돌아가자.
>
> ─「좁아」 부분

위 시에서 신동엽은 문명 이전의 세계에 대하여 강한 집착을 보여준다. 그것은 원수성의 세계로서 시 구절 "얼굴 조석으로 우물가에 비최이던 옛날"에 압축되어 있다. 그것은 온 마을 사람들이 '우물'을 중심으로 이루었던 공동체적인 삶, 인간들이 대지와 조화로운 관계를 유지하며 살았던 삶을 의미한다. 그것은 '우물'이 갖는 물의 원형 상징 속에서 드러난다. 물은 휴식과 영원의 이미지며, 거울이나 머릿결이 됨으로써 여

성적 이미지로 작용한다.[17] 이 시는 물의 여성적 속성에서 생산과 풍요가 드러나며, 물이 부여하는 휴식의 세계로서 조화로운 삶의 단계를 암시한다. 아울러 이 시에 나타나는 '수수밭, 바구니, 냇ㅅ물, 미개지, 달, 비단치마' 등도 여성적 이미지로서 이 시를 보다 풍부한 대지와 모성의 세계로 형상화한다. 그 결과 이 시는 원수성 세계의 생명성을 거듭 강조하고 있다. 위 시에 나타나는 원수성 세계는 대지의 생명력이 넘쳐나고, 인간의 건강한 노동으로 이룬 공동체적 삶을 말한다. 그곳은 달밤의 원무가 있는 조화와 약동의 원초적 공간이다. 그곳은 마을 사람들 모두가 '우물'에 생명의 젖줄을 대고 살아가며, "수수밭 사이 걸찍스런 웃음"으로 벌이는 노동의 세계이다. 따라서 위 시에서는 "철따라 푸짐히 두레를 먹던 정자나무 마을", "맨발을 벗고 콩바심하던 그 未開地", "달이 뜨는 명절밤 비단치마를 나부끼며 떼 지어 춤추던 전설 같은 풍속", "냇ㅅ물 구비치는 싱싱한 마음밭" 등으로 형상화하였다. 따라서 이 시는 대립과 갈등, 모순과 부조화가 철저히 배제되어 있는 세계, 자연과 인간이 조화를 이루고 살아가는 원수성의 세계를 보여준다.

신동엽의 작품 가운데 그의 정신세계가 잘 압축되어 나타나는 작품은 데뷔작 「이야기하는 쟁기꾼의 大地」이다. 이 작품에는 대지에 발을 딛고 살아가는 쟁기꾼과 대지에 대한 그의 사상이 농축되어 있다. 이 시에서 '이야기'는 벅찬 삶의 서사성을 의미하며 '쟁기꾼'은 건강한 노동자로서 그가 말한 '전경인'을 의미한다. 또한 '대지'는 철저히 원형성에 바탕을 두고 있다. 이 시에는 신동엽의 우주관과 역사의 원형이 살아 숨

---

17) 아지자 · 올리비에리 · 스크트릭, 장영수 역, 『문학의 상징 · 주제 사전』, 청하, 1989, 147~148쪽.

쉬고 있다. 아울러 그의 시에서는 모성과 서사성이 중요한 개념으로 이해되는데, 이 시에서의 '대지'와 '이야기'가 거기에 해당한다. 이러한 점들로 미루어 본다면, 그는 인류사회의 발달과정 중에서 모계사회를 원수성의 세계로 인식하고 있었다. 반면에 부권의 사회인 현대 문명사회는 차수성의 세계로 판단하였다. 따라서 다시 회복되어야 할 공간을 모성과 대지의 정신이 넘쳐나는 원수성의 세계로 파악했던 것이다.

신동엽의 시에서 중요한 요소의 하나인 서사성의 문제는 이 시에 나타나는 '쟁기꾼'과 '대지' 사이의 이야기로 드러난다. 이 시는 '서화', '제1화~제6화', '후화'의 형식으로 구성되어 있으며, 이 시에서 '이야기'는 '쟁기꾼'이라는 남성적 자아와 '대지'라는 여성적 자아 사이의 언술행위로 나타난다. 이 시에서 쟁기는 노동을 통해서 인간과 대지의 만남을 중개하는 역할을 한다. 따라서 쟁기꾼은 인류의 문명을 새롭게 개척하는 농사꾼이기도 하다.[18] 그는 인류 역사의 최초 단계에서 새로운 장을 여는, 역사를 개척하는 자의 원형적 모습으로 이해할 수 있다. 그러므로 쟁기꾼은 계급적인 노동자나 직업적인 농사꾼이 아니라 땅에 발을 딛고 건강하게 살아가는 원수성의 사람, 즉 전경인을 의미한다. 이렇듯이 신동엽의 시는 광활하고 대륙적인 기질을 보여주고 있다. 이 시의 주제는 원수성 세계의 추구로 그 세계는 인간과 대지의 밀착단계로 이루어지며 참다운 생명의 순수성이 충만해 있는 시원적인 공간을 의미한다.

따라서 신동엽의 시에는 원초적인 생명성을 지닌 소재들이 많이 나타

---

18) 농업(agriculture)의 의미 속에는 문화(culture)의 뜻이 들어 있다. 그것은 대지를 쟁기질을 하는 것이 새로운 문화를 개척하는 것이라는 상징성을 지니기 때문이다.

난다. 그는 이러한 소재들을 통해 인류의 원초적인 세계에서 발휘되는 생명의 원천성을 강조하였다. 이 점은 D. H. 로렌스와도 유사한 면을 보여준다. 로렌스는 문명 비판적 차원에서 뱀이나 성적인 소재를 통해 생명의 원천성을 강조하였다. 따라서 로렌스가 지닌 사상은 '생명주의', '원시 복귀'의 사상이고, 그의 문학은 '성의 찬양' 또는 '성의 신성화'의 문학이라 할 수 있다. 그에게 예술은 곧 인생에 대한 비판이었는데, 그는 정신적, 관념적, 지적인 것 일체를 부정하고 도덕과 낡은 관습에서 탈피하여 생명의 근원으로 되돌아갈 것을 부르짖었다.[19] 그러한 점에서 로렌스와 신동엽이 원시성을 추구하게 되는 배경은 같다고 할 수 있다. 신동엽의 경우 원시 생명성의 강조는 아나키즘과도 연관성을 갖는다. 그러나 그의 아나키즘은 맹목적인 평등이나 삶의 건강한 원시성을 지향하며, 이데올로기로서의 아나키즘과는 궤를 달리한다. 다음의 시에서

---

19) 한국영어영문학회 편, 『D. H. 로렌스』, 민음사, 1979, 21~59쪽 참조.
　　로렌스는 세계의 문명에 대하여 한결같은 저주의 태도를 지녔으며 원시를 동경하였다. 그에게 우주와 연대감을 갖는 길은 남녀의 육체관계, 즉 '성적 온화감'을 말한다. 그는 건전한 성의 회복만이 현대의 기계문명과 산업주의에서 인간을 해방하고, 인간을 본연의 자세로 환원시키는 가장 적당한 수단이라고 생각하였다. 그는 '혈과 육'을 자기 신앙으로 삼았으므로 정신적, 관념적, 추상적 지상주의와 정신의 소산인 과학에 반대할 수밖에 없었다. 따라서 그에게서 현대사회와 기계문명에 대한 증오는 거의 맹목적일 때가 많다.
　　그러나 그는 현대사회의 병폐를 거침없이 진단·폭로하고 지나친 관념숭상, 지성편중, 그리고 그러한 것의 소산인 과학만능에 항거하여 인간의 근원적 육체와 생명의 의의를 강조하였다. 이 점에서, 그의 문학은 현대문명에 대한 뜻깊은 비판으로 받아들일 수 있다. 그가 시로써 추구한 것은 생명의 완수에 집약되는데, 그는 자연의 모든 현상 속에서 생명의 박동을 느끼고, 이러한 상황과 예민한 교감을 가진다. 그것은 그의 후기 문학에 접어들어 동물시나 식물시에 확대되어 나타났다. 기계문명에 대한 거부와 생명에 대한 탐구로 집약되는 로렌스의 문학은 재생(rebirth)과 부활(resurrection)의 문제를 심각하게 인식하고 있다.

그 점은 드러난다.

> 출렁이는 네 가슴만 남겨놓고, 갈아엎었으면
> 이 균스러운 부패와 享樂의 不夜城 갈아엎었으면
> 갈아엎은 漢江沿岸에다
> 보리를 뿌리면
> 비단처럼 물결칠, 아 푸른 보리밭.
>
> ―「4월은 갈아엎는 달」 부분

> 八角亭에서 장안을 굽어보다가
> 갑자기 보리씨가 뿌리고 싶어졌다.
> 저 고층 건물들을 갈아엎고 그 광활한 땅에
> 보리를 심으면 그 이랑이랑마다 얼마나 싱싱한
> 곡식들이 사시사철 물결칠 것이랴.
>
> ―「서울」 부분

인용시에서 알 수 있듯이 '갈아엎어 보리씨를 뿌린다'는 사실의 구체적인 의미와 그것이 무엇을 위한 대안인지는 분명하지 않다. 이 점에서 신동엽의 인식의 한계가 거론되기도 하였으나 그가 지향했던 원수성의 세계와 함께 이해할 수 있다. 다시 말하면 그가 '갈아엎어 보리씨를 뿌린다'고 했던 것은 차수성 세계의 모순을 벗어나 원수성 세계로 나아가고자 했던 것이다. 그만큼 신동엽은 차수성 세계인 현대문명 자체를 철저히 거부하였다. 그것은 상대적으로 생명 본향적 세계에 대한 그리움을 역설적으로 보여주기도 한다. 위 시 구절 "출렁이는 네 가슴"과 대립되어 있는 "균스러운 부패와 享樂의 不夜城"이나, "고층 건물" 등은 인류의 고향인 대지의 세계를 파괴한 결과에 지나지 않는다. 따라서 그것들을 갈아엎는다는 것은 다시 인류의 시원적 공간으로 되돌아가기 위한 상징적 행위로 파악된다. 원형 상징에서 여성은 밭고랑, 남근은 쟁기에 비유되며, 경작은 생식행위와 동일시된다. 이러한 관점에서 신동엽은 남성과 여성의 성적 결합의 상징적 의미를 통해서 재생과 부활을 꾀한다. 물론, 인류가 지금까지 걸어온 역사적 시간을 부정하고 다시 시원적 공간으로 되돌아간다는 것은 불가능한 사실이라 해도 지나치지 않을 것이다. 그렇지만 신동엽이 현대 문명사회의 모순과 그가 제시하는 이상향을 대조적으로 파악하려 했다는 점에서는 충분히 공감할 수 있다. 아울러 그가 보여준 '우주 순환론'에 대한 이해가 동시에 뒤따라야 한다. 그래야만 우리는 신동엽이 추구하고자 했던 의미를 깨달을 수 있다.

한편, 신동엽의 시는 소박하며 직관적으로 표현되어 있다. 그는 시를 쓸 때 비유를 통한 우회적 접근이나 상징적 수법에 의지하지 않고 직접적으로 접근하였다. 그 까닭은 그러한 문학적 기법이나 장치들이 삶의 건강성을 해치는 것으로 파악하였기 때문이다. 왜냐하면 원수성 세계의 넘쳐흐르는 생명은 가식이나 꾸밈이 없는 순수성과 소박성을 토대로 한 것이기 때문이다. 이렇듯이 그의 시는 형식과 내용의 조화를 통해서 인류의 고향, 대지의 세계에 접근하고 있다. 이는 원수성 세계를 형상화하는 데 있어서 시의 생명력을 상실하지 않도록 배려한 결과로 보인다.

그의 시에서 원수성의 세계는 대지가 중심이 된다. '대지(terre)'는 신화 속에서 여인과 동일시되고 있다. 대지는 문학작품에 흔하게 등장하는데, 그 이유는 상상영역에서 대지가 풍요의 비옥한 원천이 되기 때문이다. M. 엘리아데에 의하면, 고대시기에 대지는 나무와 마찬가지로 사람을 산출해냈다. 흔히 대지를 어머니와 비유했는데, 이때 어머니는 하나의 '집합적인 것'이 된다. 따라서 여인과 대지는 동일시됨으로써 농업과 성적 행위 사이의 동일성으로 나타난다. 이때 여자의 성기는 밭고랑으로, 남성은 씨앗으로 이해되었던 것이다.[20] 원수성의 세계는 이러한 대지의 원형성 안에 포괄되는 단계이다.

신동엽이 희구했던 원수성의 세계는 인류의 고향으로서 대지에 포괄되어 있던 시기이다. 그의 표현으로는 인류의 봄철로서 인종의 씨가 갓뿌려져 움만이 트였을 단계였다. 생명체들은 산과 들에서 하나의 조화를 이루어 살아가던 때였다. 즉, 인간과 대지의 관계가 어머니와 갓난아기처럼 음양적 밀착관계로만 유지되었던 낙원, 에덴의 동산이었다. 그것은 인류의 낙원에 대한 원형적 의미로 파악되며, 신동엽의 순환론적 인식 틀 속에서 다시 되돌아가야 할 상징적인 공간으로 나타난다.

2) 인류의 분업화, 인위적 세계

신동엽에 의하면 인류의 고향은 대지에 발을 딛고 건강한 노동으로 삶을 일궈가던 공동체의 자족적인 세계였다. 그곳에서는 자연과 인간의 조화는 물론, 인간과 인간 사이에도 어떠한 갈등이 내재하지 않았다. 그러나 인류의 문명은 서서히 대지의 세계를 파괴하였고, 인간은 분업화 속에서 서로가 대립하고 파편화된 삶의 모순에 도달하였다. 현대사회는 대지에 토대를 둔 원초적 생명의 토대가 붕괴되고 철저히 인위적인 상태로 전락하였다. 신동엽은 현대 문명사회를 다음과 같이 진단하

---

20) M. Eliade, *Patterns in Comparative Religion*(Sheed & Ward Inc., 1958), pp.256~262.
「이야기하는 쟁기꾼의 大地」에서도 밭을 갈고 씨를 뿌리는 쟁기꾼의 남성적 자아와 여성적 자아인 대지 사이의 언술행위를 통해서, 남성과 여성의 성적 결합에 의한 풍요와 다산의 제의적 의미를 엿볼 수 있다.

　　　　　　　　　　　　　　　　　　　　신동엽의 시와 삶

고 있다.

> 오늘의 문명의 특징을 한마디로 표현하자면 「分業」일 것이다.
> 설교는 목사가, 聖歌는 聖歌隊가, 聖書는 聖書 전문연구가가 떠맡아 가
> 고 있다. 한 사람의 人體에도 이미 수백명의 分業醫師가 엉겨붙어 제가끔
> 눈·코·귀·아랫배·윗배 가운데 한 가지씩만을 떼어가지고 달아났다.
> 세상은 盲目技能業의 세계로 화하고 말았다. 멀지 않아 손톱·발톱 미장전
> 문의가 새로 나타나도 아무도 놀라지 않을 세상이 되었다.[21]

그는 현대문명에 대하여는 대단히 비판적인 입장을 취한다. 그는 현
대사회를 반생명의 시대로, 인간의 정신이 상실되어버린 기능의 시대로
인식하였다. 현대사회의 모든 분야는 기능에 따라서 분업화되어 생명을
외면할 뿐만 아니라 기계화와 체계화로 인해 박제가 되었다. 루카치의
'총체성'[22] 이론으로 이해할 수도 있으나, 신동엽의 견해는 그러한 서
사이론이 아니고 "영업적인 이들에 의하여 분주히" 분기되어진 절단 현
상에 대한 비판적 자세를 의미한다. 따라서 시인, 소설가, 평론가들도
정신을 기초로 하지 않고 상업적 기술에 바탕을 둔 시업가, 소설업가,
평론업가 등으로 전락하고 말았다. 신동엽은 시인은 '시업가'라 부르지
않고 '인' 자를 붙인 까닭을 상기시킨다. 그래서 '시인'과 '철인'의 '인'
자를 들어서 그 역할을 강조하였다. 그는 철인이 "인생과 세계의 본질을

---

21) 『신동엽전집』, 392쪽.
22) G. Lukacs, 반성완 역, 『소설의 이론』, 심설당, 1985, 12쪽.
   신화를 낳았던 시대는 자연과 우주와 인간이 아직은 소외되지 않은 가운데 조화
   의 상태를 이루고 있었다. 루카치는 이러한 상태를 총체성으로 인식하였으며, 이
   러한 단계는 그의 표현에 의하면 총체성이 외연적으로 갖추어져 있었던 인간 역
   사의 유년기에 해당한다.

맑은 예지로써만이 아니라 다스운 감성으로 통찰"하여 언어로 승화시켜
야 한다고 말한다. 신동엽의 입장에서 보면 시는 자아와 세계에 대한 개
안이며, 자아와 이웃에 대한 애정이고 그 성실성의 결정이다. 이 점에서
우리는 차수성 세계에서의 시인의 역할을 읽을 수 있다.

신동엽의 관심은 개인적인 경험보다는 국가나 민족 전체, 그리고 인류
의 문제로 확대되어 나아갔다. 그의 역사의식은 문화 인류학적 관심과 동
심원적 구조를 이루며 그의 시세계 저변에 자리 잡고 있다. 그러므로 그
에게는 개인적인 것으로 보이는 경험도 역사 사회 현실과의 연관을 가지
며 나아가 더 넓게는 인류의 차원으로 확대된다. 따라서 그의 시는 '나→
우리→민족→인류'로 확대되는 동심원적 구조[23]로 파악할 수 있다.

그러므로 신동엽의 시를 올바르게 이해하는 데는 '나→인류' 사이의
폭과 관련성을 고려해야 한다. 이에 대하여는 이미 서론에서 언급한 바

---

23) 이러한 사실은 이동하의 글 속에서도 그 단초를 얻을 수 있다.

이 글에서 이동하는 H. 콕스의 글을 인용하며 다음
과 같이 설명한다. 역사와 초역사의 위상은 상호 대
등하며 병립적인 구조로 되어 있는 것이 아니라, 후
자에 의하여 전자가 감싸여지는 내포관계로 이루어
져 있다. 이는 역사와 초역사의 두 차원이 상호모순
인 방향으로 작용하며 충돌하고 있다는 사실을 부
정하는 것이 아니다. 옆의 그림에서 보듯이 양자의
위상을 내포관계로 파악할 경우 상호모순적으로 작
용하는 두 개의 힘은 원심력과 구심력이라는 명칭
을 부여받을 수 있게 된다. 말할 것도 없이 원심력이란 역사의 지평을 뛰어넘어
초역사적 질서로 나아가려는 힘을 가리키며, 구심력이란 좁은 의미체계 속으로
인간의 존재를 모아 들이려는 힘을 뜻한다.
이동하, 「역사의 지평과 초역사적 지평」(M. Eliade, 이동하 역, 『성과 속』, 178쪽
참조.)

신동엽의 시와 삶

있다. 그는 모든 것을 개별적으로 바라보지 않고 전체와의 연관 속에서 파악하고자 하였다. 그는 이 세계를 크고 넓게 파악하려는 사고 속에서도 작은 문제 또한 소홀히 하거나 간과하지 않았다. 그는 인식하려는 대상들을 서로 분리시키지 않고 상호연관성을 통해서 파악한다. 이 점에서 그의 시는 원형적인 토대를 갖는 것이다.

후두둑 大地를 두드리는 여우비.
한 무더기의 사람들은 냇가로 몰려갔다.
그들 떠난 자리엔 펄 펄 펄 心臟이 흘리워 뛰 솟고.

(…중략…)

그곳엔 무덤이 있다.

바닷가선 비 묻은 구름 龍을 싣고 찬란하게
쩌 들어오리니
급기야 洪水는 오고,
구렝이, 帽子, 톱니 쓸린 工場 헤엄쳐 나가면

弔喪도 없이 옛 마을터엔 횡횡 오갈 헛 바람.
쓸쓸하여도 이곳은 占領하라. 바위 그늘 밑, 맨 마음채

여문 코스모스씨 한 톨. 億萬年 퍼붓는 虛空밭에서
턱 가래 안창엔 심그라.
사람은 비어 있다.
大地는
한가한
빈 집을 지키고 있다.

— 「이곳은」 부분

위 시는 차수성의 세계를 형상화하고 있다. 이 시에는 신동엽이 제시한 원수성 세계, 즉 모성이 넘쳐흐르는 대지, 노동으로 일구는 건강한 생명의 세계가 더 이상 존재하지 않는다. 이 시에서 차수성의 세계는 "大地를 두드리는 여우비"가 쏟아지고, "그곳엔 무덤"이 있을 뿐이다. 노동의 주체인 "사람은 비어있다./大地는/한가한/빈 집을 지키고" 있을 뿐이다. '집'은 여성으로서 어머니의 이미지와 결합된 모성을 의미한다. 이 점은 그의 시 "女子는/집./집이다, 여자는"(「女子의 삶」 부분)에서도 발견된다. 우리들은 태어난 집을 통해서 물질적 낙원의 그 원초적인 따뜻함을 느낀다. '집'은 존재의 원초적인 충족성을 갖고 있기 때문에[24] 그곳에는 보호되는 존재들이 살고 있다. 따라서 인간에게 '집'의 상징성은 매우 중요하며, 차수성 세계는 '빈 집'으로 나타난다. 이러한 현실은 현대문명에 의한 생명 상실의 결과이다. 대지 위에서 노동하는 사람들이 떠나고, 그들이 머물던 '집'이 비어버린 것은 인위적 세계에서 대지의 생명력을 상실한 결과로 나타난 것이다. 위 시는 오늘날 인류가 처해 있는 상황이기도 하고, 우리 민족의 현실이기도 하며, 그의 고향의 현실이기도 하다.

차수성의 세계는 위 시 전반부 "삼백 예순 날 날개 돋친 폭탄은 대양 중가운데/쏟아졌지만, 헛탕 치고 깃발은 돌아갔다./승리는 아무데고 없다"에서 제시되어 있듯이 전쟁으로 나타나기도 한다. 차수성의 모순 가운데 가장 파괴적인 것은 전쟁이다. 인간을 살상하는 무기를 가지고 인류는 전쟁을 일삼고 급기야 대지의 생명력은 무덤으로 전락하고 말았다. 따라서 대지에는 '집'이 비어가고 '무덤'만이 늘어간다. 결국 인간

---

24) G. Bachelard, 곽광수 역, 『공간의 시학』, 민음사, 1990, 119쪽.

은 대지를 상실함으로써 편안히 안주할 집도 잃어버린 것이다. 이것은 우리 민족이 처한 분단 현실의 아픔과 세계대전이라는 전쟁의 결과를 의미하는데, 신동엽은 이것들 모두를 차수성의 결과로 파악하였다. 따라서 그는 전쟁을 일으켜온 이데올로기를 철저히 거부한다. 그는 이데올로기를 포함하는 현대문명을 부정하고, 인류의 원초적인 생명세계로의 환원을 지향하였다. 인류는 생명 본향적인 세계에 바탕을 두고 살지 않는 한 불행할 수밖에 없다. 따라서 인류의 문명에 의한 결과는 전쟁 속에서 "헛탕 치고 깃발은 돌아갔"고 "승리는 아무데고 없"는 것이다. 그러기에 상대편을 공략하여 승전국이 된다 해도 그것은 진정한 의미의 승리가 될 수 없다. 뿐만 아니라 그것은 승전국이나 패전국 모두를 패자로 만들 뿐이다.

신동엽은 현대문명의 비판을 통하여 차수성 세계의 실상을 제시한다.

> 내일이라도 한강 다리만 끊어 놓으면
> 열흘도 못가 굶어죽을
> 特別市民들은
> 과연 盲目技能子이어선가
> 稻熱病藥광고며, 肥料광고를
> 신문에 내놓고 점잖다.
>
> 그날이 오기까지는 끝이 없을 것이다.
> 崇禮門 대신에 金浦의 空港
> 화창한 반도의 가을 하늘
> 越南으로 떠나는 북소리
> 아랫도리서 목구멍까지 열어놓고
> 섬나라에 굽실거리는 銀行소리
>
> ─「서울」부분

인류의 현대문명은 자연의 파괴와 함께 이루어져 왔다고 해도 과언이 아니다. 오늘날 건강한 노동의 쟁기꾼은 사라지고 없다. 현대 과학 농법은 비료와 농약으로 당분간의 풍요는 이룰 수가 있었다. 그러나 그것은 대지를 병들게 하였고, 오히려 인간에게 해가 되어 돌아왔다. 이미 자연의 생태계는 파괴되었으며, 이제 노동은 건강성을 잃고 대지에 대한 생명 파괴만을 가속화할 뿐이다. 그럼에도 불구하고 "서울 사람들"은 대지의 생명을 파괴하고 죽음으로 몰아가는 현대문명의 산물, 예컨대 '농약'과 '비료'를 상업적으로 '광고'하고 있다. 이 시에서 '농약'과 '비료'는 대지를 파괴하는 차수성적 상관물에 해당한다.

신동엽은 대지를 인류의 어머니로, 땅은 어머니의 몸으로 파악한다.[25] 따라서 인간은 대지와 조화로운 관계, 자연의 질서와 흐름에 함께 하며 살아가야 한다. 그것은 인간 삶이 대지에 포괄되는 원수성 세계에서의 삶이다. 인간의 삶에는 생명 중심의 세계관이 일상적, 문화적, 사회적 요소를 지배해야 한다. 그만큼 신동엽의 사고는 생명사상에 깊이 뿌리내리고 있었던 것이다. 그의 현실에 대한 비판정신은 표면적으로 드러나는 사회제도의 모순이나, 현상적으로 나타나는 사회의 부패와 비리에 그치지 않았고, 이러한 것들이 지니는 더 근원적인 문제의 해결에 관심이 있었다. 그는 근시안적인 삶의 태도로 일상의 안일함을 추구하기 위해 생명의 세계를 파괴하는 것을 비판하였다.

위 시 「서울」은 "越南으로 떠나는 북소리"와 "섬나라에 굽실거리는 銀行소리"를 통해서 약소국가에 대한 강대국의 침략과 억압을 표현하고

---

25) 어느 부족에게는 땅을 파는 것이 금기로 되어 있다. 왜냐하면 그들이 땅을 파는 것은 바로 어머니의 몸에 상처를 입히는 일이라고 믿는 까닭이다.

신동엽의 시와 삶

있다. '월남'은 전장으로서 인간의 살상과 생명의 파괴가 집약되어 있는 곳이고, '은행'은 금전만능을 의미함으로써 슈펭글러가 주장한 문화가 문명으로 바뀌는 단계의 모순으로 이해할 수 있다.[26] 차수성의 세계는 철저히 권력과 힘의 논리가 지배한다. 그 힘은 정치적, 경제적 무력적 수단을 의미하며 현대 문명사회의 모순에 의해서 대지의 파괴와 생명 상실로부터 발생한 것이다.

> 내 고향은 바닷가에 있었다.
> 人跡 없는 廢家 열 구비 돌아들면
> 배추꽃 핀 돌담, 쥐 쑤신 母女
> 내 고향은 언덕 아래 있었다.
>
> 봄이 가고 여름이 오면 부황 든 보리죽
> 툇마루 아래 빈 토끼집엔, 어린 동생
> 머리 쥐어 뜯으며
> 쓰러져 있었다.
>
> 善民들은 밀밭가에 쫓겨있는 土墳
> 祖國위를 쉬임없이 궂은비는 나리고
>
> 自轉車 탄 紳士 날씨좋은 八月
> 이 마을 黃土길을 넘어오면
> 싸릿문 앞엔 無表情한 納稅告知書.
>
> 新式의 북새는 해마다 新綠아래 있었고
> 붓깍지로 빼앗긴 四千萬의 가슴
> 幸福은 멀리 몇 뿌리의 都市塔위

26) 길현모 · 노명식 편, 앞의 책, 394~396쪽.

곪아 있었다.

오늘도 光化門 앞 마당
高等食을 배 불린 海外族의
마이크 演說.

蒙古에의 女貢도, 淸朝에의 大拜도
空港으로 集結된
새 時代의 封建領主.

— 「주린 땅의 指導原理」 부분

위 시에는 차수성 세계의 비극적 상황이 복합적으로 제시되어 있다.
그것은 먼저 한 가족의 피폐한 삶으로 나타난다. 나아가서 민중들이 겪
는 고통스런 삶은 "無表情한 納稅告知書"에 집약되었고, 민족의 분단
현실과 관련된 세계사적 모순이 총체적으로 표출되었다. 이 시에서 차
수성의 모순으로서 가장 중심적인 것은 분단 현실이다. 그것을 "祖國위
를 쉬임없이 궂은비는 나리"는 상황으로 압축해 제시하였다.

위 시에서 고향은 "人跡없는 廢家", "쥐 쏘신 母女", "善民들은 밀밭
가에 쫓겨있는 土墳"들처럼 생명과 생동감을 상실함으로써 나약하고 궁
핍한 모습으로 나타났다. 이러한 현실에서 그의 관심은 "쥐 쏘신 母女",
"어린 동생", "善民" 등의 고통을 함께 하려는 민중 지향성을 드러낸다.
민중들이 겪는 고통은 상대적으로 "自轉車 탄 紳士", "納稅告知書", "新
式의 북새", "都市塔", "高等食을 배 불린 海外族", "마이크 演說"과의
대립을 통해서 그 비극성이 심화된다. 그는 민중들이 가난과 고통에 시
달리는 현실을 "새 時代의 封建領主"로 요약해놓고 있다.

신동엽의 시에서 그가 보여준 또 다른 폭넓은 의식은, 그의 현실인식

이 세계사적으로 확장되어 있다는 점이다.

> 아시아와 유우럽
> 이곳 저곳에서
> 탱크 부대는 지금
> 쉬고 있을 것이다.
>
> 일요일 아침, 화창한
> 도오꾜 교외 논 뚝 길을
> 한국 하늘, 어제 날아간
> 異國 병사는
> 걷고.
>
> 히말라야 山麓,
> 土幕가 서성거리는 哨兵은
> 흙 묻은 생 고구말 벗겨 넘기면서
> 하루삔 땅 두고 온 눈동자를
> 회상코 있을 것이다.
>
> 순이가 빨아준 와이샤쯔를 입고
> 어제 의정부 떠난 백인 병사는
> 오늘 밤, 死海가의
> 이스라엘 선술집서,
> 주인집 가난한 처녀에게
> 팁을 주고.
>
> ―「風景」부분

　제목이 암시하듯이, 위 시는 세계 도처에서 벌어지고 있는 점령군들의 행태를 객관적으로 표현하였다. 이 시에서 그의 관심은 한반도만이 아니라, '토오꾜, 하루삔, 지중해, 고비사막' 등 '아시아'와 '유럽' 전체로 확산되어 있다. 따라서 그의 시가 쇼비니즘으로 흐를 우려가 있다는 김수영의 비판은 재고의 여지가 있는 것이다.[27] 그는 다른 국가에 대한 배타적 입장에서 민족적인 것을 추구했던 것이 아니다. 신동엽은 파괴나 모순에 대한 거부의 입장에서 모든 것이 본래의 제자리로 돌아가야 한다는 신념을 가지고 있었다. 따라서 우리 민족도 또한 본래의 자리로 돌아간 상태의 순수성을 추구했던 것이다. 이 점은 다음 인용문에서도 찾아볼 수 있다.

> 오늘 人類의 外皮는 너무나 극성을 부리고 있다. 키 겨룸, 속도 겨룸, 量 겨룸에 거의 모든 행복을 소모시키고 있다. 헛 것을 본 것이다. 그런 속에 내 인생, 내 인생설계의 넌출을 뻗쳐 볼 순 없다. 내 거죽이며 발판은 이미 오래 전에 찢기워져 버렸다. 남은 것은 영혼.[28]

다시 말하면, 차수성의 세계에서는 민중들의 삶이나 우리 민족의 현실, 인류의 역사 모두가 모순과 부조리에 처하게 된다. 그 결과 민중들

---

27) 김수영, 「참여시의 정리」, 『창작과비평』, 1967. 겨울.
    이 글에서 김수영은 신동엽의 시에 대하여 시적 경제를 할 줄 아는 기술이 있고, 세계적 발언을 할 줄 아는 지성이 숨 쉬며 죽음의 음악이 울리고 있다고 평가한다. 그러면서도 그는 신동엽의 작품에서 전반적으로 느끼는 어떤 위기감이 있다면, 그것은 쇼비니즘으로 흐르게 되지 않을까 하는 우려라고 하였다. 그러나 쇼비니즘의 우려에 대하여 구중서는 김수영과 다른 입장을 보이고 있는데, 필자도 이와 같은 견해이다.
    "쇼비니즘에의 우려를 표한 점에 대해 필자는 다르게 생각한다. 김수영 자신으로서도 세계적 발언, 문명 비평의 차원을 가져다 붙여주었던 것이며, 그의 시에는 보편적 세계관의 튼튼한 토대가 있었다. 또한 그에게는 영적인 종교적인 우주관까지 추구되고 있음이 군데군데에서 강하게 나타나 있다."
    구중서, 「신동엽론」, 『창작과비평』, 1979. 봄.
28) 『신동엽전집』, 344쪽.

신동엽의 시와 삶

은 피폐한 삶 속에서 고통에 처하게 되며 민족 현실은 분단 문제와 아울러 이데올로기의 대립 속에서 시달린다. 또한 인류사에 있어서 강대국은 약소국을 지배하며 전쟁을 야기시키는데, 이러한 것은 모두가 차수성에서 연유하는 결과이다. 그가 파악한 것은 인류 전체의 파괴와 분할이며 우리 민족 자체만의 문제는 아니었다. 이는 신동엽이 민족의 문제와 세계사의 문제를 동심원적으로 인식하였던 총체적 이해의 한 면으로 해석된다. 우리 민족이 처한 현실을 인류사의 차원으로 파악한 그의 의식적 면모에서 인식의 폭과 넓이, 그리고 선진적인 사고를 엿볼 수 있다. 그는 우주의 순환 속에서 민족의 문제와 세계사의 문제를 동심원적으로 이해하였던 것이다.

3) 우주지의 정신, 전경인의 세계

신동엽은 원수성의 세계 이후 인류문명과 역사를 인종계의 여름철, 즉 차수성의 세계로 파악하였다. 현대 문명사회의 탈생명적인 분업화는 그러한 사실이 첨예하게 드러난 것이다. 따라서 인류는 원수성의 세계로 환원하기 위해 매개과정으로서 귀수성 세계에 이르러야 한다. 그러기 위해 인간은 참다운 생명력을 지닌 전경인이 되어야 하며, 그때 원수성의 세계에 겹쳐지는 귀수성 체계의 인간이 된다. 신동엽이 말하는 '전경인'에는 많은 뜻이 함축되어 있다. 즉, '전'에는 '전'의 종합성, 곧 절연상태로 나뉘지 않은 '다', '모두'의 의미로 개개인이 아닌 '공동체'의 뜻이 들어있다. 아울러 '경'에는 싱싱한 대지와 자연, 그리고 노동, 땀 등의 의미가 내포되어 있다. 따라서 전경인은 '대지에 발 벗고 늘어붙어 자급자족'하는 인간이다. 그는 '대지에 뿌리박은 대원적인 정신'을 지녔으며 "밭 갈고 길쌈하고 아들 딸 낳고, 육체의 중량에 합당한 양의 발언, 세계의 철인적·시인적·종합적 인식, 온전한 대지에의 향수적 귀의, 이러한 실천생활의 통일을 조화 있게 이루었던 완전한 의미에의 전경인"이다. 그는 바로 귀수성 세계 속의 인간이며, 원수성 세계 속의 체험과 겹쳐지는 인간이다. 그는 "인간의 모든 원초적 가능성과 귀수성적 가능성을 한 몸에 지닌 전경인"이기 때문에 "고도에 외로이 흘러 떨어져" 살아갈지라도 "문명 기구 속의 부속품들처럼 곤경에" 빠지지는 않는다.[29]

귀수성의 세계는 후천개벽과도 흡사한 세계로서 전경인이 출현하는 이상세계이다. 그러한 점은 「이야기하는 쟁기꾼의 大地」에 나타나고 있다. 귀수성 세계에서 필요한 인간은 전경인의 자세를 갖추어야 하는데, 그는 인류의 시원적 대지 위에 쟁기 날을 대는 인간, 역사의 첫 장을 여는 쟁기꾼의 자세로서 역사의 원형이라 할 수 있다. 따라서 쟁기꾼의 쟁기질은 제의적 성격을 갖는 행위이다. 전경인은 건강한 노동으로 역사의 밭을 일구고 씨앗을 뿌리는데, 이는 모순된 현실을 갈아엎어 새로운 시원적 공간(원수성의 세계)으로 돌아가기 위해서 노력하는 참다운 삶의 모습이다. 그러므로 이 시는 '이야기'의 주술성, '쟁기질'과 '씨 뿌림'이 의미하는 풍요와 다산을 위한 제의적 상징으로 해석된다.

> 가리워진 안개를 걷게 하라,
> 國境이며 塔이며 御用學의 울타리며
> 죽 가래 밀어 바다로 몰아 넣라.

---

29) 『신동엽전집』, 369~373쪽 참조.

신동엽의 시와 삶

하여 하늘을 흐르는 날새처럼
한 세상 한 바람 한 햇빛 속에,
만 가지와 만 노래를 한 가지로 흐르게 하라.

보다 큰 集團은 보다 큰 體系를 건축하고,
보다 큰 體系는 보다 큰 惡을 釀造한다.

組織은 형식을 강요하고
형식은 僞造品을 모집한다.

하여, 傳統은 궁궐 안의 上典이 되고
조작된 權威는 주위를 浸蝕한다.

국경이며 탑이며 一萬年 울타리며
죽 가래 밀어 바다로 몰아 넣라.

— 「이야기하는 쟁기꾼의 大地」 제5화

위 시에는 귀수성 세계에서 전경인이 해야 할 일이 드러나고 있다. 그
는 차수성 세계의 모든 것을 "가래 밀어 바다로 몰아 넣"는다. 이러한
행위는 '바다'라는 부활과 재생의 공간 속으로 차수성의 결과를 몰아넣
음으로써 새롭게 태어나기 위한 제의적 상징이라 하겠다. 다시 말하면
종교의식의 침례와도 그 의미가 상통한다. 물은 모든 창조의 근원이 되
고 있다. 따라서 물에 들어가는 것은 형태 이전으로 되돌아감, 완전한
재생, 새로운 탄생으로 역행하는 것을 상징한다. 물에 들어가는 것을 통
해서는 형태의 해소, 선재하고 있는 것의 무형태성으로의 회귀를 뜻하
기도 한다.[30] 따라서 물은 형태의 현현이라는 우주의 탄생을 재현한다.

---

30) M. Eliade, *Patterns in Comparative Religion*, op. cit., p.189.

왜냐하면 물과의 모든 접촉은 재생을 포함하고 있기 때문이다.

위 시에서 차수성 세계는 "國境이며 塔이며 御用學의 울타리"로 표현되었다. 이 단계에 이르면 국가와 국가 간은 단절과 싸움에 처하게 되고, 학문은 순수성을 벗어나서 어용학으로 전락하게 되는 것이다. 따라서 이 모든 것들을 신동엽은 "가리워진 안개"로 표현하였다. 차수성 세계에서 인간은 "보다 큰 集團"을 추구하여 "보다 큰 體系를 건축하고", 다시 "보다 큰 體系는 보다 큰 惡을 釀造한다." 이러한 과정에서 "傳統은 궁궐안의 上典이 되고/조작된 權威는 주위를 侵蝕"한다. 이 시의 제목 자체에서도 발견할 수 있듯이, '이야기'는 삶의 서사성을 펼쳐 보여준다. 이 시에서 '쟁기꾼'은 건강한 노동자로서의 '전경인'을, '대지'는 문명에 의하지 않은 인류 삶의 원초적인 공간을 의미한다. 따라서 쟁기는 노동을 통해서 인간과 대지의 신성한 만남을 중개한다. 신동엽의 시에서 쟁기꾼은 인류문화와 문명을 시작하는 개척자로서 계급적인 노동자나 직업적 농사꾼이 아니다. 그만큼 전경인은 삶의 건강성이 중심을 이루고 있는 것이다. 신동엽은 이 시 '후화' 끝 부분에서 다음과 같이 노래하였다.

宇宙밖 窓을 여는 맑은 神明은
太陽빛 거느리며 피어날 것인가?

太陽빛 거느리는 맑은 敍事의 江은
宇宙밖 窓을 열고 춤 춰 흘러갈 것인가?

— 「이야기하는 쟁기꾼의 大地」 후화

"敍事의 江"인 '금강'은 오늘도 쉼 없이 흘러가고 있다. 따라서 '이야기'는 인류가 펼치는 삶의 대서사이기도 하다. 신동엽의 시에서 '강'은

신동엽의 시와 삶

주된 귀수성 이미지의 하나로 나타난다. 그것은 과거의 시간과 현재를 잇는 긴 흐름으로서 자연과 시간의 창조적인 힘과 관련된다. 그러므로 '강'은 지속적인 흐름을 통해서 귀수성으로 돌아가려는 힘의 실체로 작용한다. 그가 서사시 「錦江」에 큰 힘과 열정을 기울인 것도 이러한 차원에서 의미를 찾을 수 있다. 왜냐하면 신동엽은 인류의 역사를 하나의 거대한 "敍事의 江"으로 인식하고, 우리 민족의 역사를 '금강'을 통해서 형상화했기 때문이다.

귀수성의 세계에서는 차수성 세계가 쌓아올린 '할·분업에 의한' 찢겨짐과 갈라짐을 갈아엎고 "만 가지와 만 노래를 한 가지로 흐르게" 해야 한다. 국경과 탑과 어용학의 울타리를 허물고 이 세계는 본래 한 알 씨앗의 심성으로 되돌아가야만 하는 것이다.

> 그리하여 대지 위에 다시 全耕人의 모습은 돌아와 있을 것이고 인류정신의 창문을 우주 밖으로 열어 두는 敍事詩는 인종의 가을철에 의하여 결실되어 남겨질 것이며 그 정신은 몇 만년 다음 겨울의 대지 위에 이리저리 몰려다니는 바람과 같이 宇宙知의 정신, 理의 정신, 物性의 정신으로서 살아남아 있을 것이다.
> 그리하여 그것은 곧 歸數性 世界 속의 씨알이 될 것이다.[31]

귀수성의 세계란 인류의 분업화에 의해서 인위적으로 분할된 차수성의 세계로부터 인류의 고향인 원수성의 세계로 되돌아가는 것을 매개하는 단계이다. 이때 인류는 전경인의 자세를 가져야 한다. 따라서 전경인은 차수성의 세계를 갈아엎고 원수성의 세계로 환원하기 위해서 필요한 인

---

31) 『신동엽전집』, 373쪽.

간이다. 그리고 그는 우주지의 정신을 지니며 모든 것을 앞서 알고 실천
해야 한다.

江山을 덮어, 화창한
진달래는 피어나는데,
출렁이는 네 가슴만 남겨놓고, 갈아엎었으면
이 균스러운 부패와 享樂의 不夜城 갈아엎었으면
갈아엎은 漢江沿岸에다
보리를 뿌리면
비단처럼 물결칠, 아 푸른 보리밭.

강산을 덮어 화창한 진달래는 피어나는데
그날이 오기까지는, 四月은 갈아엎는 달.
그날이 오기까지는, 四月은 일어서는 달.

— 「4月은 갈아엎는 달」 부분

위 시에서 전경인의 역할은 차수성 세계를 표상하는 "이 균스러운 부
패와 享樂의 不夜城"을 갈아엎는 일이다. 그리고 "갈아엎은 漢江沿岸에
다" 보리씨를 뿌리는 것이다. 원수성 세계로 환원하기 위해서 보리씨를
뿌리는 전경인의 역할은 상징적 의미를 지니는데, 그것은 농경의례나
춘경의례로 파악할 수 있다. 그 점은 위 시에 나타나는 시간이 4월의 봄
인 것과도 연관된다. 우리는 농경사회의 종교 경험에서 시간과 계절의
리듬이 얼마나 중요한 것인지 주목하지 않을 수 없다.[32] 경작자는 공간
적으로 성스러운 영역을 다루기도 하지만, 그 노동은 시간의 패턴, 계절
의 순환 가운데로 들어가 거기에 지배된다. 왜냐하면 농경사회는 폐쇄
된 시간의 사이클과 결합되어 있어 많은 의례는 지난해의 추방과 새해

32) M. Eliade, *Patterns in Comparative Religion*, op. cit., pp.331~332.

신동엽의 시와 삶

의 도래, 재앙의 추방과 힘의 재생 등과 관련되기 때문이다. 따라서 이 시에서 땅을 갈아엎고 보리씨를 뿌려 풍요와 다산을 얻고자 하는 것도 대지의 생산력에 의지한 재생과 부활의 제의적 상징이다. 그것은 쟁기질과 씨 뿌림의 상징적 의미와 연관된다.

위 시에서 단순히 '보리씨'를 뿌린다는 행위의 추상성으로 어떠한 구체적 대안이 되지 않는다는 점 때문에 '갈아엎는' 행위는 이데올로기적인 것으로 파악되지 않는다. 그것은 보다 완전한 인간의 모습으로 살아가기 위해서 인류의 고향인 대지의 세계로 되돌아가고자 하는 자세이다. 다시 말하면 그것은 인류 역사를 새로이 펼쳐보고자 하는 인간의 욕구가 드러나는 원형 상징으로 파악된다. 위 시에서 시원적 생성 공간인 대지 위에 쟁기질하는 노동자의 모습은 인류의 역사를 새롭게 시작하는 상징적 표현으로 이해할 수 있다.

신동엽은 귀수성의 세계를 아사달과 아사녀의 만남[33]을 통해서도 노래하였다. 그는 차수성의 극복을 아사달과 아사녀가 완전한 사랑으로 화해할 때 가능하다고 믿었다. 이러한 만남, 사랑과 화해는 표층적으로는 조국의 분단 현실 극복으로 해석할 수 있다. 그리고 심층적으로는 인류의 시원적 공간에 선 두 남녀의 만남으로써 이들의 만남이 의미하는 제의적 상징을 통해서 우주의 재생과 부활을 꾀하는 것이다. 이것은 남녀의 성적 결합에 의한 재생과 부활이라는 원형 상징에 의해 인류의 시원적 공간으로 되돌아가려는 '낙원 회복' 의식이라 하겠다. 이러한 의식

---

33) 신동엽의 시에 나타나는 '아사달'과 '아사녀'는 순수한 우리 민족의 남성과 여성을 상징하고 있다. 따라서 '아사달'과 '아사녀'의 만남은 성스러운 남녀의 성적 결합에 의한 제의적 상징이다. 즉, 이들의 만남은 인류가 시원적 공간에서 새로운 역사의 첫 장을 여는 것이다.

은 창조신화의 재현에 의한 세계 갱신의 염원을 반영하고 있다.

> 비로소, 허면 두 코리아의 主人은 우리가 될 거야요. 미워할 사람은 아
> 무데도 없었어요. 그들끼리 실컷 미워하면 되는 거야요. 아사녀와 아사달
> 은 사랑하고 있었어요. 무슨 터도 무슨 堡壘도 掃除해 버리세요. 창칼은 구
> 워서 호미나 만들고요. 담은 헐어서 土肥로나 뿌리세요.
> 비로소, 우리들은 萬邦에 宣言하려는 거야요. 阿斯達 阿斯女의 나란 緩
> 衝, 緩衝이노라고.
>
> ―「주린 땅의 指導原理」 부분

위 시는 아사달과 아사녀의 사랑에 대립된 미움과 싸움을 드러내고
있다. 이 시에서 아사달은 남쪽을, 아사녀는 북쪽을 의미하는데, 이들
사이의 단절과 미움은 외세에 의해서 나타난 결과이다. 따라서 시인은
"그들끼리 실컷 미워하면 되는 거야요"에서 '우리'에 대립하는 '그들'을
비판한다. 우리 사이의 미움은 외세의 개입에 의한 싸움에서 야기된 결
과이다. 외세에 의해서 아사달과 아사녀의 사랑은 단절되고 그들은 대
립과 반목 속에서 시달리고 있다. 그것은 표층적으로는 분단 현실을 포
함한 한반도의 모순을 의미하고, 심층적으로는 현대 문명사회에서 인류
가 처한 상황을 나타낸다. 신동엽은 과거와 현재의 병치를 통해서 우리
민족의 역사를 이해한다. 이 시에서 시인이 아사달과 아사녀 사이에 가
로놓인 "무슨 터도 무슨 堡壘도 掃除해" 버리고 "담은 헐어서 土肥로나
뿌리"자는 것은 다시 대지의 세계로 되돌아가려는 상징적 행위이다. 이
시의 '터'나 '보루', '창칼'과 '담'은 차수성 세계에서 만들어진 가식과
허위, 반목과 전쟁의 시적 상관물들이다. 인류는 이것들을 본래의 시원
성 위에 다시 돌려놓을 때 원수성의 세계를 맞이할 수는 있는 것이다.
그러기 위해서 신동엽은 중립을 표방하고 있다. 중립은 정치적인 개념

이기보다는, 이데올로기나 이념의 대립이 나타나기 전 인류의 시원적 생명 공간을 표상한다. 그곳은 대지의 생명성으로 삶이 유지될 뿐이며 어떠한 이념이나 인위적 요소는 존재하지 않았다. 따라서 '완충'이라는 표현도 정치적 개념으로 볼 수만은 없다. 이 시에 "投票에도, 演說에도,/무슨 무슨 主義에도/시원한 바람, 부드러운 鳳凰은/나타나 주지 않았다."고 하여 정치적 관심을 표방하고 있는 듯하지만, 그는 정치 자체를 현대문명 속의 분할 현상으로 파악하여 거부하였기 때문이다. 그만큼 신동엽의 신념은 보다 완전한 인간의 모습으로 대지의 세계로 돌아가 조화로운 삶을 누리는 데 있었다.

> 호미 쥔 손에서
> 쟁기 미는 姿勢에서
> 歷史밭을 갈고
> 뒤엎어서
> 씨 뿌릴
> 그래서 그것이 百姓만의 천지가 될.
>
> 하여,
> 등덜미 붙어사는 寄生族들의 귀족습성.
> 進化論的 악종의 빈대, 빈대.
> 아랫도리를 후려서 면도를 밀면,
> 이젠 살아남은 살꽃으로 너와 나
> 입술을 부비고.
>
> ― 「주린 땅의 指導原理」 부분

이 시에서 "주린 땅"은 비극적 역사로 일관해온 조국의 현실이며, 민중들이 가난과 고통에 처해 있는 피폐한 삶의 현장이다. 따라서 "指導原

理"란 이러한 현실을 넘어 풍요롭고 자유로운 곳, 공동체적 삶이 실현되는 곳으로 나아가기 위한 방법이다. 즉, 현실 극복을 위한 신동엽의 적극적 대안인 것이다. 그러나 이러한 입장에도 불구하고 이 시는 대지를 힘찬 쟁기질로 갈아엎는 삶의 건강성이 중심이 되고 있다. 그것은 "歷史 밭을 갈고/뒤엎어서/씨 뿌"린다는 표현에서 읽을 수 있는데, 이는 새 봄을 맞아 밭을 갈고 씨를 뿌리는 춘경의례로 해석된다. 이러한 점이 현실과 연결될 때는, "등덜미 붙어사는 寄生族들의 귀족습성/進化論的 악종의 빈대"의 "아랫도리를 후려서 면도를 밀"어 "살아남는 살꽃으로 너와 나/입술을 부비고" 살아감을 의미한다. 이 구절에는 대지에 발을 붙이고 노동으로 살아가는 원수성의 건강한 삶이라는 심층적 의미와, 남북분단을 극복하여 민족이 하나로 화해하고자 하는 표층적 의미가 결합되어 있는 것이다. "寄生族들의 귀족습성"과 "進化論的 악종의 빈대"는 그가 반복 사용하고 있는 '껍데기'의 변용으로 이해할 수 있다. 그것은 현대인들의 땀과 노력의 결실에 의해서 살아가기보다는 기생적 속성으로 살아가려는 못된 습성으로 현대 문명사회에서 비판의 대상이 되어야 한다.

신동엽이 추구했던 것은 현실이나 한 시대에 국한되는 문제가 아니라, 시대를 초월해도 인류에게 끊임없이 제시될 수 있는 문제들이었다. 이 점은 그가 인류사에 대한 폭넓은 인식을 하였으며, 그의 시세계가 원형성을 지니고 있기 때문일 것이다. 그는 현실을 파악할 때도 거시적 안목에서 우주의 본질적인 것으로 인식하고자 하였다. 그의 시가 지닌 폭넓은 인식은 그가 모든 문제를 인류의 근원적인 것에서부터 바라보고자 했던 데서 나타난 결과이다.

신동엽의 시와 삶

바람이 불어요.
안개가 흘러요 우리의 발밑.

양달진 마당에선
지금 한창 새날의 신화 화창히
무르익어가고 있는데요.

노래가 흘러요
입술이 빛나요 우리의 강 기슭.

별밭에선 지금 한창
영겁으로 문 열린 치렁 사랑이
빛나는 등불마냥
오순도순 이야기되며 있는데요.

—「별밭에」 부분

위 시에서 '바람'은 중요한 상징적 의미를 나타낸다. 신동엽은 시에서 '바람'을 "씨를 나르는 바람"(「女子의 삶」)으로 표현하였듯이, '바람'은 "원수성 세계 속의 씨알"을 나르는 역할을 한다. '바람'은 불가시적 세계로서 정신을 일깨워주는 실체로 작용한다. 아울러 이 시의 '바람'에는 시간이 용해되어 있다. 따라서 인간의 정신과 영혼이 내면에 살아 있는 "정신의 숨결[34]"을 표상한다. 바람은 형체가 없이도 공간을 지배하는 신비감으로 과거와 현재를 하나로 묶어 역사성과 초역사성을 갖는다. 그리하여 모순과 파괴의 차수성 세계로부터 이상적인 세계, 시공을 초월하는 영원한 삶의 세계로 돌아가는 힘으로 작용한다. 이 점에서 바람 또

---

34) L. Benoist, 윤정선 역, 『징표, 상징, 신화』, 탐구당, 1984, 85쪽.

한 귀수성의 중요한 이미지로 작용한다. 또한 이 시에서 '강'은 '전'과 '경'의 세계이며 귀수성으로 돌아가는 실체이다. 그것은 시 구절 "지금 한창 새날의 신화 화창히/무르익어가고 있는"에서 원수성 또는 귀수성의 세계에 대한 확실한 믿음으로 나타난다. 그러므로 이 시에는 "노래가 흘러요", "오손도손 이야기되며 있는데요"에서 현재형으로 표출되었다. 신동엽의 시에서 '노래'나 '이야기'는 곧 "맑은 서사의 강"으로 통하는 하나의 지류이다. 그는 인류가 살아갈 이상적인 세계를 한 편의 완벽한 '서사시'로 비유하였다. 따라서 서사시 「금강」은 이러한 정신들이 수렴되어 나타난 결과이다.

너는 말이 없고,
귀가 없고, 봄(視)도 없이
다만 억천만 쏟아지는 폭동을 헤치며

孤孤히
눈을 뜨고
걸어가고 있었다.

그 빛나는 눈을
나는 아직
잊을 수가 없다.

(…중략…)

山頂을 걸어가고 있는 사람의,
정신의 눈
깊게. 높게.
땅 속서 스며나오듯한

말 없는 그 눈빛.

이승을 담아버린
그리고 이승을 뚫어 버린
오, 인간정신美의
至高한 빛.

— 「빛나는 눈동자」[35] 부분

　　신동엽의 시에서 '눈동자'는 천체적 이미지와 인간적 이미지 사이의
매개항으로 작용한다. 인간은 보다 완전한 모습으로 거듭 태어날 때 '하
늘'의 진정한 의미를 깨달을 수 있다. 위 시에서 '눈동자'는 살아 있는
인간정신의 실체이며 하늘을 지향하는 인간의 상징적 통로이다. 위 시
에서 '너'는 귀수성 세계의 인간으로 전경인이라 할 수 있다. 그는 "말
이 없고,/귀가 없고, 봄(視)도 없이/다만 억천만 쏟아지는 폭동을 헤치며
//孤孤히/눈을 뜨고/걸어가고 있"다. 그러한 자세는 원수성 세계로 나
아가기 위한 귀수성 세계의 인간, 즉 우주지의 정신을 지닌 전경인이 묵
묵히 밭을 가는 쟁기꾼의 자세로 "山頂을 걸어가고" 있는 것이다. 그의
'눈빛'은 "땅속서 스며나오는 듯한" '정신'의 '눈빛'으로서 "이승을 담
아버린/인간정신美의/至高한 빛"을 발산한다. 전경인은 종합인으로도
표현할 수 있으며, '우주지의 정신'을 지닌 사람을 말한다. 그는 혼자서
도 모든 역할을 다 해내는 이(理)와 육혼(肉魂)의 체득자로서 대원적인 정

---

35) 이 시는 신동엽의 서사시 「금강」의 제3장과 동일하다.
　　그의 시는 표현의 소박성으로 인하여 단순하고 반복적인 형태로 나타난다. 그 결
　　과 강조의 의미를 획득하기도 하는데, 이는 그의 강한 신념 때문이었다. 그가 심
　　혈을 기울인 「금강」의 일부와 이 시가 동일한 것은 그만큼 이 시의 중요성을 역설
　　하는 것이다.

신의 크기를 지닌다. 그는 세계정신의 원초적이며 종말적인 인식 위에 개안했던 정신을 우주와 세계와 인생에 발산하는 대지의 철인이며 시인이다.[36] 따라서 그는 단호한 결의를 지닌 채 차수성의 현실을 벗어나기 위해서 '산정'을 걸어가는 귀수성의 인간인 것이다.

신동엽의 시는 우주지를 지닌 전경인의 모습을 형상화하고 있다. 전경인은 현실의 질곡 속에서도 온전한 정신을 지니고 이상적 세계로 나아가는 사람이다. 그러므로 전경인은 귀수성의 세계에서 나타남으로써 차수성의 모순을 극복하고 원수성의 세계로 돌아갈 수 있다. 바로 그러한 전경인의 삶을 형상화하려는 것이 신동엽의 시세계이다.

2. 원수성의 환원

인류는 우주의 순환 속에서 본래의 세계로 되돌아가려는 의식을 지니고 있다. 이 점들은 해마다 반복되는 계절의 변화 속에서도 우주창조의 의미를 되새기게 한다. 그런 의미에서 새해는 우주창조를 재연하는 것으로 거기에는 시간을 그 시초에서부터 다시 한 번 출발시키는 것, 즉 천지창조의 순간에 존재했던 원초적 시간, '순수한 시간'을 회복하는 의미가 내포되어 있다.[37] 천지창조는 신적인 것의 최고의 현현이며 힘, 넘쳐흐름, 창조성의 모범적 의미를 지니기 때문에, 인간은 주기적으로 그 경이로운 시간으로 되돌아가고자 한다. 다시 말하면 인간은 그 힘으로 낡은 세계를 새로이 거듭나게 할 수 있다고 믿는 까닭에 생성의 상태에

---

36) 『신동엽전집』, 369~370쪽 참조.
37) M. Eliade, *The Sacred & The Profane*, op. cit., p.77.

신동엽의 시와 삶

(instatu nascendi) 있던 시간으로 돌아가려 하는 것이다.[38]

이로써 인류는 궁극적으로 태초 시간으로의 회귀를 통한 재생을 추구한다. 태초의 시간은 거룩하고 강력한 시간으로서 곧 근원의 시간이며, 실재가 창조되고 처음으로 완전히 표현된 순간이므로, 인간은 주기적으로 그 근원적인 시간으로 돌아가기를 추구하는 것이다. 이처럼 실재가 처음으로 현현된 그 시간을 제의적으로 재현하는 것은 모든 성스러운 달력의 기초가 된다. 최고로 탁월한 근원의 시간은 우주창조의 시간, 실재의 가장 위대한 모습으로서 세계가 최초로 출현하는 순간이다. 또한 우주창조의 시간은 모든 거룩한 시간의 모델이 된다.[39] 그러므로 이러한 근원적 시간으로 복귀하는 것은 한 번 더 삶을 시작하는 재생의 상징적 의미를 띤다. 이는 생명은 수선될 수 없고 단지 우주창조의 상징적 반복을 통하여 재창조될 수밖에 없는 까닭이다.

신동엽의 시세계를 포괄하는 궁극적인 지향점은 '원수성 세계로의 환원'이다. 그는 우주의 생성 변화를 순환적으로 파악하여 '순환론적 세계관'을 가지고 있었다. 그는 이 세계가 인류의 고향인 대지의 세계, 즉 원수성의 세계로부터 현대문명의 세계인 차수성 세계로 이행되었고, 그 다음에 이어지는 귀수성 세계로 순환한다고 인식했던 것이다. 이때 차수성 세계란 현대문명에 의해서 파괴되고 혼돈으로 팽배해 있는 모순의 단계이다. 인류는 이를 딛고 인간의 원초적 고향인 '대지'로 되돌아가야 한다. 이때 그 매개 과정이 귀수성의 세계이다. 이러한 측면에서 그는 '알맹이 정신 구현', '대지와 인간 회복', '문명의 거부와 생명 지향'을

---

38) Ibid., p.80.
39) Ibid., pp.81~82.

시로 형상화하였다. 이로써 신동엽의 시는 현실의 적나라한 모순을 극복하고 이후의 보다 완전한 대지의 세계를 지향했던 것이다.

원수성 세계로의 환원은 인류의 고향인 대지의 세계로 돌아가는 것으로, '낙원의 지향'으로 해석할 수 있다. 인간은 구체적 시간의 질곡으로부터 벗어나 신화적 시간에 안주하려는 의식을 지니고 있다. 그리하여 역사적 질곡에서 벗어나 인간이 원래 가졌던 낙원에의 복귀를 지향하는 것이다.[40] 그것은 참담한 역사적 현실에서 영원의 시간 속으로 회귀하려는 처절한 인간 실존의 갈등이라 할 수 있다.

낭만주의 이후 예술 창작은 부서진 것을 다시 새롭게 만드는 일종의 재건의 성격을 띠게 되었다. 그것은 난파된 예술가의 과거의 파편 속에 매몰되어 있는 정신 유산을 회복하는 일을 의미한다. 그것은 프로이트가 '현실의 상실'과 그것에로의 '복귀'라는 말로 특징지었던 고전적인 표현[41]이라 할 수 있다. 인간은 세속적 시간과 거룩한 시간의 두 종류 속에서 살게 되는데, 그중에 더 큰 중요성을 갖게 되는 거룩한 시간은 순환적이고 가역적이며 회복 가능한 역설적 시간이다. 그것은 제의라는 수단에 의해 주기적으로 회귀하는 일종의 영원한 신화적 현재가 된다.[42] 그때에 인류는 역사적 시간에서 벗어나 언제나 동일한, 영원에 소속해 있는 원초적 시간을 회복하는 것이다. 이러한 시간은 세속적인 시간적 지속에 참여하지 않고, 영원한 현재로 구성되어 있어 무한히 회복 가능한 근원의 시간, 흐르지 않는 시간으로 되돌아감을 의미한다.

---

40) 신동욱 외, 『신화의 원형』, 고려원, 1990, 209쪽.
41) A. Hauser, 황지우 역, 『예술사의 철학』, 돌베개, 1984, 126~127쪽 참조.
42) M. Eliade, *The Sacred & The Profane*, op. cit., pp.68~71.

1) 알맹이 정신 구현

신동엽의 시를 이해하는 데 '고정관념'[43]으로 접근하면 그의 시가 포괄하고 있는 영역을 축소하거나 잘못 이해할 소지가 있다. 가령 그의 작품 속에서 쇼비니즘의 문제를 거론하며 비판적인 입장을 취하는 태도, 그의 작품을 이분법적인 틀로 재단하는 태도, 그리고 이념 위주의 획일적인 접근 태도 등은 이러한 문제점에서 벗어나지 못한 결과이다.

백낙청은 "주어진 혹은 운문 작품이 과연 시의 경지에 이르렀는지, 그리고 어떻게 그 경지에 이른 것인지가 항상 더 근본적인 문제"[44]라고 하였다. 덧붙여 시의 율격과 가락, 심상, 수사법 등 세목들에 대한 관심을 형식주의 비평의 전유물로 생각하는 경향이 있는데, 이는 편견이라고 하였다. 그의 이러한 지적은 시를 이해하는 데 편내용적인 접근으로부터 발생할 수 있는 오류를 경고한 것이다. 신동엽의 시 「껍데기는 가라」를 관심 있게 논한 글에서 그는 다음과 같이 지적한다.

> 신동엽의 시는 그 시가 담고 있는 내용이랄까 이념적인 주장에 있어서도 매우 선구적이었고 지금도 그것은 우리 사회의 선진적인 인사들에 의해서나 거리낌 없이 받아들여질 수 있는 그런 내용을 담고 있습니다. 하지만 단지 이념적으로 선진성뿐이라고 한다면 이것은 시대가 발전하면서 선진적인 이념이 더 널리 퍼졌을 때 그 현재적인 의미가 없어지게 됩니다. 물론 남보다 앞서 그런 주장을 했다는 공적이야 길이 남겠지만 작품 자체가 시

---

43) 여기서 말하는 고정관념은 '습관화된 반응(stock response)'과 같은 의미이다. 그것은 작품 속에 일정한 낱말이 섞여 있다는 점을 통해서 긍정 또는 부정으로 반응하는 것을 의미한다. 그 결과로 그 낱말들이 과연 좋은 뜻을 형성하도록 적절히 씌어졌는가를 확인하는 과정은 생략하게 된다.

44) 백낙청, 「시와 리얼리즘에 대한 단상」, 『실천문학』, 1991. 겨울, 115쪽.

로서 살아있다고 말하기는 어렵겠지요. 그러므로 단순한 이념적 선진성만이 아니라 시로서 구현되어서 지금도 힘을 발휘하고 있는, 이러한 작품일 때 우리가 살아있는 시라고 말할 수 있을 것입니다. 그리고 일단 그렇게 살아있는 시가 된다면 그것이 담고 있는 이념적 주장이 널리 알려져서 더 이상 새롭지 않아졌을 때, 심지어 그런 주장의 어느 부분은 낡아버렸다든가 오늘날의 소재로서는 충분치 못하다고 느껴지는 면이 있을지라도 여전히, 어떠한 새로운 선진적인 이념으로나 주장으로도 대신할 수 없는 힘을 발휘한다고 봅니다.[45)]

이러한 견해는 시 일반에 대한 태도에서 간과되어서는 안 되며, 그동안 신동엽의 시에 대한 접근에 대해서도 시사하는 바가 크다. 그의 시가 지니는 시적 가치의 핵심은 '알맹이 정신'으로 파악할 수 있다. 문병란은 「껍데기는 가라」를 논하면서, 신동엽이 향그러운 흙가슴과 아사달 아사녀가 그곳까지 내놓고 만난다 했지만, 이 뜨거운 염원이 현실과 거리가 있는 탓으로 읽고 나면 아쉬움이 남는다고 하였다. 또 그는 지적 미흡보다 현실적 거리감 때문인지, 그의 시를 읽고 나면 어떤 미흡함, 관념의 표백에서 온 현실과 밀착되지 않고 어떤 강한 구호를 들었을 때와 같은 느낌을 갖게 된다고 하였다.[46)] 이러한 지적은 신동엽의 시정신의 상당 부분을 간과하고 있다. 신동엽 시의 경우에 '알맹이 정신'은 배타적인 힘이 아니며, 오히려 그것은 모순이나 부정을 끌어안아 녹여낼 수 있는 생명력으로 작용한다.

껍데기는 가라.
四月도 알맹이만 남고

---

45) 위의 글, 115쪽.
46) 문병란, 「분단시대의 시」, 『분단 문학 비평』, 청하, 1987, 237쪽.

신동엽의 시와 삶

껍데기는 가라.

껍데기는 가라.
東學年 곰나루의, 그 아우성만 살고
껍데기는 가라.

그리하여, 다시
껍데기는 가라.
이곳에선, 두 가슴과 그곳까지 내논
아사달 아사녀가
中立의 초례청 앞에 서서
부끄럼 빛내며
맞절할지니

껍데기는 가라.
漢拏에서 白頭까지
향그러운 흙가슴만 남고
그, 모오든 쇠붙이는 가라.

—「껍데기는 가라」전문

위 시는 그의 시적 특성을 두루 갖추고 있다. 첫째, 이 시는 강한 어조가 율격과 맞물려 즉각적으로 침투력을 형성할 만큼 직정적이다. 둘째, 이 시에는 '껍데기'와 '알맹이', '아사달'과 '아사녀', '중립의 초례청', '흙가슴'과 '쇠붙이' 등 그의 시 전반의 핵심어가 종합적으로 나타난다. 셋째, 이 시는 어조가 핵심어와 일체화되어 완벽한 구조를 이룬다는 점이다.

이 시는 4연으로서 전형적인 기승전결의 구조를 보여준다. 시 전체가 서로 반대되는 개념의 분명한 대조를 통해 전개되어 강력한 메시지를 전달한다. 그러한 점은 이 시가 갖는 어조의 강렬성에 기대고 있다. 이 시에서 어조의 강렬성은 시인의 내면과 밀착되어 있어 안정감을 준다. 그리고 그것은 시의 완벽한 구조에 의해 뒷받침되어 있다. 이 시 네 연은 각 연마다 통일성이 있다. 1, 2, 4연은 같은 구조로 파악된다. '지배소'[47]를 파악해보면 1연에서는 각 행의 지배소가 '껍데기', '알맹이', '껍데기'이며, 2연은 '껍데기', '아우성', '껍데기'이다. 또한 4연은 4행으로 구성되어 있으나 2, 3행은 연결되고 있다. 4연의 지배소는 1행의 '껍데기', 3행의 '흙가슴', 그리고 4행의 '쇠붙이'이다. 따라서 각기 첫 행의 '껍데기'는 동일하다. 그리고 1, 2연의 2행과 3연의 3행에서는 '알맹이', '아우성', '흙가슴'이 계열체로서 동일한 의미망을 형성한다. 그리고 마지막 행에서는 '껍데기', '껍데기', '쇠붙이'로서 이것들도 계열체에 해당한다. 각 연은 첫 행과 마지막 행이 감싸는 구조로서 1, 2, 4연은 각각 '껍데기-가라/알맹이-남고', '껍데기-가라/아우성-남고', '껍데기-가라/흙가슴-남고'가 대립되어 있다. 3연도 '껍데기-가라/아사달 아사녀의 맞절-(남고)'의 대립관계로 파악된다.

전체적으로 첫 행과 마지막 행은 '껍데기'로 대체되고, 중간 부분은 '알맹이'로 대체할 수 있다. 그리하여 이 시는 '껍데기'가 알맹이를 둘러싸고 있는 열매나 씨앗을 자연스럽게 나타내며, 이를 통해 '알맹이'를 둘러싼 '껍데기'가 매우 두꺼움을 의미하게 된다. 그리고 1, 2, 4연의 동일한 의미구조의 반복을 통해서 그 점을 강조한다. 다시 말하면, 1, 2, 4연이 동일한 의미구조를 지니지만, 1연의 '알맹이'가 2연의 '아우성'으

---

47) J. Mukarovsky, 「On Poetic Language」, J. Burbank & p. Steiner ed., *The word & Verbal Art*(Yale Univ. Press, 1977), p.13.

로 좀 더 구체화되는 기와 승의 전개를 이루며, 전에 해당하는 3연에서 이 시의 중심내용이 드러난다. 4연의 '흙가슴'과 '쇠붙이'의 대립으로 '알맹이'와 '껍데기'의 계열관계에 의한 결을 이룬다. 이 시에서 3연은 1, 2, 4보다 더 많은 일탈 현상을 보여준다. 3연은 "그리하여, 다시"를 통해 1, 2연에서 전개되어 오던 의미를 이어받고 재차 강조하여, 1, 2, 4 연의 첫 행과 동일한 "껍데기는 가라"로 연결된다. 이처럼 1, 2, 3, 4연 의 반복구조 속에서도 3연의 일탈에 의한 긴장감이 이 시의 호흡에 생 동감을 불어넣는다. 그리고 3연의 "이곳에선, 두 가슴과 그곳까지 내논/ 아사달 아사녀가/中立의 초례청 앞에 서서/부끄럼 빛내며/맞절할지니" 에서 이 시의 중심적 의미를 함축하고 있다.

이 시의 시공간은 연을 따라 달리 나타난다. 1연은 "4월"로서 시간만 나타나며, 2연은 시간으로 "동학년", 공간으로 "곰나루"가 드러난다. 3 연에서는 "이곳", "中立의 초례청 앞"으로 공간이 구체화되고, 4연은 "한라에서 백두까지"로서 공간이 확대된다. 그러므로 이 시에서 '껍데 기'와 '알맹이'의 문제는 시간성으로부터 출발하여 공간성으로 확대되 어 가는 것이다. 그 이유는 시간이 가변적임에 비해서 공간은 불변적인 까닭이다.[48] 이 시에서 공간은 '곰나루→이곳, 중립의 초례청 앞→한라 에서 백두까지'로서, 공간은 '축소→확대'의 진행으로 나타났다. 시 구

---

48) 이러한 점은 신동엽의 다른 시에서도 발견된다.
"길가엔 진달래 몇 뿌리/꽃 펴 있고,/바위 모서리엔/이름 모를 나비 하나/머물고 있었어요//잔디밭엔 長銃을 버려 던진 채/당신은/잠이 들었죠//햇빛 맑은 그 옛 날/후고구렷적 장수들이/의형제를 묻던,/거기가 바로/그 바위라 하더군요."
위 시는 「진달래 山川」의 전반부 세 연이다. 여기서도 비극적 역사 속에 지금 '당 신'이 잠들어 있는 '거기'가 바로 "후고구렷적 장수들이/의형제를 묻던" 바위' 이다. 따라서 시간의 변화 속에 내재하는 공간의 불변성이 노래되었다.

절 '이곳'은 '지금', '여기'라는 현실성을 동반하고 나타난다. 따라서 '이곳'은 현실적인 시공간이며 이것을 둘러싼 1, 2연의 과거 시간과 4연의 "한라에서 백두까지"의 공간 확대는 이 시의 시공간적 크기를 보여주는 것이다. 그리고 그것은 '이곳'을 원점으로 하여 모이고 또한 확산되어 나간다. 이때 '이곳'은 "중립의 초례청 앞"에 의해서 '4월', '동학년'의 역사적 시간과 '곰나루', '한라에서 백두까지'의 역사적인 공간들을 매개하고 있다. 그리고 그 중심을 '오늘'과 '여기'로 현실화하였다.

이러한 사실을 도표로 나타내보면 아래와 같다.

연	시간	공간
1	4월	
2	동학년	곰나루
3	(현재)	이곳, 중립의 초례청
4	(현재)	한라에서 백두까지

위 도표는 「껍데기는 가라」에 나타난 시공간의 관계이다. 이 시의 중심 공간은 "중립의 초례청"으로서 성스러운 공간을 표상하고 있다. 그것은 속된 공간이나 인간이 만든 이데올로기나 문명, 모순 등을 철저히 벗어난 공간으로서 일종의 창조의 신화 공간이다. 그리고 그곳의 시간은 영원과 동일시될 수 있는 거룩한 시간이다. 그곳은 우주창조의 '중심'으로서의 성역에 해당하는 절대적인 실재의 영역[49]이자 성스러운 시공간이라 할 수 있는 것이다.

---

49) M. Eliade, *Cosmos and History*, op. cit., p.17.
_____, *The Sacred & The Profane*, op. cit., pp.20~24 & 68~72.

신동엽의 시와 삶

이 시에서 시간은 '4월(1960. 4. 19)→동학년(1894)→현재(1960년대)'
로 파악된다. 3연과 4연에서는 구체적인 시간 지시어가 등장하지 않았
으나, '현재'로 파악하여도 무리가 없다. 따라서 이 시는 '현재→과거'
로의 시간적 이행이 이루어지며, '알맹이'를 둘러싸고 있는 구체적이고
역사적인 사건을 중심으로 형상화하였다. 이 점은 신동엽이 주장했던
차수성 세계의 표현인데,[50] 이 시에서 그의 역사적 사건에 대한 거부의
식을 파악할 수 있다. 따라서 이 시의 '이곳'은 성스러운 시간과 성스러
운 공간을 의미하게 된다.

이 시의 '껍데기'와 '알맹이' 관계를 동심원으로 나타내면 다음과
같다.

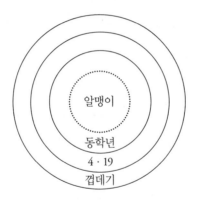

이러한 동심원적 구조를 해석해보면 '알맹이'는 시간적으로 과거로
거슬러 올라가서 존재하는 것이다. 이 시의 '알맹이'를 중심으로 하여

50) 『신동엽전집』, 364쪽.
　　"우리 현대인의 교양으로 회고할 수 있는 한, 유사 이후의 문명 역사 전체가 다름
　　아닌 인종계의 여름철, 즉 차수성 세계 속의 연륜에 속한다고 나는 생각한다."

가장 밖에는 최근의 역사적 사실이 둘러싸고, 그 안으로 한 꺼풀씩 밖의 시간보다는 과거에 해당하는 역사적 사건이 '껍데기'를 두르고 있다. 밖의 '껍데기'인 현재로부터 껍질을 벗기며 과거로 돌아갈 때 '알맹이'는 자리하는 것이다. 그것은 영원한 것으로서 영원한 현재의 시간적 가치를 갖는다. 이러한 점은 「금강」의 '서화'에서도 다시 확인할 수 있다. 「금강」은 액자 구성으로써 도입부에 해당하는 '서화'에서 우리 민족의 전통과 생명력 속에서 지속적으로 전개된 역사에 대한 저항의식을 형상화하였다. 그리고 '서화' 1에서는 그것이 조심스럽게 민중들의 입을 통해 전해 내려오고 있음을 강조하였다. 이어서 '서화' 2에서는 민중들의 힘이 역사에 부딪쳐 전개되었던 면들을 표출한다. 그것이 1연에서는 "1960년 4월/歷史를 짓눌던, 검은 구름장을 찢고/永遠의 얼굴을 보았다"고 표현되었다. 3연은 "하늘 물 한아름 떠다,/1919년 우리는/우리 얼굴 닦아놓았다"로, 4연에서는 "1894년쯤엔, 돌에도 나무등걸에도 당신의 얼굴은 전체가 하늘이었다"고 함으로써, '1960→1919→1894'로 거슬러 올라가서 "잠깐 빛났던 당신은 금새 가리워졌지만/꽃들은 해마다/江山을 채웠다"고 표출된다. 따라서 1, 3, 4연에서 시간의 역행적 진행과 5연에서의 순차적 시간 진행은 "빛났던 하늘"이라는 상징적 의미로 수렴된다. 따라서 "빛나는 하늘"은 '알맹이'에 해당하는 것으로 볼 수 있다.

이 시에서 '중립'은 '중도', '중용' 등의 어떤 궁극적인 덕성과 진리의 길을 뜻한다. 그렇지만 신동엽 자신이 이 땅은 중립이 되어서 어느 강대국과도 연결되지 않고, 우리들대로 평화롭게 살아가야 한다는 신념을 가졌던 것은 사실이다. 국제 정치학적인 의미의 중립도 그에게는 절실한 문제였으며 그것이 민족의 화해라는 사상, 반전, 자주사상과 직결된다. 그러나 이 시에서는 중립이 직접적인 정치적 주장이 아니라, 벌거벗은 삶의 아름다움과 소중함을 말하는 과정에서 암시된다.[51] 그러므로 "중립의 초례청"이란 초역사적이며 초이데올로기적인 공간으로서 인류의 시원적 시공간이라 할 수 있는 것이다.

이 시에서 '아사달'과 '아사녀'의 만남은 상징적 의미를 갖는다. '아사달'과 '아사녀'는 석가탑과 다보탑을 만든 석공과 그 아내이다. 여기에 단군 조선의 왕도가 아사달이었다는 의미도 함께 들어 있다. 이들의 만남은 순수한 민족의 화해와 결합의 상징적 표현이다. 이로써 신동엽은 그러한 순수성과 화해의 정신으로 현실에 대처해야 함을 보여준다. 그러므로 그는 '껍데기'를 거부하고 '알맹이' 정신을 구현하고자 했던 것이다. 이 시에는 민족의 '알맹이'인 '아사달'과 '아사녀'의 만남과 출발로써 역사의 질곡을 넘어 새로운 생명세계로 도약하려는 의지와 자세가 집약되어 있다. 이들의 만남은 제의적 성격으로 해석할 수 있는데, 이로써 비역사적이며 거룩한 시간으로 역사의 질곡을 중단시키는 힘을 발휘할 수 있는 것이다. 그것은 이들의 만남이 의미하는 결혼이 개인적인 차원, 사회적인 차원, 우주적인 차원이라는 삼중 차원에서 가치를 부여받기 때문이다.[52] '아사달'과 '아사녀'의 만남은 인류의 시원적 시공간에서의 남성과 여성의 결합을 상징한다. '이곳'에서의 '아사달'과 '아사녀'의 만남은 남녀의 성적 결합이 의미하는 재생과 부활의 원형적 상징이다. 따라서 '초례청'은 인류가 현실의 모순과 질곡으로부터 다시 되돌아가야 할 생명 본향적 세계를 의미한다.

---

51) 백낙청, 「살아있는 신동엽」, 『민족문학의 새단계』, 창작과비평사, 1990, 364~365쪽.
52) M. Eliade, *The Sacred & The Profane*, op. cit., p.171.

이 시는 보다 분명한 역사 사회적인 배경에서 창작되었다. 이 시는 1967년에 발간된 『52인 시집』에 실린 것으로, 4·19혁명에 창작의 직접적인 원천을 두고 있다. 4·19혁명이 일어나자 거의 모든 시인들이 그것을 기리는 시를 썼고, 또한 신문과 잡지들은 그 시들을 게재하였다. 그러나 대부분의 시들은 당시의 현실을 올바로 파악할 수 없을 만큼 지나치게 감격과 흥분에 들떠 있었다. 4·19혁명 직후 시인들은 당시의 현실을 올바로 바라보지 못했고, 그것이 갖는 의미와 성격에 대한 판단과 탐구도 제대로 이루어지지 않은 상태에서 소재주의적 차원으로 혁명에 접근했다는 한계를 보여준다. 그러한 사실은, 당시의 상황으로는 4·19혁명이 발생하기 전 2월 28일에도 그것이 일어나리라는 조짐을 발견할 수가 없었으며, 다음해 5·16군사정변에 의해서 4·19혁명의 분위기가 경색되는 급변화의 상황에서 기인하였다. 다시 말하면 시인들은 4·19혁명이 갖는 의미와 성격에 대한 좀 더 체계적이며 객관적인 판단을 내릴 수 있는 정신적 근거를 갖지 못했다는 것이다.[53] 그러나 김수영과 신동엽은 그렇지 않았다.

김수영은 4·19혁명의 충격을 가장 적극적이며 효과적으로, 또 그것의 의미와 현실을 가장 정확하게 표현하였다. 그는 4·19혁명의 성과는 물론이고 혁명을 완수하는 데는 얼마나 큰 어려움이 뒤따르는가를 시로 보여주어 감격과 흥분으로 들뜬 분위기에 경각심을 일깨우는 한편, 미완으로 남은 4·19혁명으로 인해 좌절감에 빠진 문단의 각성을 촉구하였다. 이러한 점은 「하 그림자가 없다」, 「기도」, 「육법전서와 혁명」, 「푸른 하늘을」 등에 나타났다. 이 시들에서 그는 자유와 혁명이 내포하는

---

53) 김재홍, 『현대시와 역사의식』, 인하대 출판부, 1988, 231~234쪽.

신동엽의 시와 삶

양면성에 대한 깨달음[54]을 보여주었다.

신동엽은 4·19혁명이 5·16군사정변으로 차단될 수밖에 없었던 비극의 원인으로 '알맹이'와 '껍데기'의 문제, 나아가서는 민족의 분단과 통일의 문제를 내다보았다. 이러한 태도는 우리 민족의 동질성 회복과 분단 극복의 절실함을 인식한 것으로 의식의 선진성을 보여준다. 아울러 그것이 이념적 측면에만 국한되지 않고, 백낙청의 견해처럼 '시와 리얼리즘'의 관점에서도 하나의 긍정적 모델로 제시될 수 있다. 그것은 '알맹이'와 연결되는 '흙가슴', 그리고 "두 가슴과 그곳까지 내논/아사달 아사녀"의 알몸의 사상에서 드러난다. 엘리아데에 의하면 낙원에는 의상이 없고 소모(시간의 원형적 이미지)가 없으며, 모든 제의상의 나체는 무시간적인 모델, 낙원의 이미지를 포함한다.[55] 이러한 점에서 아사달과 아사녀의 만남은 결혼으로 상징되는 하나의 제의가 된다. 결혼은 신혼(神婚)이 세계와 인간의 재생(rebirth)을 구체적으로 실현하는 것[56]과 같은 의미이기 때문에 그것은 우주창조의 반복을 의미하며 부패와 타락을 새로운 생명력으로 되돌리는 가치를 발휘한다.[57]

---

54) 위의 책, 227쪽.
　그는 자유가 타인 혹은 외부로부터 주어지는 수동적인, 소극적인 개념이 아니라, 투쟁을 통해서 획득해야 하는 적극적이고, 실천적 개념임을 보여주었다. 자유는 인간의 본질이며, 인간이 인간답기 위한 전제조건이지만 동시에 그에 뒤따르는 실천적 어려움과 요구가 있게 마련이다. 자유는 무한 개념이지만 동시에 현실에 적용되어야만 하는 실천적인 개념이므로 해방의 자유와 함께 운명적 구속을 테두리로 삼을 수밖에 없다. 그러므로 이 점에서 자유는 해방과 구속, 열락과 고독을 함께 포괄하는 양면성을 지니게 된다.

55) M. Eliade, *The Sacred & The Profane*, op. cit., p.135.

56) M. Eliade, *Cosmos and History*, op. cit., p.25.

57) M. Eliade, *Myth and Reality*(Harper Colophon Books, 1963), p. 25.
　병을 치료하는 데 신화의 역할이 지적되어 있다. 이때 병자는 상징적으로 세계창

궁극적으로 신동엽의 시에서 '알맹이'와 '흙가슴'은 인간과 대지의 순결한 만남을 의미한다. 인간으로서의 '알맹이' 모습은 바로 '아사달'과 '아사녀'이며 이들의 만남은 제의적 상징을 나타낸다. 이를 통해서 인류의 시원적 공간에서 새로운 삶을 재창조하고자 하는 것이다. 이 점은 원수성 세계의 환원을 위한 '알맹이 정신'의 구현을 의미한다. 차수성 세계의 모든 요소를 벗어난 인간의 모습은 나체로써[58] "그곳까지 내 논"으로 표현되어 있다. "그곳"이란 바로 남녀의 성기를 의미하는데 알몸이 상징하는 인간의 순수성을 나타낸다.[59] 이로써 그가 지향했던 이 상향으로서의 세계는 의상이 없는 나체의 무시간적 모델, 낙원의 이미지를 나타내는 것이다.

　신동엽의 시적 상상력은 대지와 식물에 의해서 매개되었다. 대지는 "향그러운 흙가슴"으로서 인류의 모성이나 모태로서의 원형 상징으로 파악된다. 그리고 식물적 이미지 '알맹이'는 씨앗으로 대지 위에 뿌려질 때 역사의 새로운 시작을 의미한다. 대지는 여성적 의미로 '아사녀'와

조의 차원에 서게 되어 원초적 생명의 충실함에 잠기고, 창조를 가능하게 한 거대한 힘에 의해 침투된다고 한다. 「껍데기는 가라」는 조국의 비극적 현실을 병에 찌든 상태로 인식하고, 이것을 다시 새로운 생명의 세계로 되돌리기 위한 제의적 상징을 보여준다. 따라서 1, 2, 3, 4연에 거듭 반복되고 있는 "껍데기는 가라"는 외침은 제의적 성격으로 반복되는 주술적 힘을 발휘한다.

58) 이광풍, 『현대소설의 원형적 연구』, 집문당, 1985, 129쪽.
　벌거벗는 행위는 통과의례의 '분리(seperation)'로써, 지금까지 입고 있던 옷을 벗고 신체를 씻는 행위로 이해할 수도 있다.

59) 『신동엽전집』, 399쪽.
　"황량한 大地 위에 우리의 터전을 마련하고 우리의 우리스런 精神을 영위하기 위해선 모든 이미 이뤄진 왕국·성주·문명탑 등의 쏘아붓는 습속적인 화살밭을 벗어나 우리의 어제까지의 의상·선입견·인습을 훌훌이 벗어던진 새빨간 알몸으로 돌아와 있을 수 있어야 하는 것이다."

　　　　　　　　　　　　　　　　　　　　　신동엽의 시와 삶

연결되고 '알맹이'는 씨앗으로 남성적인 의미 '아사달'과 연결되는데, '아사달'과 '아사녀'의 만남은 '껍데기'와 '쇠붙이'를 거부하고 '알맹이'와 '흙가슴'이 만나는 역사의 새로운 국면으로 전환을 꾀하는 것이다. 이들의 만남은 신혼으로서 제의적 상징에 의해 재생과 부활, 풍요와 다산을 의미한다. '알맹이 정신'은 역사밭에 뿌려지는 씨앗처럼 우리 민족의 정신세계 속에 내재하는 전통적 가치와 사상적 가치를 지닌다. 이를 통해서 신동엽은 역사의 시원적 공간으로 회귀하여 새롭게 역사를 시작하려는 의식을 보여주는 것이다.

2) 대지와 인간 회복

대지는 생산과 풍요의 원형 상징이며 동시에 고향의 원형적 상징이 되기도 한다. 그것은 골짜기, 들판, 밭, 언덕 등과 함께 여성의 원형적 상징을 이룬다. 대지는 모든 것들을 그 품안에 잉태하여 낳아 기르는 생산과 풍요의 모성, 또는 모태의 상징을 나타낸다. 따라서 대지는 인간의 원초적 고향이 되는 것이다. 즉, 여성은 신비적으로 대지와 하나가 되며, 아이를 낳는 것은 대지의 출산력을 인간적 차원에서 변용한 것으로 간주된다. 생산력이나 출산과 결부된 모든 종교적 경험은 우주적인 구조 형태를 보인다. 여성의 거룩함은 대지의 신성성에 의존함으로써 여성이 갖는 생산력은 어머니인 대지, 즉 보편적 출산자라는 우주적 모델을 지니게 된다.[60] 인간이 대지에서 태어난다는 것은 보편적으로 유포되어 있는 사실이며, 죽어가는 인간이 어머니인 대지로 돌아가 자기의

---

60) M. Eliade, *The Sacred & The Profane*, op. cit., pp.139~142.

고향 땅에 묻히기를 바라는 것도 이와 연관을 갖는다. 따라서 인간은 굳건하게 서서 건강한 대지에 발을 딛고 살아갈 때 온전하고, 생명력이 넘치며 조화로운 삶을 펼칠 수 있다.

이러한 관점에서 신동엽은 우주적 순환에 의해 나타난 차수성의 세계를 벗어나고자 하였다. 그는 차수성의 세계를 지양하고 원수성 세계로 환원하기 위해서 대지와 인간의 회복을 노래하였다. 그것은 대지적 생명력이 인간의 그것과 친화와 교감을 이룸으로써 삶의 온전성과 총체성으로 나아갈 수 있음을 강조하는 행위이다. 대지는 모성 또는 모태로서의 원형적 상징으로 인간에게 실존의 억압이나 의무, 한계 상황에서 우리 자신을 편안하게 쉬도록 할 수 있다. 따라서 '대지'는 생산과 풍요를 상징하고 '대지'의 회복은 그 위에 씨앗을 뿌려 가꾸고 거두는 노동에 의해서 이루어지는데, 그가 말하는 전경인의 세계가 여기에 해당하는 것이다.

쟁기꾼이 대지에 씨앗을 뿌려 풍요를 거두듯이 신동엽도 역사 위에 노래의 씨앗을 뿌리며 밝은 내일에 대한 신념을 펼쳐 보여준다. 이러한 일은 우주 창조적 시공간의 재생을 통해서 이루어지는데, 그 일은 바로 '시인의 역할'[61]이기도 하다. 그리하여 세계의 무화와 재창조에 상징적

---

61) 이러한 점은 이육사의 「광야」에서도 발견할 수 있다. 이 시의 원형적 의미를 인간의 역사에서 시인이 무엇을 하는 사람이며, 인간사에서 시가 무엇을 하는가에 대한 의미로 해석할 수 있다. 「광야」는 공간과 시간, 태초와 먼 미래, 그리고 자연과 문화를 총체적으로 쇄신하려고 한다. 이 총체적인 쇄신행위의 구심력으로서 시가 존재하는 것이다. 「광야」는 시공, 과거와 미래, 문화와 자연의 총체적인 재생을 노래하는 시정신을 발휘한다. 이로써 사물을 우주적 통합체 속에서 생동하게 하는 것이다. 이때 시인은 삭아져 간 과거를 숨 쉬게 하면서 그 숨결을 받아 미래를 움트게 한다. 여기서 시 「광야」를 쓰는 일은 춘경의례에 비길 수 있다. 그 밭갈이와 파종은 의례적이고 그 의례는 언제나 은유이고 상징이다. 씨앗은 대지의 힘

으로 참여함으로써 인간 역시 새롭게 창조될 수 있는 것이다. 그 결과 인간은 천지창조의 신화적인 시간, 즉 거룩하고 강력한 시간으로 다시 돌아가게 된다. 이때 상징적으로 인간은 우주창조와 같은 시간에 있게 되며, 세계의 창조에 입회하게 되는 것이다.[62] 그리하여 세계가 생성의 상태에 있던 시간으로 되돌아가는 것이다. 그것은 우주창조를 해마다 반복함으로써 시간이 재생된다는 믿음이다. 거룩하고 강력한 시간은 근원으로서의 시간이며 실재가 창조되고 처음으로 완전히 표현된 굉장한 순간이므로 인간은 주기적으로 그 근원적인 시간으로 되돌아가길 추구한다. 따라서 실재가 처음으로 현현된 그 시간을 제의적으로 재현하는 것은 모든 성스러운 달력의 기초[63]로서 작용하였다.

엘리아데는 우주창조신화를 의례에서 낭송하는 것은 어떤 병이나 불구를 치료하는 데에 충분한 효과를 가져온다고 하였다. 그것은 우주창조와 역사의 시초로부터 그 과정을 재연하여 보여줌으로써 상징적으로 세계창조의 차원에 서게 되어 원초적 생명의 충실함에 잠기고, 그 때 창조를 가능하게 한 힘에 침투된다는 것이다. 바로 그 힘에 의해서 인간은 원천으로 복귀하게 되고 이를 통하여 재창조되는 것이다. 그리고 '원천의 근원'에서는 세계창조 때에 출현하는 정력, 생명, 풍요의 무진장한 유출이 이루어진다.[64] 우주의 완전한 갱신을 보증할 수 있는 유일

을 일깨워서 우주에 충만한 대지의 봄 기운을 불러일으킬 것이고, 씨앗은 자신이 움트면서 대지와 우주의 거듭남을 확인시키게 되는 것이다(김열규, 「「광야」의 씨앗」, 신동욱 외, 『신화와 원형』, 고려원, 1992, 165~174쪽 참조).

62) M. Eliade, *The Sacred & The Profane*, op. cit., p.78.
63) Ibid., p.81.
64) M. Eliade, *Myth and Reality*, op. cit., p.30.

한 원초적 시간의 회복은 원래 세계창조라고 하는 '절대적 시원'을 재확립함으로써 가능한 것이다.[65]

우주창조의 신화는 온갖 차원에서 모든 창조의 원형적 모델로 작용하고 그것의 제의적 낭송은 치료, 즉 인간의 갱생에 중요한 역할을 담당한다.[66] 인간은 그것에 의한 근원적 시간으로 복귀하게 되어 한 번 더 삶을 시작하는 상징적 재생으로서의 치료 목표를 성취한다. 이 치료적 제의 아래 깔려 있는 개념은 생명은 다시 수선될 수 없기에 우주창조의 상징적 반복을 통해서만 재창조될 수 있다는 믿음이다. 그런 의미에서 거의 모든 제의는 세계가 아직 만들어지지 않았던 신화적 기초, 다시 말하면 신화적인 그때를 환기시키고 있다. 이러한 마술적 치료의 노래와 관련하여 주목해야 할 중요한 사실은 사용된 약품의 근원에 관한 신화가 언제나 우주창조의 신화와 결합되어 있다[67]는 점이다. 또한 우주창조의

---

65) Ibid., p.37.
66) M. Elide, *The Sacred & The Profane*, op. cit., p.81.
67) Ibid., pp.84~85 참조.
   근동 및 유럽의 주문 가운데서 다수는 질병 혹은 질병을 야기한 마귀의 역사를 포함하고 있으며, 동시에 신 혹은 성자가 그 병을 정복하는 데 성공한 신화적 순간을 환기시킨다. 가령, 치통을 낫게 하기 위한 아시리아의 주문은 ㉮세계의 창조, ㉯벌레와 질병의 발생, ㉰치료의 원초적·모범적 동작이 제시된다. 이때 주문의 치료적 효과는 그것이 제의적으로 발설되면서 세계의 기원 및 치통과 그 치료의 기원 양자에 있어서 기원의 신화적 시간을 재현한다는 사실에 놓이는 것이다.
   이러한 사실과 관련시켜 볼 때, 이육사의 「광야」는 시인의 탄생과 시의 출현과정을 보여주는 신화적 요소를 내포하고 있다. 이 시는 5연으로 구성되어 있지만 시간상 세 부분으로 나누어 볼 수 있다. 이 시의 1, 2, 3연은 우주창조와 문명 이전의 단계로 과거이다. 4연은 현재로서 암담한 모순과 비극에 둘러싸인 역사적 시간과 공간이다. 그리고 5연은 미래로서 이 시의 중심적 의미가 드러나 있다.
   거의 모든 제의는 세계가 아직 만들어지지 않았던 신화적 시초, 신화적인 그때를 환기시키는데, 이 시에서는 1연 첫 행의 "까마득한 날에"로 압축되어 있다. 이어

신화가 치료의 목적으로 낭송될 때 질병의 희생자가 쾌유되기 위해서는 제2의 탄생으로 인도되어야 한다. 이때 탄생의 원형적 모델은 우주창조가 된다. 그리하여 시간의 작업은 폐기되어 창조에 바로 앞서는 서광의 순간이 다시 획득되는 것이다. 인간적 차원에서 그것은 아직 무엇에 의해서도 더럽혀지지 않고 손상되지 않은 생존의 '빈 페이지', 절대적인 시초를 회복하는 것[68]과 같다.

이러한 점들은 신동엽의 시 「……싱싱한 瞳子를 爲하여……」, 「正本文化史大系」, 「이야기하는 쟁기꾼의 大地」 등에서 살필 수 있다.

都市에 밤은 나리고
벌판과 마을에
피어나는 꽃 불

1960年代의 意志 앞에 눈은 나리고
人跡 없는 土幕
江이 흐른다.

서 1연 둘째 행부터 2, 3연에 걸쳐서는 우주창조가 노래된다. 그 다음에 병이 발생하고, 첫 치료자의 탄생과 약품의 출현이 이야기되고 있다. 즉, "지금 눈 내리고/梅花 香氣 홀로 아득하니"가 병이 발생한 상황이며, "내 여기 가난한 노래의 씨를 뿌려라."가 치료의 과정인 것이다. 이 시에서 '노래의 씨'를 뿌리는 행위는 천고의 아득한 시공을 사이에 두고 있는 초인과의 감응 속에서, 그 참된 결실을 동시적으로 현재화시키는 공감주술(sympathetic magic)로서 수행된다. 그것은 노래의 씨가 세속적인 시간을 초월하여 오는 초인에 의해서 반드시 결실될 것을 믿는 까닭이다. 그리하여 "다시 千古의 뒤"에 새로운 힘으로 재창조될 수 있기를 기원하는 것이다.

졸고, 「현대시의 제의적 접근」, 『한국언어문학』 제34집, 1995. 6.
68) Ibid., p.195.

맨발로 디디고
大地에 나서라
하품과 질식 食慾과 橫暴

비둘기는 東海 높이 銀가루 흘고
고요한 새벽 丘陵이룬 處女地에
쟁기를 차비하라

文明높은 어둠 위에 눈은 나리고
쫓기는 짐승
매어 달린 世代

얼음 뚫고 새 흙 깊이 씨 묻어두자
새봄 오면 江山마다 피어날
칠흑 싱싱한 눈瞳子를 위하여

—「……싱싱한 瞳子를 爲하여……」 전문

위 시는 비교적 정제된 형식을 지니고 있다. 전체가 6연으로서 각 연은 3행씩 통일되어 있다. 그만큼 이 시는 텍스트의 통일성이 강조되어, 시인의 안정된 어조와 확신에 찬 의지를 보여준다. 이 시는 1960년대 현실 상황의 극복이라는 차원에서 씨앗을 뿌리는 원형적 의미를 내포하고 있다. 아울러 이 시에는 제의적 낭송이라는 의미가 자리 잡고 있다. 신동엽은 치열한 현실과의 대결 내면에는 신화적 세계로 돌아가고자 하는 의식을 상징적으로 보여주고 있다.

1연 1행의 공간은 '도시'로 제시되어 신동엽의 전원 지향성에 대립되어 있다. 그러므로 매우 부정적으로 인식되어 '밤'이라는 시간적 의미와 연결되며 암담한 현실을 상징하고 있다. 그리고 2, 3행에서 그 비극적 상황은 구체화된다. 3행의 '꽃 불'은 문명의 겉치레를 의미한다. 그것은 인간 생명의 본질을 이탈해버린 반생명적인 상태를 말한다. 이는 카오스의 한 양태로도 읽을 수 있다. 종교적 제의는 혼돈에의 복귀를 통하여 주기적인 재생을 의도적인 자율성에 의하여 실천하고 있기 때문이다.[69] 따라서 1연은 창조신화에서 보여주는 원초와 창조단계가 생략된 현실의 혼돈인 것이다. 그것은 카오스로서 창조 바로 전 단계인 생성 에너지를 충만하게 품고 뒤얽혀 있는 혼돈이다. 그러므로 그 혼돈을 강화할수록 더욱 강력한 에너지를 통해서 창조될 수 있다는 믿음을 반영한다. 2연에 이르면 4행에서 '눈'이 내림으로써 그의 시에 나타난 '눈' 이미지에 의하여 현실의 어려움을 가중시킨다. 따라서 그것은 5행의 시 구절 "인적 없는 토막"에서 상징적으로 현실의 궁핍과 시련을 드러낸다. 그리고 이러한 상황과는 무관하게 역사적 시간은 진행되어 6행에 "강이 흐른다"는 표현으로 압축되고 있다. 결국 신동엽은 역사적 시간에 대한 부정적 인식을 가지고 있었던 것이다. 이 부분에서 그의 시 상상력 체계의 수직상승하는 힘에 대한 긍정에 대립하여, 수직하강하는 힘에 대한 부정적 측면이 '눈'으로 매개된다. 그것은 비극적 현실을 덮어버리고 그 고통을 가중시키는 이미지로 작용하기 때문이다. 이처럼 1, 2연에는 역사적 전개와 그 결과인 현실의 비극적 상황이 표출되어 있다.

시인은 3연에서 '맨발'과 '대지'의 만남을 촉구한다. '맨발'은 인간의 역사적 시간을 소거한 순수성의 상징으로 파악된다. 그러므로 이 시의 '대지'는 창조적 공간으로 해석할 수 있는 것이다. 이는 궁극적으로 신성한 노동이 지배하는 공간이다. 7, 8행은 인간의 귀중한 땀에 의하여 9행의 "하품과 질식 탐욕과 횡포"로부터 탈피하려는 의지이다. 4연에서

---

69) 이광풍, 앞의 책, 125쪽.

그것은 더욱 구체적으로 나타난다. 즉, 10행의 "비둘기는 東海 높이 銀가루 흩고"에서 개방 공간으로 시적 공간이 확장되고, '비둘기'의 상승운동에 대한 긍정성이 '銀가루'라는 축복의 이미지로 연결된다. 11행의 "고요한 새벽 丘陵 이룬 處女地"는 대지의 순결성을 상징한다. 그것은 여성적 이미지와 연결되어 '새벽'이라는 시간으로 제시됨으로써 1연의 '밤'과 대립되어 있다. '고요한 새벽'과 '처녀지'는 창조의 시간과 공간으로 해석할 수 있다. 또한 1연 2행의 "벌판과 마을"이 어둠에 싸여 있었던 것과는 반대로, "동해 높이" 솟아 있는 '비둘기'로 형상화되었다. 12행의 '쟁기'는 인간과 대지를 매개[70]시켜준다. 그리하여 '쟁기질'과 '씨뿌림'의 행위로 이어지는 것이다.

5연은 1, 2연과 같은 의미로 반복되었다. 그것은 13행의 "文明높은 어둠 위에 눈은 나리고"에서 다시 구체적으로 제시된다. 5연의 '눈' 이미지도 2연의 '눈'처럼 수직하강하는 물 이미지로써 부정적 의미를 드러낸다. 시인은 6연의 16행에서 "얼음을 뚫고 새 흙 깊이 씨 묻어두자"고 하였다. 이것은 '새봄'이면 18행의 "칠흑 싱싱한 눈瞳子"가 "江山마다 피어날" 것을 예비하는 행위이다. 이러한 씨앗 뿌리기 행위는 대지의 생명력에 의해 다산과 풍요를 얻기 위한 제의적 성격으로 풀이된다. 즉, 비극적 현실을 넘어서 도래할 내일의 새로운 창조를 위하여 벌이는 춘경의례라 하겠다. 이 시에서 '대지'와 '인간'은 "칠흑 싱싱한 눈瞳子"로

---

70) 신동엽에게 '쇠붙이'는 증오의 대상이 된다. 그의 시에서 '쇠붙이'는 '총칼, 탱크, 제트기, 철조망, 미사일' 등 전쟁에 사용되어 인간을 살상하는 무기로 매우 부정적이다. 그러나 이것들이 '삽, 호미, 쇠스랑' 등의 농기구로 바뀌어 인간을 대지와 노동으로 매개시키면 매우 긍정적인 '쇠붙이'가 된다. 이 점에서 우리는 그의 생명존중사상과 대지지향성을 알 수 있다.

신동엽의 시와 삶

매개된다. 그것은 '씨앗'이 대지의 생명력에 힘입은 결과이며 거기에 발딛고 사는 인간의 살아 있는 정신의 상징이다. '씨앗'을 묻는 행위는 대지와 인간을 회복하기 위한 원형적 의미로 파악할 수 있기 때문이다. 통과의례는 특히 시간 경험과 연결될 때, 죽고 다시 태어난다는 생각을 기초로 하고 있어서 죽음과 재생, 즉 낡은 사회의 '죽음'과 새로운 사회에서의 '재생'을 이루는 상징적 행위로 간주된다.[71] 이 시의 춘경의례는 비극적 현실의 죽음을 넘어서 신성한 공간으로의 재생을 가져온다. 그리하여 신동엽은 초역사적인 지평의 힘을 통해서 역사적 지평의 재생을 꾀하였던 것이다.

이 시는 창조신화의 제의적 낭송이라는 관점에서 해석할 수 있다. 특이한 것은 이 시는 창조신화에 나타나는 시간구조 속에서 세계의 창조 이전과 창조과정이 생략되어 있다는 점이다. 그것은 신화의 한 변형으로 이해할 수 있다. 그러므로 이 시는 1연부터 직접 비극적 현실 상황이 제시되는데, 그것은 '밤', '꽃 불'로 형상화되었다. 그리고 그것은 4행에 이르러 구체적으로 제시된다. 곧 "1960년대 意志 앞에 눈은 나리고"에 집약되어 있는 셈이다. 3연부터는 그러한 현실의 퇴치를 위한 행위가 벌어진다. 그것이 또한 '대지' 위에서 이뤄짐으로써 춘경의례라는 면으로 해석될 수 있는 것이다. 왜냐하면 그것은 4연에서 '쟁기'와 "丘陵이룬 處女地"의 성적 결합에 의한 상징적 의미로 파악되기 때문이다. 그리고 퇴치의 행위는 16행에서 "얼음 뚫고 새 흙 깊이 씨 묻어두"는 것으로 나타난다. 이어서 시인의 미래에 대한 예시와 기대감이 제시된다. 그것은 '새봄'으로 드러나는데 시인은 이에서 확실한 기대감에 차 있다.

---

71) 이광풍, 앞의 책, 128쪽.

바로 이러한 계절로서의 '새봄'은 우주론적 차원의 '새봄'과 동심원적으로 포개어져 있는 것이다. 시인은 17, 18행에서 "칠흑 싱싱한 눈瞳子"가 강산마다 피어나기를 기다린다. 이로써 비극적 현실의 치유는 '눈동자'의 출현에 의해서 밝은 내일의 기대감에 지배된다.

이 시는 (가) 생략 → (나) '도시의 밤', '벌판과 마을의 꽃불', '눈나림', → (다) '씨 묻어둠' → '눈동자 피어남'으로 전개되는 주술적 의미를 지닌다.[72] 요컨대 이 시에는 서두에서부터 비극적 현실이 제시되어 우주창조신화의 낭송이라는 면에서는 변형되어 있다. 즉, 창조 이전과 창조의 순간이 생략되어 있기 때문이다. 그리고 문명과 생명 파괴의 모순을 치유하고자 하는 시인의 의지는 춘경의례에 의한 '씨뿌리기'로 표출되었고, 바로 그 씨앗이 발아되는 힘에 침투당하여 재창조되는 것이다.

신동엽은 시란 바로 생명의 발언이며 우리 인식의 전부이고, 세계인식의 통일적 표현이며 생명의 침투, 생명의 파괴, 생명의 조직이라 하였다. 그래서 시는 항시 보다 광범위한 정신의 집단과 호혜적 통로를 가지고 있어야 한다.[73] 또한 그는 시인은 자기와 이웃과 세계, 그 인간 구원의 역사밭을 갈아엎어 우리들의 내질을 통찰하여 그 영원의 하늘을, 영원의 평화를 슬프게 그려야 한다고 했다. 그는 시를 하나의 생명을 지닌 씨앗으로 비유하였다. 그러므로 그는 시 쓰는 행위를 곧 '역사밭'에 씨앗을 뿌리는 행위와 같은 의미로 파악한 것이다. 따라서 시는 씨앗처럼 현실 위에 뿌려져 인류정신의 밭을 일구고 가꾸게 된다. 그런 의미에서

---

72) (가) 세계의 창조, (나) 질병의 발생, (다) 치료의 원초적·모범적 동작 제시.
73) 『신동엽전집』, 399쪽.

신동엽의 시와 삶

시인의 주요 임무는 해석이 아니라 재현 또는 재창조[74]라는 신화 원형적 의미와 일치한다고 하겠다.

그의 시 「正本 文化史大系」는 전체가 9연으로 이루어진 산문시이다. 제목이 암시하듯이 그는 인류문화사를 '뱀'과 '사람'의 관계를 통해서 형상화하였다. 문화사란 인간의 정신적·사회적 활동의 역사로 특히 과학, 예술, 문학, 교육, 종교, 법률, 경제 따위의 변천을 기록한 역사를 말한다. 시로 문화사를 쓸 수도 없거니와 신동엽이 그것을 목적으로 한 것도 아닐 것이다. 중요한 점은 그가 인류의 문화사에 커다란 관심을 갖고 있었다는 사실이다.

이 시는 전반부 다섯 연이 과거로 전개되어 있고, 이어지는 두 연이 현재, 그리고 끝 부분 두 연은 미래로 나타남으로써 과거와 현재, 그리고 미래의 예측으로 구분된다. 1연에는 뱀의 속성이 나타나고 있다. 뱀은 "오랜 氷河期의 얼음장을 뚫고 연연히 목숨 이어 그 거룩한 씨를 몸지녀 오느라고" 몸이 길어졌고, "冷血이 좋아져야 했던 것이다." 이 구절에서 뱀은 원초적인 자연 공간에서의 생명력을 지닌 생명체로 긍정적인 의미를 나타낸다.

그러나 2연에 이르면, "흙을 구경한 爬蟲들"과 "한지에서 풀려 나온 털 가진 짐승들" 사이의 적대적 관계가 시작된다. 이것들 서로는 "쪽쪽이 역량을 다하여 취식하며 취식당"하는 관계로 전락한다. 3연에는 "긴 긴 물건이 암 사람의 알몸에 붙어" 인간의 순수성이 변질되고 말았다. 이때의 '뱀'은 육체성, 본능, 구속성, 운명성 등을 지니며, 사악과 부패 또는 관능의 이미지를 내포하는 구약성서의 '뱀'과 동일시할 수

---

74) 이상섭, 『문학 연구의 방법』, 탐구당, 1979, 184쪽.

있다.[75] 여성은 생명을 잉태하고 출산하는 역할을 통해서 인류의 세대 교체를 떠맡아왔는데, 이제 뱀과 여성의 대립이 싹트게 되는 것이다. 인류가 자연과 대립하게 되며 자연이 파괴되는 단계를 맞게 되는 것이다. 4연은 뱀이 "異血 다스운 피를 맛본 냉혈"로 변모됨으로써 "암 사람의 몸에 감겨 애무 吸血"하는 단계에 이르고, 끝내 "慾을 이루 끝 새키지 못한 숫뱀은 마침내 요독을 악으로 다하여 앙! 앙! 그 예쁜 알몸을 죽여 버리고야" 만다. 결과적으로 인간과 뱀 사이는 도저히 화해할 수 없는 적대적 관계에 이른다. 이는 인류의 고향, 대지의 세계에 포괄되었던 삶으로부터 벗어나 분할된 생명체들 사이의 착취와 대결의 양상을 드러낸다.

5연에 이르면 인간과 뱀 사이에 화해를 시도한다. 그러나 "냉혈 그는 능청맞은 몸짓으로 천연 미끄러 빠져 달아나 버리는 것"이다. 이 구절은 돌이킬 수 없는 대립적 관계로 살아갈 수밖에 없는 인류사의 비극을 예고하였다. 이상의 1연부터 5연에 걸쳐 진행되었던 적대적 관계는 과거로 형상화되었다.

6연부터는 현재의 사실로 나타난다. 즉, "뱀과 사람과의 꽃다운 이야기는 인간이 사는 사회 어델 가나 끊일 줄" 모르듯이, 뱀과 사람 사이에 조화로운 생명과 순수성의 시원적 공간은 이야기로나 전해져 오는 것이다. 그리하여 "오늘도 암살과 숫살은 원인 모를 열에 떠 거리와 공원으로 기어나갔다가 뱀 한 마리씩을 짓니까려 뭉개고야 숨들이 가빠 돌아" 온다. 이제 서로는 상대를 죽여야만 스스로가 살아 남을 수 있는 관계로 전락해 버렸다. 7연에는 인간의 뱀에 대한 원망과 저주가 나타난다. "내

75) W. L. Guerin, *A Handbook of Critical Approaches to Literature*(Harper & Row, 1966), pp.119~120.

신동엽의 시와 삶

마음 미치게 불질러 놓고 슬슬 빠져나간 배반자야. 내 암상 꼬여내어 징 그런 짓 배워준 소름칠 이것아. 소름칠 이놈아."라고 저주를 퍼붓는다. 이러한 의식의 내면에는 인간의 원죄의식과 함께, 스스로 '암살'을 보호하지 못한 '숫살'들에 대한 원망이 배어 있다. 그러므로 이 시는 아담과 이브, 뱀, 선악과의 관련성을 갖고 있다.

8연과 9연에서는 미래가 예측되어 있다. 8연에서 이제 사람들에게 "이들 짐승의 이야기에 귀기울일 인정은 오늘 없"다. 그러나 인간과 뱀 사이에 또 다른 화해를 시도한다. 따라서 "내일날 그들의 欲情場에 능구리는 또아리 틀어 그 몸짓과 의상은 꽃구리를 닮아 갈지이니"라고 하여 긍정적 자세로 기원한다. 이어서 마지막 9연은 "이는 다만 또 다음 氷河期를 남몰래 예약해 둔 뱀과 사람과의 아름다운 인연을 뜻함일지니라"고 하여 새로운 화해에 대한 기대감을 보이고 있다. 이 시는 인류문화사를 '뱀'과 '사람'의 조화로운 단계로부터 모순으로 진행되어 현실의 파괴와 대립에 이르는 양상을 보여준다. 신동엽은 인류의 문화사를 뱀과 인간의 탄생, 서로 적대적인 관계로의 전락, 죽이고 죽임을 당하는 극단적 상황에 이른 현실까지 제시하고 뱀과 인간 사이의 화해를 시도하였다. 그러나 그것은 차수성 세계에서는 불가능하다. 따라서 "다음 氷河期"에서 가능한데, 이는 원수성 세계로의 환원을 의미한다. 이 시는 '사람'과 '뱀'의 관계를 통해서 우주의 창조과정을 제시하고 현실의 비극적 상황에 이르는 과정을 보여준 후, 새로운 세계로 나아가기 위한 현실 치유의 의도를 갖고 있다.

「正本 文化史大系」는 인류의 역사를 개괄적으로 보여주었다. 그것은 '뱀'과 '사람'의 관계를 통해서 비극적으로 전개되어 왔다. 마지막 9연에서 "다음 氷河期를 남몰래 예약해둔 뱀과 사람과의 아름다운 인연"을 제시함으로써 새로운 시간을 예고하고 있다. 그러한 면에서 이 구절은 인류의 시원으로 복귀하고자 하는 신화적 의미를 갖는다. 만물이 처음 나타난 때에 다시 태어나는 것을 가능하게 하는 시원으로의 복귀는 고대사회에서는 제일의적인 중요성을 갖는다.[76] 우주창조와 사물의 기원신화의 의례에서의 낭송을 통해서, 그 신화의 재연 때에 공동체 전체는 갱신되고 그 '원천'이 재발견되며, 그 기원이 다시 살아나게 되는 것이다. 따라서 우주창조신화의 종교적 제의에 의한 우주 갱신의 사상은 신동엽의 시 도처에서 읽을 수 있다. 기원신화는 창조신화의 요약으로 시작하는 경우가 많은데, 그것은 기원신화의 우주창조신화에 대한 의존으로 양자 모두의 '시작'을 의미한다.[77] 그의 시에 자주 나타나는 씨앗 뿌리기 행위는 씨앗과 대지의 결합을 나타낸다. 이때 대지는 모성과 여성의 상징으로서 생산력을 나타낸다.[78] 그리하여 여성은 신비적으로 대지와 하나가 되며, 여성의 생산력은 대지의 산출력을 인간적 차원에서 변용한 것이다. 이렇듯 생산력 및 출산과 결부된 모든 종교적 경험은 우주적인 구조를 가지는데, 여성의 거룩함은 대지의 신성성에 근거하고 있는 까닭이다.

나는 밭,
누워서 기다리고 있어요
씨가 뿌려질 때를.

하늘 나르는 구름이든

---

76) M. Eliade, *Myth and Reality*, op. cit., pp.34~35.
77) Ibid., pp.36~37.
78) M. Eliade, *Patterns in Comparative Religion*, op. cit., pp.259~260.

신동엽의 시와 삶

여행하는 씀바귀꽃이든
나려와 쉬이세요
씨를 뿌려 보세요.

선택하는 자유는 저한테 있습니다.
좋은 씨 받아서
좋은 神性 가꿔보고 싶으니까.

좀더 가까이, 이리 좀 와 보세요
안 되겠어요, 당신 눈은 살기.

저 사람 와 보세요
당신 눈은 우둔, 당신 입은 모략,
오랜 代를 뿌리박고 있군요.

또 와 보세요.
당신은 전쟁을 좋아하는 종자,
또 당신은,
피가 화폐냄새로 가득 차 있군요.

—「女子의 삶」 부분

위 시에는 여성과 대지가 일체화된 화자로 등장한다. 이 시에서 '여자
의 삶'은 여성이 갖는 생산력과 모성을 상징하는 '밭'으로 비유된다. 이
시에서 남성은 '씨'로 상징되며 '밭'은 여성으로서 '씨'를 받아들일 준
비가 되어 이제 '씨'가 뿌려지기만을 기다린다. 상징적인 면에서 모계사
회에서 부계사회로의 이행은 곧 신동엽에게 역사의 비극성으로 인식되
었다. 그는 '남성' 그 자체를 부정하고 부계를 거부한 것이 아니라, '남
성'과 '부계'를 권위와 무력, 싸움과 대결의 상징으로 인식했던 것이다.
그러므로 그는 '남성'이나 '부계'도 다시 '여성'이나 '모성'의 품으로

되돌아가 안길 때 본래의 생명력과 순수성을 회복할 수 있다고 믿었던 것이다. 그것은 인류의 봄철, 인종의 씨가 갓 뿌려져 움만이 트였을 세월,79) 어머니 유방에 매어달린 갓난아기와 같이 인류와 대지와의 음양적 밀착관계를 회복함으로써 가능하다고 믿었다. 그는 대지와 인간의 조화로운 관계를 어머니와 갓난아기의 관계로 이해하였다. 그러므로 신동엽은 차수성의 세계를 부계사회로부터 발생하는 힘과 권위, 대립과 싸움에 의한 생명의 파괴로 간주하였다.

위 시에서 화자는 현대사회의 모순 극복을 위한 적극적 시도를 보여준다. 화자는 여성으로 밭에 비유되며 새로운 생명력의 잉태를 꿈꾸고 있다. 그는 적극적으로 "씨가 뿌려질 때"를 기다리며 "좋은 神性 가꿔보고 싶"어 한다. 그러나 인간의 세계는 '살기, 우둔, 모략, 전쟁, 화폐냄새로 가득 찬 피' 등 차수성의 모순으로 팽배해 있다. 이러한 모순은 현대사회와 문명에 의한 인간의 생명력 상실과 대지의 파괴를 의미한다. 그러므로 인간과 대지는 본래의 모습을 회복해야 하는 것이다. 현대사회의 문명은 권위와 싸움, 갈등과 파괴적 속성으로서 바로 부계사회의 적나라한 모습을 반영하고 있다. 이러한 현실을 벗어나 인류는 원수성 세계로 돌아가야 하는데, 신동엽은 그것을 위해서 대지와 인간의 회복을 노래했다. 그것은 다음과 같이 나타나고 있다.

女子는
집.
집이다, 여자는.
남자는 바람, 씨를 나르는 바람.

---

79) 『신동엽전집』, 365쪽.

여자는 집, 누워있는 집.

빨래를 한다. 여자는 양말이 아니라 남자의 마음.
전장에서 살육하고 돌아온
남자의 마음.
그 피묻은 죄까지
그 신비로운 손길로
빨래를 시켜 준다.

(…중략…)

女子는
물.
갈대가 아니라, 물.
있을 것이 없는 자리에 자기를 적응시켜
있을 것으로 충만시켜 주는, 물

(…중략…)

예수 그리스도를 길러 낸 土壤이여
넌, 女子.
석가모니를 길러 낸 우주여
넌, 여자
모든 神의 뿌리 늘임을
너그러이 기다리는 大地여
넌, 女性.

—「女子의 삶」 부분

　위 시에서 여자는 대지가 나무와 풀을 생산해 내듯이 "그리스도", "석가모니" 등을 길러냈다. 이 시에서 여성은 대지와 하나가 되며, 대지의 산출력을 인간적 차원으로 변용한 것이다. 즉, 여성의 거룩함은 대지의 신성성에 의존하게 된다. 고대 중국에서는 태어나는 데나 죽는 데나, 살아 있는 가족에게게로 들어오는 데나 조상들에게 들어가는 데나, 그리고 이쪽 혹은 저쪽을 떠나는 데나, 거기에는 공통의 문지방으로서 인간이 태어난 대지가 있다고 보았다. 따라서 대지는 세례와 같은 상징적 의미까지 지니고 있다. 인간의 상징적인 매장은 그것이 부분적이든 전면적이든 물속에 잠김, 세례와 동일한 마술적·종교적 의미를 띤다. 그리하여 그것에 의해서 병든 사람도 갱생하여 새롭게 태어난다[80]는 것이다.

인간은 신들과의 교섭이 가능한 곳, 즉 중심에 거주하기를 소망한다. 그들의 신체나 거주지는 소우주이기 때문에 인간이 '신체-집-우주'를 동일시하는 생각은 오래전부터 나타났다.[81] 위 시에서 '여자'는 '집'이고 남자의 "피 묻은 죄"까지도 정화시켜주는 힘을 지닌다. 이 시에 "女子는/물"이라는 표현에서도 단적으로 제시되었듯이, 물은 여성의 속성과 동일시된다. 궤린에 의하면 물은 창조의 신비, 생과 사, 부활, 정화와 속죄, 풍요와 성장의 원형 상징을 지니고, 융에 따르면 물은 인간에게 무의식의 가장 보편적인 상징이다. 노자는 물의 속성을 '처약부쟁'이라 하여, 낮은 곳에 스스로 자리함으로써 서로 다투지 않는 것을 덕으로 이해하였다. 노자는 바로 이러한 자세를 인간 삶의 가장 이상적인

---

80) M. Eliade, *The Sacred & The Profane*, op. cit., p.143.
　　죄인이 통이나 혹은 구멍에 들어갔다가 나오는 행위로 새롭게 태어난다는 믿음은, 이러한 상징적 행위로 어머니의 자궁으로부터 두 번째 태어난다는 믿음과 연관되어 있는 것이다.
81) Ibid., pp.172~179 참조.
　　집은 그것이 세계의 모형(imago mundi)이면서 또한 인간 신체의 재현이기도 한 까닭에 제의와 신화에서 주목할 만한 역할을 담당해왔다.

　　　　　　　　　　　　　　　　　신동엽의 시와 삶

모델[82]로 파악한다. 물에는 여성이 지니는 정화와 재생과 부활, 풍요와 다산의 힘이 강조되어 있으며, 신동엽은 이러한 상징적 의미를 통해서 차수성의 모순을 극복하고자 했던 것이다.

대지는 언제나 인간이 돌아와 평안하게 휴식할 수 있는 원형적 여인을 상징한다. 인간은 시간의 질곡에서 벗어나 신화적 시간에 상주하려는 의식을 지니는데, 이는 인간이 태초에 안주했던 낙원에의 향수이다. 인간이 역사의 질곡에서 벗어나 유한성과 일회성을 초월하려는 의지는 낙원에의 회귀를 갈망하는 인간 본연의 의지라고 할 수 있다. 신동엽의 대지와 인간 회복도 이러한 맥락으로 파악되는 바, 인류의 시원적 공간으로 되돌아가 생명의 충만한 힘에 싸여 인간과 대지의 새로운 만남을 이루려 했던 것이다.

신동엽의 시에서는 대지를 쟁기질하고 씨를 뿌리는 상징적 행위를 보여준다. 이로써 그는 우주창조의 반복을 의미하였으며 풍요와 다산을 기원하였다. 「이야기하는 쟁기꾼의 大地」는 전반적으로 감상적인 분위기로 전개되며 과거의 행위를 회상하고 있다. 즉, 이 시에서 여성 화자인 '대지'는 남성 청자인 '쟁기꾼'에게 이야기를 건네고 있다. '나'가 '당신'에게 건네는 언어의 내용은 유토피아를 지향하는 창조적 행위로써 만남과 그 만남이 실현될 수 있는 삶의 공간성 회복에 있다. 따라서 이 시의 '서화'는 본래적 생의 기쁨과 만남을 갈망하는 고향 잃은 (Heimatlos) 자의 소박한 대화[83]로 시작하며, 이 시에서 노래하는 점은 대지와 인간의 건강한 만남 속으로 되돌아가는 것, 즉 대지와 인간을 회

---

82) 박이문, 『노장사상』, 문학과지성사, 1980, 33~43쪽 참조.
83) 이가림, 「만남과 동정」, 구중서 편, 『신동엽』, 온누리, 1983, 79쪽.

복하고자 하는 소망이었다.

3) 문명의 거부와 생명 지향

신동엽은 현대 문명사회의 분업화를 인간성 상실과 생명의 파괴 그리고 죽음의 원인으로 이해했다. 따라서 그는 현대문명을 거부하고 상실된 생명을 되찾는 것이 원수성의 환원을 위한 대안이라고 생각했다. 인류는 원초적 단계에서는 자연에 순응하면서 살아왔다. 그러나 인간의 지혜는 자연을 모방하는 차원을 넘어서 자연을 이용하고, 나아가서는 자연을 지배하는 단계에 이르렀다.[84] 이 과정에서 궁극적으로 자연과 인간의 조화는 깨어지고, 문명으로 인한 생명의 파괴는 극에 달하였다. 그는 차수성 세계인 현대를 반생명의 시대이며, 정신이 상실된 기능의 시대로 이해하였다. 그에 의하면 모든 분야는 기능에 의하여 세분화된 분업 현상으로 나타나 생명을 도외시할 뿐만 아니라, 기계화·체계화에 의해서 생명력을 상실한 채 박제화되었다는 것이다. 신동엽은 분업문화에 의하여 분할된 현실을 비판하였는데, 그의 현대사회에 대한 이해는 노동의 분화라는 시각에서 이루어지고 있다.

신동엽은 현대문명을 소음에 비유하고 현대인을 '시끄러움 노이로제' 환자로 진단하였다. 그는 문명을 제 양상들이 빚어내는 불협화음일 뿐이고 죽음의 진혼곡이라고 파악하였다.

> 가령 뉴스가 튀어나왔다고 하자. 사람이 사람을 죽인 이야기, 누가 누구를 사기하고 달아난 이야기, 그 못된 부끄러운 이야기들을 전투상황 중계

---

84) E. Fischer, 김성기 역, 『예술이란 무엇인가』, 돌베개, 1984, 45~49쪽 참조.

하듯 기계적인 음성으로 쏘아부쳐댄다. 그리고는 또 시끄러운 그 금속성 광고소리.

　밖에 나오면 이 시끄러움은 더 한층 목청을 돋운다.

　자동차소리, 호각소리, 클락숀소리, 외치는 소리, 깨어지는 소리[85]

　그는 현대문명을 거대한 하나의 "시끄러운 금속성 광고소리"와 "전혀 인연이 먼 생경한 소음"으로 이해하였다. 따라서 인류는 현대문명의 모순을 거부하고 다시 인류의 시원적 생명을 되찾으려는 노력을 해야 한다. 그 노력이 펼쳐지는 단계가 귀수성 세계이며, 신동엽은 이로써 인류의 고향인 원수성 세계로의 환원을 꾀했던 것이다. 이 점은 인간이 지니고 있는 원시주의적 향수로도 설명할 수 있다. 원시주의적 향수는 문명의 초기에서부터 발견할 수 있지만, 19세기와 20세기 문학작품 속에서 급진적인 변화의 양상을 보여준다. 19세기 말과 20세기 초에 대두된 무의식과 반이성적 영역에 대한 일반적 관심의 일부가 곧 원시주의적 향수이다. 그것은 특히 인류학과 심리학의 동시 발전과 연관되는 통념들과 모티프들을 보여준다.[86] 원시주의는 문명의 위기의식으로부터 일어나거나 그 위기의식을 나타낸다. 그것은 원시의 상태 혹은 문명 이전의 상태로 되돌아가고 싶어 하는 문명인의 향수라 할 수 있다. 이는 문명 자체의 역설적 산물로서, 문명화된 자아와 그것을 거부하고 변형시키려는 욕망 사이의 상호 작용에서 발생하게 된다.

　하늘에
　흰 구름을 보고서

---

85) 『신동엽전집』, 350쪽.

86) M. Bell, 김성곤 역, 『원시주의』, 서울대 출판부, 1985, 103~104쪽.

이 세상에 나온 것들의
고향을 생각했다.

즐겁고저
입술을 나누고
아름다웁고저
화장칠해 보이고,

우리,
돌아가야 할 고향은
딴 데 있었기 때문……

그렇지 않고서
이 세상이 이렇게
수선스럴
까닭이 없다.

—「고향」 전문

위 시는 단순하고 소박한 표현 속에서도 인류가 돌아가야 할 고향을
상기시킨다. 이 시는 첫째 연에서 '하늘'을 매개로 하여 '이 세상'을 인
식한다. 화자는 '하늘'에 흘러가는 '흰 구름'을 통해서 "이 세상에 나온
것들의/고향"을 생각하고 있다. 이 시의 '하늘'과 '구름'은 화자에게 존
재론적 성찰을 가능하게 하는 매체로 작용한다. 그러므로 위 시에서 '하
늘'은 '세상'에 비유되고, '구름'은 "이 세상에 나온 것들", 즉 인간과 비
유되었다. 화자는 흘러가는 '흰 구름'의 유동성을 파악한 후 인간이 돌
아가야 할 '고향'을 생각한다. 둘째 연에서는 인간 삶의 비본질성이 드
러난다. "즐겁고저/입술을 나누고/아름다웁고저/화장칠해 보이"지만,
그것은 생명의 본질에서 벗어나 있으므로 즐거울 수 없다. 따라서 셋째

연에서 "우리,/돌아가야 할 고향은/딴 데 있"다고 한다. 넷째 연에서는 인간들이 '고향'에서 너무도 멀리 벗어나 있기에 "이 세상이 이렇게 수선스"럽다고 하였다.

위 시는 궁극적으로 인간이 돌아가야 할 고향, 즉 원수성의 세계를 지향하고 있다. 인간과 대지가 일체를 이루었던 시원적 세계는 현대문명으로 인해 갈가리 찢겨져 있기 때문에, 다시 원수성의 세계로 환원하지 않고서는 인간과 자연의 조화로운 삶과 자유는 불가능한 것이다. 그러므로 차수성으로 전락한 세상에서는 "입술을 나누고", "화장칠해 보"지만 즐겁거나 아름다울 수 없다.

과학의 발달과 기계문명, 또는 현대사회의 구조와 그 기능은 복잡해질 대로 복잡해졌다. 따라서 문화 전반이 난해해지고 많은 착오를 범하며 미망에 빠진 것은 필연적인 추세일지도 모른다. 그러나 신동엽은 기술문화의 고도한 발달 속에서도 본질적으로는 말살할 수 없고 또 말살되어서는 안 되는 원시성, 단순성이 있음을 강조한다. 다시 말하면 인간이 지향하는 생명의 원시적 바탕을 향한 그리움은 부자유한 체제와 형식을 벗어남으로써 해소될 수 있을 것이다.[87] 그것은 문명 비판과 생명의 탐구, 그리고 그 연장선상에 놓이는 원시적 생명의 추구를 의미한다. 현대문명은 분업화에 의한 인위적 세계로서 가식과 허울로 가득 차 있다. 그러므로 신동엽은 모든 제도와 정치조차도 현대문명의 산물로 인식한다. 즉, 신동엽은 원시적 생명성을 추구함으로써 도달하게 될 원수성의 세계를 지향하기 위해서 모순과 갈등으로 가득 찬 현실을 거부하고 부정적으로 바라보았던 것이다.

---

87) 이가림, 「만남과 동정」, 구중서 편, 앞의 책, 83~84쪽.

신동엽이 지적하는 현대문명의 모순과 부조리는 「이야기하는 쟁기꾼의 大地」에서 집중적으로 형상화되어 있다.

우리하고 글쎄 무슨 상관이 있단 말요.
왜 자꾸 와 귀찮게 찝쩍이냐 말요.
내 멀쩡한 四肢로 땅을 일궈서
강냉이, 고구마, 조를 추수하고
옆 마을 海蔘장 전복과 바꿔 오구,
시집 보내구, 장가 보내구, 잘 사는데,
글쎄 뭘 어떻거겠단 말이랑요.

그러나, 그들의 마을에도, 등가죽에도,
방방곡곡 벋어 온 낙지의 발은
악착스레 着根하여 수렁이 되었나니.

그렇다 오천년간 萬主義는
백성의 허가 얻은 아름다운 도적이었나?

　　　　　　　　　　　　　　—「'제4회'」 부분

거북등에가 집 짓고 늘어 붙는 소라.
잠 자는 코끼리 등에 올라 國境을 그어
놓고 다퉈쌌는 개미 떼.

깊은 地獄의 아구리에 白紙 한 장 깔고
행복한 곰의 눈.

쇠기둥과 가시줄로 천당을 지어 놓고
문 지키는 수고.

貴婦人 발톱에 매니큐어를 칠해 주고

밥 얻어 먹는 專門家.

— 「'제6화'」 부분

위 시에서 신동엽은 날카롭게 문명을 비판하였다. 그는 현대사회가
이룩한 문명을 참된 노동이 아닌 착취와 소유로 인식한다. 뿐만 아니라
삶 자체를 철저히 비본질적인 가치로 전락한 싸움과 겉치레로 이해하였
던 것이다. 신동엽의 현대사회에 대한 인식은 할·분업에 의해 인간들
이 기능주의로의 전락한 것으로 드러난다. 그가 추구하려 했던 공동체
사회는 각자의 영역으로 세분화되어 분할되어 가는 것이다. 위 시는 이
러한 그의 사상이나 정서와 상상력을 충분히 전달하고 있다. 그는 소박
한 아름다움을 귀중하게 여기고 있는데, 이 점은 거의 원시적이기까지
한 세계에의 연민으로 나타난다. 그에게서 발견되는 현대 문명사회에
대한 거부와 저항은 거의 선천적인 듯하다. 그는 인간에 의해서 현대 문
명사회에 이르게 된 역사적 시간과 인간들이 지닌 모순, 그리고 부조리
를 거부하고 원초적 생명의 세계로 되돌아가고자 하였던 것이다. 이러
한 의식은 그가 데뷔 직후에 발표했던 시 「香아」, 「새로 열리는 땅」,
「……싱싱한 瞳子를 爲하여……」 등에서도 잘 나타나고 있다.

香아 너의 고운 얼굴 조석으로 우물가에 비최이던 오래지 않은 옛날로
가자

수수럭거리는 수수밭 사이 걸찍스런 웃음들 들려 나오며 호미와 바구니
를 든 환한 얼굴 그림처럼 나타나던 夕陽……

구슬처럼 흘러가는 냇물가 맨발을 담그고 늘어앉아 빨래들을 두드리던
傳說같은 풍속으로 돌아가자

눈동자를 보아라 좁아 회올리는 무지개빛 허울의 눈부심에 넋 빼앗기지
말고
철따라 푸짐히 두레를 먹던 정자나무 마을로 돌아가자 미끈덩한 기생충
의 생리와 허식에 인이 배기기 전으로 눈빛 아침처럼 빛나던 우리들의 故
鄕 병들지 않은 젊음으로 찾아가자꾸나

—「좁아」 부분

위 시는 5연으로 구성된 산문시다. 이 시는 산문시의 형태로써 시가
갖는 정제미, 압축미, 절제미 등의 속박으로부터 벗어나 있다. 아울러
시인은 이 시에 나타나는 시어들을 화려한 미사여구나 세련된 언어로
다듬기보다, 차라리 자연의 순수성을 드러내는 사물과 이미지로 일관하
였다. 신동엽은 그만큼 인위적 세계와 문명의 흔적을 거부하고 자연성,
순수성을 추구하려 했던 것이다. 그 결과 그는 시에서 토속적 세계의 시
공간을 그려냈다. 그러므로 그는 위 시에서 '옛날'과 '마음밭'의 모습을
아주 구체적 이미지에 의하여 시각적으로 묘사함으로써 서정적인 분위
기로 보여준다.

이 시의 다섯 연은 기승전결의 전개를 이루고 있다. 즉, 1연은 기, 2, 3
연은 승, 4연은 전, 5연은 결에 해당한다. 이 시의 압축된 구문은 "좁아
……로 돌아가자"인데 화자가 '향'에게 건네는 담화의 형식이다. 따라
서 이 시에서 '좁아'는 중요한 의미를 띠는데, '아'가 호격으로 강조의
의미를 드러낸다. 이 시의 '향'은 여성을 지칭하여 그의 시에서 '아사
녀', '백제의 여자' 등과 같은 의미를 갖는다. 이 시의 화자는 남성으로
'아사달'과 '고구려 사내'와 같은 의미로 파악할 수 있다. 화자는 1연에
서 '좁'에게 "오래지 않은 옛날로 가자"고 간청한다. 이 시 구절 "오래지
않은 옛날"은 역설적 표현으로 보인다. "오래지 않은"과 '옛날'의 모순

관계는 신동엽 특유의 시간의식이라 할 수 있다. 그것은 시간적으로는 과거이지만 의식 속에서는 현재로 나타난다. 그 '옛날'에 대한 그리움과 지향이 강하면 강할수록, 그것은 역설적으로 현실에 대한 더 큰 애착으로 작용하기 때문이다. 그 '옛날'은 "고운 얼굴 조석으로 우물가에 비최이던" 때로서 '우물가'를 중심으로 공동체적 삶을 이루었다. 그때는 한 마을의 삶의 젖줄이자 생명의 원천인 '우물'을 통해서 공동체의 삶과 사랑을 나누었다. 이 시에서 '우물'은 억누를 수 없는 탄생과 지속적인 탄생의 생명력[88]으로써 순수성과 항구성을 표상한다. 따라서 1연은 여성의 순수성과 풍부한 생산성의 의미를 표출하는 것이다.

2연은 남성과 여성이 협동으로 노동을 벌이는 삶의 역동적 세계를 그려내고 있다. "수수럭거리는 보리밭"은 활기찬 노동이 이루어지며 기쁨이 충만한 공간으로, 이곳에서 남성과 여성은 모두 생산에 참여한다. 이들의 노동은 호미와 바구니를 통해서 대지와 매개된다. 이 시에는 "걸쩍스런 웃음"과 "환한 얼굴"이 환기하는 삶의 건강성이 넘쳐나고 있다. 그리고 시간적 배경이 '석양'으로 나타나 노동을 마치고 휴식으로 이어지는 기쁨과 삶의 충족감까지 곁들여진다.

3연은 여성들이 한가롭게 빨래하는 장면이다. 여성들은 "구슬처럼 흘러가는 냇물가"에서 "맨발을 담그고" 빨래를 하는데, '맨발'은 신동엽의 시에서 '발'의 상징적 의미로 드러난다. 이 시에서 '맨발'은 삶의 건강성을 나타내며, 빨래는 힘찬 노동으로 땀이 밴 옷을 빠는 여성의 역할을 의미한다. 이 부분에는 여성과 물이 동시에 상징하는 정화의 의미가 빨래로 표출되었다. 그만큼 이 시는 세속적 삶을 거부하고 자연의 이법과

---

88) G. Bachelard, 이가림 역, 『물과 꿈』, 문예출판사, 1980, 24쪽.

질서가 조화를 이루는 생명력의 세계로 되돌아가려는 그의 의지를 드러낸다. 그것은 자연과 생명의 질서에 순응하는 삶의 논리이기도 하다. 즉, 대지의 질서와 조화를 파괴하지 않고 자연의 흐름에 함께하는 삶인 것이다. 그러나 그의 시 「女子의 삶」에서 여자는 단순히 옷가지만을 빨고 있는 것이 아니라 "남자의 마음"까지도 세탁한다. 즉, "전장에서 살육하고 돌아온/남자의 마음./그 피묻은 죄까지" 세탁하는 것이다. 그러므로 신동엽은 「女子의 삶」에서 여자를 "그 신비로운 늪"으로 표현하여 물이 지니는 정화의 원형성을 강조하고 있다.

시 「香아」에서 시인은 '눈동자'와 "회올리는 무지개빛 허울의 눈부심"을 대립시킴으로써 본래 생명의 정수인 '눈동자'를 확인하도록 촉구한다. 이 시는 "철따라 푸짐히 두레를 먹던 정자나무 마을"을 우리가 돌아갈 곳으로 상징하였다. 그러므로 이 시에 인류가 돌아갈 곳으로 펼쳐 보이는 곳은 이념적이거나 정치적인 것과는 매우 거리가 멀다. 신동엽이 추구한 것은 평화와 자유, 협동과 단결의 자세로 펼치는 건강한 노동으로 지탱되는 공동체의 세계이다. 그는 "미끄덩한 기생충의 생리와 허식"을 "눈빛 아침처럼 빛나던 우리들의 故鄕"과 대립시켜서 현재와 과거의 적나라한 문명 비판적 시야를 드러낸다. 우리가 추구할 모든 것들을 "병들지 않은 젊음"으로 제시함으로써, 신동엽은 문명 이전의 원시 생명력의 세계를 지향하는 것이다.

위 시 5연은 이 시의 결 부분에 해당한다. 현대문명 속 인간의 삶은 "얼굴 생김새 맞지 않는 발돋움의 흉내"로서 1연의 "고운 얼굴"과는 매우 대조적으로 표현되었다. 이 시의 "발돋움의 흉내"란 대지 위에서 노동으로부터 벗어나 문명의 편리만을 탐닉해가는 삶을 의미한다. 그리하여 그는 다시 "들菊花처럼 소박한 목숨을 가꾸기 위하여 맨발을 벗고 콩바심 하던 차라리 그 未開地"로 돌아가자고 하였다. 그는 현대문명의 모순 속에 죽어가는 생명력을 되찾기 위해 '미개지'를 택함으로써 문명의 거부와 생명지향의식을 매우 강렬하게 드러낸다. 이 시의 '미개지'는 "달이 뜨는 명절밤 비단치마를 나부끼며 떼 지어 춤추던 전설 같은 풍속"으로 그려진다. 또한 "냇물 구비치는 싱싱한 마음밭"으로 표현되는 생명지향과 반문명의 시원적 세계로도 나타난다.

신동엽의 시에 자주 등장하는 대지와 숲, 원무, 달밤 등은 모두 여성 상징으로 생산과 풍요, 다산과 부활을 의미하며, 문명을 거부하고 원시적 생명세계를 지향하는 그의 내면의식을 표상한다. 그의 시는 인간과 자연이나 인간과 인간 사이에도 어떠한 갈등과 대립이 개입하지 않는, 시원적 생명의 세계를 추구한다. 따라서 신동엽은 협동으로 노동을 하고 함께 축제를 벌이면서 기쁨으로 충만했던 삶의 세계, 곧 원수성의 세계로 다시 돌아가기 위해서 문명을 거부하고 생명을 지향해야 했던 것이다. 그리고 이러한 점은 현대문명의 위기의식으로부터 일어나 그 위기의식을 나타낸 것이다.

제5장

「금강」과 현실인식

1. 서사시 논의의 쟁점

「금강」이 신동엽의 시세계에서 차지하는 문학적 비중은 매우 크다. 그의 새로운 장르 모색으로 씌어진 「이야기하는 쟁기꾼의 대지」, 「여자의 삶」 등의 장시와 스스로 서사시라고 칭한 「금강」은 그의 서정적 단시들에 비해 양적이나 질적인 면에서 문학적 가치를 능가한다. 뿐만 아니라 「금강」은 그의 대표작이자 문학의 결정판이라는 점을 고려하여 달리 장을 마련하여 논하는 것이 타당하다. 앞서 살펴본 바 있듯이 그는 서정적 단시의 창작과 함께 장시와 서사시 등의 형식을 새롭게 시도하였는데, 이는 새로운 장르 개척이라는 차원에서 그 자체만으로도 가치를 갖는다.[1] 나아가 그것들은 시적 성과 면에서도 매우 긍정적 가치를 지니는 것이 사실이다. 그의 시세계에 대한 연구는 이러한 두 측면의 상호 보완적인 검토가 무엇보다 중요하다.

---

1) 권영민, 『한국현대문학사』, 민음사, 1993, 183쪽.
    신동엽의 시적 탐구는 서사적인 장시의 형태 이외에도 시극 「그 입술에 파인 그늘」로 이어졌다. 그는 시정신의 치열함으로 장르의 확대와 변용을 적극적으로 꾀하였는데, 이러한 사실은 시 영역의 개방이라는 또 다른 의미를 지닌다.

    그동안 신동엽의 「금강」이 차지하는 문학적 비중을 고려하여 여러모로 고찰이 이루어진 결과, 이 작품에 대한 평가는 긍정과 부정의 상호 대립적 관점으로 파악되어 왔다. 그것은 이 작품을 서사시로 볼 것이냐 아니냐 하는 장르의 문제가 가장 큰 논란을 불러일으켰고, 그 연장선상에서 작품의 디테일한 면까지 검토되었다. 본고에서는 그동안 논의되어 온 문제를 종합하여 다시 검토하고자 한다. 여기에는 지양해야 할 두 가지 입장이 있다. 하나는 서사시를 너무 서구적인 개념에 입각하여 검토하는 태도이고, 다른 하나는 어떠한 기준도 없이 접근하는 자세이다. 그러나 「금강」을 서사시의 서구적 개념에 의해 극단적으로 재단하는 것보다는 우리 문학사의 전개 속에서 논의해야 할 것이다.

    따라서 본고는 「금강」에 대하여 기존 논의를 토대로 우리의 문학사적 전개 위에서 파악할 것이다. 그것은 한국의 장시나 서사시의 형성 과정에 대한 이해와 우리 문학의 특수성을 충분히 고려하고 싶은 때문이다. 나아가 「금강」은 형식적 측면보다는 내용적인 면에서 더 큰 문학적 가치를 갖는다. 그러므로 이 작품이 갖는 비극적 구조와 의미를 살피도록 하겠다. 아울러 이 작품은 1989년의 동학농민전쟁을 토대로 하고 있음을 고려하여 동학사상이 어떻게 「금강」 속에 나타나는가를 검토하겠다. 서구에서는 서사시를 이미 쇠퇴해버린 장르로 이해하고 있지만, 우리 시의 경우는 서사시가 1970년대와 80년대 그리고 90년대에도 계속 창작되고 있다. 그만큼 우리 시는 역사적 현실과 긴밀히 연관되어 있는 것이다. 이 같은 관점에서 「금강」의 창작의도도 밝혀보고자 한다.

신동엽의 시와 삶

1) 서사성의 논의

 신동엽의 시세계는 서정시의 경우에도 그 어느 것 하나 개인 정서의
토로에 머물고 있지만은 않다. 그는 오로지 우리 민족의 역사적 현실
속에서 사고하고 시를 썼다. 즉, 그는 우리 민족의 역사에 대한 분명한
인식에서 출발하여 민족사의 조망을 위해 서사영역으로 적극적으로 나
아간 것이다.[2] 이는 종래의 서정시로는 급변해가는 서사적 현실을 충
실하게 반영할 수 없다는 시적 인식의 소산이라 할 수 있다. 이 점에서
그는 민중예술의 기본정신을 철저히 자각하고 있었던 것으로 판단된
다. 그의 경우 시에서 개인의 영향은 최소한도로 축소되며 예술적 발전
에 있어서의 창조력과 수용력은 한 집단을 대표하여 고급예술의 경우
보다도 더 엄격한 의미에서 공통적인 미학적 취미의 수단이 되기[3] 때
문이다.

 또한 신동엽은 시극 「그 입술에 파인 그늘」을 1966년 2월 27일 국립극
장에서 최일수의 연출로 공연하였고, 오페레타 「석가탑」도 창작했다는
점을 고려해보면, 그가 공연을 통한 대중과의 만남을 적극적으로 시도

---

2) 신동엽은 서정시 속에서도 지속적으로 '이야기'를 추구한다. 서정시의 특색이 주
 관적이고 일인칭이며 개인 체험에 의한 내적 고백의 성격이 강한데, 이 점에서도
 그는 예외가 된다. 그러한 사실은 짧은 시 「응」에서도 잘 나타난다. 이 시에서도 화
 자와 청자가 문면에 나타나지 않지만, 화자는 상대를 가정하여 이야기하고 있다.
 "응 그럴걸세, 얘기하게/응 그럴걸세/응 그럴걸세/응 그럴걸세/응,응./응 그럴 수
 도 있을걸세/응 그럴수도 있을걸세./응, 아무렴/그렇기도 할걸세/그녁이나, 암, 그
 녁이나/응, 그래, 그럴걸세/응 그럼, 그렇기도 할걸세./허,/더 하게!"(「응」 전문)
3) A. Hauser, 황지우 역, 『예술사의 철학』, 돌베개, 1983, 287쪽.
 「금강」을 신동엽의 역사의식과 문화의식이 첨예하게 부딪쳐서 예술적 형상화를
 성취한 그의 문학적 결산으로 평가한다.

했음도 알 수 있다. 그것은 그가 문학을 단순한 읽을거리로 이해하지 않고 대중들에게 널리 전달하여 감동과 함께 깨우침을 줄 수 있기를 바랐기 때문이다. 그는 문학을 대중의 계몽과 실천의 한 매체로 파악했던 것이다. 이 점은 신동엽이 오늘의 시인들에게 강산을 헤매면서 현실의 내면을 직관해야 하고, 시는 생명의 발인이어야 한다고 주장한 사실로도 뒷받침될 수 있다.

「금강」은 신동엽의 작품 가운데 결정판으로 평가되는 만큼4), 그에 대한 연구의 대다수가 「금강」을 중심으로 이루어졌다. 그 가운데서도 가장 논란의 소지가 있어 온 것은 「금강」을 서사시로 보는 데에 따른 이견들이었다. 이 문제는 비단 「금강」에만 국한되는 문제가 아니라, 한국 서사시의 평가적 논의의 일반양상이기도 하다.5) 신동엽은 「금강」에 열정을 기울였고 스스로 이 작품을 서사시라 칭하였다. 그러나 그동안 연구자들이 서구적 서사시 개념의 엄격한 틀로 「금강」을 해석하여 서사성을 부정하는 경향이 대두되어 왔다. 이로써 우리 시를 논함에 있어 서구문학의 이론을 완벽한 전범이나 모델로 생각하여 그것을 무분별하게 시에

---

4) 김재홍, 『현대시와 역사의식』, 인하대 출판부, 1988, 25쪽.
　「금강」을 신동엽의 역사의식과 문학의식이 첨예하게 부딪쳐서 예술적 형상화를 성취한 그의 문학적 결산으로 평가한다.
5) 이러한 문제를 다룬 논문을 몇 개 열거하면 아래와 같다.
　김종길, 「한국에서의 장시의 가능성」, 『진실과 언어』, 일지사, 1974.
　홍기삼, 「한국 서사시의 실제와 가능성」, 『문학사상』, 1975. 3.
　오세영, 「「국경의 밤」과 서사시의 문제」, 『국어국문학』 75집, 1977. 5.
　김용직, 「한국근대시문학사」, 『한국문학』, 1981. 7·8.
　염무웅, 「서사시의 가능성과 문제점」, 김윤수 외 편, 『한국문학의 현단계』, 창작과비평사, 1982.
　조남현, 「서사시 논의의 개요와 쟁점」, 『한국현대시사의 쟁점』, 시와시학사, 1991.

　　　　　　　　　　　　　　　　　　　　　　　신동엽의 시와 삶

적용하는 것은 곤란하다[6])는 사실을 확인할 수 있다.

그동안 「금강」에 대한 논의는 서사시로서의 객관성 결여와 허구적 인물 등장, 서정성의 개입 등을 가장 큰 문제점으로 지적하여 왔다. 기왕의 주요 평가들의 대립된 견해를 검토하고, 그 성과와 한계를 살펴보도록 하겠다.

우선, 「금강」을 서사시로 파악하고 있는 경우로는 김재홍, 민병욱, 강형철, 권영민을 들 수 있다. 김재홍은 「금강」이 서사시로서 지녀야 할 형식적 요건보다는 작자가 작중인물과 사건들을 통해서 말하고자 하는 내용의 중요성을 지적한다. 그에 의하면 「금강」은 서사시로서의 취약점을 지니고 있기는 하지만 일정한 성격을 지닌 인물들의 등장, 일정한 구조적 질서를 지닌 사건의 전개, 전체적 의미가 현실을 반영하는 잘 알려진 이야기를 담고 있다는 점에서 전형적인 서사적 구조를 지니고 있다는 주장이다. 또한 그는 「금강」이 노래체의 긴 시형식으로 짜여져 있기 때문에 장편 서사시의 범주에 속하는 것이 분명하다고 했다. 그는 「금강」이 역사적 사실을 바탕으로 작자의 상상력을 마음껏 발휘하고 과거와 현재를 오가면서 종횡무진 비판을 가함으로써 역사와 상상력, 과거와 현재 사이에 팽팽한 긴장력을 강화하여 구조적 평면성을 뛰어넘고 있다고 평가하였다. 다만 이 작품은 객관적 시점이 견지되어야 할 사건의 기술과정에 주관적인 작자 시점의 개입이 여러 차례 되풀이됨으로써 서사시로서의 견고한 구조 형성에 실패한 것을 문제점으로 지적한다. 그리하여 「금강」은 형식 미학의 측면보다 내용적인 의미에서 큰 가치를 함축하고 있는데, 그것은 이 작품이 한국사에 대한 총체적 비판을 전개

---

6) 윤영천, 『한국의 유민시』, 한길사, 1987, 29쪽.

하려는 의도를 담은 점이라 하였다.[7)]

민병욱은 신동엽의 시세계가 서정성을 기본 국면으로 하여 서술행위에서 서사성의 수용으로 확산되어 가는데, 그의 문학 갈래도 그러한 형식으로 전개되었다고 지적한다. 다시 말하면 삶과 시세계에 대한 논리적 인식을 시의 상상적 창조성과 비평의 논리적 재해석력에 의지하여 획득해갔다는 것이다. 따라서 그는 「금강」을 신동엽의 시적 생애와 그의 문학세계를 형성하고 있는 경험들이 역사적 현실에 대응하여 산출되었다고 보았다. 신동엽의 경험세계가 역사적 현실과 총체적으로 대응하여 선택한 것이 서사성이며, 이 서사성을 기본 국면으로 역사적 상황과 당대적 현실 사이의 관계를 실천적 관심으로 하여 「금강」이 창작되었다는 것이 그의 주장이다.[8)]

강형철은 「금강」의 주된 내용을 동학혁명의 과정, 결과 등을 시기별로 나누어 장과 절로 기술하였다고 파악한다. 오히려 그는 이 작품의 특이성을 동학혁명을 역사적 사실로서만 다루지 않은 점에서 찾고 있다. 즉, 동학혁명을 3·1독립운동, 4·19혁명과의 연계 속에서 파악하되, 이러한 혁명의 의미는 서술자가 처한 현실의 이해 및 의미 규정을 배려하여 현재도 살아 있는 혁명으로 바라본 점을 중요하게 평가했다. 그래서 그는 신하늬의 인물 설정에 대한 기존의 비판을 부정한다. 뿐만 아니라 그는 「금강」이 '가난', '혁명', '사랑'의 평면적 구조와 '하늘'이라는 절대적 이념의 공간구조가 변증법적으로 상호작용하며 전체상을 이루는데, 이를 역동적으로 살아 움직이게 하는 인물이 신하늬라고 해석하

---

7) 김재홍, 앞의 책, 23~25쪽.
8) 민병욱, 『한국서사시의 비평적 성찰』, 지평, 1987, 235~252쪽.

신동엽의 시와 삶

였다. 그 결과 동학혁명이라는 사실 속에 작자 자신이 직접 참여하여 투쟁하고 좌절하는 모습을 보여준다는 것이다. 그는 「금강」이 서사시로서 평가되어야 하는 이유를 이 작품이 제기하고 있는 사실이 당대 현실의 문제를 인식하고 있는 민중문학론, 민족문학론의 입장에 전형이 된다는 데서 찾았다.[9]

권영민은 「금강」의 내용을 동학 이후의 우리 민족 수난사로 파악하고, 동학혁명에서 시적 주제를 찾고 있다고 하였다. 그에 의하면 이 시는 시적 진술 자체가 허구적인 서술자의 존재에 의해 이루어졌는데, 그 내용의 역사성과 서사적 요건으로 하여 서사시적 골격을 지니게 된다는 것이다. 서정적 세계에서 서사적 세계로의 전환을 모색한 신동엽은 역사적 현실성에 대한 인식을 구체화하기 위해서 동학혁명의 방대한 내용을 시적 형식으로 수용하였다는 것이 그의 주장이다. 그는 이 시가 서사적인 요건으로서의 객관적 거리 문제, 시적 주제의 전개방식의 불균형, 어조 변화 등의 문제점이 있지만, 하나의 역사적 사건을 전체적으로 파악하고 거기에 시적인 긴장과 균형을 부여하고 있는 상상력의 힘을 높이 평가하였다.[10]

이상의 견해들은 서사시로서 「금강」이 지녀야 할 형식적 요건보다 내용적 측면에 더 긍정적 가치를 두고 있다. 즉, 역사적 상황과 당대적 현실 사이의 암유적 관계를 통해서 문제를 제기한 「금강」의 구조에 대하여 가치를 부여한 것이다. 이들의 견해는 「금강」에서 부분적인 허술함을 문제점으로 거론하면서도, 전반적으로는 서사적 구조를 지니고 있다

---

9) 강형철, 「신동엽연구」, 숭전대 대학원 석사논문, 1984. 12, 11~12쪽과 87~88쪽.
10) 권영민, 앞의 책, 182~183쪽.

는 평가가 공통된 입장이다. 그러나 객관적 시점의 결여와 주관적인 작자 개입에 대해서는 역시 부정적이다.

「금강」을 서사시로 보는 데에 부정적인 입장을 취하고 있는 경우는 김주연, 김우창, 조태일, 염무웅 등이다. 김주연은 「금강」이 서사적인 힘과 율동, 그리고 부딪치는 리듬을 통해서 우리에게 잊혔던 과거의 어느 구석을 건드리고 현재를 반성토록 하는 의식의 대비 등 몇 가지 긍정적인 면에도 불구하고 서사시는 아니라 한다. 그는 그 이유로 「금강」이 사실의 한 현장에 대한 충분한 묘사의 연결에 의해 작품이 구성되어 있지 않고 특정한 부분, 그것도 시인의 주관이 틈입하기 쉬운 지배 권력에 대한 분노의 부분만을 포착해 감정적으로 서술했다는 점을 지적한다. 그는 신동엽이 이 작품에서 보여준 현실이 시인의 구체적 능력에 의하지 않은 기왕의 현실 나열일 뿐이라는 것이다. 더욱이 그것은 시의 오브제를 향한 집중에 배반되기 때문에 시인 의식의 지향점을 파악하는 데 어려움이 있다고 지적하였다. 또한 그는 「금강」이 근대의식의 발아인 동학을 오히려 한국의 토속적인 샤머니즘으로 변질시켰다고도 비판하였다. 즉, 「금강」 중 "이미 끝낸 사람은/행복한 사람이어라/이미 죽은 사람은/행복한 사람이어라" 등을 들어 완전한 한국적 체념주의라고 지적하기도 하였다. 그리하여 그는 「금강」이 '금강' 유역의 풍습을 그린 시대화로서의 한 전례일 수는 있어도 역사적 개성이 확산되어 퍼진 현실 참여의 서사시는 결코 아니라고 결론지었다.[11]

김주연과 달리 김우창은 「금강」을 신하늬라는 어색한 주인공, 덜 다

---

11) 김주연, 「시에서의 참여 문제」, 성민엽 편, 『껍데기는 가라』, 문학세계사, 1984, 268~283쪽.

신동엽의 시와 삶

듬어진 시구와 구성, 역사적 사고의 얕음과 단순함, 강렬하지만 복합성을 지니지 못한 시의 감정, 역사의 단순화라는 결점에도 불구하고 우리에게 전해져 오는 진실은 독자의 마음을 감동하게 하는 충분한 힘이 있다고 긍정적으로 평가한다. 그러나 그도 이 시가 서사시는 아니라고 하였다. 즉, 이 시의 시점은 현재로서 근본적으로 과거는 현재 의식이 처한 상황을 이해하는 데 원근법을 제공해준다는 것이다. 따라서 이 시의 역사적 사건은 한 번에 이야기되지 않으며, 그것은 시인 자신이 상황을 인지하는데, 또 그것에 대한 그의 감정을 표현하는 데 필요한 만큼만 제시되어 있다고 하였다. 그러므로 이 시는 제목에 그 장르를 서사시라 한정하고 있으나 차라리 한 편의 서정시라는 것이 그의 결론이다.[12]

조태일은 무엇보다 「금강」이 서사시의 특징인 객관성을 결여하고 있다는 점을 큰 약점으로 지적한다. 그는 그 이유로 1862년의 진주민란으로부터 1894의 동학농민전쟁에 이르는 30여 년간의 민중저항과 민중의식의 자각을 단순히 삼정의 문란과 관리들의 학정 및 가렴주구로만 취급했다는 점, 동학교문에 대한 지나친 도입, 그리고 허구적 중심 인물인 신하늬에 대한 지나친 집착이 역사적 사실을 이해하는 데 도리어 장애요소가 된다는 점 등을 들었다. 또한 역사적 사건과 인물을 취급함에 있어 시인의 주관과 감정이 이 시의 곳곳에 끈질기게 간섭하고 있어 서사시의 특징인 객관성을 훼손하고 있다는 것이다. 결국 그는 「금강」에 나타난 시인 의식의 모순점을 역사에 대한 소박한 사고, 종교적 의미의 동학교문과 동학혁명의 사회의식과의 배치점, 신하늬와 인진아 사이의 비역사적 허구, 시인의 지나친 지역 편애의 경향 등을 들어 비판하

---

12) 김우창, 『궁핍한 시대의 시인』, 민음사, 1977, 207~208쪽.

였다.[13]

엄무웅은 김우창과 조태일의 견해에 동조하면서, 「금강」이 형식상의 어떤 통일을 이루지 못했다고 지적한다. 그의 주장은 「금강」이 서정시로서의 부분과 서사적 내지 설화적인 부분, 순전히 객관적으로 기술하는 부분 등으로 이루어져 있다는 것이다. 그럼에도 「금강」이 감동을 줄수 있는 것은 역사적 사건들의 서술에 배어들어 있는 시인의 강렬한 시선, 곧 역사의 진실을 밝혀 드러내고야 말겠다는 치열한 정신이 살아 있기 때문이라 한다. 그는 「금강」에서 신하늬의 인물 설정에 실패한 것은 바로 그러한 정신이 시인의 주관적 정서보다 약화되는 데서 말미암은 것이라 하였다.[14]

이상에서 살펴본 바와 같이, 이들의 견해 가운데 「금강」이 서사시로서의 부정적 측면은 역사를 바탕으로 하는 객관성이 시인의 주관과 감정 개입으로 인해 이완되었으며, 신동엽의 의식의 한계로 나타나는 지향점의 혼미함과 구성상의 허술함 등으로 요약할 수 있다. 특히 이들은 신하늬와 인진아의 등장을 「금강」의 서사시로서의 결정적 결함으로 지적하였다. 그러나 이러한 결정에도 불구하고 이들은 「금강」이 주는 감동적 측면을 긍정적으로 평가하고 있다. 곧 「금강」의 내용적 가치는 널리 인정되는 것이다. 이러한 가치는 결국 이 작품의 서사적 구조 속에서 가능한 것이라 하겠다. 왜냐하면 「금강」이 서정적 요소보다는 서사적 토대가 강하기 때문이다. 다만 역사적 사실의 객관적 서술이나 세부 묘사가 약한 것은 사실이라 할 수 있다.

---

13) 조태일, 「신동엽론」, 『신동엽』, 온누리, 1983, 65~74쪽.
14) 엄무웅, 「서사시의 가능성과 문제점」, 김윤수 외 편, 앞의 책, 27쪽.

그동안 「금강」에 대한 서사시의 비판적 견해들은 대개 서사시를 서구에서 발달 쇠퇴했던 장르라는 입장에서 완벽한 서구적 관점으로 보았던 결과이다. 그리하여 서사시는 중세에 이미 운명을 다한 문학형식이기 때문에 오늘날 존재할 가치가 없다 하고, 서사시의 창작 욕망은 소설문학 형식으로 교체되어야 한다는 것이 그들의 주장이다. 이러한 사실은 서사시를 소설 이전의 형식으로 이해하면서, 서사시가 발전하여 소설이 되었다는 모울톤(Moulton)의 견해를 그대로 받아들이는 것이다.[15] 그러나 우리 시의 경우는 서구와 다른데, 그것은 서사시가 근대 이전에 존재했던 문학형식이 아니라, 1920년대 이후 이 땅에 자리 잡았다는 점이다. 따라서 우리의 서사시는 소설 이전 형태의 문학형식이 아니라 시의 한 방법으로 개발된 것이며, 집단의 운명을 상징하는 영웅 이야기가 아니라 구체적 개인의 이야기로 나타난다. 또한 그것은 객관적 사실 서술이기보다는 객관적 사실의 주관적 표현에 가깝다. 나아가 과거 사실의 소재에 국한하지 않고 현재 사실까지도 대상으로 한다[16]는 점을 특징으로 들 수 있다.

그러므로 르네 웰렉(R. Wellek)과 오스틴 워렌(A. Warren)의 장르에 대한 견해는 매우 시사적이다. 그들에 의하면 문학양식은 작가를 규제하지만, 거꾸로 작가에 의해서 문학양식도 규제를 받는다고 한다. 따라서 장르란 고정된 것이 아니라 새 작품의 첨가에 따라 범주도 달라질 수 있다는 것이다. 그들은 장르를 외적 형식(독특한 운율이나 구조)과 함께 내적 형식(태도와 가락과 목적, 주제와 독자)에 바탕을 둔 작품의 분류

---

15) 홍기삼, 「한국서사시의 실제와 가능성」, 『문학사상』, 1975. 3.
16) 위의 책, 372쪽.

로 파악할 것을 제기하였다. 그들은 19세기에 와서 장르의 개념도 변동하였고, 장르는 순수성에 의해서만이 아니라 포괄성이나 풍부함 위에서도 세워질 수 있다고 주장한다. 따라서 낡고 계속 반복되는 유형은 따분한 것이며, 장르는 작가가 이용할 수 있고 독자가 이미 이해할 수 있는 간편한 미적 의장의 완화를 가리킨다고 하였다.[17] 그 결과 훌륭한 작가일수록 어느 부분은 현존하는 장르를 그대로 따르지만, 어느 부분은 그것을 신장하기도 한다는 것이다. 그러므로 장르의 순수성을 고집하는 것은 작가의 창작과정상의 독창성을 몰각하고 장르 개념을 작품 쓰는 규범으로 잘못 생각할 우려를 낳을 수 있다. 왜냐하면 어떠한 장르도 이론적으로 설정되는 모든 조건을 다 충족시키지는 못하기 때문이다. 「금강」에 대한 서사시 논의는 역사적 사실의 객관성 결여, 허구적 인물 신하늬를 통한 작자의 주관 개입, 서정적 요소의 지나친 도입 등으로 부정적 평가가 제기되었다. 그러나 장르는 외적 형식뿐만 아니라 내적 형식의 중요성도 고려되어야 한다. 이 작품의 내적 형식으로 독자에게 주는 감동과 시인의 창작의도는 가치 있게 받아들여야 하기 때문이다. 「금강」을 해석할 때 서사시의 개념만을 고수하려 하면 이 작품의 서사적 구조와 문학적 감동에 대해서는 소홀하게 된다는 점을 항시 염두에 두어야 한다.

---

17) R. Wellek & A. Warren, *Theory of Literature*(Penguin Books, 1970), pp.226~237 참조. 서사시뿐만 아니라 모든 문학의 장르들은 항시 일정한 조건들을 구비한 고정된 실체가 아니라, 끊임없이 변화하는 가운데 생성하고 소멸하는 역사적이고 사회적인 존재로 이해해야 할 것이다.

신동엽의 시와 삶

2) 「금강」의 서사성

서사시의 일반적인 특성은 첫째, 주인공은 위대한 국가 민족적, 인류적 영웅이다. 둘째, 사건이 벌어지는 배경은 광대하다. 셋째, 영웅적 행위는 인간의 차원을 넘어 초자연적 성격을 띤다. 넷째, 본래 귀족적 청중에게 음송되던 것이었기에 장중한 문체로 또는 거기에 어울리는 운율로 구성되어 있다. 다섯째, 서사시는 보편적 중요성을 갖는 큰 주제를 다루므로 자연히 객관적이다. 작자는 자신의 개인적 정서나 사상에 집착하지 않고, 커다란 역사 공동체 나아가 인류 전체의 이념을 기리는 입장을 고수한다. 또한 광범위한 배경 속에서 벌어지는 많은 부차적인 영웅들의 행위도 다루므로 소재가 다양하고 전체적으로 내용은 매우 포괄적이다. 즉, 한 민족 집단의 종교, 군사뿐만 아니라, 풍속, 사회구조, 상공업, 교육, 사상 등 집단생활의 모든 면모가 언급되고 논의되며 비판되는[18] 것으로 요약된다.

그러나 이러한 서사시의 개념은 특정 작품을 재단하는 입장보다는 가능성을 수용하려는 태도로 적용할 필요가 있다. 그리고 이상의 서사시 기준으로 볼 때에도 「금강」은 첫째, 둘째, 넷째 항에는 부합된다. 아울러 문학작품에서 작자의 의도도 중요시되어야 한다. 작자가 자신이 쓴 작품에 붙이는 장르의 명칭과 그 작품의 객관적 장르성과는 별개의 것일 수 있다. 그러므로 신동엽이 그의 시 「금강」에 붙인 '서사시'란 장르 한정이 곧 이 시를 서사시로 성립시키지는 못한다. 문학작품은 작자의

---

18) F. J. Warnke & O. B. Hardison, *Princeton Encyclopedia of Poetry and Poetics*(Princeton Univ. Press, 1974), pp.242~246 참조.

의도에서 비롯되지만 결과는 그 의도와 직결되지 않기 때문이다. 그러나 그가 「금강」에서 추구한 주제의식과 서사적 구조 등 긍정적 측면은 가치 있게 이해해야 할 것이다.

한국 서사시의 논의에는 우리 실정에 맞는 서사시 개념을 정립할 필요가 있다. 서사시에 대한 견해들도 일정하지는 않는데, 다양한 견해들을 수렴할 때 다음의 다섯 가지를 제시할 수 있다. 첫째, 서사적 구조를 갖추어야 한다. 둘째, 역사적 사실을 토대로 해야 한다. 셋째, 집단의식을 드러내야 한다. 넷째, 운문으로 된 장시여야 한다. 다섯째, 극적인 구성을 갖추어야 한다. 이러한 관점에서 살펴보면 「금강」은 충분한 서사성을 확보하고 있다 해도 지나치지 않다. 또한 문학 양식은 내적 형식의 측면도 매우 중요하기 때문에 서사적 구조를 가지고 있다면 넓게 서사시의 영역으로 수용해야 할 것이다. 오늘날도 한국에서는 많은 시인들이 서사시에 관심을 가지고 있고, 서사시가 지속적으로 창작되고 있는 점도 충분히 고려되어야 한다. 그러므로 「금강」을 '설화시', '이야기시', '서사시' 등의 명칭으로 부르는 대신에 '서사시'로 통일하여 부르자는 주장[19]도 매우 시사적이다. 그동안 진행되어온 서사시 논의는 우리 시사의 현실적 요건과는 괴리된 채 '서사시, 서술시, 담시, 이야기시, 설화시, 장시' 등의 용어만 제시하는 결과를 초래하였다. 그러나 이러한 논의도 1970년대 후반에서 80년대 전반기에 이르는 시기에 활발한 창작에 의하여 촉발된 것이라는 점에서 보다 현실적이며, 나아가 시대적인 양식성에 대한 논의로 심화될 수 있는 계기를 마련하였음은[20] 재삼 음

---

19) 염무웅, 앞의 글, 49쪽.
20) 박윤우, 「민중적 상상력의 양식화와 리얼리즘의 탐구」, 『시와시학』, 1993. 봄.

신동엽의 시와 삶

미해볼 필요가 있다.

한편, 우리는 「금강」이 지닌 특수성을 이해할 필요가 있다. 동학은 민중사관에 입각해 있으며, 이러한 역사관이 「금강」으로 표상된 것이다. 이 작품에는 동학농민전쟁이 다소 거칠게 형상화되어 있는데, 이는 이 시가 창작될 당시 대중의 인식이 동학을 터부시하는 상태를 감안하여 리얼리티의 한계를 스스로 받아들일 수밖에 없었던 까닭이다. 따라서 역사적 사실의 종합화가 어려웠던 만큼 서사의 합법적 구조도 어려웠던 것이다. 아울러 한국 현대서사시를 쓴 시인들은 모두 서정시인으로 출발하여 서사시를 썼는데,[21] 이 점에는 신동엽도 예외가 아니다. 그는 체질상 서사시로서의 장중한 문체를 이끌어 나가기에 성급한 면이 없지 않았다. 그러나 그는 자기 혼자만의 문제에 골몰했던 시인은 아니었다. 「금강」을 통하여 동학농민전쟁 속에 내재하는 민족사의 유장한 힘과 가락을 노래하려 하였고, 과거의 역사를 통해 오늘의 대중을 깨우치고자 시도하였다. 그 결과 작중 화자의 이미지가 신동엽에 가까운 경우가 많다고 하겠다. 허구적 인물 신하늬의 등장 문제도 이 점에서 이해되어야 한다.

신동엽은 100년 전의 동학을 이야기하면서 허구적 인물을 등장시켜 현재와 연결시킨다. 과거를 통해서 현재를 조명하고 미래를 예시하려는 그의 의도를 이해하여야 한다. 「금강」은 이 작품에 등장하는 인물 신하늬가 신동엽의 분신이었다는 사실보다는, 자신의 심정적 특성이 걸러지지 않고 표현되어 있다는 데에 문제가 있다고 본다.[22] 이 점은 작중에서

21) 김홍기, 「한국현대서사시연구」, 서익환 외, 『한국현대시탐구』 1, 민족문화사, 1983.
22) 필자의 견해와 같은 생각은 염무웅에게서 발견된다.
그는 「금강」에서 근본적으로 문제되어야 할 것은 신하늬라는 인물의 설정 자체라

신하늬는 가난한 농민의 신분이지만 봉건적인 성격을 띠고 등장하는 데서도 발견된다. 그러나 이것이 「금강」의 전체상에는 문제점을 야기하지 않는다.

이 시는 '서화', '후화' 등의 시와 이어져 더 큰 의미를 산출한다. '후화' 1에는 화자가 비오는 서울 종로 거리를 걷다 소년을 만난다. 이 시의 소년은 '아기 하늬' 이미지로 읽을 수 있다. 이 시에서 '아기 하늬'는 노동자의 물결 속으로 나아감으로써 노동자로 살아감을 의미하는데, 이는 눌려 있는 민중들에 대한 연민을 드러내며 그들과 함께하려는 시인의 의지로 파악된다. 이 부분의 노동자도 계급투쟁으로서의 노동자 이미지는 아니며 삶의 원초적 모습, 즉 대지와 접촉하는 싱싱한 원수성으로서의 '쟁기꾼'이다. 이렇듯이 「금강」에서는 입체적인 구성이 중요한 시적 형상화의 수단이 되고 있는 것이다.

「금강」은 서사성을 지니고 있으며, 적어도 단순한 장시는 아닌 것이다. 이 작품의 결말 부분은 슬픔과 현실적 좌절을 보이나, 이러한 표층구조의 비극은 그 심층구조 속에 긍정적, 이상적, 미래 지향적인 면을 지니며 민중의 끈질긴 생명력을 지니고 있다. 그것은 '후화'에 등장하는 '소년'을 통해서 미래의 시간적인 가능성으로 보여주기 때문이다. 또한 그것은 일종의 '어린 쟁기꾼', 즉 동학의 토양에서 태어난 '소년'을 보여줌으로써 가능하였다. 이러한 의미구조 속에서 이 작품이 주는 감동의 폭은 큰데, 이는 「금강」이 갖는 '비극적 구조'로 파악된다.

「금강」은 액자 구성으로 파악할 수 있다. 이 작품은 '서화' – '제1장 –

기보다는, 작자가 그 인물의 객관화에 냉엄한 철저성을 기하지 못하였던 데 있다고 하였다(염무웅, 앞의 글, 26쪽).

신동엽의 시와 삶

제26장'-'후화'의 플롯으로서, '제1장-제26장'의 주 플롯과 '서화', '후화'의 보조 플롯으로 이루어져 있다. 이때 액자 구성에서의 '서화'와 '후화'는 도입부와 결말부의 기능을 갖는다.

'서화'는 '제1장-제26장'의 내용을 전개하기 위한 도입부이다. '서화' 1에서는 서술자의 유년이 회상된다. 신동엽의 유년기인 1930~40년대, 즉 일제강점기가 회상되는 역사의 배경이다. 이 부분에서 어른들은 아이들에게 이야기를 조심조심 들려주고, 어린 아이들은 "침장이에게 잡혀가는 노래"를 배워 부른다. 그 이유는 "그 이야기의 씨들은/떡잎이 솟고 가지가 갈라져서/어느 가을 무성하게 꽃피리라"는 믿음 때문이다. 어른들이 아이들에게 들려주는 '이야기'가 바로 「금강」의 중심 내용이 되는 동학농민전쟁에 관한 것이다. 아이들이 노래를 배워 부르는 과정은 동학의 정신을 전수하는 과정이다. 동학의 '이야기'는 이 시의 '제1장-제26장' 속에서 전개된다. '서화' 2에는 역사적 시간을 '1960년 4월→1919년→1894년'으로 거슬러 올라가서, 동학의 정신이 우리 민족사의 혈맥 속에 면면히 흘러오고 있음을 강조한다. 도입부에서 서술자는 "잠깐 빛났던/당신의 얼굴"을 찾기 위해 "東海/原色의 모래밭/사기 굽던 天쯤 뒷길"을 찾아다닌다. 그리고 이제 그 '이야기'를 '제1장'에서부터 전개시켜 나아간다. '후화' 1은 화자가 "밤 열한시 반/종로 5가 네거리"에서 '소년'을 만난다. 화자는 "충남 공주 銅穴山, 아니면/전라남도 해남땅 어촌 말씨"를 쓰는 '소년'의 "죄 없이 크고 맑기만 한" '눈동자'를 본다. 그 '소년'은 "노동자의 홍수 속에 묻혀" 사라진다. '후화' 2에서는 1894년 3월→1919년 3월→1960년 4월까지 우리의 피 속에 흘러오며 살아 있는 민중의식을 서술하고 있다. 시인은 "1960년 4월/우리는/적은 피 보았느니라./왜였을까, 그리고 놓쳤느니라."고 표현함으로써 4·19

의 실패에 대한 아쉬움을 토로한다. 이어서 "그러나/이제 오리라"는 미래에 대한 믿음을 보이며 후일의 '해후'를 기약하고 끝을 맺는다.

「금강」의 시간 배경은 대략 다음과 같다.

1960. 4 → 1919 → 1894(제1장 →제26장) → 1894. 3 → 1919. 3 → 1960. 4

「금강」의 비극적 구조는 '제1장→제26장' 속에서 찾을 수 있다. 「금강」은 동학농민전쟁을 서사의 주된 내용으로 하여 역사적 실재 인물인 전봉준, 김개남, 손화중, 김남지, 최경선 등이 등장한다. 그러나 이 시의 창작의도는 동학농민전쟁의 실증적 증언에만 머물지 않는다. 그러기에 신하늬와 인진아라는 허구적 인물도 함께 등장하고 있다. 이렇듯이 사실과 허구가 결합하여 「금강」의 서사구조를 이루는 것이다. 그동안 「금강」에 등장하는 허구적 인물은 이 시의 가치를 훼손하는 요인으로 이해되어 왔다. 그러나 「금강」은 '서화', '후화'가 감싸는 액자 구성 속에 또 하나의 액자 구성을 발견할 수 있다. 그것은 전봉준이 중심이 되어 '혁명'을 주제로 하는 동학농민전쟁과 그것을 감싸고 있는 신하늬와 인진아의 '사랑'의 서사 구조이다.

그러므로 「금강」에서는 전봉준을 중심으로 하는 서사구조와 신하늬와 인진아를 중심으로 하는 서사구조로 나누어 볼 수 있다. 물론 하나의 작품 속에서 인물의 층위가 분리되어 의미를 나타내지는 않는다. 사건 속에서 인물들은 상호역동적인 관계에 놓이기 때문이다. 「금강」은 전봉준을 중심으로 하는 서사구조로써 동학농민전쟁에서 민중이 주체가 된 혁명을 주제로 부각시킨다. 그리고 신하늬와 인진아를 중심으로 하는 서사구조로써 이들 간의 사랑을 통해서 혁명을 감싸안고 있다. 그러므로 신하늬는 전봉준과 직접 관계하며 혁명에 가담하여 적극적인 조력자 내지는 제안자로 행동한다. 인진아도 부상당한 농민군들을 치료하고 농민군들의 음식을 마련하며 이 혁명 속에 참여하였다. 그렇지만 이들의 비극적 세계와의 투쟁은 패배하고 사랑도 좌절된다. 그리고 이들의 좌절은 죽음으로 이어진다. 「금강」은 이 부분에서 우리에게 연민을 불러 일으키며 비극적 승화를 보여준다. 그리하여 전봉준의 죽음은 그가 남긴 '하늘을 보아라!'는 말 속에 담긴 동학정신으로 승화되어 비극적 초월을 하였고, 신하늬와 인진아 사이의 사랑의 좌절은 이들 사이에서 탄생한 '아기 하늬'에 의해서 비극적 초월에 도달한다.[23] 따라서 이 시에서의 혁명의 패배와 사랑의 좌절은 연민의 정서를 유발시키며 비장미를 부여해주고 있다.

「금강」에서 '아기 하늬'는 미래의 전망 제시뿐만 아니라 '서화'와 '후화'의 연관성을 이끌어내고 있다. 이 작품은 전봉준을 중심으로 하는 혁명의 주제와 신하늬와 인진아를 중심으로 하는 사랑의 주제가 상호결합되어 있는 것이다. 이러한 결합을 통해서 「금강」은 집단과 개인의 문제를 동시에 보여주고 있다. 우리는 이 작품에서 집단의 패배 속에서는 개인 간의 사랑 또한 좌절될 수밖에 없다는 점을 간과해서는 안 된다. 왜냐하면 개인의 사랑은 집단 전체의 운명에 의해서 너무도 쉽게 무너져 내리기 때문이다. 그러므로 신동엽은 「금강」에서 개인의 사랑이 집단 전체의 운명과 어떠한 연관성을 가지고 있는가도 아울러 제시해준 것이다.

「금강」은 다음과 같은 해석을 낳을 수 있다. 그것은 신동엽이 중요시했

---

23) 졸고, 「〈금강〉의 서사성과 비극적 구조」, 『논문집』 제24집, 한남대, 1994. 4, 10~22쪽 참조.

던 '시', '사랑', '혁명'과 '원수성', '차수성', '귀수성' 사이의 관계를 의미한다. 그에 의하면 '원수성의 세계'는 씨앗을 뿌리는 때라 할 수 있다. '차수성의 세계'는 그것이 무성하게 자라 가지를 뻗고 잎과 열매를 키우는 때이며, '귀수성의 세계'는 씨앗을 거두어 갈무리하는 때이다. 즉, 귀수성의 세계는 새로운 씨뿌림을 위한 준비단계인 것이다. 그러므로 「금강」은 '혁명'이라는 차수성 세계의 결과를 '사랑'으로 갈무리하여 '시'로 뿌린다는 의미로 파악할 수 있다. 신동엽은 「금강」을 통해서 동학혁명을 역사적 사실로 방치하지 않고 허구적 인물 신하늬와 인진아 사이의 '사랑'으로 갈무리하여 서사시로 뿌리고 있는 것이다. 따라서 '서화'에서 어린 아이들이 "침장이에게 잡혀가는 노래"를 배워 조심스럽게 부르고, 어른들은 아이들에게 이야기를 조심조심 들려주었던 것이다. 그것은 "그 이야기의 씨들은/떡잎이 솟고 가지가 갈라져서/어느 가을 무성하게 꽃피리라"는 믿음 때문인데, 이 점이 바로 「금강」의 창작의도인 것이다.

2. 문학의식 고찰

신동엽의 시는 당대 사회 현실에 대한 인식으로부터 출발하고 있다. 그의 시가 철저히 모더니즘을 부정하고[24] 출발한 것도 그렇거니와 민

---

24) 『신동엽전집』, 374~380쪽 참조.
한편, 신동엽이 모더니즘의 극복을 위한 출구를 열어주었다는 시사적 평가를 하면서도, 그는 모더니즘이 철저히 극복되어야 하는 혼돈의 문학이지만, 그것을 일면 자기 나름으로 이어받아 내적으로 극복해야 하는데, 완전히 그것과 다른 자리에서 시작하여 1950년대 한국적 모더니즘이 지닌 근본적 모순 해결에는 간접적으로 기여할 수밖에 없었다는 비판도 제기되었다.
「한국시의 반성과 문제점」(좌담회), 『창작과비평』, 1977. 겨울.

족적인 문제를 끊임없이 천착해간 것 또한 여기에서 기인한다. 그러므로 그에게는 개인적인 문제보다 국가나 민족의 역사 현실이 중요시되었다. 그는 개인적인 것으로 보이는 작은 경험도 포괄적으로 역사 사회 현실과의 연관성 안에서 파악하였다. 그가 비극적으로 전개되어온 우리 민족의 역사에 대한 극복의지에 남다른 시적 열정을 쏟아 부은 것도 다 이 맥락에서 해석될 수 있다. 그의 이러한 노력은 자신의 경험적 진실성에 대한 추구에 시적 관심을 두고 있음을 말해준다. 시세계는 시적 상상력에 의해서 구축되는 것이라 하더라도 그 기반으로써 일상의 삶과 그 현실적 조건이 언제나 문제가 된다.[25] 그러므로 시적 대상으로서의 현실은 결코 외면하거나 회피할 수 없는 국면에 해당하는 것이다.

「금강」은 동학농민전쟁을 굳어버린 역사적 사실로 다루지 않았다. 신동엽은 이 작품에서 동학농민전쟁을 3·1독립운동이나 4·19혁명으로 이어져 온 우리 민족의 정신적 원류로 파악하였다. 나아가서 그것은 현재에도 살아 있는 정신으로 이해하고, 그것의 재현을 모순된 역사를 지양해갈 수 있는 대안으로 제시하였다. 그가 과거를 바라보는 태도는 단순하게 지나간 역사에 대한 복고주의적 경향으로 해석되지 않는다. 그것은 현실 극복이라는 차원에서 미래 지향의 한 대안으로 나타난다. 이 점에서 신동엽의 역사에 대한 관심은 "역사는 과거와 현재의 대화다"[26]

---

25) 권영민, 앞의 책, 232쪽.
26) E. H. Carr, 황문수 역, 『역사란 무엇인가』, 범우사, 1984, 29~30쪽.
   신동엽은 「금강」에서 살아 움직이는 역사의 사실을 취급한다. 그는 시를 통하여 일정한 사실의 상상적인 이해를 꾀하고, 다시 과거의 이해를 통하여 현재에 대한 이해를 심화하고자 했다.

라는 인식 위에서 씌어진[27] 「금강」은 바로 1세기 전에 있었던 농민전쟁의 사실(史實)로 현재화해 보여주었다. 그러기에 「금강」은 동학농민전쟁에 대한 새로운 해석과 변용이 수반되어 있다. 즉, 그는 현실 극복의 차원에서 동학사상을 새롭게 조명하였던 것이다. 따라서 이 작품에 차용된 과거는 현재를 철저하게 파악하기 위한 전거가 되며, 미래를 향한 진취적 발판으로 이해할 수 있다. 그 결과 이 작품은 1960년대라는 현실과의 암유적 관계를 통해서 과거와 현재를 대비시켜 놓은 것이다.

신동엽은 서사시 「금강」에 문학적 열정을 쏟아 부어 그의 시세계 전체를 포괄하는 의식을 드러내었다. 이 작품에 나타난 그의 의식은 반외세 민족해방의식, 반계급 민중해방의식, 반봉건 민주화의식 등으로 파악된다.

1) 반외세 민족해방의식

신동엽의 서사시 「금강」은 동학의 '인내천' 사상에 바탕을 두어, 착취구조에 대한 혁파를 시도하고 있다. 그는 현실의 모순을 지적하기 위해서 동학사상을 적용하였던 것이다. 그는 이러한 사상을 어떻게 문학 속에 수용할 것이냐 하는 고민에서 단시보다는 서사시를 선택하였고, 구체적인 역사적 사실로 '동학농민전쟁'을 취했다. 한국 문학 속에서 서사시가 창작되는 동기는 서사시에서 다루고 있는 이야기와 현실과의 암유

---

27) 신동엽은 구상회와 1953~4년에 부여, 논산 일대를 탐사하며 민족사상으로서의 동학을 이해하기 위해 남다른 열정을 보여주었다. 그리고 이러한 체험은 곧 「금강」의 창작 토대가 되었다.

적 관계가 중요하게 부각된다. 예컨대 내우외환에 시달리던 고려 무신 정권 밑에서 이규보는 「동명왕편」을 썼고, 일제강점기에 김동환은 「국경의 밤」을 썼다. 또한 6·25 수난기에 김용호는 「남해찬가」를 썼으며, 그 연장선상에서 1960년대 민족 현실 위에서 신동엽의 「금강」도 씌어진 것이다.[28] 또한 그러한 점은 1970년대와 80년대로도 이어졌고, 90년대에도 계속적으로 서사시가 창작되고 있다. 그러므로 신동엽은 「금강」에서 동학농민전쟁을 소재로 하여 사실적인 이야기의 전개만을 목적으로 하지 않았던 것이다. 우리가 이 시에서 시적 내용과 현실의 함유적 관계를 중요하게 인식해야 하는 까닭도 여기에 있다. 이 시의 시점은 현재인 데 반하여, 내용이 과거인 것은 현재의 의식이 처해 있는 상황을 이해하는 데 원근법을 제공해주는 역할[29]을 하는 것이다.

앞서도 거론한 바 있지만, 「금강」은 구성상 '서화'와 '후화'의 짜임을 올바로 이해해야 한다. 이 시에서 '서화'의 도입과 '후화'의 결말 역할은 단순한 형식적 측면을 벗어나 「금강」의 창작의도까지 보여주기 때문이다. 이 시의 '후화'에 등장하는 '소년'은 신하늬의 아들로서 하늬의 정신을 이어받은 동학의 싹으로 해석할 수 있다. 문학은 과거의 사실을 다룬다 해도 거기에는 현실의 이해와 작가의 세계관이 개입할 수밖에 없다. 그것은 이미 모방론의 한계로 지적되어온 것이기도 하다. 더구나 신동엽은 「금강」에서 동학사상을 현실 극복의 한 대안으로 제시하고 있다. 그렇지만 '동학농민전쟁'은 그 기본정신의 숭고함과는 달리 실패한 경우이다. 그러기에 신동엽은 그것의 실패원인을 문제 제기하고 비판을

---

28) 김재홍, 앞의 책, 8쪽.
29) 김우창, 앞의 책, 207쪽.

가하였다. 그 역할은 이 작품 속에서 '신하늬'에 의해서 이루어진다. 이렇듯이 「금강」은 현실의 이해를 위한 과거 차용의 관점에서 동학농민전쟁의 사실을 현실과 대비시킴으로써 현실 극복과 미래지향의식을 형상화하였던 것이다.

「금강」의 기본정신은 동학사상에 근거하였다. 동학사상에는 외래사상에 물들지 않은 소박한 우리 민중들의 사고가 깃들어 있다. 신동엽은 그것을 민족 역사의 주체성이라는 관점에서 가치 있게 받아들였다. 동학사상의 본질로 강조해야 할 점은 인본주의적 요소로 파악된다. 이는 '인내천'으로 표현되는데, 한국인의 경천사상을 그 모체로 한 것으로서 인간이 곧 하늘이라는 '시천주'의 사상이 논리적으로 발전된 형태이다.[30] 동학에는 민족 고유의 사상이 강하게 나타나기 때문에 민족주의적 요소를 강조하고 있다. 민족주의의 종교적 요소나 종교의 민족주의적 요소는 서로 강한 밀착성을 갖는다. 왜냐하면 종교의 성립에는 민족주의적 열정이 필요한데, 동학사상은 민족주의적 성향을 강하게 띠고 있었기 때문이다. 후진 국가의 신흥 종교는 외세의 침투에 따른 위기의식이 중요한 발원이라는 공통점을 가지며, 이 고난을 해탈하는 방법으로 민족주의적 색채를 띠게 된다. 동학도 청국에서의 사세의 횡포, 조선의 일련의 대외 분쟁, 청의 지나친 종주국적 태도에 대한 저항감과 대일반감이라는 민족주의가 발생의 중요한 동인[31]이 되었다. 따라서 이 점은 곧 신동엽의 「금강」에 반외세 민족해방의식으로 표출되었던 것이다.

---

30) 신복용, 『동학사상과 갑오농민혁명』, 평민사, 1985, 208쪽.
   한국인들은 지정학적 차원에서 자연주의적 경향을 띠는데, 그 실체로는 경천사상, 평화사상, 호국사상을 포함한다.
31) 위의 책, 253~254쪽.

동학사상은 분명한 외적 투쟁의 대상을 갖고 있었다. 그것은 척왜이며, 척화이고, 척양이었던 것이다. 그러기에 「금강」은 청국과 일본에 대한 농민전쟁으로 전개된다. 우리의 역사에서 대두되는 모순은 외세의 문제, 계급의 문제, 봉건성의 문제 등 다층적으로 드러난다. 「금강」에는 이러한 문제들이 '제6장'과 '제13장'에 적나라하게 드러나 있다. 신동엽의 역사의식은 신라가 외세를 불러들이는 역사를 초래하였기 때문에 철저한 비판의 대상으로 인식한다. 왜냐하면 그로부터 이조 5백 년을 거치며 당나라, 청나라, 일본 등의 개입을 불러왔고, 8·15 이후에는 미국의 지배를 받게 되었다고 보기 때문이다. 동학농민전쟁은 보국안민의 기치를 내세워서 1860년대 민란의 정치적 한계성을 극복하고 반봉건 반제국주의적 사회개혁이념을 내포한 종교사상을 형성함으로써 빈농계층의 정치의식을 체계화[32]하였다. 이로써 동학농민전쟁은 반외세 민족해방의식을 실천적 행동으로 발전하였던 것이다. 그러므로 신동엽은 「금강」에서 이 점을 부각시키고 있다.

신동엽의 반외세 민족해방의식은 「금강」의 제15, 16장에서 출정하는 농민군들의 깃발에 새겨진 구호를 통해 제시되어 있다.

"양민을 학살하지 말라"
"물리치자 暴政 구제하자 백성"
"몰아내자 왜놈 몰아내자 洋놈 몰아내자 모든 外勢"
"백성님은 한울님이니라"
"일어나라 백성들이여 물리치자 官의 횡포"[33]

---

32) 박영학, 『동학운동의 공시구조』, 나남, 1990, 251쪽.
33) 『신동엽전집』, 192쪽
    이는 당시의 '농민군 4대 행동강령'이기도 하다. 첫째, 사람을 함부로 죽이지 말

위에 인용한 구호에는 「금강」에 나타난, 외세를 몰아내고 민족의 해방을 쟁취하려는 동학의 기본정신이 나타나 있다. 신동엽이 반외세를 부르짖었던 이유는 당시의 현실로부터 추출되었다. 그의 현실인식이 우리 민족의 역사에 대한 관심에서 출발했을 때 민족의 역사는 비극의 악순환으로 파악될 수밖에 없었다. 그것은 그의 생애가 일제강점기, 8·15 해방과 혼란, 1950년 6·25에 의한 동족상잔의 비극, 1960년 4·19혁명과 5·16군사정변 등 첨예한 질곡의 연속이었기 때문이다. 이러한 우리 민족 역사의 비극적 전개는 외세와 연관을 갖고 있는데, 그것은 우리 민족의 주체성 상실이 원인이자 결과였던 것이다. 그러므로 현실의 모순을 극복하는 차원에서 신동엽에게 역사의 주체성 회복은 가장 시급한 문제로 떠올랐다.

그의 시에서 주체성 상실은 가깝게 그가 살았던 당대의 일제강점기로 거슬러 올라가지만, 멀게는 조선 오백 년으로 거슬러 올라간다. 그리하여 그는 모순의 발생 근거 파악과 함께 그 이전에 존재했던 긍정적 상황을 확인하고자 하였다. 신동엽의 시에는 현실 비판적 차원으로 자주 역사가 차용되는데, 이는 민족의 주체성을 현실 위에 환기시키려는 그의 의도로 해석된다.

① 보세요 다시 떠들기 시작한 저 소리들. 五百年 붙어살던 宮殿은 그대로 무슨 청인가로 살아 있어요. 잇달은 벼슬아치들의 中央塔에의 行列

고 가축을 잡아먹지 말라. 둘째, 충효를 다하여 세상을 구하고 백성을 편안케 하라. 셋째, 왜놈을 몰아내고 나라의 정치를 바로잡는다. 넷째, 군사를 몰아 서울로 쳐들어가 권귀들을 모두 없앤다.
우윤, 『전봉준과 갑오농민전쟁』, 창작과비평사, 1992, 171쪽.

신동엽의 시와 삶

이 곤두서 볼만쿤요.

                  — 「주린 땅의 指導原理」 부분

② 남은 것은 없었다.
  나날이 허물어져 가는 그나마 토방 한 칸.
  봄이면 쑥, 여름이면 나무뿌리, 가을이면 타작마당을 휩쓰는 빈 바람.
  변한 것은 없었다.
  李朝 오백년은 끝나지 않았다.

                         — 「鍾路五街」 부분

위 시 ①에서 신동엽은 현실을 "李朝 오백년은 끝나지 않았"고 "오백년 붙어살던 宮殿은 그대로 무슨 청인가로 살아있다"고 파악한다. 그간의 역사는 우리 민족이 역사의 주체성을 상실하여 외세에 의지하면서 왕족이 그들과 내통하여 형성된 권위를 통해 민중들을 피폐한 삶 속에 허덕이도록 해온 악순환이었다. 그래서 시 ②에서 '벼슬아치들'은 부귀를 누리는 반면에, 민중들은 "나날이 허물어져 가는 그나마 토방 한 칸"의 삶을 연명할 뿐이다. 민중들은 "봄이면 쑥"으로 "여름이면 나무뿌리"로 끼니를 잇고, 수확의 계절인 가을이 되어도 결과는 "타작마당을 휩쓰는 빈 바람"뿐이다. 그들은 봄, 여름의 가난과 고통을 딛고 가을이나마 어느 정도 수확의 기쁨과 풍요가 있기를 바라지만 그렇지 못했다. 왜냐하면 부패한 관리들에게 모두 세금으로 바쳐야 했기 때문이다. 이러한 과정은 지금까지도 변한 것이 없어 시인은 "李朝 오백년은 끝나지 않았다"고 단적으로 지적하였다.

신동엽은 이러한 모순된 역사의 근원을 거슬러 올라가서 통일신라의 형성과정을 비판하였다. 신라는 당나라를 끌어들여 그 힘을 등에 업고 삼국을 통일하였다. 그것도 북방의 상당 부분을 상실한 채였다. 이때 신라의 요청에 의한 외세 개입은 오늘까지도 비극으로 이어져 오는 것이다. 이 점은 「금강」의 제6장에서 외세의 개입에 의한 비극적 역사 전개를 서술하면서, "新羅왕실이/백제, 고구려 칠 때/唐나라 군사를 모셔왔지."라고 적나라하게 지적하였다.[34] 그의 시에 신라와 통일신라는 철저히 배제되어 있는 반면에, 상고시대, 삼한, 북부여, 백제, 고구려, 고려는 매우 긍정적 시선으로 받아들여지고 있다.

① 후고구렷적 장수들이
　의형제를 묻던

—「진달래 山川」 부분

② 四月十九日, 그것은 우리들의 祖上이 우랄高原에서 풀을 뜯으며 陽
　달진 東南亞 하늘 고흔 半島에 移住오던 그날부터 三韓으로 百濟로 高
　麗로 흐르던 江물.

—「阿斯女」 부분

③ 黃眞伊 마당가 살구나무 무르익은 고렷땅, 놋거울 속을 아침 저녁 드
　나들었을 눈매 고흔 百濟 미인들의.

—「阿斯女를 울리는 祝鼓」 부분

④ 너의 눈동자엔
　北扶餘 달빛

---

34) 신동엽은 삼국시대 이전의 역사에서도 신라를 배제시키고 있다. 그의 시에 백제
와 고구려는 표현되어 있지만, 신라는 나타나지 않는다. 그만큼 그는 주체성 상실
의 근원을 비판적으로 인식한 것이다. 그 점은 그의 시에 다음과 같이 나타난다.
"우리들에게도/생활의 時代는 있었다.//백제의 달밤이 지나갔다,/고구려의 치맛
자락이 지나갔다."(「금강」 '제6장' 1연과 2연)

신동엽의 시와 삶

젖어 떨어지고,

                              —「보리밭」부분

⑤ 馬, 辰 사람에
   조개무덤 쌓던

                              —「여름 이야기」부분

⑥ 꽃들의 追憶 속 말발굽 소리가 요란스러면,
   내일 高句麗로 가는 石工의 주먹아귀

                              —「蠻地의 音樂」부분

⑦ 아침 저녁 비쳐들었을 무르익은 高麗땅 놋거울 속에

                              —「불바다」부분

   이상의 시에 나타난 바와 같이 '후고구려, 삼한, 백제, 고려, 북부여,
마, 진, 고구려' 등은 신동엽이 현실 비판을 위해 차용한 과거들이다. 이
러한 시대는 우리 민족사의 흐름 속에서 매우 긍정적으로 이해되고 있
다. 그러나 '신라'나 '통일신라'는 그의 시 어디에서도 비판적이다. 한
편, 나당 연합군에 의한 백제의 멸망은 우리 민족사의 비극이 가장 심화
된 경우이다. 그러므로 백제는 철저히 패망의 공간이 되어 이곳에서 한
이 전형화되었다.[35] 백제의 옛 도시 부여를 끼고 도는 금강은 민족사의
시련을 뚫고 면면히 흐르고 있다. 신동엽의 시에 한이 자리하는 것도 그
의 관심이 민족사적 비극에 근원을 두고 있었기 때문이다. 백제의 멸망
과 직결되는 신라의 외세에 의존함은 곧바로 우리 민족사의 주체성 상
실의 뿌리가 되었고, 이로써 끊임없는 역사의 악순환으로 이어지게 되

---

35) 고은, 「한의 성찰」, 『문학과 민족』, 한길사, 1986, 27~28쪽.

었다. 그 결과 우리 민족의 역사는 대다수 민중들의 의지와 무관하게 일부 외세와 결탁한 벼슬아치들에 의해서 모순으로 전개되어 왔다.

그러므로 신동엽의 시적 관심은 늘 분단 극복의 의미와 연결되어 있다. 왜냐하면 외세로부터 벗어나 우리 민족이 해방을 맞이하기 위해서 보다 시급한 문제는 민족 동질성의 회복이었기 때문이다. 이 점에서 신동엽은 분단 극복 문학의 지평을 획득한다. 한국의 전후문학은 전후 현실의 황폐성과 삶의 고통을 개인의식의 내면으로 끌어들이고 있지만, 이데올로기의 허상을 정면으로 파헤치지 못한 채 정신적 위축 상태를 벗어나지 못하였다. 이 같은 상황에서 남북한의 민족적 동질성에 대한 인식도 점차 흐려지고, 급기야 분단 자체를 당연시하는 의식도 생겨나고 있는 실정이다.[36] 우리 현대문학사를 분단문학사로 이해할 때 분단문학이 민족 분단의 상황에서 비롯된 것이라면 분단문학의 지향점은 자명하다. 그것은 분단논리를 극복하고 민족문화의 총체성을 회복하고자 하는 데에 있는 것이다.[37] 따라서 제도나 물리적 수단에 의한 분단 극복 이전에 남북한이 하나의 민족이라는 동질성을 갖는 것은 매우 소중하다. 이를 바탕으로 분단 극복의 문학이 통일문학으로 나아가는 돌파구를 마련할 수 있기 때문이다. 이 점에서도 신동엽은 선구적 역할을 하였던 것이다.

　　　눈은 鋪道 위
　　　妙香山 기슭에도
　　　俗離山 東學골

---

36) 권영민, 앞의 책, 101쪽.
37) 위의 책, 27쪽.

나려 쌓일지라도
열 사람 萬 사람의 주먹팔은
默默히
한 가지 念願으로
行進

고을마다 사랑방 찌게그릇 앞
우리들 두쪽 난 祖國의 運命을 입술 깨물며

오늘은 그들의 巢窟
밤은 길지라도
우리 來日은 이길 것이다.

　　　　　　　　— 「밤은 길지라도 우리 來日은 이길 것이다」 부분

　위 시에서 신동엽은 남북 분단 현실에도 불구하고 민족 간의 동질성
을 확인하고 있다. 이 시의 이미지 '눈'은 역사의 시련을 강조해서 드러
낸다. '눈'은 땅을 덮어버림으로써 현실의 모순을 무마시키기 때문이
다. 이 시의 시간은 '겨울'과 '밤'으로 나타나 암담한 현실을 암시한다.
그러한 시련 속에서 화자는 "우리 來日은 이길 것이다"는 확신을 잃지
않는다. 그리하여 "사랑방 찌게 그릇 앞"에 둘러앉아 "두쪽 난 祖國의
運命을" 자각하고 내일을 기다린다. 시 구절 "사랑방 찌게 그릇"은 그동
안 간직해온 민족 동질성의 시적 상관물이다. 이 시에서 둥그렇게 둘러
앉은 '밥상'이 상징하는 공동체의 모습이 지금은 조국 분단이라는 고통
으로 가리워져 있다. 그리고 그 위로 '눈'이 내려 쌓여 현실의 고통과
모순을 가중시키지만, 북의 "妙香山 기슭"과 남의 "妙香山 東學골"에 사
는 "열 사람 萬 사람"은 "默默히,/한 가지 念願으로/行進"하고 있다. 이
시 제목에서도 드러나듯이, 그는 "한 가지 念願"이 현실로 나타나게 될

것을 믿고 있었다. 그것은 민족 통일이었으며, 우리 민족이 외세로부터 벗어나는 지름길이었던 것이다.

우리 민족에게 남북 통일은 시급하고 중요한 문제이지만, 양쪽에 뿌리박고 있는 이데올로기의 대립, 그 배후에 존재하는 강대국의 역학관계 등으로 다층적인 문제를 지닌다. 어쩌면 통일은 제도나 물리적 수단을 통해서는 결코 쉽지 않은 문제라 할 수 있다. 그러므로 민족 동질성 회복의 노력과 내일에 대한 믿음은 중요할 뿐 아니라, 통일을 위해 한 걸음 내딛는 가치를 갖는다. 이 시는 "고을마다 사랑방"으로 민족적인 정감을 환기시켜 남북의 동질성을 떠올려주고 있다. 이 시에서 '우리'는 남북을 통틀어 말하는 것이다. 신동엽은 이미 하나의 '우리'를 심정적으로 지니고 있었다. 그만큼 그의 민족 동질성 회복에 대한 열정은 뜨거웠고 확신에 차 있었다.

또한 우리 민족의 주체성 상실로부터 야기되어 온 외세의 개입과 관련된 분단 현실은 단순한 남북의 문제로 바라볼 수 없다. 이 문제는 세계사적 흐름과 동시에 파악되어야 한다. 다시 말하면 '통일'은 남북한의 이데올로기에 국한되는 것이 아니라 남북에 연관되어 있는 강대국의 문제, 나아가서는 세계사와도 관련되기 때문이다. 이러한 측면에서 신동엽의 사고는 폭넓은 이해의 한 면을 드러낸다. 그가 주장하는 '중립'의 문제도 여기에서 도출되었다. 그는 분단 현실조차도 차수성 세계의 산물로 해석하였다. 따라서 신동엽은 이러한 현실을 지양하기 위해서는 그동안의 모순을 야기시켜온 이념이나 제도를 부정함으로써 가능하다고 판단하였다.

신동엽은 그의 시에서 이데올로기의 거부와 생명의 순수성을 추구한다. 그것을 "그 반도의 허리, 개성에서/금강산에 이르는 중심부엔 폭 십리의/완충지대, 이른바 북쪽 권력도/남쪽 권력도 아니 미친다는/평화로운 논밭"(「술을 많이 마시고 잔 어제밤은」)으로 표현하였다. 이 시에는 남쪽과 북쪽의 이념적인 면 모두가 거부되어 있다. 그는 이념 또한 현대 문명의 산물로 인식하고 그 자체를 거부하였다. 그리하여 모두가 순수한 인간 본래의 모습으로 되돌아갈 것을 주장한다. 시는 시인의 통일론의 설득이나 주장일 수 없으므로, 그가 궁극적으로 추구하려 했던 우리 민족의 '알몸'을 통한 만남을 이해해야 한다. 이 시가 씌어진 시기(『창작과비평』, 1968. 여름)로 보면 그는 통일에 대한 문제를 남보다 넓고 깊게 인식하고 있었는데, 이 점은 그가 그만큼 우리 민족의 역사에 대하여 투철한 인식을 지녔다는 반증일 것이다.

그는 시에서 남북 통일을 위해 선결되어야 할 문제와 통일 이후의 자세를 함께 보여준다. 그의 시 「술을 많이 마시고 잔 어제밤은」에 보이듯이, 인간이 동물이나 자연과 더불어 발가벗고 평화를 누리며 살기란 불가능하다. 이는 곧 신동엽의 '원수성 세계'의 상징적 의미로 해석해야 한다. 그는 이 시에서 '너구리, 사람, 곰, 노루'가 함께 "발가벗고 뛰어노는 폭 십리의 중립지대"를 꿈꾸었다.[38] 그는 그만큼 모든 것을 벗어던진 시원적 생명성을 강조하였던 것이다. 그의 시에는 동물들이 모두 '새끼'로 표현됨으로써 보다 순수한 상태를 지향한다. 만일 그 상태가 된다면 당연히 '총칼, 탱크', 모든 '쇠붙이'와 '이념'은 사라지고 남북이 조화로운 상태로 통일될 수 있을 것이기 때문이다.

---

38) 본고에서 제기한 것처럼, 신동엽의 분단 극복에 대한 관심은 인류가 지닌 원형으로서 시원적 공간으로 되돌아가려는 관심과 함께 파악되어야 한다. 그에 의하면 짐승은 예술과 종교를 필요로 하지 않는데, 그들은 그 모든 것을 생명과 함께 가지고 있기 때문이라 하였다(『신동엽전집』, 356쪽).

다음의 시에서 신동엽은 반외세 민족해방의식을 강력하게 표출한다.

산에도 들에도 噴水를.
農村에도 도시에도 噴水를.

太陽쏟아지는 半島의 하늘, 사시사철 시원한
意志, 무지개 돋게.
산에도 들에도 噴水를.
牧場지대 우거지고 南地평야 기름지게.
속 시원히 낡은 것 밀려가고 外勢도 근접 못하게.
太白山 地脈 속서 솟는 地下水로 수억만 개의 噴水 터 놨으면.

농어촌에도 金浦空港에도 噴水 치솟았으면.
侵略도 착취도 발 못 붙이게.
半島를 가로지른 가시줄, 씻겨 가 버리게.

우리의 머리마다 속시원한 噴水.

— 「山에도 噴水를」 전문

신동엽의 시에서 '눈'과 '비'는 하늘로부터 지상으로 내리 쏟아지기 때문에 부정적인 데 반하여, 지상에서 하늘로 솟구치는 '분수'는 매우 긍정적이다. 이는 '향일성(向日性)'의 한 표출로 파악된다. 위 시 구절 "太白山 地脈 속서 솟는 지하수로 수억만 개의 噴水 터 놨으면"에는 '대지'로부터 '하늘'로 솟구치는 '분수'가 "태백산"이라는 상승 공간과 겹쳐져 있다. 지상의 비극적 현상들로부터 벗어난 '태백산', 그곳에서 '하늘'로 솟구치는 '분수'는 그의 현실 극복의지를 표상한다. 태백산의 지맥으로부터 솟구치는 '분수'는 상승적 힘의 발산을 통해서 현실과의 적극적인 대결의식을 형상화한다. 그 힘은 반외세 민족해방의식으로서, "外勢도 근접 못

신동엽의 시와 삶

하게", "侵略도 착취도 발 못 붙이게", "半島를 가로지른 가시줄, 씻겨 가버리게"에서 외세에 대하여 강한 거부감과 저항의식을 드러냈다.

신동엽이 인식한 우리 민족의 현실에서 역사의 주체성 상실과 연관되는 외세의 개입은 조선 오백 년간을 비롯해 현대까지 지속되어온다. 외세의 폭력은 약소민족을 억압하고 착취하여 왔으며, 그 연장선상에 처한 것이 오늘 우리 민족의 현실이다. 그는 그동안 억눌려온 역사를 돌이키며 다시는 용인하지 않겠다는 단호한 결의를 보여주었다. 서사시 「금강」은 신동엽의 이러한 의식이 결집되어 나타난 작품이다. 신라의 당나라에 대한 예속으로부터 야기된 우리 민족의 주체성 상실은 외세의 개입을 초래한다. 뿐만 아니라 그 이후 현대사의 가장 큰 비극을 이루는 민족의 분단으로 연장되었다. 그는 「금강」에서 동학군과 청나라 및 일본에 대한 전쟁을 통해서 반외세 민족해방의식을 형상화하여 1960년대 현실의 문제를 동시에 드러내고자 하였다. 그리하여 민족 분단의 극복과 조국 통일이라는 문제까지 시에서 지속적으로 추구하였던 것이다.

2) 반계급 민중해방의식

신동엽의 「금강」에는 반외세 민족해방의식과 함께 반계급 민중해방의식이 형상화되어 있다. 우리 민족의 역사에 외세가 개입하는 데는 반민족 세력들의 모순이 원인으로 작용하였다. 이들은 민족 주체성을 상실하고 스스로의 영달과 안일을 추구해온 자들이다. 따라서 신동엽은 이들이 이루어온 역사를 부정하고 민중이 주체가 되는 역사를 갈구하였다. 그는 이러한 사상적 배경을 동학에서 수용하였다. 그것은 동학에서 중심이 되는 '인내천' 사상으로 우리 민족에게 커다란 영향을 끼쳤다.

그 사실은 다음 인용문에서 적절하게 제시되어 있다.

이와 같이 인내천의 인본주의, 특히 평등주의는 국내적으로는 계급관념으로 일관하던 조선의 봉건적 잔재를 타파하는데 커다란 비중을 차지하였으며, 대외적으로는 외세에 대한 조국의 평등한 대우를 요구하고 더 나아가서는 국가적 평등주의에 의거하여 외국의 침략주의를 배격함으로써 민족주의로 발전할 수 있는 잠재력을 가지고 있었다.[39]

위 내용은 동학사상의 사회 현실에 대한 응전력의 한 표현이라 하겠다. 이러한 요소는 동학의 발생배경인 당시의 시대상으로부터 형성되었다. 동학사상은 죽은 뒤의 내세관보다는 현실에 대한 관심에 초점을 둠으로써 종교보다는 정치적 성향을 강하게 띠고 나타났다. 그러므로 동학사상은 현실에서 겪는 고통으로부터 벗어나려는 현세주의적 개혁 의지로 표출되었고, 나아가 동학농민전쟁으로까지 전개되었던 것이다. 동학은 봉건적 모순으로 인해 피폐한 삶의 고통에 처한 피압박 민중들로부터 뿌리를 내린 사상이며, 여기에서 동학사상이 민권 투쟁으로 발전하게 되는 까닭이 있었다.[40] 그 결과로 동학사상에는 민중적이고 민족적인 요소가 짙게 스며 있으며 사회 사상적인 측면을 강하게 드러내는 것이다.

세금,
이불채 부엌세간 초가집

---

39) 신복용, 앞의 책, 213쪽.
40) 최동희, 『동학의 사상과 운동』, 성균관대 출판부, 1980, 187~188쪽.
   동학농민운동은 안으로는 봉건적인 지배층의 횡포로부터 민중을 구해내는 민권
   운동이었고, 밖으로는 침략적인 외세로부터 민족과 나라를 구해내는 민족운동이
   라 할 수 있다.

다 팔아도 감당할 수 없는
稅米, 軍布,
마을 사람들은 지리산 들어가
火田民 됐지.

관리들은 버릇처럼 또
도망간 사람들 몫까지
里徵, 族徵했다.
총칼 앞세운 晋州兵使

—「금강」제1장

위의 인용에서도 알 수 있듯이, 동학농민전쟁의 발단은 관리들의 폭
정으로부터 표면화되었다. 그만큼 당시의 반민중적 세력들이 보여준 횡
포와 모순은 극에 달하였던 것이다.[41] 그러나 이러한 점은 단지 국내의
모순에 뿌리를 둔 문제일 수만은 없었다. 그것의 원인에는 외세의 개입
이 연관되어 있었기 때문에, 동학농민전쟁의 대상은 청나라와 일본으로
까지 확대되었던 것이다. 따라서 「금강」에는 '이왕가'의 무능과 관리들
의 폭정 및 탄압에 대한 저항과 대결뿐만 아니라 외세에 대한 배격과 투
쟁으로 전개되어 나타나게 되었다.

민중들이 보여준 현실 개혁의지는 동학사상에 내포되어 있는 사회사
상으로서 반계급 민중해방의식이 직접적으로 드러난 결과라 하겠다. 동
학의 사회사상은 사회질병설과 개벽사상으로 설명할 수 있다.

사회질병설이라 함은 혼돈된 이 사회가 정신적으로나 물질적으로 병적
임을 의미하는 것이고, 개벽사상은 이와 같은 병적인 사회를 구제하기 위

---

41) 한탁근, 『동학란 기인에 관한 연구』, 서울대 출판부, 1971, 82~88쪽 참조.

하여 새로운 시대(上元甲의 시대)가 도래함을 의미하는 것이다. 따라서 사회질병설과 개벽사상은 별개의 사상체계가 아니고 이상향을 지향하는 사회의 진화과정에서 始와 終을 이루는 것이다.[42]

이러한 사실은 동학이 갖는 사회사상 측면의 현실 지향성을 밝혀준다. 그것은 동학의 발생배경인 당시의 현실로부터 비롯되었다. 일반적으로 종교와 정치의 밀착은 불가피하게 인식된다. 그러나 동학은 더욱 짙은 정치사상적 측면을 드러냈다. 따라서 동학에는 민권사상적 측면과 민족주의적 요소가 강하게 내포되어 있다. 신동엽이 「금강」에서 동학농민전쟁은 민중이 주체가 되는 혁명이어야 할 것을 주장하는 것도 여기에서 기인한다. 이 작품의 신하늬와 전봉준의 대화 속에서 발견할 수 있듯이, 동학은 현실 개조의 종교로서 자기혁명, 국가혁명, 인류혁명의 3단계를 밟아 나가야 함을 강조하였다.[43] 당시의 현실을 방치할 때 그 모순은 지방 관리들이나 양반 토호들의 부패, 행패, 횡포로 끝나지 않고, 십 년도 못가서 우리 민족은 일본이나 청나라 등 외세의 손아귀에 넘어

---

42) 신복용, 앞의 책, 213~214쪽.
　　사회질병설은 수운이 동학을 창도하던 당시 사회가 어지러운 것을 인간과 사회가 모두 병들어 있기 때문이라고 파악하였던 것을 말한다. 따라서 동학의 궁극적 목적은 사회의 질병으로부터 인간을 구제하여 이상향에서 살게 하려는 현실주의적 욕망을 실현하는 데 있었다. 동학에서 사회질병을 치유하는 방법으로 제시된 것이 개벽사상이며, 이러한 점은 동학의 강한 현실 지향성을 드러내준다. 동학사상은 인내천의 현실주의로 말미암아 교도들의 이상론은 항상 현세에 영향을 미치고 또 영향을 받음으로써 다른 종교보다 현실 참여의 기회가 많았다.
43) 이 점은 동학의 사회사상 가운데 개벽사상과 관련을 갖는다. 동학에서는 그것을 세 가지로 표방하는 바, 첫째는 정신개벽이고, 둘째는 민족개벽이며, 셋째는 사회개벽인 것이다.

갈 것이라고 경계하였다. 이들이 주장하는 혁명의 3단계는 바로 개벽사
상으로 이어지는 것이다.

　동학이 발생할 당시 피압박 민중들에게 가장 크게 대두된 문제는 지
배자의 학정과 압제로부터 벗어나는 일이었다. 이러한 민권사상 측면은
동학의 중요한 토대로서 당시 피압박 민중의 항변을 요약한 것이나 다
름없다.[44] 신동엽은 당시의 학정과 압제의 모순구조를 「금강」 제6장에
서 "큰 마리낙지 주위엔/일흔 마리의 새끼낙지가" 있고, "일흔 마리의
새끼낙지 산하엔/칠백 마리의 말거머리가" 도사리고 있으며, 다시 "칠
백 마리의 말거머리 휘하엔/만 마리의 빈대 새끼들이" 모여들어 아래로
부터, 옆으로부터 "이를 드러내놓고 農民 피를 빨아" 댄다고 비유하였
다. 따라서 이러한 반민중적 모순을 제거하고 민권을 회복하는 것이 동
학의 반계급 민중해방의식이었으며, 신동엽은 그것을 그의 시 속에서
지속적으로 형상화하였던 것이다.

　신동엽은 민중들의 자각을 역설하였으며, 민중에 대해서는 다음과 같
이 형상화하고 있다.

> 신록 피는 五月
> 서붓사람들의 銀行소리에 홀려
> 조국의 이름 들고 眞珠코거리 얻으러 다닌 건
> 우리가 아니다
> 조국아, 우리는 여기 이렇게
> 꿋꿋한 雪嶽처럼 하늘을 보며 누워 있지 않은가.

---

44) 이는, 첫째로 민중적 집합개념으로서의 인간의 존엄성에 대한 각성, 둘째로 민본
　사상, 셋째로 계급타파의 사상, 넷째로 여성의 지위 각성, 다섯째로 어린이들의
　복지에 대한 국민인식의 고조 등이었다.

무더운 여름
불쌍한 原住民에게 銃쏘러 간 건
우리가 아니다
조국아, 우리는 여기 이렇게
쓸쓸한 簡易驛 신문을 들추며
悲痛 삼키고 있지 않은가.

그 멀고 어두운 겨울날
異邦人들이 대포 끌고 와
江山의 이마 금그어 놓았을 때도
그 壁 핑계삼아 딴 나라 차렸던 건
우리가 아니다
조국아, 우리는 꽃 피는 南北平野에서
주림 참으며 말없이
밭을 갈고 있지 않은가.

—「祖國」부분

　　이 시에서 신동엽은 역사로부터 철저히 소외되어 있는 '우리'를 설정하고 있다. 이 시에서 '우리'는 신동엽이 제시하는 민중들로서, 그들의 삶은 외세와 결탁한 몇몇 벼슬아치들에 의해 파행적으로 이끌려 왔을 뿐이다. 이러한 결과는 "서붓사람들의 銀行소리에 홀려/조국의 이름 들고 眞珠코거리 얻으러 다닌" 무리들에 의해서 이루어진 것이다. 이 시는 "조국아"라는 호격 속에 조국에 대한 연민과 함께 민족을 이러한 처지에 떨어지게 한 일부 반민중적 세력에 대한 분노를 드러낸다. 시 구절 "우리는 꽃피는 南北平野에서/주림 참으며 말없이/밭을 갈고 있지 않은가"에서 토로하고 있듯이, 민중은 그러한 역사 속에서도 끈질긴 생명력으로 밭을 갈아왔다. 민중들의 이러한 자세는 보다 참다운 삶의 모습으로 조국을 지키려는 노력을 의미한다. 이 시의 밭을 가는 자세는 곧 그

신동엽의 시와 삶

가 말하는 '전경인'의 역할로 파악된다.

신동엽은 위 시에서 '우리'를 '민중'의 개념으로 제시하였다. 그는 "한 번도 우리는 우리의 심장/남의 발톱에 주어본 적/없었"다고 민중들의 역사적 주체성을 강조한다. 즉, 민중은 역사의 시련 속에서도 불의와 결탁하지 않고 묵묵히 역사의 밭을 가는 자세로 살아온 사람들이다. 그들은 모순된 역사에 편승하지 않고 그 모순을 지양해 나아가는 노력을 쉬지 않았다. 그러한 힘은 이 시에 "슬기로운 심장", "돌 속 흐르는 맑은 강물", "우리들의 가슴 깊은 자리 흐르고 있는 맑은 물", "돌 속의 하늘"로 표상되어 있다. 시 구절 "돌 속의 하늘"은 언젠가는 돌을 가르고 솟아날 것을 예고하는 '하늘'이다. 지금까지 역사는 '껍질'의 역사로서, "껍질은, 껍질끼리 싸우다 저희끼리 춤추며 흘러"가는 역사였다. 이 시에서 '껍질'은 신동엽의 상징어 '껍데기'와 같은 의미로 반민중적 세력을 내포한다. 그는 '우리'가 지녀왔던 역사의 주체성을 통해서만 참다운 역사의 실현이 가능하다고 믿었다.

위 시에서 민중들의 삶은 "역사의 그늘" 속에서도 "소리없이 뜨개질하며 그날을 기다리고", "江山의 돌 속 쪼개고 흐르는 깊은 강물"을 기다려 "銃기로 더럽혀진 땅을 빨래하며 샘물 같은 東方의 눈빛을 키우고" 있다. 신동엽은 비극적 현실 속에서도 우리 역사의 모순에 대한 인식과 함께 극복의지를 펼쳐 보인다. 그는 "주림 참으며 말없이/밭을" 가는 자세를 모순된 역사에 대한 대응방식으로 이해하였다. 이 시의 '밭'은 그의 표현으로는 '역사밭'인 것이다. 그리고 '우리'는 '쟁기꾼'으로서 차수성의 모순된 역사를 갈아엎는 진정한 의미의 민중이다.

1970년대의 뜻있는 젊은 층에게 신동엽의 시는 김수영의 시보다 더 많은 공감을 주었다. 그 이유는 김수영에 비하면 신동엽이 더 많은 민중의식을 지니고 있었다는 점일 것이다.[45] 이때의 민중의식은 역사적 · 사회적 제 모순에 대한 올바른 인식을 토대로 하여 역사와 사회의 정당한 전개를 지향하는 의식으로서 정당한 실천적 역사의식이라 할 수 있다. 한국 현대사에서 민중의 자각이 일기 시작한 것은 4 · 19혁명으로 열린 1960년대부터이다. 그리고 우리 시문학에서 민중에 대한 자각이 시작된 것은 김수영과 신동엽에 의해서였다.[46] 위 시 「祖國」에서 신동엽은 '우리'로써 민중론을 펼치고 있다. 그리고 그가 4 · 19혁명을 겪고 난 뒤 1967 · 8년경에 썼던 다수의 시에는 민중에 대한 자기 긍정이 나타난다. 신동엽이 인식한 민중은 현실적으로 민족성 순수성 내지는 자기 동일성을 지키고 있는 '우리'로 파악한다. 그리하여 그에게 민중적 자기 긍정이 현재태로 재확인되고 미래에 투영될 때 희망이 성립되었던 것이다.[47] 다음 시에서 그러한 면을 엿볼 수 있다.

祖國아 그것은 우리가 아니었다.
우리는 여기 천연히 밭 갈고 있지 아니한가.

서울아, 너는 祖國이 아니었다.

---

45) 성민엽 편, 『민중문학론』, 문학과지성사, 1984, 89쪽.
46) 신경림, 「문학과 민중」, 『창작과 비평』, 1973. 봄.
　　성민엽 편, 위의 책, 89쪽.
　　신동엽은 시인의 임무를 다음과 같이 밝히고 있다.
　　"민중 속에서 흙탕물을 마시고 민중 속에서 서러움을 숨쉬고 ─ 민중의 정열과 지성을 조직 구제할 수 있는 민족의 예언자, 백성의 시인이 정치 브로커, 경제 농간자, 부패문화 배설자들에 대신하여 조국 심성의 본질적 전열에 나서서 차근차근한 발언을 할 시기가 이미 오래 전에 우리 앞에 익어 있었던 것이다."(『신동엽전집』, 398쪽.)
47) 성민엽 편, 『껍데기는 가라』, 문학세계사, 1984, 124쪽.

五百年前부터도,
떼내버리고 싶었던 盲腸

그러나 나는 서울을 사랑한다.
지금까지 어디에선가, 고향을 잃은
누군가의 누나가, 19세기적인 사랑을 생각하면서

그 포도송이 같은 눈동자로, 고무신 공장에
다니고 있을 것이기 때문에.

그리고 관수동 뒷거리
휴지 줍는 똘만이들의 부은 눈길이
빛나오면, 서울을 사랑하고 싶어진다.

　　　　　　　　　　　　　　—「서울」부분

　'서울'은 조선시대부터 수도로 자리해왔으며, 신동엽에 의하면 역사의 악순환을 초래한 지배자들이 주로 거주한 공간이다. 따라서 그는 서울은 "祖國이 아니었다"고 토로한다. 나아가 그것을 "五百年前부터도,/ 떼내버리고 싶었던 盲腸"으로 표현하였다. 이러한 점은 민중인 '우리'와 대타적인 입장으로 파악되는 사람들에 의해 이끌려온 우리 역사의 비극적 전개과정을 비판한 것이다. 신동엽은 그러한 서울이지만 "그러나 나는 서울을 사랑한다"고 하였다. 이 상호모순되는 감정은 역설로 이해된다. 그가 서울을 "떼내버리고 싶었던 盲腸"이라 하면서도 또 "서울을 사랑한다"고 한 것은 그곳에도 민중들이 살아가기 때문이다. 그들은 위 시에 드러나듯이 산업화에 따른 농촌의 붕괴과정에서 서울로 올라온 "누군가의 누나"와 "휴지 줍는 똘만이"들이다. 그들은 '우리'들의 자식들로서 해방을 위한 고통을 감내하는 민중이다. 그런 반면에 "特別市民

들"은 "盲目技能子"로 지칭되며 그들은 "稻熱病藥광고며, 肥料광고를/신문에 내놓고 점잖"은, 철저히 현대 문명사회의 논리에 편승해 살아가는 자들이다. 그리고 그들은 "아랫도리서 목구멍까지 열어놓고/섬나라에 굽실거리는" 자들로 철저히 주체성을 상실한 채 살아간다.

민중의 개념을 생산과 노동의 관계에서 또 착취와 피착취의 관계에서만 규정하는 것은 반드시 옳다고 할 수 없다.[48] 따라서 민중이 지닌 경색된 개념도 지양되어야 한다고 보면 민중을 가진 자와 못 가진 자, 지배자와 피지배자로서의 극단적인 대립 개념보다 자유와 평등에 기초를 둔 인간다운 삶을 지향하는 모든 소외되어 있는 사람으로 이해함이 적당할 듯하다.[49] 이러한 점에서 민중에 대한 신동엽의 견해는 타당성을 갖는다. 그는 시 「서울」에서 민중을, "우리는 여기 천연히 밭갈고 있지 아니한가"의 '우리'로 밝힌다. 즉, 그들은 외부의 변화나 상황에 관심 두지 않고 묵묵히 땅을 일구는 사람들이다. 그것은 조국을 지키기 위해서 쉬지 않고 역사의 밭을 가는 사람들의 참다운 삶의 태도를 의미한다.

신동엽은 외부 변화와 상황에 관계없이 묵묵히 땅을 가는 민중들이 역사의 주체성을 가지고 있기 때문에 현실은 긍정적인 세계로 지향해 갈 수 있다고 믿었다. 민중들의 삶은 역사의 물결에 휩쓸리지 않고 생의 본질 속으로 나아가는 자세를 지향한다. 그러기에 그는 이들이 역사를

---

48) 성민엽 편, 『민중문학론』, 앞의 책, 39쪽.
49) 김재홍, 앞의 책, 44쪽.
　　김재홍은 민중을 민족을 구성하는 다수이며 민족사의 주체라는 점, 역사적으로 정치·경제·문학적 피지배계층 혹은 소외계층으로 존속해왔다는 점, 사회집단으로서의 민중에는 노동자·농민을 근간으로 하여 구성되며, 지식인도 포함될 수 있다는 점 등으로 제시하였다. 여기에 보탤 것은 민주의 개념 속에 포함되어 있는 당위적 명제인데, 이는 두 번째의 상태를 회복하는 것이라 하였다.

이끌어 나가야 한다고 믿었다. 그는 현실에 미만한 계급적 모순구조를 몰아내고 민중이 주체가 되는 역사를 갈구하였다. 그러므로 이러한 반계급 민중해방의식이 동학농민전쟁이라는 구체적 사실을 통해서 형상화된 것이 「금강」이다.

3) 반봉건 민주화의식

신동엽은 1950년대 우리 민족 현실에 대한 자각과 함께 시를 쓰기 시작하였다. 그리고 그의 현실의식은 4·19혁명에 의해서 더욱 더 심화되어 갔다. 시인의 세계에 대한 대응방식이 시라 할 때 시인의 현실인식은 미래에 대한 전망과 통합되어 문학의 사회적 기능으로 발휘된다. 이 점에서 신동엽의 시는 늘 역사 사회 지향성을 띠고 전개되었다. 시인에게 현실과의 대결이란 현실에 대한 부정으로부터 출발하지만 그 부정은 역설적으로 긍정의 의미로 나타난다. 그것은 모든 것을 회의하고 부정해 버리는 맹목적인 반발과는 크게 다르기 때문이다. 그리하여 시인은 시로써 현실을 변모시키며 창조하는 역할까지를 갖는다.[50] 한 시인이 당대 사회 현실의 객관적 이해와 관심 위에 설 때 제기되는 제반 모순과 부조리는 비판과 저항의 요소로 작용한다. 그러나 그것은 단순한 부정과 저항이 아니라 그것을 넘어서 모순과 불합리를 지양한 세계에 이르고자 하는 확고한 휴머니즘에서 비롯되는 것이다.

동학의 근본사상은 인본주의와 인간 평등주의이다. 동학은 발생론적 배경에서 강한 현실 지향성을 갖고 있었으며, 이 현실 지향성은 사회질

---

50) 조동일, 「시와 현실참여」, 『52인 시집』, 신구문화사, 1967, 635~636쪽.

병설과 개혁사상으로 나타난다. 동학사상에서 인내천 정신은 곧 인본주의와 인간 평등주의 사상으로 이해할 수 있다. 인본주의로서 인내천은 하늘의 마음이 사람 마음이기에 인간은 우주와 같은 지위를 차지하며 인간은 가장 구체적인 성격과 소질을 가지고 있음을 의미한다. 그것은 인간 이상의 존재나 신의 우상을 세울 수 없으며 인간성이 곧 우주 본성의 구체적인 표현이라 할 수 있다. 이 점은 한국적 휴머니즘으로 평가해도 무방하다. 인본주의는 인간이 우주 질서 속에서 지고의 존재는 아니며, 우주의 만상이 모두 하나이며 함께 존귀하다는 뜻이다. 즉, 그 우주의 한 부분으로서 인간도 더불어 존귀하다는 것을 의미하는 것이다.[51] 이는 우주에 비유하여 인간을 소우주로 파악하는 것과 같은 맥락으로 해석할 수 있다. 한편, 인간 평등주의로서의 인내천은 인간과 인간 사이에 인간 이외의 어떤 벽이나 우상도 세울 수 없음을 뜻한다. 따라서 동학의 평등사상은 당시의 교주와 교도, 동학농민전쟁에 참여하거나 동조한 모든 민중의 염원이었다. 인내천 사상은 "인간의 체제적 매몰로부터의 해방인 동시에 인간의 존엄성에 대한 각성"[52]을 의미하는 것이다.

신동엽은 「금강」에서 인본주의와 인간 평등주의를 형상화하였다. 그 점은 이 작품에 나타나는 여러 사건 속에서 발견할 수 있다. 가령 마한 땅 부리달이 다섯 살배기 아이가 운다고 때리자, 동네 할아버지 아소가 벌줌 역시 아녀자에 대한 존중이며 평등주의의 발현이다. 평등주의의 인내천 사상은 수운이 집에 있는 노비 두 사람을 해방시켜 하나는 며느리로 삼고 다른 하나는 양딸로 삼은 데에서도 잘 드러난다. 또한 동학의

---

51) 신복용, 앞의 책, 209~210쪽.
52) 신복용, 위의 책, 211~212쪽.

신동엽의 시와 삶

평등주의는 수운이 가지고 있던 금싸라기 땅 열두 마지기를 땅 없는 농민들에게 무상으로 나누어 줌이나, 동학교도 서노인의 집에서 수운이 저녁상을 받으며 베 짜는 그 집 며느리와 겸상한 경우, 우는 아이를 때린 서노인을 만류하며 어린이의 머리를 쓰다듬어 주고자 흙바닥에 무릎을 꿇은 일화 등에서 더욱 잘 나타나고 있다.[53] 그리고 수운이 가는 곳마다 쉬지 않고 일을 하며, 그 결실은 다른 사람이 거둘 수 있다고 말한 데서도 그의 인간 평등과 인본주의 사상을 두루 발견할 수 있는 것이다.

「금강」에서는 인본주의와 인간 평등주의 사상을 다음과 같이 명확하게 표현하였다.

> 사람은 한울님이니라
> 노비도 농삿군도 천민도
> 사람은 한울님이니라
> 우리는 마음 속에 한울님을 모시고 사니라
> 우리의 내부에 한울님이 살아 계시니라
> 우리의 밖에 있을 때 한울님은 바람,
> 우리는 각자 스스로 한울님을 깨달을 뿐,
> 아무에게도 옮기지 못하니라.
> 모든 중생이여, 한울님 섬기듯 이웃사람을 섬길지니라.
>
> ─「금강」 제4장

동학사상에 의하면 사람은 모두가 평등하며 서로는 존중되어야 한다. 그러므로 동학의 인본주의는 서구의 휴머니즘과도 상당한 사상적 동질성을 지닌다. 동학은 인간의 존엄성을 뒷받침하기 위한 상대적 존재로

---

53) 『신동엽전집』, 133~148쪽.

서 신과 하늘을 받아들여 평등주의를 주장하였다. 「금강」에 나타난 상징적 의미인 '하늘'[54]이 바로 여기에 해당한다. 이 작품에서 하늘의 의미는 인간들이 자신의 내면을 닦았을 때 깨달을 수 있다. 즉, 인간들 스스로가 보다 완전한 한 인간으로 거듭 태어나야 함을 강조하였던 것이다. 이러한 사상은 「금강」 속에서 구체적 사건으로 묘사되어 있다. 가령, 전봉준이 민중들의 고통을 자각하는 비극적 인식을 통하여 하늘의 의미를 발견하는 것이나, 신하늬가 아내와 김진사 사이의 간통을 이해하면서 그러한 부정의 근원이 인간의 소유욕에 있음을 깨닫고 난 후에야 하늘을 보게 되는 것 등이 그러하다. 신동엽은 그의 시에서 현실적 모순을 깨닫고 난 뒤에 보다 인간적인 가치를 자각하게 되는 과정을 드러내는데, 이 깨달음의 상징적 의미를 '하늘'로 표상하였다.

신동엽의 시는 4·19혁명 이후에 촉발된 반봉건 민주화의식을 형상화한다. 이러한 시들은 4·19혁명이 보여준 정신적 가치를 소중하게 파악하고 있다. 그중 독특한 양상은 시인이 그것 속에서도 '껍데기'를 인식하였다는 점이다.[55] 그 점에서 신동엽은 역사의 모순을 한순간에 전격적으로 벗어날 수는 없고, 끊임없는 대결의 자세에 의해서만 점진적으로 변모시켜 갈 수 있다고 믿었다. 그는 '껍데기'를, 역사를 왜곡되게 이끌어가는 제반 요소로 보고 그것과의 적극적인 대결의식을 시로 형상화하였다. 4·19혁명은 동학농민전쟁과 3·1독립운동, 그리고 일제강점기하 광주학생운동의 연장선상에서 이해할 수 있다. 그것은 기본정신을 자주독립, 자유 민주, 민족민권에 두고 전개된 이 땅 시민혁명의 시

---

54) 노태구 편, 『동학혁명의 연구』, 백산서당, 1982, 97쪽.
55) 이 점은 그의 대표시 「껍데기는 가라」에 잘 나타난다.

　　　　　　　　　　　　　　　　　　　　신동엽의 시와 삶

발점이자 애국애족운동의 실천적 투쟁에 시금석으로서의 상징적 의미를 지닌다.[56] 그리하여 4 · 19혁명은 이 땅의 근본 목표이자 이념인 자유민주주의를 신봉하는 모든 사람들이 깊게 되새겨야 할 역사적, 인간적 교훈이면서 동시에 인간다운 삶을 지향하는 사람들이 소중하게 받아들여야 할 이념적 덕목이라 하겠다. 4 · 19혁명과 동학농민전쟁은 우리민족이 봉건적인 모순을 바로잡기 위해 일어섰던 숭고한 정신의 표출이었다. 그것은 반봉건 민주화의식으로서 신동엽이 그의 시에서 지속적으로 추구하였던 점이다.

> 미치고 싶었다.
> 四月이 오면
> 곰나루서 피 터진 東學의 함성.
> 光化門서 목터진 四月의 勝利여.
>
> 江山을 덮어, 화창한
> 진달래는 피어나는데,
> 출렁이는 네 가슴만 남겨놓고, 갈아엎었으면
> 이 균스러운 부패와 享樂의 不夜城 갈아엎었으면
> 갈아엎은 漢江沿岸에다
> 보리를 뿌리면
> 비단처럼 물결칠, 아 푸른 보리밭.
>
> 강산을 덮어 화창한 진달래는 피어나는데
> 그날이 오기까지는, 四月은 갈아엎는 달.
> 그날이 오기까지는, 四月은 일어서은 달.
>
> ─「4月은 갈아엎는 달」 부분

---

56) 김재홍, 앞의 책, 215~248쪽 참조.

신동엽은 모순된 현실과의 대결을 위해서 동학농민전쟁과 4·19혁명을 살아 있는 정신의 표본으로 삼았다. 그것은 봉건 세력들의 탄압과 폭정에 대항했던 동학년 민중들의 힘이며 이승만 독재정치에 저항했던 학생들의 민주화의식이었다. 그리고 그것은 '껍데기'와 '쇠붙이'로 미만한 대지를 갈아엎어 '알맹이'와 '흙가슴'만 남게 하는 거센 숨결이었다. 그리고 신동엽은 그 '흙가슴' 위에 '보리씨'를 뿌리고자 하였다.[57) 위시에서 '4월'은 4·19혁명을 의미하기도 하지만 "갈아엎는" 일과 '보리씨'를 뿌린다는 사실을 미루어보면 대지의 생명력이 최고도로 발휘되는 봄을 상징하기도 한다. 시 구절 "출렁이는 네 가슴만 남겨놓고"에는 순수 생명력으로 역사를 새롭게 펼치려는 의지가 엿보인다. 그는 현실에 적극적으로 대처해나가기 위해 보다 근본적인 문제를 제기하였다. 그것은 인간의 평등과 자유에 기초한 인간성의 회복이며 인간의 완전한 생명력의 회복이라 할 수 있다. 그리하여 그러한 인간으로 살아가는 사회에 도달하기를 꿈꾸었던 것이다. 위 시에서 현실 모순에 대한 부정과 저항을 "갈아엎는다"나 "보리씨를 뿌린다"로 비유한 것은 그 때문이다. 이점에서 그의 시는 현실에 대한 투철한 비평정신으로 나타났다기보다는심정적인 면으로 드러나고 있다. 그것은 그의 시가 확고한 판단이나 단호한 각오에서 나온 것이 아니라, 그의 숙명적이고 생리적인 측면에서나왔기 때문이다.[58) 위 시가 분명한 메시지에도 불구하고 매우 추상적

---

57) 그런데 '보리씨를 뿌린다'는 사실은 현실 극복의 대안으로 추상적이다. 그것이 구체적으로 무엇을 의미하는지 모호하기 때문이다. 이 점에서 신동엽의 의식의 나약성을 문제 삼기도 하였다. 그러나 시란 관념을 비유나 상징을 통해 형상화한다. 그러므로 「4月은 갈아엎는 달」에 나타난 점은 그가 현실 모순과의 대결을 통해 보다 완전한 인간이 되고자 했던 것으로 이해할 수 있다.

58) 신경림, 앞의 글, 118쪽.

신동엽의 시와 삶

인 의미를 드러내는 것은 그 까닭이다.

　　여보세요 阿斯女. 당신이나 나나 사랑할 수 있는 길은 가차운데 가리워
져 있었어요.
　　말해 볼까요. 걷어치우는 거야요. 우리들의 포동 흰 알살을 덮은 두드러
기며 딱지며 면사포며 낙지발들을 面刀질해 버리는 거야요. 땅을 갈라놓고
색칠하고 있는 건 전혀 그 吸盤族들뿐의 탓이에요. 面刀질해 버리는 거야
요. 하고 濟州에서 豆滿까질 땅과 百姓의 웃음으로 채워버리면 되요.
　　누가 말리겠어요. 젊은 阿斯達들의 아름다운 피꽃으로 채워버리는데요.

　　그래서 과녁을 낮추자 얘기해 왔던 거야요. 四月에 맞은 건 帽子, 帽子
뿐 날라갔어요. 心臟이, 허지만 둥치가 성성하군요. 보세요 다시 떠들기 시
작하는 저 소리들. 五百年 붙어살던 宮殿은 그대로 무슨 청인가로 살아있
어요. 잇달은 벼슬아치들의 中央塔에의 行列이 곤두 서 볼만큰요. 겨냥을
낮추자는 얘기에요. 帽子가 아니라 겨드랑이 아니라 아랫도리를 뻘어야 되
겠다는 거야요.

─「주린 땅의 指導原理」 부분

　　신동엽은 4 · 19혁명에 의해서 의식이 한껏 고무되었다. 그리하여 그
이후에 그는 작품 활동이 어느 때보다도 활발한 시기를 맞이한다. 4 · 19
혁명은 학생들의 순수한 열정이 민족의 모순된 역사와 부딪쳐 일어섰
고, 반봉건 민주화의식이 시민혁명으로 발휘되었다. 그렇지만 혁명이란
정의를 실현하기 위해 많은 희생을 치러야 하였다. 위 시에는 그러한 희
생과 피의 가치, 숭고한 정신이 함께 노래되어 있다. 그는 4 · 19혁명을
통해서 반봉건 민주화의 길이 "가차운데 가리워져 있었"다는 사실을 깨
닫는다. 민주화의 길은 "우리들의 포동 흰 알살을 두드러기며 딱지며 면
사포며 낙지발들"에 의해서 차단되어 왔는데, 그것들은 독재정치 권력
의 부정부패, 인간성을 훼손시키는 비민주적 요소 등 현실에 산적한 봉

건세력이다. 봉건적 대상은 이 시에서 "땅을 갈라놓고 색칠하고 있는 그 吸盤族들"이다. 따라서 민주화는 이들을 "面刀질해 버리"고 "濟州에서 豆滿까질 땅과 百姓의 웃음으로 채워버리면" 된다고 하였다. 이 시에서 반봉건 민주화의식은 그의 대지정신과 연결되어 있다. 신동엽은 혁명에 대해서도 파괴와 폭력이 아니라 그 순수한 열정에 가치를 두었다. 그는 4·19혁명도 폭력이나 파괴, 거부를 위한 거부가 아니라 학생들의 순수한 희생이 있었기에 소중하게 평가한다. 그것은 살아 있는 정신의 실체로서 '알맹이'인 것이다.

동학사상은 사회질병설을 원인으로 하고, 개벽사상을 그것에 대응하는 현실 논리로 하여 정치사상으로 발전하였다. 동학사상은 '인내천'을 기본 성격으로 하였기에 인본주의와 인간 평등주의에 기초하고 있다. 따라서 신동엽의 문학의식은 민주주의적 측면에서는 외세로부터의 해방을, 민권사상의 측면에서는 피압박 민중의 해방을, 봉건적 모순구조로부터는 민주화 실현을 추구하였다. 서사시 「금강」에는 그러한 의식이 동학농민전쟁을 통해서 집약적으로 형상화되어 있다. 동학농민전쟁은 그 이전에 발생한 1892·3년의 교조신원운동, 금폭운동의 종교운동 노선과 직접 사회 개혁을 주창하는 정치적 노선 사이의 갈등을 반체제혁명 지향운동으로 전환시킨 것으로 전봉준의 고부민란에서 비롯되었다.[59] 신동엽은 「錦江」에 동학농민전쟁을 형상화함으로써 이 작품이 씌

59) 박영학, 앞의 책, 252~255쪽.
초기에 동학의 이념은 반봉건적 근대화 지향의 혁명 이념으로 구체화된다. 이는 자본주의적 경제 침투에 대한 반발로써 반봉건적 근대화 지향의 일면이며 근대 민족주의의 자각으로 볼 수 있다. 그것은 봉건 지배구조의 혁파, 신분질서의 재구성 반왜 반양의 반제지향성을 지녔다.

신동엽의 시와 삶

어진 1960년대의 사회 현실에 대한 응전의 태도를 보여준다. 따라서 「금강」은 동학농민전쟁의 이야기이면서 1960년대의 사회적 현실이기도 하다. 그러기에 신동엽은 허구적 인물로 「금강」에 등장하여 혁명 속의 전봉준과 조우하며 함께 투쟁한다. 「금강」은 동학농민전쟁이 발발했던 1890년대와 이 작품이 씌어진 1960년대를 동일한 현실로 이해하고, 동학사상이 새롭게 발휘될 필요성을 절실하게 보여주었다. 그리고 신동엽은 그의 시에 반외세 민족해방의식, 반계급 민중해방의식, 반봉건 민주화의식을 지속적으로 형상화했던 것이다.

제6장

결론

이 책은 신동엽 시에 대한 관심의 편향성을 벗어나 그의 시에 대한 진정한 이해를 위해서 출발하였다. 그의 시 연구는 획일적인 접근이나 대표시 몇 작품에 집중되어 왔는데, 이러한 태도를 벗어나 새로운 방법론의 모색과 함께 그의 시에 대한 전반적이고 종합적인 검토가 필요했다. 따라서 본고에서는 그동안 간과해왔던 그의 시형식 및 이미지의 구조를 분석하였으며, 그의 시에 나타난 대지의 정신, 생명사상 아나키즘, 우주적 사고, 원형성 등에 관심을 둔 원형비평이 시도되었다. 아울러 그의 서사시 「금강」에 대한 서사성에 대해 다시 검토하였고, 「금강」을 중심으로 하여 그의 시세계에 나타난 문학의식을 고찰하였다.

신동엽의 시어는 고유어의 사용이 두드러진다. 이 점은 그의 시 소재와도 직결되어 있다. 그는 민족의 순수성 및 동질성 회복을 위하여 시적 표현으로 우리말의 순수성 회복에 역점을 두었다. 그의 시에서 고유어는 자연을 표상하는 시어가 많으며 주로 천체, 동물, 식물을 지칭하고 있다. 그의 고유어는 사람의 호칭과 신체어도 많은데, 이것들은 동사나 형용사와 연관되어 그의 시에 다양한 생활세계의 감정을 드러내준다. 그의 시에서 고유어는 우리 민족의 생활 속에서 노동이나 민속과 관련되어 나타난다.

신동엽은 시에서 다수의 한자어를 사용하였는데 그의 한자 어휘들은 몇 가지 유형으로 구분해볼 수 있다. 그것은 인명과 지명 등의 고유명사류, 일반명사류, 추상어 내지 관념어류, 자연물과 문명 및 인간 지칭어, 시간 지시어 등이 주류를 이룬다. 그의 시에서 한자는 관념적인 제목이나 추상적인 어구 혹은 강조하고자 하는 시어와 고유명사, 특히 자연물, 문명, 인칭 등에서 높은 빈도를 보인다.

다음은 그의 시에서 외래어의 사용을 지적할 수 있다. 그의 시에 사용된 외래어는 대개 지명, 인명, 문명 지시어, 식물명으로 나누어 볼 수 있다. 이를 통해서 현대문명과 외세의 폭력을 비판적으로 형상화한다. 그는 외래어 사용시 나라 이름과 지명, 사람 이름, 문명이나 사물을 지칭하는 경우에 국한하였고, 무절제하게 외래어를 쓰지는 않았다. 그가 사용한 외래어를 통해서 그의 관심이 세계로 확대되어 있음을 알 수 있다.

그 외에 신동엽 시어의 특성은 시어의 반복적 사용을 들 수 있다. 그의 시에서 시어의 반복적 사용은 여러 시편 속에서 거듭 반복되어 상징적 의미를 형성하고, 단일 시편 속에서 반복됨으로써 강조의 효과를 나타낸다. 아울러 그의 시에는 부정적 의미를 나타내는 시어가 많이 나타난다. 이와 관련하여 그의 시어는 감탄적 성향을 다분하게 드러냄으로써 시어의 '자기 표출성'이 강하다. 이 점은 시에 긴장감이나 다양한 해석의 가능성을 약화시킴으로써 시적 묘미를 절감시키는 원인이 되기도 한다.

신동엽의 시적 소재는 원수성의 소재, 차수성의 소재, 귀수성의 소재로 구분할 수 있다. 원수성의 소재로는 숲속, 대지, 달밤, 원무 등이 중심을 이룬다. 이것들은 그의 시에서 원수성 세계를 대표하는 상관물이다. 이러한 소재는 생명력 넘치는 대지, 그 위에 인간이 노동으로 살아가는 공동체적 삶을 형상화한다. 그의 정신세계는 자연에 대한 친화감과 대지의 정신에 뿌리박고 있다. 따라서 그의 시적 소재는 자연 심상과 긴밀히 연결되어 그의 시에 서정성의 기초가 된다.

신동엽이 차수성의 세계를 형상화하기 위해 사용한 소재는 원수성의 소재들과는 대립적이다. 그의 시에서 차수성의 소재는 우리 민족의 역사적 모순, 인간성을 훼손시키는 현대문명과 전쟁으로 나타난다. 아울러 외세의 개입에 의한 약소민족의 비극과 그 속에서 허덕이는 민중들의 삶이 소재로 나타나 현대 인류가 처한 문명과 역사 전반의 모순을 드러낸다.

신동엽이 귀수성 세계를 형상화하는 데 수용한 소재는 대개 역동적인 힘을 동반한다. 그것들은 차수성의 세계를 갈아엎고 대지의 세계로 돌아가기 위한 실천적인 힘들을 지니기 때문이다. 이 소재들은 수직상승이나 수평이동의 움직임을 통해서 현실 극복의지를 보여주며 순수성과 생명성을 간직하고 있다.

신동엽 시의 어조는 강하고 뚜렷한 남성적 어조와 여리고 자기 고백적인 여성적 어조가 동시에 나타난다. 그의 시에 등장하는 여성적 어조는 한국 전통 시가와의 연관성을 갖고 있다. 반면에 남성적 어조는 직설적이고 능동적인 측면이 엿보인다. 그의 시가 직접적인 발언의 저항시로 파악되는 것은 이 때문이다. 부정적 현실인식에서 비롯된 비극적 정서와 여성주의는 한국 시문학의 정서적 원형질로서 신동엽도 여기에 맥을 잇는다. 그러나 그의 경우는 항시 민족의 역사와 관련되어 있는 점이 전통적 측면과는 다르다.

그의 율격은 어조와 관련이 깊다. 그의 시 전반에 나타나는 율격은 민요적 성격이 강하며 한의 정서를 표출한다. 그의 시에 나타난 짧고 간결한 행의 운율과 여성적 어조는 한을 드러내는 민요의 전통적 분위기로 이해된다. 그의 시 기본 율격은 민요의 율격인 3음절이나 4음절을 단위로 하는 3음보 격과 4음보 격이라 할 수 있다. 그는 전통적 율격에 상당한 관심을 갖고 있었으며 다양한 변용까지를 수용하여 현대적 감각을 살리고 있다.

신동엽 시에서 행의 특성은 길이가 짧다는 점을 들 수 있다. 그의 시행은 1음절 행으로부터 4~5음절로 이루어지는 5음보까지 드러나지만, 대개 3음보 이내로 이루어진다. 그의 짧은 시행은 힘찬 호흡으로 시를 전개시킨다. 그의 시행 유형은 서술형, 부정형, 설의형, 청유형, 명령형, 의고형, 추측형 등으로 파악된다. 그것들은 시의 서두나 결말에 놓임으로써 시행을 전개하고 종결하는 구조적 요소로 작용한다. 이러한 행들은 그의 시에서 현실의 비극적 상황을 제시하거나 부정하려는 의도를 드러낸다. 그는 민족 현실의 모순을 깨우치고, 설득, 격려, 간청하기 위해서 설의, 청유, 명령형을 사용하였다. 나아가 의고형을 통해서 시에 장중한 분위기를 자아내고 있다.

그의 시행은 부연, 반복, 대조 및 대립, 점층, 도치, 영탄 등의 방법을 통해서 전개된다. 그의 시는 서두에 강한 긍정이나 부정을 전제한 후 그것에 대한 부연 설명으로 시행을 이끌어간다. 그리고 동일한 행의 반복, 부분의 반복으로 시를 전개함으로써 강조의 효과를 얻고 있다. 또한 대조와 대립을 통한 내용의 분명한 전달을 꾀한다. 점층, 도치, 영탄 등의 방법으로 시적 긴장과 전달력을 강화하였다. 그러나 이러한 행 전개의 반복은 그의 시에서 표현의 단순성으로 드러나 시적 가치를 약화시키기도 한다.

신동엽의 시에서는 각 연의 행수가 통일성을 이루는 경우는 단지 5편

신동엽의 시와 삶

에 지나지 않는다. 그만큼 그의 시의 연 구성은 다양성과 복잡성을 특징으로 한다. 그 가운데서 그의 시는 6연으로 구성된 것이 가장 많다. 그 다음이 4연이고 세 번째는 3연과 5연이다. 그리고 한 연은 1행에서부터 13행까지 나타나는데, 그 가운데서 한 연을 이루는 행은 3행과 4행을 가장 많이 발견할 수 있다. 그 다음이 2행으로 나타난다. 이렇게 볼 때 신동엽의 시는 행수가 규칙적이거나, 연 구성 내에서 동일한 행의 수가 나타나는 경우는 매우 드물다. 그만큼 그의 시는 연 구성의 다양성을 보여준다는 점을 확인할 수 있다.

신동엽 시의 중심 이미지는 '대지 이미지', '신체 이미지', '식물 이미지', '광물 이미지', '천체 이미지'로 파악된다. 이외도 수많은 이미지들이 발견되지만, 그것들은 대개 이 다섯 가지 이미지의 하위 부류이거나 보조적 기능으로 작용한다. 따라서 이 다섯 이미지는 그의 시세계에 상상력의 체계를 형성하고 있다. 다른 네 종류의 이미지들은 모두 '대지 이미지'를 중심으로 통합된다. 따라서 '대지'는 '신체 · 식물 · 광물 · 천체' 이미지를 포괄하고 있다. 궁극적으로 대지 이미지는 이 네 부류의 이미지를 연결하여 그가 추구했던 '원수성 세계'를 지향한다. 이는 그의 대지정신과 생명사상에 밀접하게 연관되어 있다. 신동엽 시의 지향점은 대지 위에 설정되어 현실 극복과 이상세계를 추구하기 때문이다.

따라서 대지 이미지는 매개항을 통해서 다른 네 이미지와 통합된다. 그것은 '대지'와 '신체' 사이에 '흙가슴'으로, '대지'와 '천체' 사이에 '태양'과 '빛'으로, '대지'와 '식물' 사이에는 '둥구나무'와 '씨앗'으로, 그리고 '대지'와 '광물' 사이에는 '바위'를 통하여 매개된다. 또한 '대지'를 제외한 네 부류의 이미지 사이에도 매개항이 나타난다. '신체'와 '천체' 사이에는 '눈동자'가, '신체'와 '광물' 사이에는 '쟁기'와 '무기'

가, '광물'과 '식물' 사이에서는 '쇠붙이'를 매개로 하여 '껍데기'와 '알맹이'의 대립을 보여준다. '천체'와 '식물'은 '햇빛'과 '비'를 매개항으로 연관되어 있다.

그의 시 이미지는 대지와 신체 이미지가 대응함으로써 원수성의 세계를 드러내준다. 그것은 인간이 대지에 발을 딛고 노동하는 삶의 모습을 의미하는데, 이러한 삶은 대지와 신체의 결합으로 이루어지기 때문이다. 그는 식물과 광물 이미지의 대립을 통해서 차수성 세계의 모순을 드러낸다. 즉, 대지에 바탕을 둔 식물 이미지는 긍정적이지만, 이것에 대립하는 광물 이미지는 부정적이다. 그러나 그것이 노동에 쓰이는 '농기구'로 변하여 식물 이미지와 매개되면 긍정적 가치를 갖는다. 이를 통해서 차수성의 모순을 드러내며, 원수성 세계로 돌아가기 위한 귀수성의 중요성을 역설한다. 그리고 그의 시는 천체 이미지를 통해서 인간들이 지향해야 할 가치, 곧 귀수성 세계를 암시하였다.

인류에게는 우주적 순환이라는 보편적 토대가 원형적으로 존재한다. 신동엽에게도 이러한 사고의 패턴을 발견할 수 있는 바, 그의 세계인식의 철학적 체계는 '원수성 세계→차수성 세계→귀수성 세계'로 순환하는 '순환론적 세계관'으로 파악된다. 이러한 사실은 그의 현대사회에 대한 비판적 인식으로부터 비롯되어 고통스런 현실을 벗어나려는 의식으로 드러난다.

신동엽의 시에서 원수성 세계는 인류의 고향으로 나타난다. 그것은 인간이 대지와 밀착되어 살던 인간의 낙원, 에덴의 동산이다. 그것은 잃어버린 낙원에 대한 인류의 원형적 사고로 파악되며, 그의 시에서 다시 되돌아가야 할 공간을 상징하였다. 대지는 그의 시세계 전체를 포괄하는 원수성 세계로 반문명적이고 반 이데올로기적이며 인간의 노동력이 발휘되는 세계이다. 이는 대지의 원형 상징으로서 그의 시 전반에 나타나는 모성의 의미와 연관되어 있다.

신동엽의 시에서는 차수성의 세계가 현대문명의 분업화와 인위적인 힘에 의한 대지의 생명 상실로 나타난다. 대지의 생명이 상실될 경우 인간성은 파괴된다. 그의 시에서 민중들의 피폐한 삶과 고통, 민족의 분단 현실과 이데올로기의 대립, 강대국의 약소국에 대한 지배와 전쟁 등은 모두가 차수성의 결과이다. 이렇듯이 그는 우리 민족의 현실 문제에만 국한하지 않고 인류사 전체에 대한 관심을 가졌는데, 이는 신동엽이 민족의 역사와 세계사의 문제를 동심원적으로 이해하였던 결과이다.

신동엽의 시에서 귀수성의 세계는 후천개벽과 흡사한 세계로서 전경인이 출현하는 세계이다. 귀수성 세계에서는 전경인의 역할이 필요한데, 전경인은 인류의 시원적 대지 위에 쟁기 날을 대는, 역사의 첫 장을 여는 쟁기꾼의 자세로서 역사의 원형이라 할 수 있다. 따라서 그의 시에 나타나는 쟁기질은 제의적 성격을 갖는다. 전경인은 노동으로 역사의 밭을 일구고 씨앗을 뿌리며, 모순된 현실을 갈아엎어 인류의 시원적 공간으로 돌아가기 위해 노력하는 사람이다. 신동엽의 시는 '이야기'의 주술성, '쟁기질'과 '씨뿌림'이 의미하는 풍요와 다산을 위한 제의적 상징으로 해석된다. 귀수성 세계는 전경인에 의해서 인류의 분업화와 인위적인 세계로부터 대지의 세계, 즉 원수성 세계로 되돌아가는 매개과정으로서, 그의 시는 밭갈이의 원형 상징으로 드러난다. 이것은 우주의 창조과정으로서 남녀의 성적 결합에 의한 풍요와 다산, 재생과 부활이라는 원형 상징에 기대어 인류의 시원적 공간으로 되돌아가려는 '낙원 회복' 의식이라 하겠다.

신동엽은 이를 위해서 알맹이 정신을 구현하고자 하였다. 대지는 '흙가슴'으로서 모성이나 모태로서의 원형성을 의미한다. '알맹이'는 대지 위에 뿌려짐으로써 역사의 새로운 시작의 의미를 드러낸다. 그의 시는 '아사녀'와 '아사달'의 만남, '알맹이'와 '흙가슴'의 만남으로 남녀의 상징적 결합을 의미한다. 즉, '껍데기'와 '쇠붙이'를 거부하고 '알맹이'와 '흙가슴'이 만나 새로운 역사로의 전환을 꾀하는 것이다. 이들의 만남은 신혼(神婚)으로서 제의적 상징에 의해 풍요와 다산, 부활과 재생을 의미한다. '알맹이' 정신은 우리 민족의 정신 속에 내재하는 전통적 가치와 사상적 가치를 지닌다. 즉, 역사의 전개 속에서도 변질되지 않는 순수한 정신, 인간정신, 민족의식으로 드러난다.

신동엽의 시는 현실의 모순, 차수성 세계를 드러내며 원수성의 세계로 돌아갈 것을 촉구한다. 그는 원수성으로 환원하기 위해 대지와 인간의 회복을 노래하였다. 그의 시에서 대지는 인간의 원초적 고향으로 여성과 동일시된다. 인간은 대지에 발을 딛고 노동으로 살아갈 때 생명력이 넘치며 조화로운 인간정신을 지닐 수 있다. 그의 시는 대지의 생명력이 인간의 그것과 친화와 교감을 이룸으로써 삶의 온전성과 총체성으로 나아갈 수 있음을 보여준다. 그것은 인간이 '대지' 위에 씨앗을 뿌려 가꾸고 거두는 노동에 의해서 이루어지며 전경인의 세계가 여기에 해당한다. 그는 쟁기꾼이 씨앗을 뿌려 풍요를 거두듯이, 역사 위에 노래의 씨앗을 묻고 밝은 내일에 대한 신념을 보여주었다.

신동엽의 시는 현대문명을 거부하고 생명지향의식을 보여준다. 그러므로 그의 시에 나타나는 원시성의 추구는 여기에서 기인하고 있다. 그는 정치도 문명의 산물로 인식함으로써 거부하였다. 이 점에서 그의 아나키즘은 '생명의 시원성'에 대한 그리움으로 이해할 수 있다. 그의 시는 대지의 여성 상징을 바탕으로 하여 문명을 거부하고 원시적 생명세

신동엽의 시와 삶

계에 대한 지향을 보여준다. 이것이 그의 생명사상의 토대를 이룬다.

그동안 「금강」의 서사성 논의 가운데는 긍정과 부정적 관점이 대립되어 왔다. 이 가운데 부정적 입장은 대개 서구적 서사시 개념에 의해서 비롯되었다. 그러나 서사시 「금강」을 이해하기 위해서는 우리 문학사와 연관시켜 이해하여야 한다. 즉, 한국 서사시 형성과정과 문학의 특수성을 관련시켜 파악해야만 한다. 그 점에서 우리 서사시는 서구와 달리 근대 이전에 존재했던 형식이 아니라, 1920년대 이 땅에 자리 잡은 문학 형식이다. 또한 문학양식은 작가를 규제하지만 거꾸로 작가에 의해서 양식도 규제를 받으며, 훌륭한 작가일수록 현존해 있는 장르를 그대로 따르면서도 어느 부분은 그것은 신장시킨다는 사실을 되새겨볼 필요가 있다.

우리는 「금강」이 지닌 특수성을 파악해야 한다. 동학은 민중사관에 입각해 있으며, 이러한 역사관이 「금강」으로 표상되었다. 이 작품은 동학농민전쟁을 거칠게 다루었는데, 그것은 이 작품이 씌어질 당시 세간의 인식이 동학을 터부시하였기에 리얼리티의 한계를 스스로 받아들일 수밖에 없었던 까닭이다. 따라서 서사적으로 튼튼한 구조를 갖기에는 역사적 사실의 종합적인 파악이 어려웠을 것이다. 아울러 한국 현대 서사시를 쓴 시인들은 모두 서정시인으로 출발하였고, 신동엽도 서사시의 장중한 문체를 이끌어 가는 데에 어려움이 있었다. 그러나 그는 혼자만의 문제로 골몰하지 않았다. 「금강」에서는 동학농민전쟁을 통해 민족사의 유장한 힘과 가락을 노래하려 하였고, 이를 통해서 대중들을 깨우쳐주려 시도했던 것이다.

「금강」은 전봉준을 중심으로 하는 서사구조와 신하늬와 인진아를 중심으로 하는 서사구조로 나뉜다. 전봉준을 중심으로 하는 서사구조는 동학농민전쟁에서 민중들이 주체가 되었던 혁명을 주제로 하는데, 신하늬와 인진아 사이의 사랑을 중심으로 하는 서사구조가 그 혁명의 서사구조를 감싸고 있다. 「금강」은 전봉준을 중심으로 하는 혁명의 주제와 신하늬와 인진아를 중심으로 하는 사랑의 주제가 결합되어 있는 것이다. 여기서 「금강」은 집단과 개인의 문제를 동시에 보여준다. 즉, 집단의 패배에서는 개인 간의 사랑 또한 성취될 수 없다는 점이다. 집단의 패배 속에서는 개인의 사랑이 너무도 쉽게 무너져 내리기 때문이다. 다시 말하면 집단의 온전함 속에서만 개인의 사랑도 가능하다는 면을 이 작품은 보여주는 것이다.

신동엽이 인식한 현실에서 역사의 주체성 상실과 연관되는 외세의 개입은 조선 5백 년간을 비롯해 현대까지 지속되어 온다. 외세의 폭력은 약소민족을 억압하고 착취하여 왔고, 그 연장선상에 처한 것이 오늘날의 우리 민족 현실이다. 신라의 당나라에 대한 예속으로부터 야기된 우리 민족의 주체성 상실은 외세의 개입을 초래하였다. 뿐만 아니라 그 이후 현대사의 가장 큰 비극을 이루는 민족의 분단으로 연장되었다. 그는 「금강」에서 동학군과 청나라 및 일본에 대한 전쟁을 통해서 반외세 민족해방의식을 형상화하여 1960년대 현실의 문제를 동시에 드러냈다. 이로써 그는 민족 분단의 극복과 조국 통일이라는 문제를 아울러 추구하였던 것이다.

신동엽은 외적 변화와 무관하게 묵묵히 땅을 가는 민중들의 삶 속에서 현실은 긍정적 세계로 지향해갈 수 있다고 믿었다. 이러한 민중들의 힘은 역사의 물결에 휩쓸리지 않고 생의 본질 속으로 나아가는 삶을 지향한다. 그는 이러한 자세로 살아가는 사람들을 민중들로 파악했으며, 역사는 이들에 의해서 이끌어져 나아가야 한다고 믿었다. 그는 현실에 미만한 계급적 모순구조를 몰아내고 민중이 주체가 되는 역사를 갈구하였던 것이다. 그러기에 그는 「금강」에서 동학농민전쟁이라는 구체적 사실을 통해서 반계급 민중해방의식을 형상화해 보여주었다.

그가 '껍데기'로 표상했던 모순구조는 역사를 왜곡된 쪽으로 이끌어가는 제반 요소와 분단 현실의 모순으로서 통일을 가로막는 요인, 현대 문명의 모순, 외세의 폭력, 민중들의 참다운 삶을 옥죄어 오는 모든 불합리한 상황 등 일체의 부조리를 의미한다. 1960년대 4·19혁명에 의해서 촉발된 반봉건 민주화의식은 그의 시에 나타나는 또 하나의 문학의식으로 자리한다.

동학사상은 '인내천'을 기본 성격으로 하여 인본주의와 인간 평등주의에 기초한다. 신동엽은 동학사상에 바탕을 두고 문학의식을 전개한바 민족주의적 측면에서는 외세로부터의 해방을, 민권사상의 측면에서는 피압박 민중의 해방을, 봉건적 모순구조로부터는 민주화의 실현을 추구하였다. 이를 통해서 이 작품이 씌어진 1960년대의 사회 현실에 대한 응전의 태도를 지향한다. 「금강」은 동학농민전쟁의 이야기이면서 1960년대의 사회적 현실이기도 했다. 그러기에 신동엽은 허구적 인물 신하늬로 직접 「금강」에 등장하여 전쟁 속의 전봉준과 조우하며 함께 투쟁한다. 「금강」은 동학농민전쟁이 발발했던 1890년대와 이 작품이 씌어진 1960년대를 동일한 현실로 이해하고, 이러한 현실 속에 동학사상이 새롭게 발휘될 필요성을 절실하게 보여준다.

신동엽은 분단 현실도 차수성 세계의 산물로 이해한다. 따라서 이러한 현실을 지양하기 위해서 현실의 모순을 야기시킨 이념이나 제도를 부정한다. 그는 인간의 완전한 만남을 위한 순수성의 회복에도 시적 관심을 보인다. 그러므로 그의 시는 이데올로기의 거부와 민족의 순수성 추구로 나타났다. 남북 통일은 강대국과 관련된 다층적 문제를 지니므로 결코 쉽게 이루어질 사항은 아니라 할 것이다. 여기에서 그는 '중립'의 문제를 제시하였다. 나아가서 그의 시에 나타나는 '우리'는 남북을 통칭하는 '우리'로써 그는 이미 하나의 '우리'를 심정적으로 지니고 있었다.

이상의 사실을 통해서 신동엽 시의 문학사적 위상을 정리할 수 있다. 그는 1950년대의 혼미한 문단에 발을 딛고, 1960년대의 이 땅 현대시사에 현실 대응의 한 문학적 전법을 보여주었다. 그의 문학적 가치의 한 측면은 현대의 문명과 사회 현실의 모순과 부조리를 비판하는 데에 있다. 그리하여 1970년대, 1980년대로 이어지는 민족문학, 민중문학의 교두보 역할을 담당하였다. 그의 시는 전통적 요소의 시적 수용과 현실 대응이라는 문제를 잘 결합시켜 놓았다. 이 점에서 전통의 창조적 계승이라는 시적 가치를 지니게 된다. 그의 시는 여성적 어조의 문제, 민요의 율격과 고유어 및 토속어의 활용 그리고 우리 민족의 한을 형상화하였는데, 그 이전의 시들이 대개 개인의 고백적 양상을 보여주었던 점을 뛰어넘어, 그의 시는 민족적인 문제로 확대되어 갔던 점을 가치 있게 들 수 있다. 그러므로 그의 시는 현대시의 전통 단절론을 극복해줄 수 있는 단서로도 작용한다. 또한 그는 민족 현실의 관점에서는 보다 선진적인 문제들을 형상화하였다. 그는 분단의 문제를 단지 남북한의 단절과 대립이라는 맥락에서 이해하지 않고 외세의 문제와 함께 파악하였다. 그러므로 그는 통일에 앞서 민족의 동질성 회복에 남다른 관심을 보여주었다. 민족의 동질성 회복이라는 문제를 위해서도 필요했던 시의 전통적 요소의 수용과 활용을 고려하면, 그의 시는 내용과 형식의 양면에서도 가치를 가지며 상호조화를 이루는 것이다.

그는 서정시에만 국한하지 않고 장시, 서사시, 시극, 오페레타 등의 창작과 함께 공연의 실시로 새로운 장르의 모색과 전달에 대한 노력을 보여주었다. 그가 시도한 새로운 장르의 모색은 그 자체만으로도 가치를 갖는데, 그의 시는 예술성을 함께 성취하고 있다. 그리하여 그는 우리 현대시에서 김동환의 「국경의 밤」, 김용호의 「남해찬가」에 이은 「금강」의 창작으로 서사시의 맥락을 잇고 있다.

또한 그의 인식은 개인의 문제로부터 민족의 문제 그리고 인류의 문제까지 포괄하고 있다. 그의 시세계는 현실에 바탕을 두면서도 우주적 사고로까지 확대되었다. 그는 민족의 역사, 현실의 문제를 포괄하는 우주적 근원과 본질에 대한 관심과 탐구를 통해서 세계를 크고도 넓게 인식하는 자세를 보여주었다. 따라서 그의 우리 역사와 현실에 대한 시적 형상화는 민족 현실의 특수성 위에 굳게 서 있으면서도 인류의 보편성으로 확대되어 나타났다. 그만큼 그의 시는 풍부한 원형성에 뿌리박고 있기에 논리를 초월하여 독자에게 강한 정서적 반응을 불러일으킨다. 이를 통해서 신동엽은 문학의 현실 대응의 깊이와 넓이를 획득하였다. 그 결과 그의 시는 현실 문제를 예리하게 드러내면서도, 인류 구원의 문제까지를 아울러 보여주었던 것이다. 그리고 보다 조화로운 문학적 가치를 지님으로써 우리 현대문학사 속에 뚜렷하게 자리한다.

●● 참고문헌

1. 자료

신동엽, 『아사녀』, 문학사, 1963.

_____, 『신동엽전집』, 창작과비평사, 1980.

_____, 『누가 하늘을 보았다 하는가』, 창작과비평사, 1979.

_____, 『금강』, 창작과비평사, 1989.

송기원 편, 『젊은 시인의 사랑』, 실천문학사, 1988.

신경림 편, 『꽃같이 그대 쓰러진』, 실천문학사, 1988.

성민엽 편, 『껍데기는 가라』, 문학세계사, 1984.

구중서 편, 『신동엽』, 온누리, 1983.

2. 단행본

강만길, 『한국현대사』, 창작과비평사, 1984.

고 은, 『문학과 민족』, 한길사, 1986.

_____, 『1950년대』, 청하, 1989.

_____, 『황혼과 전위』, 민음사, 1990.

구중서 편, 『신동엽』, 온누리, 1983.

국어국문학회 편, 『민속문학연구』, 정음문화사, 1984.

권영민 편, 『한국의 문학비평』, 민음사, 1989.

_____, 『한국현대문학사』, 민음사, 1993.

길현모 · 노명식 편, 『서양사학사론』, 법문사, 1977.

김대행, 『한국시가구조연구』, 삼영사, 1976.

_____, 『한국시의 전통 연구』, 개문사, 1980.

_____ 편, 『운율』, 문학과지성사, 1984.

_____, 『우리시의 틀』, 문학과비평사, 1989.

_____, 『고려시가의 정서』, 개문사, 1990.

김동리, 『문학과 인간』, 백민문화사, 1948.

김명순, 『고전소설의 비극성 연구』, 창학사, 1986.

김병익 외, 『현대한국문학의 이론』, 민음사, 1972.

김삼주, 『김소월 시의 연구』, 인문당, 1990.

김시태, 『현대시와 전통』, 성문각, 1981.

김열규, 『한맥원류』, 주우, 1981.

_____ 편, 『한국문학의 두 문제』, 학연사, 1985.

_____, 『한국민속과 문학연구』, 일조각, 1991.

_____ 외, 『정신분석과 문학비평』, 고려원, 1992.

김영무, 『시와 언어와 삶의 언어』, 창작과비평사, 1990.

김영민, 『한국문학비평논쟁사』, 한길사, 1992.

김우종, 『순수문학비판』, 자유문학사, 1989.

_____ 외, 『한국현대문학사』, 현대문학사, 1989.

김우창, 『궁핍한 시대의 시인』, 민음사, 1977.

김욱동, 『대화적 상상력』, 문학과지성사, 1988.

김용직, 『한국현대시연구』, 일지사, 1974.

_____ 외, 『한국현대시사연구』, 일지사, 1983.

_____, 『현대시원론』, 학연사, 1983.

_____, 『해방기 한국 시문학사』, 민음사, 1989.

_____ 외, 『한국현대시연구』, 민음사, 1989.

김윤수 외, 『한국문학의 현단계』, 창작과비평사, 1982.

김윤식, 『근대한국문학연구』, 일지사, 1973.

_____, 『한국 현대문학 비평사』, 서울대 출판부, 1982.

_____, 『한국현대문학사』, 일지사, 1983.

_____, 『한국현대시론비판』, 일지사, 1985.

_____, 『해방공간의 문학사론』, 서울대 출판부, 1989.

신동엽의 시와 삶

_____ · 김 현, 『한국문학사』, 민음사, 1973.

김인환, 『한국문학이론의 연구』, 을유문화사, 1986.

김은전 · 김용직 외, 『한국현대시사의 쟁점』, 시와시학사, 1991.

김장호, 『한국시의 전통과 그 변혁』, 정음문화사, 1984.

김재용, 『민족문학운동의 역사와 이론』, 한길사, 1990.

김재홍, 『한국전쟁과 현대시의 응전력』, 평민사, 1978.

_____, 『한용운문학연구』, 일지사, 1882.

_____, 『한국 현대시 형성론』, 인하대 출판부, 1985.

_____, 『한국현대시인연구』, 일지사, 1986.

_____, 『시와 진실』, 이우출판사, 1987.

_____, 『현대시와 역사의식』, 인하대 출판부, 1988.

김종길, 『진실과 언어』, 일지사, 1974.

김준오, 『시론』, 문장사, 1984.

_____, 『가면의 해석학』, 이우출판사, 1985.

_____, 『한국 현대 장르 비평론』, 문학과지성사, 1991.

김치수 외, 『한국문학비평의 방법론』, 서울대 출판부, 1983.

김태곤, 『한국민간신앙연구』, 집문당, 1983.

김 현, 『한국문학의 위상』, 문학과지성사, 1977.

_____ 편, 『장르의 이론』, 문학과지성사, 1987.

김현자, 『시와 상상력의 구조』, 문학과지성사, 1982.

노재봉 편, 『한국민족주의와 국제정치』, 민음사, 1983.

노태구, 『동학혁명의 연구』, 백산서당, 1982.

문덕수, 『한국 모더니즘 시 연구』, 시문학사, 1982.

문학사와 비평연구회 편, 『1950년대 문학연구』, 예하, 1971.

민병욱, 『한국서사시의 비평적 성찰』, 지평, 1989.

박민수, 『현대시의 사회학적 연구』, 느티나무, 1989.

박영학, 『동학운동의 공시구조』, 나남, 1990.

박용헌 외, 『민족과 자유의 이념』, 고려원, 1987.

박리문, 『노장사상』, 문학과지성사, 1980.

박종숙, 『백제 · 백제인 · 백제문화』, 지문사, 1988.

박철희, 『한국시가연구』, 일조각, 1980.

_____, 『서정과 인식』, 이우문화사, 1982.

박태준 · 김동춘, 『1960년대 사회운동』, 까치, 1991.

백낙청, 『민족문학의 새 단계』 I , 창작과비평사, 1978.

_____ 편, 『문학과 행동』, 태극출판사, 1978.

_____, 『민족문학의 새 단계』, 창작과비평사, 1990.

_____ · 염무웅, 『한국문학의 현단계』 IV, 창작과비평사, 1985.

송건호 · 박현채 외, 『해방 40년의 재인식』, 돌베개, 1985.

송희복, 『해방기 문학비평 연구』, 문학과지성사, 1993.

서익환 외, 『한국현대시탐구』 1, 민족문화사, 1983.

성기옥, 『한국시가율격의 이론』, 새문사, 1986.

신동욱 외, 『신화와 원형』, 고려원, 1992.

성민엽 편, 『민중문학론』, 문학과지성사, 1984.

신경림, 『우리 시의 이론』, 한길사, 1986.

신동욱 편, 문예비평론, 고려원, 1984.

신복용, 『동학사상과 갑오농민혁명』, 평민사, 1985.

신익호, 『기독교와 한국 현대시』, 한남대 출판부, 1988.

_____, 『기독교와 한국 현대소설』, 한남대 출판부, 1990.

_____, 『기독교와 현대 소설』, 한남대 출판부, 1994.

신일철 외, 『동학사상과 동학혁명』, 청아출판사, 1984.

신형숙, 『백제사』, 이화여대 출판부, 1992.

염무웅, 『민중시대의 문학』, 창작과비평사, 1979.

오세영, 『한국낭만주의시연구』, 일지사, 1980.

_____, 『문학연구방법론』, 시와시학사, 1993.

우 윤, 『전봉준과 갑오농민전쟁』, 창작과비평사, 1992.

유시욱, 『시의 원리와 비평』, 새문사, 1991.

윤석산, 『용담유사』, 민족문화사, 1987.

윤영천, 『한국의 유민시』, 한길사, 1987.

신동엽의 시와 삶

윤재근, 『시론』, 둥지, 1990.

윤태림, 『한국인』, 현암사, 1987.

이경선, 『한국문학과 전통문화』, 신구문화사, 1988.

이광풍, 『현대소설의 원형적 연구』, 집문당, 1985.

이몽희, 『한국현대시의 무속적 연구』, 집문당, 1990.

이상섭, 『문학 연구의 방법』, 탐구당, 1979.

이상일, 『한국인의 굿과 놀이』, 민음사, 1987.

이승훈, 『시론』, 고려원, 1979.

_____, 『한국시의 구조분석』, 종로서적, 1987.

_____, 『한국현대시론사』, 고려원, 1993.

이인호, 『지식인과 역사의식』, 문학과지성사, 1980.

이정복 외, 『한국 민중시 연구』, 한국정신문화연구원, 1990.

이재선, 『한국문학주제론』, 서강대 출판부, 1991.

이철범, 『현대와 현대시』, 문학과지성사, 1977.

이현희, 『동학혁명과 민중』, 대광서림, 1986.

일 연 외, 『한국의 민속 종교사상』, 삼성출판사, 1990.

임동권, 『한국민요연구』, 반도출판사, 1980.

장덕순, 『한국 고전문학의 이해』, 일지사, 1973.

정병욱, 『한국고전시가론』, 신구문화사, 1991.

정상균, 『한국현대시문학사연구』, 한신출판사, 1990.

정진홍, 『한국종교문화의 전개』, 집문당, 1986.

정한모, 『한국현대시문학사』, 일지사, 1974.

_____, 『한국 현대시의 정수』, 서울대 출판부, 1981.

정효구, 『현대시와 기호학』, 느티나무, 1989.

_____, 『우주공동체와 문학의 길』, 시와시학사, 1994.

조남현, 『문학과 정신사적 자취』, 이우문화사, 1984.

조동일, 『한국시가의 전통과 율격』, 한길사, 1982.

조창환, 『한국현대시의 운율론적 연구』, 일지사, 1980.

조흥윤, 『무와 민족문화』, 민족문화사, 1990.

진덕규 외, 『1950년대의 인식』, 한길사, 1990.

진형준, 『상상적인 것의 인간학』, 문학과지성사, 1992.

천이두, 『한국문학과 한』, 이우출판사, 1985.

_____, 『한의 구조 연구』, 문학과지성사, 1993.

최길성, 『한국인의 한』, 예전사, 1991.

최동희, 『동학의 사상과 운동』, 성균관대 출판부, 1980.

최성환, 『한국종교사상의 사회학적 이해』, 문학과지성사, 1992.

한계전, 『한국현대시론연구』, 일지사, 1983.

_____ 외, 『현대시』제2집, 문학세계사, 1985.

한국사회사연구회, 『한국의 종교와 사회 변동』, 문학과지성사, 1987.

한국영어영문학회 편, 『D. H. 로렌스』, 민음사, 1979.

한국정신문화연구원, 『한국적 사고의 원형』, 고려원, 1988.

_____, 『한민족의 정신사적 기초』, 고려원, 1988.

한국현대문학연구회 편, 『한국 현대 시론사』, 모음사, 1992.

한탁근, 『동학난 기인에 관한 연구』, 서울대 출판부, 1971.

홍신선 편, 『우리문학의 논쟁사』, 어문각, 1985.

3. 논문

강은교, 「신동엽연구」, 『국어국문학』제29집, 동아대 국어국문학과, 1989.

강형철, 「신동엽연구」, 숭전대 대학원 석사논문, 1984. 12.

구중서, 「신동엽론」, 『창작과 비평』, 1979. 봄.

김균태, 「〈산유화가〉연구」, 간행위원회 편, 『새터 강한영 교수 고희기념 한국 판소
　　　리 고전문학연구』, 아세아문화사, 1983.

김수영, 「참여시의 정리」, 『창작과 비평』, 1967. 겨울.

김영석, 「불인과 천인의 공간-육사의 시세계」, 『인문논총』제6집, 배재대 인문과
　　　학연구소, 1992. 10.

김영수, 「작품과 색채의 영상」, 『현대문학』, 1974. 12.

김용직, 「서사시, 그리고 서정 단형시 문제」, 『한국문학』, 1981. 1.

김응교, 「신동엽 시 연구」, 연세대 대학원 석사논문, 1987. 12.

김종구, 「독자중심비평과 올바른 시의 해석」, 『논문집』 제13집, 한남대, 1983.

김종철, 「신동엽론-민족·민중시와 도가적 상상력」, 『창작과 비평』, 1989.

김주연, 「시에서의 참여문제」, 성민엽 편, 『껍데기는 가라』, 문학세계사, 1984.

김창완, 「이육사·윤동주 시의 대립적 구조연구」, 한남대 대학원 석사논문, 1987. 12.

_____, 「〈그 먼나라를 알으십니까〉의 구조분석」, 『한남어문학』 제15집, 1989. 12.

_____, 「이육사의 〈청포도〉 검토」, 『한국언어문학』 제29집, 1991. 5.

_____, 「신동엽 시에 나타난 한」, 『한남어문학』 제17·18집, 1992. 9.

_____, 「〈금강〉의 서사성과 비극적 구조」, 『논문집』 제24집, 한남대, 1994. 4.

_____, 「신동엽 시의 상상력과 이미지 연구」, 『국어국문학』 제112호, 1994. 12.

_____, 「신동엽 시의 분단 극복 문학적 지평」, 『대전어문학』 제12집, 1995. 2.

_____, 「신동엽 시의 담화 구조」, 『한남어문학』 제20집, 1995. 4.

_____, 「현대시의 제의적 접근」, 『한국언어문학』 제34집, 1995. 6.

김태옥, 「시의 언어학적 소고」, 『언어』 제1권, 1976.

김홍진, 「서정주 시의 원형적 이미지 연구」, 한남대 대학원 석사논문, 1992. 12.

문병란, 「분단시대의 시」, 『분단 문학 비평』, 청하, 1987.

민병욱, 「신경림의 〈남한강〉 혹은 삶과 세계의 서사적 탐색」, 『시와시학』, 1993. 봄.

박윤우, 「민중적 상상력의 양식화와 리얼리즘의 탐구」, 『시와시학』, 1993. 봄.

백낙청, 「4·19 이후의 민족문학과 신동엽」, 구중서 편, 『신동엽』, 온누리, 1983.

_____, 「살아있는 신동엽」, 『민족문학의 새단계』, 창작과비평사, 1990.

_____, 「시와 리얼리즘에 대한 단상」, 『실천문학』, 1991. 겨울.

서익환, 「신동엽의 시와 휴머니즘」, 『현대문학』, 1991. 3.

신경림, 「문학과 민중」, 『창작과 비평』, 1973. 봄.

_____, 「역사의식과 순수언어」, 구중서 편, 『신동엽』, 온누리, 1983.

신일철, 「동양에 비극은 없는가」, 『문학사상』, 1975. 8.

신익호, 「한국현대기독교시연구」, 전북대 대학원 박사논문, 1987. 6.

_____, 「신동엽론」, 『국어대학』 제25집, 전북대 국어국문학회, 1985. 8.

_____, 「황혼의 변증법적 의미-김동명론」, 『어문논지』 제4·5집, 충남대, 1985.

_____, 「지훈시에 나타난 꽃의 상징성」, 『한남어문학』 제9·10집, 1983. 8.

신정섭, 「대지를 아프게 한 못 하나 아버지 얼굴가에 그려넣고」, 구중서 편, 『신동엽』, 온누리, 1983.

염무웅, 「서사시의 가능성과 문제점」, 김윤수 외 편, 『한국문학의 현단계』, 창작과비평사, 1982.

_____, 「김수영과 신동엽」, 구중서 편, 『신동엽』, 온누리, 1983.

오세영, 「한의 논리와 그 역설적 의미」, 『문학사상』, 1976. 12.

_____, 「〈국경의 밤〉과 서사시의 문제」, 『국어국문학』 제75호, 1977. 5.

원태희, 「신동엽연구」, 중앙대 대학원 석사논문, 1987. 6.

유종호, 「한국의 파쎄틱스」, 『현대문학』, 1960. 12.

윤정용, 「1950년대 한국 모더니즘 시 연구」, 서울대 대학원 박사논문, 1992. 2.

윤호병, 「치열한 민중의식과 준열한 서사의 힘」, 『시와시학』, 1993. 봄.

이가림, 「만남과 동정」, 구중서 편, 『신동엽』, 온누리, 1983.

이동하, 「신동엽론─역사관과 여성관」, 김용직 외, 『한국현대시연구』, 민음사, 1989.

인병선, 「당신은 가신 분이 아니외다」, 구중서 편, 『신동엽』, 온누리, 1983.

_____, 「일찍 깨어 고고히 핀 코스모스」, 구중서 편, 『신동엽』, 온누리, 1983.

임영환, 「김소월시 연구」, 『국어국문학』 제96호, 1986. 12.

장정렬, 「백석과 이용악 시의 공간 연구」, 한남대 대학원 석사논문, 1991. 12.

전정구, 「김소월시의 언어시학적 특성 연구」, 전남대 대학원 박사논문, 1990. 2.

정귀연, 「신동엽 시 이미지 연구」, 동아대 대학원 석사논문, 1987. 12.

정의홍, 「정지용 시의 연구」, 동국대 대학원 박사논문, 1992. 8.

정재완, 「한국의 현대시와 어조」, 『한국언어문학』 제14집, 1976. 12.

정종화, 「한국비극문학론」, 『세계의문학』, 1977. 봄.

정효구, 「〈초혼〉의 구조주의적 분석」, 이승훈 편, 『한국문학과 구조주의』, 문학과비평사, 1988.

조남익, 「신동엽론」, 구중서 편, 『신동엽』, 온누리, 1983.

_____, 「광복 40년 한국시인 대표작 연구」종회, 『현대시학』, 1987. 11.

조남현, 「파인 김동환론」, 『국어국문학』 제75호, 1977. 5.

_____, 「서사시 논의의 개요와 쟁점」, 김은전·김용직 외, 『한국 현대시사의 쟁

신동엽의 시와 삶

점」, 시와시학사, 1991.

조동일, 「시와 현실참여」, 『52인 시집』, 신구문화사, 1967.

조성순, 「'알맹이 정신'의 시적 변용」, 동아대 대학원 석사논문, 1988. 12.

조재훈, 「금강과 신동엽의 문학」, 『호서문학』 제17집, 1991. 11.

조태일, 「신동엽론」, 구중서 편, 『신동엽』, 온누리, 1983.

조해옥, 「신동엽 연구」, 고려대 대학원 석사논문, 1992. 6.

진기홍, 「동학농민전쟁의 3인방」, 『조선일보』, 1993. 5. 18.

채광석, 「민족시인 신동엽」, 『한국문학의 현단계』 3, 창작과비평사, 1984.

천이두, 「한과 그 안팎」, 『현대문학』, 1992. 1~3, 5.

하희주, 「전통의식과 한의 정서」, 『현대문학』, 1960. 12.

홍기삼, 「한국 서사시의 실제와 가능성」, 『문학사상』, 1975. 3.

홍정선, 「단순함의 힘-신동엽의 〈껍데기는 가라〉」, 『역사적 삶과 비평』, 문학과지
성사, 1986.

4. 해외논저

Brooks, C. & Warren, R. P., *Understanding Poetry*, Holt Rinehart Winston, 1976.

Burbank, J & Steiner, P. ed., *The Word & Verbal Art*, Yale Univ. Press, 1977.

Eliade, M., *Cosmos and History: The Myth of the Eternal Return*, Harper Torchbooks,
1959.

_____, *Myth and Reality*, Harper Colophon Books, 1963.

_____, *Patterns in Comparative Religion*, Sheed & Ward Inc., 1958.

_____, *The Myth of the Eternal Return*, New York, 1954.

_____, *The Sacred & The Profane: The Nature of Religion*, HBJ Book, 1959.

Eliot, T. S., *On Poetry and Poets*, The Noonday press, 1976.

Guerin, W. L., *A Handbook of Critical Approaches to Literature*, Harper & Row, 1966.

Hyman, S. E., *The Armed Vision*, Alfred A. Knopf. Inc., 1955.

Kreuzer, J. R., *Elements of Poetry*, The Macmillan Company, 1955.

Lewis, C. D., *Poetry for you*, Oxford University press, 1947.

Muller-Vollmer, K., *Towards A Phenomenogical Theory* : A Study of Wilhelm Dilthey's Poetik, Mouton, The Hague, 1963.

Russel, R. C., *How to analyze Poetry*, New York, 1966.

Wellek, R. & Warren, A., *Theory of Literature*, Penguin Books, 1970.

Wheelwright, P., *Metaphor & Reality*, Indiana Univ. press, 1968.

Aristotles, 천병희 역, 『시인』, 문예출판사, 1976.

Bachelard, G., 곽광수 역, 『공간의 시학』, 민음사, 1990.

_____, 김현 역, 『몽상의 시학』, 홍성사, 1978.

_____, 민희식 역, 『불의 정신분석 초의 불꽃』, 삼성출판사, 1990.

_____, 이가림 역, 『촛불의 미학』, 문예출판사, 1975.

_____, 『물과 꿈』, 문예출판사, 1980.

_____, 정영란 역, 『공기와 꿈』, 민음사, 1993.

Bakhtine, M. M., 전승희 · 서경희 · 박유미 역, 『장편소설과 민중언어』, 창작과비평사, 1988.

Barbu, Z., 박철규 역, 『역사심리학』, 창작과비평사, 1983.

Bell, M., 김성곤 역, 『원시주의』, 서울대 출판부, 1985.

Benoist, L., 윤정선 역, 『징표, 상징, 신화』, 탐구당, 1984.

Bowra, C. M., 『시와 정치』, 전예원, 1983.

Brett, R. L., 심명호 역, 『공상과 상상력』, 서울대 출판부, 1979.

Brooks, C & Wimset Jr, W. K., 한기찬 역, 『문예비평사』, 청하, 1984.

Capra, F., 이성범 · 구윤서, 『새로운 과학과 문명의 전환』, 범양사출판부, 1985.

Carr, E. H., 황문수 역, 『역사란 무엇인가』, 범우사, 1984.

Dawson, S. W., 천승걸 역, 『극과 극적 요소』, 서울대 출판부, 1978.

Dilthey, W., 한일섭 역, 『체험과 문학』, 중앙일보사, 1979.

Divignaud, J., 김채현 역, 『예술사회학』, 문학과지성사, 1983.

_____, 황문수 역, 『인간의 마음』, 문예출판사, 1977.

Eagleton, T., 김명환 · 정남영 · 장남수 역, 『문학이론입문』, 창작사, 1986.

Edel, L., 김윤식 역, 『작가론의 방법』, 삼영사, 1983.

Eliade, M., 이동하 역, 『성과 속』, 학민사, 1983.

신동엽의 시와 삶

_____, 박규태 역, 『상징, 신성, 예술』, 서광사, 1991.

_____, 이윤기 역, 『샤마니즘』, 까치, 1992.

Fischer, E., 김성기 역, 『예술이란 무엇인가』, 돌베개, 1984.

Fromm, E., 이경식 역, 『잊어버린 언어』, 현대사상사, 1976.

Frye, N., 임철규 역, 『비평의 해부』, 한길사, 1982.

_____, 김상일 역, 『신화문학론』, 을유문화사, 1971.

_____, 이상우 역, 『문학의 구조와 상상력』, 집문당, 1987.

Genette, G., 권택영 역, 『서사담론』, 교보문고, 1992.

Gennep, Amold van, 김경수 역, 『통과의례』, 을유문화사, 1992.

Glicksberg, C. I., 이경식 역, 『20세기 문학에 나타난 비극적 인간상』, 종로서적,
     1983.

Goldmann, L., 송기형 · 정과리 역 , 『숨은 신』, 연구사, 1986.

Hauser, A., 황지우 역, 『예술사의 철학』, 돌베개, 1984.

Hemadi, P., 김준오 역, 『장르론』, 문장, 1983.

Hirsch, E. D., 김화자 역, 『문학의 해석론』, 이화여대 출판부, 1988.

Jacobi, 이태동 역, 『칼 융의 심리학』, 성문각, 1978.

Jakobson, R., 권재일 역, 『일반언어학 이론』, 민음사, 1989.

_____ 외, 박인기 편역, 『현대시의 이론』, 지식산업사, 1989.

Jaspers, K., 황문수 역, 『비극론 인간론』, 범우사, 1989.

Jefferson, A. & Robey, D., 최상규 역, 『현대비평론』, 형설출판사, 1985.

Kropotkin, P., 하기락 역, 『상호부조론』, 형설출판사, 1993.

_____, 박교인 역, 『어느 혁명가의 회상』, 한겨레, 1985.

Leech, C., 문상덕 역, 『비극』, 서울대 출판부, 1985.

Lukacs, G., 반성완 역, 『소설의 이론』, 심설당, 1985.

_____, 이영욱 역, 『역사소설론』, 거름, 1987.

Marx, K., 김수행 역, 『자본론』 I , 비봉출판사, 1989.

Reed, H., 윤일수 역, 『예술이란 무엇인가』, 을유문화사, 1991.

Richards, I. A., 『문예비평의 원리』, 현암사, 1981.

Ruthven, K. K., 김명열 역, 『신화』, 서울대 출판부, 1987.

Satre, 박익재 역, 『시인의 운명과 선택』, 문학과지성사, 1985.

Spengler, O., 박광순 역, 『서구의 몰락』 1 · 2 · 3, 범우사, 1995.

Steiger, E., 오현일 · 이유영 역, 『시학의 근본개념』, 삼중당, 1978.

Thrope, J., 이경식 · 김영철, 『문학연구와 인접학문』, 숭전대 출판부, 1986.

Todorov, T., 곽광수 역, 『구조시학』, 문학과지성사, 1977.

_____, 최현무 역, 『바흐찐 : 문학사회학과 대화이론』, 까치, 1987.

Williams, R., 임순희 역, 『현대비극론』, 학민사, 1985.

아지자 · 올리비에리 · 스크트릭, 장영수 역, 『문학의 상징 · 주제 사전』, 청하, 1989.

다모쓰 시부따니, 홍승직 역, 『사회심리학』, 박영사, 1983.

양계초 · 풍우란, 김홍경 편역, 『음양오행설의 연구』, 신지서원, 1993.

신동엽의 시와 삶

ㄱ

감정이입 • 144

「江」 • 104, 125

강형철 • 19, 271, 272, 273

개념사유 • 131

개벽 • 167

개벽사상 • 167, 303, 304, 305

갱생 • 252

결말부 • 283

결합관계 • 116

결합의 축 • 117

경천사상 • 290

계열관계 • 116, 227

계열체 • 226

고은 • 33, 36, 37

고정관념 • 223

『고통의 극복』 • 45

「고향」 • 102, 127, 148, 256

골드만(L. Goldman) • 54

공간성 • 227

『공간의 시학』 • 200

공감주술(sympathetic magic) • 239

『공기와 꿈』 • 140

공동체 • 75, 189

과학 농법 • 202

광물 이미지 • 29, 133, 151, 158, 160,
   163, 164, 172, 174

「광야」 • 236, 238

구상회 • 47, 50, 288

구자운 • 37

구조적 회로 • 26

구중서 • 18, 19, 206

「국경의 밤」 • 289

국한 혼용체 시 • 70

『궁핍한 시대의 시인』 • 19, 55, 275

권영민 • 19, 34, 35, 38, 40, 97, 267, 271, 273, 287, 296

「권투선수」 • 141, 146

궤린(W. L. Guerin) • 246, 252

귀수성 • 64, 150, 157, 158, 167, 207, 286

귀수성 세계(歸數性 世界) • 15, 21, 27, 61, 86, 88, 137, 175, 182, 183, 186, 209, 211, 213, 218, 219, 220, 221, 255, 286

귀수성의 인간 • 220

「그 가을」 • 17, 102, 105, 130

「그 사람에게」 • 102, 165

「그 입술에 파인 그늘」 • 267, 269

그노시스 사상 • 181

『근대한국문학』 • 91

근원의 시간 • 221, 222

근원적 세계 • 65

금강과 백제정신의 뿌리 • 22, 44

금강과 신동엽의 문학 • 22

「錦江」 • 13, 19, 21, 30, 51, 102, 109, 115, 138, 140, 165, 211, 219, 269, 318

「機械야」 • 103, 106, 129, 162

기계화 • 197

「기도」 • 232

기승전결 • 225, 260

기원신화 • 248

길현모 • 58, 185, 187, 203

김개남 • 284

김경린 • 35

김관식 • 37

김광림 • 37

김규동 • 35

김남지 • 284

김대행 • 69, 84

김동환 • 289

김병익 • 90

김소월 • 89, 91, 93, 94, 153

김수영 • 12, 89, 206, 232, 307

김순기 • 35

김열규 • 236

김영무 • 18, 97

김영수 • 143

김영태 • 37

김용직 • 37, 38, 40, 64, 270

김용호 • 289

김우종 • 12, 38

김우창 • 19, 55, 274, 275, 276, 289

김윤식 • 91

김재홍 • 12, 19, 34, 35, 36, 39, 91, 132, 232, 270, 272, 289, 310, 315

김종길 • 270

김종삼 • 37

김종익 • 44

김종철 • 18

김주연 • 19, 274

김준오 • 89

김차영 • 35

김춘수 • 36, 37

김홍기 • 281

신동엽의 시와 삶

껍데기 • 11, 84, 119, 138, 158, 163, 216, 226, 227, 230, 234, 307, 314, 316

『껍데기는 가라』• 44, 274, 308

「껍데기는 가라」• 13, 94, 102, 105, 109, 118, 127, 136, 147, 161, 223, 225, 228, 233, 314

ㄴ

나로드니키 운동 • 45

「나의 나」• 130

낙원 • 233

낙원 상실 • 133

낙원지향의식 • 29, 61

낙원 회복 • 213

낙원에의 복귀 • 222

낙원에의 향수 • 253

낙원의 원형 • 187

낙원의 이미지 • 233, 234

남성적 어조 • 90, 94, 95

남정현 • 52

「남해찬가」• 289

낭만주의 • 222

낯설게 하기 • 26

「내 고향은 아니었었네」• 95, 105, 106, 112, 130, 146, 149, 165

내면적인 접근 • 23

내재적인 연구방법 • 24

내적 형식 • 277, 278

「너는 모르리라」• 95, 105, 113, 129, 153

「너에게」• 102, 128

네이코스(neikos) • 181

노동 분업 • 21, 60

노동의 분화 • 60, 254

노동의 주체 • 200

노드롭 프라이(N. Frye) • 58, 185

「노래하고 있었다」• 104, 130, 138, 171

노명식 • 58, 185, 187, 203

노문 • 50

노장사상 • 181, 252

노태구 • 314

농경의례 • 212

농업(agriculture) • 192

「누가 하늘을 보았다 하는가」• 113, 131, 166, 171

「눈 날리는 날」• 115, 130, 148

님 지향성 • 90

ㄷ

다다이즘 • 63

「丹楓아 山川」• 102, 108, 130, 155, 166

달력의 기초 • 237

「달이 뜨거든」• 102, 119, 127, 138, 147, 148

「담배 연기처럼」• 108, 130, 138, 165

담시 • 280

담화 • 260

대동체 • 167

대립관계 • 226

대시간설(Great Time Theory) • 179

대우주 순환설 • 179

대원적인 정신 • 219

대지(terre) • 195

대지 이미지 • 134, 136, 138, 141, 144, 150, 172, 173, 327

대지에의 향수적 귀의 • 187, 208

대지와 신체 이미지의 대응 • 29, 133, 174

대지와 인간 회복 • 29, 236

대지의 사상 • 14

대지의 생명력 • 200

대지의 세계 • 29, 189, 221

대지의 순결성 • 242

대지의 원형성 • 196

대지의 정신 • 86

대지적 상상력 • 145

대지지향성 • 134, 242

도입부 • 283

「동명왕편」 • 289

동심원 • 207, 229

동심원적 구조 • 198

동적 상상력 • 172

동질성 회복 • 233

동학 • 281, 288, 292, 301, 311

『동학란 기인에 관한 연구』 • 303

동학사상 • 167, 289, 291, 302, 303, 312, 318

『동학사상과 갑오농민혁명』 • 167, 290

『동학운동의 공시구조』 • 291

『동학의 사상과 운동』 • 302

『동학혁명의 연구』 • 314

「등구나무」 • 126, 156, 159

등가성의 원리 • 117

딜타이(W. Dilthey) • 14

투르게네프 • 45

ㄹ

레온 에델(L. Edel) • 41

로렌스(D. H. Lawrence) • 193

로맨티시즘 • 36

로트만(Yu. Lotman) • 27, 125

롱사르 • 169

루나찰스끼 • 54

루이스(C. D. Lewis) • 132

루카치(G. Lukacs) • 59, 197

르네 웰렉(R. Wellek) • 23, 278

리드(H. Read) • 103

리챠즈 • 89

ㅁ

「마려운 사람들」 • 127

마르크스(K. Marx) • 60

마술적 치료 • 238

마하유가(Mahayuga) • 180

만유의 생성원리 • 58

「蠻地의 音樂」 • 110, 129, 146

매뉴펙쳐 분업 • 60

맹목기능자 • 59, 60

모더니스트 • 63

모더니즘 • 18, 33, 62

모더니즘 시운동 • 35, 37

모더니티 • 40

모방론 • 289

모울톤(Moulton) • 277

무시간적 모델 • 233, 234

무정부성 • 21, 60

무정부주의 • 45, 46

무정부주의자 • 45

무카로브스키(J. Mukarovsky) • 25, 226

무형태성으로의 회귀 • 209

문덕수 • 37

문명(civilization) • 58

문명비판 • 13

문명수 • 184

문명의 기부와 생명 지향 • 29

문명의 위기의식 • 255, 263

문명인의 향수 • 255

문병란 • 224

『문예미학』 • 132

『문예』 • 36

문채 • 26

문학 사회학적 비평방법 • 24

『문학 연구의 방법』 • 245

『문학과 민족』 • 295

『문학의 상징 · 주제 사전』 • 139, 191

문화(culture) • 58, 192

『물과 꿈』 • 261

물성의 정신 • 140

미래지향의식 • 290

미시적 분석 • 19

미시적 접근 • 13

미적 의장 • 278

「미쳤던」 • 115, 129

민권사상 • 304

민병욱 • 19, 166, 271, 272

민영 • 37

민요조 • 18, 89, 97, 102

민족 동질성 • 76, 296, 297

민족 정서 • 70, 153

민족개벽 • 304

민족문학 • 11, 12

민족문학론 • 273

『민족문학의 새 단계』 • 12, 231

민족의 주체성 • 292, 301

민족적 한 • 107

민족주의 • 290

민중 • 79, 204, 230, 290, 296, 301, 304,
306, 307, 309, 316

민중 서정 • 72

민중 지향성 • 204

민중론 • 308

민중문학 • 12

민중문학론 • 273

『민중문학론』 • 308, 310

민중시 • 16, 22, 64

민중의식 • 307

ㅂ

바슐라르(G. Bachelard) • 137, 156, 160, 170, 200, 261

바쿠닌 • 45

박민수 • 89

박봉우 • 52

박영학 • 318

박용래 • 37

박이문 • 252

박재삼 • 36

박현채 • 46

박희진 • 37

반계급 민중해방의식 • 30, 288, 301, 303, 305, 319

반문명적 • 186

반문명주의 • 64

반복적 구조 • 115

반복적 사용 • 84, 95

반봉건 민주화의식 • 30, 288, 314, 315, 318

반분업적 • 186

반서구적 • 186

반성인적 • 186

반외세 민족해방의식 • 30, 288, 290, 300, 319

반조직적 • 186

「발」 • 17, 105, 149, 157

「밤은 길지라도 우리 來日은 이길 것이 다」 • 104, 130, 297

백낙청 • 12, 223, 231, 233

백제정신 • 22, 44

벨(M. Bell) • 255

변증법 • 57

「별밭에」 • 92, 102, 104, 141, 142, 148, 149, 217

「보리밭」 • 105, 131, 148, 157, 295

복고주의 • 53, 287

복귀 • 222

본질 개념 • 34

「봄은」 • 106, 110, 127, 135, 142, 147, 161

「봄의 消息」 • 128, 159

부활(resurrection) • 193

분단 극복 문학의 지평 • 296

『분단 문학 비평』 • 224

분단문학사 • 296

분단시대 문학 • 34

분리(seperation) • 234

분업문화 • 60, 254

분업인 • 184

불가시적 세계 • 217

「불바다」 • 109, 126, 141, 154, 295

『불의 정신분석 초의 불꽃』 • 137

브느와(L. Benoist) • 143, 217

비극적 구조 • 282

비극적 승화 • 285

비극적 초월 • 285

비자동화 • 26

비장미 • 285

신동엽의 시와 삶

비평의 해부」• 58

「빛나는 눈동자」• 104, 105, 115, 118, 136, 141, 144

ㅅ

사계의 원형 • 185

4 · 4조 • 98

「4월은 갈아엎는 달」• 85, 104, 129, 146, 153, 157, 194, 212, 315

사회개벽 • 304

사회적 분업 • 21, 60

『사회주의 리얼리즘』• 54

사회주의 비평방법 • 24

사회질병설 • 303

사회참여 • 40

산문시 • 126, 129, 130

「山死」• 115, 135, 138, 147, 159

「山에 언덕에」• 91, 101, 102, 106, 110, 118, 128, 136, 152, 154

「山에도 噴水를」• 127, 135, 142, 300

「살덩이」• 106, 109, 136, 155

「三月」• 17, 106, 120, 121

상상력 체계 • 29, 133, 173, 241

상상력과 이미지 • 29

상징적 긴장체계 • 133

『상호부조론』• 45, 46

상호부조의 법칙 • 46

상호주의 • 45

「새로 열리는 땅」• 99, 101, 108, 115, 135, 142, 146, 147, 154, 259

「새해 새 아침을」• 106, 129, 137, 161

생명 본향적 • 27, 183, 201, 231

생명 상실 • 200

생명지향의식 • 263

생명사상 • 202

생명의 발언 • 54

생명의 원천 • 261

생명의 파괴 • 250

생명존중사상 • 242

생명주의 • 193

생성의 상태 • 220

「서구의 몰락」• 185

서사구조 • 284

서사성 • 13, 191, 210, 282

서사시 • 30, 102, 165, 219, 267, 268, 270, 271, 273, 274, 277, 278, 279, 288

서사이론 • 197

서사적 전개 • 166

서술시 • 280

『서양사학사론』• 58, 185

「서울」• 85, 106, 157, 194, 201, 309

서익환 • 20

서정적 단시 • 267

서정주 • 36, 91

「석가탑」• 269

석림(石林) • 11

선지자 • 61

선택의 축 • 116

설화시 • 280

『성과 속』 • 198

성민엽 • 44, 45, 50, 53, 308, 310

성스러운 공간 • 228, 229

성스러운 시간 • 229

성의 신성화 • 193

성의 찬양 • 193

성적 결합 • 163, 196, 213, 231

성현(hierophany) • 159

세계 창조 • 237

세계관 • 50, 289

세계의 모형(imago mundi) • 252

세계의 실재 • 159

세계의 종말 • 182

세계의 중심 • 156

세계인식 • 54

세속 • 14

소박성 • 22, 44

『소설의 이론』 • 59

소우주 • 252, 312

소크라테스학파 • 180

손화중 • 284

송건호 • 46

송욱 • 37

쇼비니즘 • 206

수용미학 • 24

수운 • 304, 312

「水雲이 말하기를」 • 110, 128, 147, 149, 161

순서 개념 • 34

순수시 • 16

순수한 시간 • 220

순종의 미학 • 154

순한글체 시 • 70

순환구조 • 57

순환론적 상상체계 • 133

순환론적 세계관 • 27, 29, 133, 182, 183

순환사관 • 57

순환적 시간의 교설 • 179

순환적인 발전관 • 187

「술을 많이 마시고 잔 어제밤은」 • 130, 135, 160, 161, 165, 299

『숨은 신』 • 54

슈펭글러(O. Spengler) • 57, 185, 203

스미스(B. H. Smith) • 103

스토아주의자 • 181

스토아학파 • 182

습관화된 반응(stock response) • 223

『시 텍스트의 분석: 시의 구조』 • 27

시간 배경 • 284

시간성 • 227

시간의 모델 • 221

시간의 질곡 • 222, 253

시는 생명의 발언 • 64

시대(age) • 180

『시론』 • 69, 89

시민시인 • 63

시어와 소재 • 29

「시와 사상성」 • 55

시원적 고향 • 188

신동엽의 시와 삶

시원적 공간 • 71, 190, 192, 194, 213, 234

시원적 생명 • 255, 263

시원적 세계 • 263

시원적 시공간 • 231

시의 언술 • 89

『시의 언어와 삶의 언어』 • 18, 97

시인정신론 • 55, 182

시적 상관물 • 158, 172, 297

시적 언어 • 69

시적 화자 • 89

시천주 • 290

식물 이미지 • 151, 154, 158, 172, 174

식물과 광물 이미지의 대립 • 29, 174

신경림 • 18, 39, 71, 90, 308, 316

『신동엽』 • 12, 65, 72, 253, 276

신동욱 • 222

신동집 • 36

신복룡 • 167, 290, 302, 304, 312

신비주의 요소 • 53

신성 • 14

신성한 만남 • 210

신연순 • 43

신익호 • 18, 95, 104, 123

신정섭 • 19

신체 이미지 • 29, 133, 144, 148, 150, 172, 174

신체적 상상력 • 145

신피타고라스학파 • 180, 182

신하늬 • 140, 275, 278, 281, 284, 289, 304, 314

신혼 • 235

신화 원형적 방법 • 27

신화와 원형 • 236

신화적 시간 • 222, 238, 253

신화적 현재 • 222

신화주의 • 21, 57, 64

심리적 유산 • 27

심층구조 • 282

심층 분석 • 14

「……싱싱한 瞳子를 爲하여……」 • 109, 129, 135, 149, 162, 239, 240

ㅇ

아나키스트 • 45

아나키즘 • 193

「아니오」 • 17, 102, 105, 123, 126, 168

아담과 이브 • 247

아사녀 • 77, 84, 213, 225, 231, 233, 234

「阿斯女의 울리는 祝鼓」 • 103, 125, 127, 128, 135, 136, 147, 149, 155, 159, 171, 294

『阿斯女』 • 51, 53

「阿斯女」 • 103, 109, 116, 119, 121, 135, 136, 141, 144, 146, 294

아사달 • 77, 84, 213, 214, 225, 231, 233, 234, 260

아지자 · 올리비에리 · 스크트릭 • 56,

144, 155, 169, 191

아키타이프 • 58

아타르바-베다(Atharva-Veda) • 180

아페이론(apeiron) • 181

알맹이 • 11, 84, 119, 138, 146, 158,
163, 225, 226, 229, 230, 233, 234,
316, 318

알맹이 정신 • 224, 231

알맹이 정신 구현 • 29

액자구성 • 230, 282, 284

야코비(J. Jacobi) • 27

야콥슨(R. Jakobson) • 116

야화(野火) • 50

양가감정 • 141

양계초 • 186

「어느 해의 遺言」• 102, 129, 138

『어느 혁명가의 회상』• 45

어조(tone) • 29, 89

언술행위 • 192

언어세공파 • 62

에덴의 동산 • 187, 196

에크피로시스(ekpyrosis) • 181

엘리아데(M. Eliade) • 14, 179, 180, 195,
233, 237

엠페도클레스(Empedocles) • 181

「여름 이야기」• 106, 129, 154, 295

「여름고개」• 102, 126, 155

여성 상징 • 150

여성 화자 • 93

여성적 어조 • 90, 93, 94

여성주의 • 90, 94

「女子의 삶」• 21, 139, 249, 262, 267

『역사란 무엇인가』• 287

역사성 • 217

『역사심리학』• 41

역사의 원형 • 191

역사의 종말 • 182

역사의 주체성 • 290, 292, 293, 301

역사의 질곡 • 231

역사적 • 14, 16

『역사적 삶과 비평』• 19

역사적 예속성 • 14

역사적 지평 • 27, 243

역사주의 비평방법 • 23

역사주의적 태도 • 21

역설적 시간 • 222

역설적 표현 • 96

연 구성 • 125, 126

염무웅 • 12, 89, 270, 274, 276, 280,
281

영미 뉴크리티시즘 • 24

영원 회귀 • 180, 182

영원의 시간 • 222

영원주의 • 15

영원한 현재 • 222

「影」• 106, 109, 126

『예술사의 철학』• 222, 269

예술성 • 22, 44

『예술이란 무엇인가』• 254

오세영 • 98, 102, 270

오스틴 워렌(A. Warren) • 277

『52인 시집』 • 17, 311

「五月의 눈동자」 • 105, 106, 109, 147, 152, 155, 166, 168

오페레타 • 269

완전한 재생 • 209

완충지대 • 135

「緩衝地帶」 • 109, 115, 127

「왜 쏘아」 • 106, 122, 142, 161

외재적 접근 • 28

외재적인 연구방법 • 24

외적 형식 • 277, 278

『우리 시의 이론』 • 39, 71

우윤 • 292

우주 갱신 • 248

우주 순환론 • 195

우주 진화론 • 139

우주창조 • 220, 221, 237, 238, 239, 247

우주창조신화 • 248

우주창조의 중심 • 228

우주 파멸 • 181

우주관 • 191

우주론적 상징 • 156

우주목 • 156

우주의 재생 • 213

우주의 탄생 • 209

우주의 퇴화 • 181

우주적 대화(ekpyrosis) • 181

우주적 모델 • 235

우주적 사고 • 13, 23

우주적 순환 • 27, 29, 181, 183

우주적 순환과 원수성의 환원 • 15, 177

우주지의 정신 • 140, 212, 219

우주지인 • 61

원근법 • 275, 289

원수성 • 64, 299

원수성 상관물 • 189

원수성 세계 • 15, 27, 56, 58, 61, 62, 71, 86, 87, 133, 134, 157, 174, 182, 184, 187, 188, 190, 192, 195, 202, 207, 214, 219, 220, 221, 234

원수성의 환원 • 29, 183, 186, 220, 254

원시 생명성 • 187, 257

원시복귀 • 193

원시신화 • 182

원시적 세계 • 189

원시주의 • 255

원시주의적 향수 • 255

『원시주의』 • 255

원초적 가능성 • 208

원초적 고향 • 187, 221

원초적 낙원 • 181

원초적 단계 • 254

원초적 생명 • 16

원초적인 충족성 • 200

「원추리」 • 17, 102, 104, 154, 188

원태희 • 90

원형 상징 • 136, 142, 143, 190, 195, 213, 234, 235

원형비평 • 14

원형성 • 13, 29

원형적 • 20, 27, 199, 231

원형적 모델 • 239

원형적 여인 • 253

원형적 이미지 • 154

유가(Yuga) • 180

유옥준 • 50

유종호 • 97

「육법전서와 혁명」 • 232

윤리성 • 22, 44

윤영천 • 271

윤재걸 • 19, 43

윤재근 • 132

윤정룡 • 35

율격 • 29

음보율 • 98

『음악오행설의 연구』 • 186

음양적 밀착관계 • 250

「응」 • 125, 269

이가림 • 20, 65, 253, 257

「이곳은」 • 105, 109, 129, 138, 142, 159, 161, 199

이광풍 • 234, 241, 243

이규보 • 289

이동주 • 36

이동하 • 20, 64, 198

이미지의 구조 • 29

이봉래 • 35

이상 • 37

이상비 • 50

이상섭 • 245

이상적 세계 • 56, 168, 169, 217

이성교 • 37

이승만 • 316

이승훈 • 17, 20, 21, 26, 57, 64, 69, 133

이야기시 • 280

「이야기하는 쟁기꾼의 大地」 • 11, 12, 50, 76, 168, 182, 196, 208, 210, 239, 253, 258, 267

이영순 • 35

이원섭 • 36

이유경 • 37

이육사 • 236, 238

이의 정신 • 140

이형기 • 37

인간 평등주의 • 311, 312, 318

인내천 • 288, 301, 312, 318

인류수 • 62, 184

인류의 고향 • 86, 195, 221

인류의 낙원 • 133, 196

인류혁명의 3단계 • 304

인병선 • 19, 50

인본주의 • 311, 313, 318

인위적 세계 • 29, 200, 260

인진아 • 276, 284

『일반언어학 이론』 • 116

일탈 • 26

임영환 • 153

「임진강」 • 54

ㅈ

자기 표출성 • 84, 86

『자본론』 • 60

자이나교(Jainism) • 180

『작가론의 방법』 • 41

장공양 • 132

장시 • 267, 280, 282

장호 • 37

장호강 • 35

재생(rebirth) • 193, 233, 243

재생과 부활 • 213, 231, 253

재창조 • 221

저항성 • 22, 44

저항파 • 63

전경인 • 21, 61, 64, 88, 137, 157, 183, 184, 191, 207, 209, 210, 211, 212, 219, 236

전경인의 세계 • 29

전경화 • 26

전기적 비평방법 • 24

전봉준 • 284, 304, 314

『전봉준과 갑오농민전쟁』 • 292

전장시 • 35

전통 계승 • 92

전통 문학사 • 90

전통 서정 • 18, 40

전통 서정시 • 90, 107

전통적 율격 • 98, 100, 102

전후문학 • 40

절대적 시원 • 238

점층적 구조 • 114, 124

접촉(contact) • 108

정병욱 • 91

「正本 文化史大系」 • 103, 130, 135, 239, 245, 247

정서적 원형질 • 94

정신 지향성 • 13, 53

정신개벽 • 304

정신의 숨결 • 217

정재완 • 89

정한모 • 115

정효구 • 26, 94

제베데이 바르부(Z. Barbu) • 41, 43

제의 • 185

제의적 낭송 • 238, 240, 243

제의적 상징 • 208, 213

제의적 성격 • 231

제의적 의미 • 196

제퍼슨(A. Jefferson) • 108, 196

「祖國」 • 85, 106, 109, 131, 141, 160, 166, 306, 308

조남익 • 18

조남현 • 270

조동일 • 17, 18, 53, 98, 311

조력자 • 285

조재훈 • 20, 22, 44, 58, 188

조창환 • 98

조향 • 35

종교의식 • 209

종교적 제의 • 241, 248

「鍾路五街」• 118, 138, 293

종합주의 • 28

「좋은 言語」• 102, 105, 108, 114, 130, 139

주기적인 갱생설(metacosmesis) • 182

주기적인 재생 • 241

「주린 땅의 指導原理」• 103, 104, 106, 108, 112, 141, 142, 146, 148, 162, 172, 204, 214, 215, 317

주술성 • 208

주술적 힘 • 234

주역 • 58

중립 • 228, 299

중립의 초례청 • 225

지배소(dominant) • 226

지시 표출 • 84

지시 표출성 • 84

「진달래 山川」• 17, 51, 91, 138, 146, 153, 159, 161, 227, 294

「진달래꽃」• 153

『진실과 언어』• 270

「眞伊의 體溫」• 103, 129, 141, 148

진취성 • 22

집산주의 • 45

『징표, 상징, 신화』• 143, 217

ㅊ

차수성 • 64, 201, 286

차수성 세계 • 21, 56, 61, 87, 136, 141, 153, 182, 184, 194, 198, 201, 204, 209, 210, 211, 212, 214, 217, 221, 229, 234, 247, 286

차수성의 모순 • 250, 253

차수성의 현실 • 220

차수성적 상관물 • 202

참여시 • 16, 17

「窓가에서」• 126

창작의도 • 286, 289

창조-파괴-창조 • 180

창조신화 • 241, 243, 248

창조의 근원 • 209

창조의 신화 공간 • 228

창조적 공간 • 241

창조적 시공간 • 236

채광석 • 18

1920년대 • 277

1930년대 • 37

1950년대 • 29, 33, 35, 37, 39, 40

『1950년대』• 33

1950년대의 문학 • 35

1950년대의 시 • 35

1960년대 • 29, 33, 39, 37, 97, 240, 288, 301, 308, 319

1970년대 • 33, 37, 307

천이두 • 92

천지창조 • 179, 220

천체 이미지 • 29, 133, 165, 168, 172, 175

체계화 • 197

「초가을」 • 104, 121, 129

초역사성 • 14, 15, 217

초역사적 • 14, 15, 20, 231

초역사적 지평 • 27, 243

초이데올로기적 • 231

「초혼」 • 26

총체성 • 14, 59, 87, 197, 236

최경선 • 284

최동호 • 38

최동희 • 302

최일수 • 269

「추수기」 • 182

춘경의례 • 212, 216, 242, 243

7 · 5조 • 97, 99, 101

침례 • 209

ㅋ

카아(E. H. Carr) • 287

카오스(chaos) • 241

『칼 융의 심리학』 • 27

콕스 • 198

크라우저(J. R. Kreuzer) • 132

크로포트킨(P. A. Kropotkin) • 45, 46

ㅌ

태초 시간 • 221

태초의 완전성 • 180

텍스트 • 27, 240

토속적 세계 • 189, 260

토속적인 샤머니즘 • 274

통과의례 • 234

통합적인 방법 • 28

ㅍ

패배주의 • 34, 36, 39

편내용적 접근 • 223

평산팔길(平山八吉) • 45

평화사상 • 290

표층구조 • 282

「푸른 하늘을」 • 232

「風景」 • 82, 110, 136, 161, 165, 205

풍요와 다산 • 163, 164, 196, 208, 213, 253

프랑스 구조주의 비평방법 • 24

프루동 • 45

플라톤 • 181

피셔(E. Fischer) • 254

필리아(philia) • 181

ㅎ

「하 그림자가 없다」 • 232

하근찬 • 52

하우저(A. Hauser) • 222, 269

하위 상징 • 134, 148

하이만(S. E. Hyman) • 28

『학생혁명시집』• 52

『한국 현대시 형성론』• 132

『한국 현대시의 운율론적 연구』• 98

『한국고전시가론』• 91

『한국낭만주의시연구』• 98

『한국대표시평설』• 115

『한국문학과 구조주의』• 26

『한국문학과 한』• 92

『한국문학의 현단계』• 270

『한국서사시의 비평적 성찰』• 19, 166,
    272

『한국시가구조연구』• 69

『한국시가의 전통과 율격』• 98

『한국시의 구조분석』• 26

『한국의 유민시』• 271

『한국전쟁과 현대시의 응전력』• 34

『한국현대문학사』• 12, 34, 38, 97, 267

『한국현대시론사』• 17, 57

『한국현대시사연구』• 37

『한국현대시사의 쟁점』• 270

『한국현대시연구』• 21, 64

『한국현대시탐구』• 281

한성기 • 37

한용운 • 89, 91, 93

한의 시적 상관물 • 153

한의 정서 • 92

한정된 순환적 시간의 교설 • 179

할 · 분업 • 259

해방 40년의 재인식』 1 • 46

해방 공간 • 46

핵심어 • 225

행과 연의 구성 • 29

행의 유형 • 124

「좋아」• 108, 111, 128, 135, 147, 149,
    156, 162, 190, 260

향토시의 촌락 • 62

허구적 인물 • 284

허무주의 • 34, 36

헤겔 • 57

헤라클레이토스 • 181

현대감각파 • 62

『현대과학과 아나키즘』• 45

『현대비평론』• 24, 108

『현대소설의 원형적 연구』• 234

『현대시와 기호학』• 94

『현대시와 역사의식』• 12, 39, 91, 232

『현대시의 사회시학적 연구』• 89

『현대한국문학의 이론』• 18, 90

현상학적 비평방법 • 24

현실 참여 • 33

현실의 상실 • 222

현실인식 • 204

현재훈 • 52

현현 • 209, 220

『형상과 전형』• 132

형상사유 • 131

형식과 구조 • 29

형식주의 비평 • 23, 24, 223

호국사상 • 290

혼돈에의 복귀 • 241

혼돈의 세계 • 170

홍기삼 • 19, 270, 277

홍정선 • 19

화평성 • 22, 44

활력(vitality) • 57

황금기 • 182

황금의 시대 • 179

황금찬 • 37

'후반기' 동인 • 35, 37

후천개벽 • 167, 208

휠라이트(P. Wheelright) • 142, 146, 160, 163

휴머니즘 • 311, 313

「힘이 있거든 그리로 가세요」 • 91, 103, 108, 119, 126, 135, 156, 168

저자 **김완하**(金完河)

한남대학교 국어국문학과를 졸업하고 동 대학원에서 박사학위를 받았다.

1987년 『문학사상』 신인상에 시 당선으로 등단하여 시와시학상 젊은시인상, 대전시문화상 등을 수상하였다.

저서로는 『한국 현대시의 지평과 심층』 『중부의 시학』 『현대문학의 이해와 감상』(편저) 『시창작이란 무엇인가』(편저) 『한국 현대시와 시정신』 『현대시의 이해』 등이 있으며, 시집으로 『길은 마을에 닿는다』 『그리움 없인 저 별 내 가슴에 닿지 못한다』 『네가 밟고 가는 바다』 『허공이 키우는 나무』 시선집으로 『어둠만이 빛을 지킨다』 등이 있다.

2009~2010년 UC 버클리 교환교수를 역임했으며, 현재 계간 『시와정신』 편집인 및 주간을 맡고, 한남대학교 문예창작학과 교수로 재직 중이다.

신동엽의 시와 삶 — 우주적 순환과 원수성의 환원

인쇄 2013년 9월 10일 | 발행 2013년 9월 17일

지은이 · 김완하
펴낸이 · 한봉숙
펴낸곳 · 푸른사상사
주간 · 맹문재 | 편집 · 지순이 | 교정 · 김재호

등록   제2−2876호
주소   서울시 중구 충무로 29(초동) 아시아미디어타워 502호
대표전화   02) 2268−8706~7   팩시밀리   02) 2268−8708
이메일   prun21c@hanmail.net
홈페이지   www.prun21c.com

ⓒ 김완하, 2013

ISBN 979−11−308−0015−8 93810
  값 25,000원